悻悻西路

黎杰 著

黑龙江教育出版社

图书在版编目（CIP）数据

烽火西路 / 黎杰著． -- 哈尔滨：黑龙江教育出版社，2021.12
　ISBN 978-7-5709-2798-2

Ⅰ．①烽… Ⅱ．①黎… Ⅲ．①长篇小说－中国－当代 Ⅳ．① I247.5

中国版本图书馆CIP数据核字（2021）第 262431 号

烽火西路
Fenghuo Xilu

责任编辑　周汉飞
特约编辑　刁小菊
装帧设计　圣　立
内文编排　陈　琳

出版发行　黑龙江教育出版社
地址邮编　哈尔滨市道里区群力第六大道1305号（150070）
印　　刷　三河市嵩川印刷有限公司
开　　本　710毫米×1000毫米 1/16
字　　数　365千字
印　　张　21.75印张
版　　次　2021年12月第1版
印　　次　2022年1月第1次印刷
标准书号　ISBN 978-7-5709-2798-2
定　　价　78.00元

版权所有　侵权必究

黑龙江教育出版社网址：www.hljep.com.cn
如有印装质量问题，请与印刷厂联系。联系电话：0316-3650395
如发现盗版图书，请向我社举报。　举报电话：0451-82533087

目录 CONTENTS

引　子　001

第一章　西溪潮涌

西河桥	015	设法营救	069
西溪河畔	018	特派员	072
石马垭	020	操场训话	076
七宝寺	025	泼皮与无赖	083
夜贴岩标	028	蛮子洞	091
杀猪匠	036	理　想	102
金马巷	040	吴家与杨家	106
二领班	049	乌合之众	115
烂赌棍	055	猪市坡的枪声	122
关押室	060	惩戒新局长	132
逼死人	064	评议所	141

第二章　西路烽火

县府震怒　157	
召见吴兴谱　166	第一次"清乡"　219
古汉墓　170	王大鼠变节　228
检定教师　179	攻打民团　239
告　密　186	火烧哨棚　250
罢　课　196	第二次"清乡"　261
吴兴谱献计　201	大悲寺夺枪　269
风云突变　208	活捉何坤举　283
小学教研会　215	第三次"清乡"　291

第三章 西河悲歌

吴季蟠被捕　299

武工队锄奸　303　　大抓捕　319

山雨欲来　313　　英雄泣血　328

尾　声　338

引子

啪——

一声清脆的枪声，将午后的寂静打破。

四川，南充，城隍庙。

开始，许多人不知道是枪声，以为是晴天一个炸雷，可仰头四处张望，只见万里无云，阳光普照，哪里来的雷声呢？

随后，才知道那声响是枪声。

于是，但凡听到枪响的人，都不免有些吃惊和慌乱。

城隍庙街道上立马响起一阵又一阵杂乱无章的脚步声。

一群先前还在讨价还价的人受惊似的丢下手中东西往东跑，另一群人又不明就里地往西跑。有店铺老板边撤下门板关门，边催着还在选购东西的人赶紧走，东西不卖了，保命要紧。奔跑着的人慌乱之中折进一条条小巷，就如嘉陵江里一尾尾被撵慌了的鱼，慌不择路一头钻进渔网，在网中来来回回地冲，找不到逃命的方向。

那场面太乱了，乱到如炸飞了的巨大马蜂窝，野蜂乱飞。但仔细一瞧，似乎又可以看出，有个别人目光呆滞，行动迟缓，奔跑得不知所以，至于逃什么，逃向何处，他们一概不管，就那么跟着人群跑，慌乱地跑，东跑西跑，全都在跑。

整个城隍庙闹哄哄，乱糟糟，有如一堆人在平素闲暇无聊时，如果有一个人无来由地发呆仰望空旷的天空，于是就有人跟着也去仰望天空。看什么呢？别人看啥他看啥，别人没看到啥，他或许能看到点儿啥，又或许只是跟风仰望，寻找别人在看啥。

相互间也不问，只是看，傻看，呆看。至于仰望什么，看什么，一概不管。

这不，只一声枪响，就有人开始疯跑，一人疯跑，许多人都跟着疯跑。

往哪儿跑呢？没人知道，跟着跑就是了。

当然，也有少数不慌不忙的人，他们站在街边望着别人奔跑，也许他们还没有弄懂是怎么回事，或许是他们根本就没有听到那一声枪响，没听到当然就没有跑的必要了。

此时，街道上突然跑过一支军队，于是那些看着别人跑的人和正在跑的人，全都呆立在原地。这好比一辆飞驰的列车，猛地踩了一脚急刹车，人们就那么定定地站在街边，看着军队跑。军队过后，还有人待在原地不敢动，甚至还有人抱着头面向墙壁一动不动，还有人张着一张大嘴，合不上，双眼一眨不眨。

一切仿佛静止了。

天空空旷无比。突然，不知从哪儿飘来一朵乌云，遮住了一半阳光，天空明显一暗，半边街也跟着暗下来。

有人已经反应过来，军队都过了，还跑什么跑？不跑了。

街道又活了过来。

太阳使劲地从云层中挣扎出来，呼一下，跳得老高，尔后向大地抛出一大把银针，那些银针扎进土里，便如燃放的烟花一样，金光四溅，这偌大人间瞬时便被满天空的金光罩住，那些金子一般的阳光，落在城隍庙，落在木楼上，落在挑梁上，落在青石板上，像豆子一样到处滚动，迸射的金光，晃得人眼睛睁不开。

都十二月份了，阳光还如此强烈，这还是非常少见的。

城隍庙的街道青石板铺就，青石板已被磨得非常光滑。

当，当，一辆黄包车摇着响铃过来，车夫把瓜皮帽抓下揣在包里，拉着人使劲地跑。黄包车从青石板上驶过，带起一股风。黄包车过后，街面上又空了，就如一艘小木船刚从嘉陵江上漂过，在平静的江面划出一道水痕，船过后，那水痕又自然而然地合上，江面又恢复了平静。

街上有新挂的布幅店招，也有破朽得仿佛就要碎掉的旧店招，所有店招都软塌塌的，有风的时候，也只轻轻地动一下，无风的时候就静若一片开裂的墙壁，上面画满了"写意图画"。

一些摊位倾覆着，一些布匹散乱着，有污水在到处流，还有一些鞋袜掉进了街边水沟里，踩烂了的果蔬发出一股一股的臭味。

引 子

街道似乎死了。

时间定格在一九二六年十二月三日下午四时。

顺庆起义选择在午后毫无征兆地爆发。这是一个阳光强烈的午后。

小西街口。陈中甫家,起义军临时指挥部。

国民革命军川军第二路军驻顺庆旅旅长秦汉军和第三路军驻顺庆旅旅长杜北钱端坐在堂屋正中太师椅上,神情看上去都非常严肃。

两把太师椅间摆放着一张八仙桌,桌上放着两杯茶,茶雾热气腾腾,一缕一缕地从盖碗里冒出来,袅袅地往上升腾,升腾,最后融入房间里凝重的空气中,一点儿痕迹都不露,一点儿也不显紊乱。

外面还有枪声传来,这枪声就如一根在地图上走动的指挥棒,枪声响到哪儿,就表示部队打到了哪儿。

门外阳光匝地,四方形天井里,天空也是方形的。堂屋里静极了,秦汉军和杜北钱两个人的眼睛都齐齐地望着门外,他们知道,起义正按部署顺利推进。

秦汉军坐在左首,右手从桌上端起茶碗,用拇指和食指提起茶碗盖,捏在手中,鼓起腮帮,在茶碗边缘左右吹了吹,然后轻轻地呷了一口。一股茶香在屋中漫延开来,只见秦汉军的喉咙动了一下,咕的一声,很响。满屋子就只有这声响。

秦汉军把茶碗放到桌上,杜北钱也端起茶碗,同样,他把嘴唇挨在茶碗边轻轻一碰,顺溜地啜了一口茶,尔后,也轻轻地把茶碗放在桌上,力争不发出一丁点儿声音。

时间若阳光在檐前无声地退去,退去的阳光选择了一个角度从亮瓦上折射进屋,投射在房门口两边站着的两名荷枪卫兵的脸上,接着是颈上,接着是胸口,接着是腰上。

两卫兵一动不动,目不斜视。

城内枪声渐渐稀少下来,间或有零星的枪声,很短暂,尔后,院里就静得可怕。

战局没乱,仍在掌控之中。这点是可以肯定的。

秦汉军、杜北钱坐在那儿,稳如泰山。

炮团第一营报告,一连已经封锁并控制了南街口、鸡市口、簧墙街。

炮营二连报告，他们封锁了大东门、小东门和守营房。

十八团三营报告，他们包围了万寿宫团部，活捉了团长岳云锦。

敌十团团长任勋、十九团团长吴盛卿和县府智囊毛光祖被活捉。这一个个统统都是大好的消息，标志着起义首战告捷。

然而，接二连三的报告并没有让秦汉军、杜北钱轻松下来，相反，他们的脸色还有些凝重，两人挥挥手，让传信的通信兵退下。是的，尽管这些报告都很重要，但秦汉军和杜北钱更为焦急等待的是十七团的报告。这十七团到底怎么了，到现在还不回来报告？秦汉军和杜北钱隐隐有些担心，难道哪个环节出了问题？

秦汉军又去抓桌上茶碗，那茶碗与碗盖发出了沉闷的碰撞声。

秦汉军在心头祈祷，十七团千万不要出问题。他的确有些担心这个十七团，倒不是他不相信部下，而是十七团担任的任务最重，完成与否将决定此次起义的最终成败。尽管秦汉军相信自己部队的战斗力和执行力，但是敌师长何光烈也绝对不是吃素的。他再次仔细回想了关于起义的每一个环节，应该没有任何漏洞的，但从目前战事发展的情况来看，觉得还是有环节出现了纰漏，不然战斗早该结束了，战况也应该全部报上来了。他一时找不到哪儿出了毛病。唉，如果真出了什么纰漏，那这次起义就完全有可能失败，甚至还会让这支起义部队遭受重大损失，甚至全军覆没。

秦汉军没有理由不担心，这次起义是前所未有的，尽管他和杜北钱内心很激动，但是他们的脸上都表现得很平静。他们明白自己在干什么。起义，起义，他们的枪口调转过来了，他们对准的是一个腐朽的政府，他们打倒的是一个腐败的政府，他们要的是为劳苦大众谋利益，他们追求的是公平正义，他们的这一枪是可以载入革命历史的壮举。至于如果起义失败引发的后果，他们不是没设想，而是压根儿就不去想，他们做了周密的布置，这次起义一定要成功，他们无法预知事情的严重性，他们更无法预知这是一件如何惊天动地的影响中国历史的大事。他们确实没有想那么多，他们就是不满这个黑暗的社会，他们要奋起反抗，要用他们手中的枪去冲破这个黑暗社会的樊笼，为中国带来光明与未来。

泸（州）顺（庆）起义开出的第一枪，撕破了嘉陵江上空长久笼罩的阴霾，这在南充的历史上属于开天辟地头一回，尽管规模和影响都没八一南昌起义大，但是时间却比八一南昌起义早。起义是为配合国民革命军北伐发起，由共产党人杨闇公、刘伯承、朱德、吴玉章、陈毅等亲自领导。由于泸顺起义走漏了风声，顺庆起义被迫提前打响。从起义最终走向来看，这次起义包括了两个阶段，顺庆起义为第一阶段，由秦汉军和杜北钱亲自坐镇指挥，并取得了阶段性胜利，但后来由于敌人疯狂反扑，起义没有完全成功，被迫转为第二阶段，起义军转战万县等地，另图大计。

枪声完全停歇下来，整个城隍庙静得可怕。

禹王后街、果山街等人流历来熙来攘往的地方此时也空空荡荡的，到处一片狼藉。

秦汉军、杜北钱坐在太师椅上，微微后仰，脸色有些难看。

整个指挥部里安静得掉根针在地上都听得清。

秦汉军点上一支烟，深吸一口，烟头明显地亮了一下，烟卷一下子燃去了一大截，那股吸进嘴里的烟，咕咚一声往他喉咙里一钻，再往肺里绕了一圈，又缓缓地从他有些发青的鼻孔中喷出来，满屋子缭绕，那股淡淡的烟叶味儿在屋子里久久不肯散去。

杜北钱不吸烟，他一闻到这股烟味就想呕吐，他张了一下嘴，最终还是忍住了。他用左手抹了一下有些僵硬的脸，然后顺着脸向下，理了理长长的胡须，在强作镇静的外表下面还是隐约透露出些许慌乱。杜北钱右手也伸向胡须，双手合了起来，移向鼻尖，往前一搓，右手再次放下，左手作扇状，扇了一下凝成一团的空气，似乎想把那股烟味儿赶走。杜北钱转眼看了秦汉军一眼，见他还在使劲地抽烟，也不好言语，便独自起身在堂屋内踱起步来。

一只麻雀在院子里的玉兰树上跳上跳下的，抖落一枚枯叶。此时有一阵风从那棵玉兰树穿过，卷起地上的落叶，呜一声，追向那只麻雀，麻雀叽叽叫着冲屋顶飞走。那风又绕过堂屋的窗格，在四合小院的天井口左冲右突，似乎找不到出路，把玉兰树上的枯黄叶子全数扫落，落叶发出簌簌簌的声音。

这股无名之风卷起地上尘土，又往屋内扑来。秦汉军赶忙将茶碗盖上。

风未止，报告声却至。

听到报告声，秦汉军和杜北钱同时从太师椅上弹起来，是的，他们这一根弦绷得太紧了，一有消息，他们当然都感到兴奋和激动。起义军十七团第一营营长王智林头缠绷带，呼的一下推开大门，立定，双脚一并，向他们敬了一个标准的军礼。

王智林放下手，眼睛向地，喘着粗气低声报告说，何光烈逃脱！

秦汉军、杜北钱当场惊呆，愣了半晌，才一下子跌坐在太师椅上，王智林站在那儿，一动也不敢动，等着秦汉军和杜北钱的训斥和发落。

此时不是追究责任的时候，秦汉军和杜北钱都明白。他们又同时从椅子上站起身来，向王智林发布命令道，追！不惜一切代价给我追，一定要活捉何光烈！

是！王智林敬了一个军礼，急转身向门外走去。

簧墙街。何光烈师部。

何光烈正搂着小老婆睡午觉，门外响起一阵急促的敲门声，何光烈睡眼惺忪，有些不耐烦，起身披衣，嘟哝着问，谁呀？

此时，黄锦章慌慌张张地推门进来，将一纸密信递给何光烈，何光烈展开一看，直接吓得滚下那架雕花大木床。

原来黄锦章传给何光烈的那封信是关于他部下秦汉军、杜北钱将于今天下午发动顺庆起义的准确时间密报。这还了得，简直反了天了。刚想叫卫兵，一想不对，火烧眉毛了，来不及了，既然是自己手下大将秦汉军、杜北钱要反，自己岂不是已成瓮中之鳖了。呸，呸，呸，何光烈连连呸了三下，心想，这秦汉军、杜北钱两个吃里爬外的东西才应该是鳖。他审视目前自己的处境，只一个字，逃。

何光烈生于何年，不详，四川阆中人，从保定军官学校毕业，后入川军熊克武部，历任连长、营长、团长、混成旅长，现是驻守南充的国民党川军第五师师长。

此时，枪声已响起。

何光烈忙里忙慌地套上一件衣服，一面命令机枪连和护卫连去院外给自己抵挡住，一面在卫兵护卫下，慌不择路地跑到师部后面搭梯翻墙逃走。

起义军冲进何光烈师部时，几乎没遇到任何抵抗。

士兵们分几路对师部进行搜查，在何光烈卧室，没有见到何光烈，一探被窝，还是热的。带队的一连长张楚生向士兵们招了一下手说，被窝是热的，一定没跑远，留下一个班的人搜，其余的跟我一起去追！士兵们踩着地上散乱的各种衣服、鞋袜、文件等蜂拥而出。

一个士兵在何光烈床底下搜出了那封黄锦章写给何光烈长达千字的信，才知道此次起义已经让黄锦章事先获知，他把这信息透露给了何光烈，使何光烈得以成功逃脱。

顺着印迹追去，士兵们在墙外发现了一架木梯，何光烈肯定顺着木梯爬墙跑了。

张楚生见追逃无望，回身对身边的士兵们说，快！快去逮捕黄锦章！

何光烈从墙头上跳下来，衣服给剐了一条大长口子，肥硕的腹肉都露了出来，他也不管不顾了，一着地就爬起来飞也似的跑，从簧墙街转到一条小巷子，他只敢往小巷子钻了。专拣人少的地方钻了。

在紫竹街一巷角探出头，见四下没人，他迅速拐入另一条小巷子。

何光烈来到小巷子一家店铺大门前，见房门虚掩，他推门进去，一个人都没有，满地狼藉。妈的，这家人为躲打仗，居然门都不关就跑路了，真他妈比兔子跑得都快。

何光烈打量了一下简陋的房间。唉，要啥没啥，也太他妈穷了点儿。他抬眼见木格窗上挂了一顶烂草帽。对，打扮成老百姓。他取下破烂草帽扣在头上，用手一拉，帽子差点散架，帽檐耷拉着遮住了他整张脸。他跑去灶房，在灶坑里抓了一把灰，抹在脸上。这何光烈是个大麻脸，小时候得天花时落下的，即使在人群中也是很有辨识度的。草木灰填满了何光烈脸上坑坑洼洼的麻子窝，他又用手在水缸里捧了少许水一抹，那张脸一下子就老不拉叽了，只要不特别注意，基本上瞧不出这就是昔日风光无限的何大师长。

何光烈出得门来，见街沿上还立着几捆柴草，大概是主人家从城外拾回来的，还没有送进灶屋。何光烈看见还有捆柴绳在柴草上没有取下来，他想，如果自己背上一捆柴，不是更像老百姓了吗？对，背上，万一遇到散兵，这样也许更好蒙混过去。

何光烈蹲下去，把柴背在背上，柴没干透，有些重，压得他龇牙咧嘴的，他何曾受过如此之罪，好在他行伍出身，负重当然是没有问题的，就是苦了那肩膀，草绳一上肩，就直接勒进了肉里，火辣辣地疼。

何光烈在整理衣服时，觉得还不行，这身行头虽然剐烂了，但还很干净，得换一换。他把柴草从肩头上摔下地，把主人家门前晾衣绳上的破旧衣服取下来，换上。他掏出自己裤袋里的钱，揣进这身破裤子的口袋中，把脱下来的剐烂了的白衬衫塞进另一捆柴堆下面。哈哈，活脱脱一老百姓了。

何光烈再次蹲下身子，把柴草重新背上身，左右看看。没人，才放心拐进另一条小巷子。

小巷子安静极了，如退潮后的沙滩，遗留下很多杂物。

一锅盔摊歪斜在街边，火炉里还在冒烟，这一定是摊主为保命，枪一响，吓得连摊子都不要了。何光烈此时有些气喘，有些心虚，也有些饿。他试着前去翻看摊子，嘿嘿，运气不错，还有几个锅盔，脏是脏了点儿，他抓起一个，拍拍灰，塞进嘴里，大口咀嚼起来，另外几个他叠起揣进了裤袋里。

边吃边跑。

一路跑出来，就到嘉陵江边了，身后的枪声远了，逐渐稀落下来。

何光烈松了一口气，他看了一下自己的装束，未免又有些绝望，只一眨眼工夫，自己堂堂一师之长居然成了这般模样，仿佛从天堂一下子掉入了地狱。

嘉陵江哗哗有声，一如既往地流着，不慌不忙的。

何光烈有如泄了气的皮球，一屁股瘫软地坐在桥下石墩上。

此桥叫西河桥，此河为西溪河，老百姓也称西桥河。

撞鬼！我怎么跑到这么一个鬼地方来了。何光烈使劲地用手捶打自己的脑袋，责怪自己不该慌不择路逃到这样一个地方来，不吉利。此桥不远处就是南门坝，南门坝有个叫菜市口的地方，曾经是官府用来行刑之地。

西溪河是一条蜿蜒的小河，河水清澈，河道宽阔，水流较缓，河水淌过西河桥，就变成了江水。西溪河是嘉陵江的一条支流。

何光烈目光呆滞，孤独如渔翁般站在嘉陵江边，紧盯着滔滔江水中自己狼狈的倒影，衣服破烂，补丁摞补丁，满脸泥土，脸色铁青。他何曾想到一声枪响，自己的命运就变了，俨然成了丧家之犬。铁青着的脸上胡须似乎一下子也长长了。自己可是堂堂一师之长呀，这天咋说变就变了呢？他仿佛一下子从天堂掉入万劫不复的地狱了，又仿佛从炙热的夏天一下子坠入寒冷刺骨的冰天雪地。人生无常呀！

复仇！

复仇的火焰在何光烈满脸麻子坑中腾的一下燃烧起来。

何光烈首先想到的是去遂宁的射洪，射洪县有他二十团的好友瞿联丞，这瞿团长定会帮助他的，此时他想先在桥墩下好好地休息一下再去，迷迷糊糊间他睡着了。

就在他睡时，这嘉陵江上游居然有洪水呼啸而至，来势汹汹，等他惊醒时，发现洪水已经漫过他的大腿了。

天绝我也！何光烈绝望地望着滔滔的嘉陵江，气得捶胸顿足。射洪是去不了了。此时，他也真的想不通，这个时候居然还有洪水从上游来，莫不是天要灭他还是咋的？这时他恨不得跳进嘉陵江，一了百了算了。

想我何光烈江湖一世，豪横一世，难道就困死在这嘉陵江里了。唉！

刘荣陛，刘荣陛应该会帮我的，何光烈的内心再次升起了希望。蓬安刘荣陛，这炮团团长虽然与他没有过命交情，但关系相对来说还是不错的，蓬安离南充这么近，唇亡齿寒，我去求求他刘荣陛，说不定他也会来给我报仇的。

何光烈潜至蓬安，见到了刘荣陛。其实刘荣陛早知道了何光烈的境况，好酒好肉招待着，安慰着，就是不提发兵之事。这刘团长自然不是一盏省油的灯，并非善类，他见何光烈那么雄厚的实力都大势已去，自己去帮，岂不是以卵击石不识时务？这忙他断是不帮的。

何光烈一提借兵之事，刘荣陛就诉苦，说，何师长，我就那两个团的兵力，哪敢去南充与秦汉军、杜北钱硬抗嘛。你是知道的，秦汉军、杜北钱能征善战，有勇有谋，是你手底下最强的兵，我哪里是他们两个的对手嘛。我要是去攻打他们了，攻打下来还好，如果攻打不下来，我不也成了第二个你吗？我在南充这个地盘上还要混的嘛，你体谅体谅我，总不至于也让我把这点儿老本都赔光吧？

何光烈想，哼，老狐狸，当初你龟儿子犯事时求老子在杨森面前给你美言，你他妈装孙子，现在我有难了，你就袖手了，好你个刘荣陛！算了，我算看明白了，你以为老子就真的死硬了，不，老子还有办法，老子就不信找不来救兵。刘荣陛的推脱反而坚定了何光烈那颗本来还有些摇晃的复仇的心。

其实何光烈有的是资源，只不过当时一时气急，想到独路绝路上去了，他冷静下来后，马上想起可以去找在南部县当骑兵团团长的李炜如试试，同学总应该帮帮忙吧。

哪知这李炜如也是一样的软蛋，只要一说出兵打仗马上就蔫了。其实他也早听说了何光烈的事，心想你何光烈堂堂一师之长都让手下给端了锅，还来找我，我能帮你硬起吗？如果何光烈来避祸，自己倒可以收留他几日，但如果何光烈要他出头去挑战秦汉军、杜北钱，那是断断不行的，他哪里是这两个人的对手嘛。

当何光烈兴冲冲地给李炜如提出借兵征讨秦汉军、杜北钱时，这李炜如就打哈哈，不说去，也不说不去，只说让何师长在南部县好好待几天，压压惊，养养身体，一定好酒好肉伺候着，但就是不提出兵一事。

秦汉军、杜北钱异常的震惊、暴怒，啪地摔了盖碗茶。这还了得，跑了何光烈，无异于起义失败。这样的结局，是他俩事先根本没有料想到的。

秦汉军马上把情况向刘伯承、朱德汇报，同时与杜北钱一道抓紧部署应对何光烈逃脱后可能引来敌援军围剿的战略。

刘伯承、朱德指示秦汉军、杜北钱，如果何光烈引援军来攻打南充，义军恐寡不敌众，南充一旦防守不住，就且守且退，伺机撤出南充，转战他处，另图大计。

兴冲冲去搬救兵的何光烈此时有些绝望了，是那种求天无门钻地无缝的绝望，他想不出更好的招了。这么些年，何光烈霸着南充，当了多年的土皇帝，那种骄横的霸气就如一个毒瘤长在他身上，附着在他心上。此刻，他的脸都气歪了，他何时受过这种欺侮。在南充，几乎都是他说了算，他何曾这样跪着去求过别人，平时只有别人怕他、求他的份呀。这几天来，他到处求爷爷告奶奶，丢下厚厚的面子，然而却没得到一点儿回应，他感到已身心憔悴了，心凉了，透了，透心凉了。

是的，这世道，求助别人来帮助自己复仇，帮自己恢复霸气，本身就很荒唐、很奢侈。这些年，各地军阀为了争地盘，争得你死我活，每人内心都有个小九九，各怀鬼胎，巴不得别人早点儿死，自己去一统山河，谁还愿意损兵折将来为你打仗复仇呢？求人帮己，这无异于与虎谋皮。

罢了，罢了，我何光烈认命了！跳嘉陵江算了！

正当何光烈准备跳江时，突然脑子里灵光一闪，对了，瞧我这榆木脑袋，我怎么把他给忘记了呢？谁最惦记南充来着？谁惦记就让谁来！

邓锡侯，对了，就是邓锡侯！已然面临崩溃的何光烈仿佛看见一丝光亮，尽管这一丝光亮极其惨淡，那也是一丝光亮呀，这一丝光亮就是他的救命稻草呀，必须要紧紧抓住，这救命稻草，只要一根就可让他上岸了。

军阀邓锡侯惦记南充不是一天两天了，这块肥沃而又几乎没有天涝地旱、民风又淳朴的土地，是战时最好的大后方，谁得到南充，谁就能保证在四川没有后顾之忧。且邓锡侯的防区又与顺庆接壤。

就是他了！请邓锡侯来！

为了复仇，何光烈哪管那么多，饮鸩止渴也叫止渴，只要能止渴就行，至于其他，啥事都不管了。

邓锡侯一接到何光烈电报，顿时欣喜若狂。

军阀邓锡侯是有野心的，他早对顺庆垂涎三尺，恨不能马上得之。

邓锡侯马上电求军阀刘文辉，这刘文辉的野心更大，他早就有独霸四川的野心和企图，这不，机会来了，他要实现独霸四川的"宏业"，就不能容忍有起义军在他后院南充闹事。

八日,邓锡侯和刘文辉共同电令驻广安第十一师师长罗泽洲、驻遂宁边防军总司令李家钰等,约定十三日一同出发,挥师进军顺庆。

两路敌军浩浩荡荡开往顺庆。

秦汉军、杜北钱得知后,有些焦急。两路敌军扑来,南充定将四面受敌,情况相当危急。

顺庆府,有着两千多年的历史,但由于境内没高山,更无湍急大江大河,属于易攻难守型,由于缺少天然屏障,四面开阔,一条嘉陵江一入顺庆境内,就平缓下来,若绸带般铺开,所以顺庆长久以来都不是特别重要的军事战略要地。

城内绝对无法摆开战场,即使发生战事,阵地也只有向外拓展,就是这样的拓展也有限,只能利用嘉陵江夹进行短暂防守,但因其流速缓慢,故而缺少长期军事防守能力。

秦汉军、杜北钱反复讨论,决定将战场摆在都尉坝,这里可凭借嘉陵江展开并拉开一定的战略纵深。城外老君山、白马庙等地,山势稍微高出一点,这些地方在冷兵器时代也曾经为抗击蒙古军而修建过石城墙,至今存有遗迹,这次也是可以作为防守的备选地之一,可以先让起义军占领制高点,利用山势抵挡敌人援军的进攻。

从探得的情况来看,这次敌我双方力量悬殊。

战斗打响后,起义军战术运用得当,加上全军士气高昂,顽强防守,敌军的无数次冲锋都给抵挡住了。

就在敌人援军一筹莫展之际,一个小小的连长却改变了整个战局。

小连长叫戴宗勤,在秦汉军部张抚团第一营任连长。一个小连长,什么角色应该都算不上的,在部队里一点儿也不起眼,也没有人去注意。但是这次,在敌我双方胶着对峙之时,这只滑如泥鳅的小连长还真的扮演起了一个角色,翻起了一波不小的浪。

这戴宗勤正是怕了敌人援军的大批开进,知道自己待在义军之中必定会战死无疑,于是心生怯意,要开溜。但开溜总还得捞点儿东西吧,不然今后怎么生活。主意一打定,这小连长就动起了情报的歪心思。

这戴宗勤把起义军在城里的布防情况卖给了邓锡侯,邓锡侯大喜过望,当即给了他一大笔钱让他跑路回老家。

戴宗勤趁着夜色逃了，起义军却遭殃了。

起义军在八洞坡惨遭敌人疯狂攻击，伤亡惨重。

而此时，刘伯承正指挥预备队在栖乐桠与敌军进行激烈交火，敌军被拦在了城外，进退不得。

突然，天空一下子暗下来，一片乌云压至栖乐桠，仿佛要把栖乐桠一下子都罩住。

敌人蜂拥而至，漫山遍野，像蚂蚁一样。

刘伯承站在栖乐桠山顶，看着起伏的群山，反复审视敌我双方态势，看来真守不住了，于是毅然决定放弃顺庆，保存这支极其宝贵的革命力量，留得青山在，不怕没柴烧。刘伯承指挥部队终于寻找到一个突破口，冲出包围圈。

夕阳一下子坠下栖乐桠山巅，天空黑了下来。

顺庆起义失败！

邓锡侯攻进顺庆，疯狂地对地下党进行大规模清洗和屠杀。

一时间南充的天空阴云密布，笼罩在一片白色恐怖之中，地下党各级组织遭到毁灭性破坏，刚燃起的革命火种几近熄灭。

六年后，一九三二年。

中共南充中心县委决定，建立以七宝寺高小为中心的西区农村地下党组织，继续组织开展革命斗争，并以此策应轰轰烈烈的通南巴红色苏维埃根据地。

第一章

西溪潮涌

西河桥

西河桥是石拱桥。

西溪河水从西河桥下汇入嘉陵江，变成嘉陵江水了。

天空很蓝，蓝得深邃，蓝得灿烂。蓝色的天空，染蓝了江面，江面上漂浮着朵朵白云，宛如江面上开出的朵朵棉花，一陇厢一陇厢地铺排着。那些翻飞的鹭鸟，其白色的羽毛在太阳光下闪耀着迷人的光点，让一圈一圈漾起的涟漪圈住，散都散不开。

桥下横着一艘破旧小木渔船，一只田螺附在木桨上面，一动不动，背上的螺壳让阳光晒得发出干涩的暗光，看得出这条船弃在此地好久了。船头裂开的木板缝隙里一棵水草挣扎着长了出来，嫩嫩地摇曳生花。

西河桥是大单拱结构，这拱有如一道彩虹，一头连着老城区下半城，一头伴进西山脚下茂盛的丛林深处，大拱两边还有两个小拱，如四颗小星星一样一起拱卫着石桥。

嘉陵江由北向南流，西溪河由西向东流，江与河在西河桥头交汇，交汇处有一小岛，小岛是江河泥沙自然冲积而成，小岛上芦苇丛生，灌木杂生，野花在野草的围剿中，仍然顽强地盛开着。几只白鹭在杂草丛中觅食，偶尔伸长颈脖，望向天空，向天长叫，尔后再低下头，在草丛间悠闲地踱着步，追逐，打闹，不时有一两只飞起，利眼紧盯江面，见有小鱼游弋，俄尔一个漂亮的俯冲，长长嘴喙插入水中，叼起一尾小鱼蹿上天空，盘旋一圈，再引颈嗷的长歌一声，舒展翅膀，绕岛滑翔，见岛上同伴闹得正欢，于是再飞回小岛，加入群鸟之中，嬉戏，打闹。

西河桥是南充西路所有乡镇进城的必经之所，因此这西河桥头就成了下半城最为繁华的地方，不设码头，胜似码头，三教九流云集于此，小商小贩更是挤占了桥头，商铺也是见缝插针，随处随地都是，坐商、行商挤得水泄不通。天不亮，这桥头便开市了，人声鼎沸，热闹非凡。只要你一进到桥头，就会如一尾鱼，游进了嘉陵江，自由了，再也寻觅不见了。

这西河桥头一大片，被老百姓统称为南门坝，这是以南充城地理位置的方位来命名的。南门坝一展四平，街道纵横，铁匠铺、药铺、茶馆、棋牌室、缝纫铺、花鸟市场、水果市场，商铺市场一个挤着一个，所有的房屋都是石木穿斗结构，上盖小青瓦，远远看去，高低错落，有如现代版的清明上河图一般。

离西河桥头不远，有一个地方少有人去，那地方叫菜市口。人们不去或少去的原因很简单，说那地儿阴气特重，一般人谁敢随便单独前往？白天人少，到了晚上，那更是无人敢过。大家都知道，此地是古时候官府秋季问斩的行刑之地。大凡行刑之地，古时多选闹市区，选择闹市区的原因是因为这些地方易聚集人，人一多，传播就广，就快，只要这影响一大，处绝人犯的震慑作用自然就彰显出来。每当有行刑日，断头台下就会站满从城里和乡下老远赶来看热闹的人。

顺庆起义失败后，不少被俘的起义军将士和地下党员被地方军阀邓锡侯和何光烈残酷杀害在菜市口，鲜血有如夕阳一般倾入西溪河，染红半条江。

西溪河由西充县入南充境内，有急有缓，时而如涓涓细流，时而又奔腾咆哮，有宽有窄，宽处，平缓如镜面，窄处，飞溅如瀑布。顺流而下，流经西充，再入里坝、三会、积善，山环水绕，流至七宝寺境内的藏珠山，忽然折返向南，将藏珠山绕成一座四面环水的河中小岛，有人说这小岛应该叫离堆，然而这并不是离堆，离堆一般是指河水的冲刷将山体推移至河中，在河中形成的小山包，然而这藏珠山是一座实实在在的山，是自然形成的山，是有根有脉的，不是堆，称山更确切。藏珠山上有一座古庙，名曰七宝寺，寺里还有一书院，人们要去庙里进香或读书，得通过一座名叫杨公桥的桥才能抵达。

西溪河绕过藏珠山，顺龙泉，一路清澈，一路秀美，经太和，溪河穿村过寨，翠竹合围，忽隐忽现，溪里鱼虾成群，人们在溪水中洗衣，游泳，那自是世外桃源的感觉。每到傍晚，有成群的白鹭来太和的翠竹林里歇息，白天，这些白鹭就到溪水中觅食，嬉戏，繁衍生息，人与鸟和谐相处，成为西溪河畔一绝佳景致。

西溪河是老百姓心中的母亲河。西溪河顺桃园，去金宝，过龙蟠，入礼乐，抵达双桂，在双桂场，西溪河又宽阔不少，更加平缓了，双桂场也因此逐渐成为一个较大的繁华场镇。在场镇侧边，有一处精致的孤立在田坝中的院落，名曰田坝会馆，会馆以前曾叫万天宫，大概始建于清乾隆五十六年，属于同乡会馆，专供四川当地人聚会。也有人称这是为纪念李冰治水而修建的会馆川主宫。究竟哪一种说法更符合史实，现今也无准确考证，缺少历史资料佐证，靠口口相传，有些史料就变演义了，失真了。这双栏，既无四通八达的水路，也没有繁华的码头，在这个偏僻地方建的会馆，肯定不会如其他会馆的主要功用是驿站，因此，叫作川主宫或许更靠谱一些。

南充的地理位置是西高东低，西路在上，南充城在下，所以西溪河的水最终往南充城的西桥河处汇聚。老百姓进南充城，都称是下南充。这个"下"字很准确，南充城海拔高度二百五十米左右，而山峰的最高点应该有七百米左右。

人往高处走，水往低处流，百溪河顺势而下，穿越石楼，顺过花园，淌入西兴等地，最后穿过西河桥，缓缓地汇入嘉陵江中，然后一路向下，势不可当，在重庆朝天门汇入长江，在中国大地上日夜不停地奔腾不息，绵延不绝。

西溪河畔

西溪河是嘉陵江南充段一条最大的支流。

嘉陵江发源于陕西凤县嘉陵谷。

嘉陵江一路奔腾而下,越高山,穿峡谷,淌平川,出溪涧,浩浩荡荡,横无际涯。

在南充,嘉陵江仿佛顿了一下,就像一匹野马,一下子被套上了缰绳,勒缰屈腿,昂首长嘶,其声回荡于千山万壑之间,韵味悠长。这匹长途奔腾的野马或许留恋于嘉陵江中段肥美的湿地、狭长的江滩、柔软的身段、起伏的丘陵,埋下头来,于江边饮水,再抬头长观一下西边已然染上血色一样的一抹夕照,徐徐衔枚而行。

嘉陵江南充段没有高山,只有绵延的丘陵,这些丘陵就如南充的肋骨,支架起一副庞大的龙骨架,把南充的历史演绎得跌宕起伏、荡气回肠。

西溪河这条支流,在西河流域之内时粗时细,就如一条蛇,在有的地方隐入杂草,像凭空消失了一样,在有的地方又如叫天子一样,瞬时弹出来,奔腾咆哮不止。

有一些溪流流着流着就消失了,有一些溪流流着流着钻入深山草滩不见了,有一些流着流着又归于另一条不名之河,不名之河又流失,或分流,或归流于另一条河,河套河,河分河,错综复杂。万涓成河,小河小溪,汇成了西溪河,西溪河又万流归宗般地进入嘉陵江的庞大身躯里,成为嘉陵江一股不可忽略的重要力量。

如果将嘉陵江比作一个人身体里的一条粗壮血管,那么西溪河只能算是一条毛细血管,但这条毛细血管里永远流淌着一股大山里的桀骜不驯,奔腾不止。

四川人竹根亲，砍断了竹竿连着根。这是说四川人相互之间的关系盘根错节剪不断。其中最明显的表现形式为，村镇许多都以姓氏命名，比如叫王家坝的，整个坝几乎都姓王；赵家沟的，整条沟几乎都姓赵；谢家坪的，整个坪几乎都姓谢；晏家场的，整个场几乎都姓晏。要想在这样的沟、湾、坪中，找到一家异姓，那是很难的。一个姓氏代表一个大家族，一个大家族生活在一个地方，那这个地方自然烙下一个地方的家族印迹。

　　就说这西路晏家场，附近几条沟几乎都是晏姓人，尽管地域会不时地再划分再调整再更名，但是老百姓却不认那新名，新名叫法只流行于官方，老百姓私底下仍然叫着原名，不管走到哪儿，一问起自己是哪儿人，他们都会告诉你他是晏家场的人。他们叫旧名，叫着亲切，听着也亲切，一叫，一听，就知道是哪儿，不用去想，不用去猜。

　　在西溪河畔，还有一个叫赵家沟的村子，村子里的人几乎全部姓赵。

石马垭

一大早，赵全英就背上草背篼，兴冲冲地沿着一条青石板大路从石马垭的垭口翻过山去。

赵全英要去那边邀约闺蜜陈素清一起割草，川主宫那边山势高，梯次好，青草丰茂，鲜嫩，猪牛羊最喜欢吃了。

赵家沟虽然称作一条沟，地势却较为开阔，人们把坡地边地都改为田土，那些草自然就少了生长环境，草就只在那些无法下种的山坡上田埂边，悄悄疯长，但草总是长不赢猪牛的，一长出来，就叫猪吃牛啃了，当然人也是要割的，或喂猪喂牛，草长老了，也割，割回去当煮饭的柴火烧。

赵家沟这边草少，要割草，就只好舍近求远，翻过山去川主宫那边割了。

赵全英今天甭提有多高兴，她终于说服父母送她去七宝寺高小读书，她今天要多割几背猪草，多打几背牛草，给猪牛羊存储几天吃食，让父母高兴点儿，让他们知道自己是不会因为读书而耽误干家中农活的。

介绍赵全英读书的是七宝寺高小的罗天照老师，罗天照二十五岁，国脸炯目，身材高大，戴圆框眼镜，说话做事慢条斯理，脖子上围一条灰色围巾，带着一点洒脱，带着一点儿书生气。

罗天照走遍附近村子，鼓励青年男女到校上学，但收效甚微。

在藏珠山周边，上得了学堂的，还是少数。

石马垭赵氏祠堂曾经办过私学，赵全英去念过。后来，赵全英父亲赵志本不让她念了，让她回家种地，而母亲晏桂花心软，心疼女儿，有心让她念的，无奈赵志本不允，也就不再坚持。

赵全英天资聪慧，学过的书能倒背如流，深得师生喜欢。开窍自识字起，赵全英上了私学，心就有些野了，心也有些大了，她已不安于在家当一辈子农妇，她想做一个教书先生，她要到外面去，她要到广阔世界去，她不想像老辈一样随便找一户人家嫁了，过一辈子一日三餐的庸庸碌碌的生活。

不承想，私学说停就停了，赵全英失学了，她内心刚播下的希望的种子因干旱而发不了芽，她苦闷，她激愤，她不甘，她甚至想约几个同学一起外出闯荡，但是老弱的父母需要照顾，贫穷的家庭需要她分担，她不得不放弃那种极端的想法。

哪承想，家门口七宝寺要办高小了，罗天照老师还亲自到家里来做工作让她读书。这一下子又点燃赵全英心中那已然熄灭了的希望之火，她觉得当老师的理想又离她近了，她决定抓住这次机会好好念书。

哪知父亲赵志本还是不同意，说娃呀，你已十六岁了，马上要嫁人了，读书能读出粮食来？读书能读出铜钱来？

罗天照说，老赵，年龄不是问题，大小都可读书。赵全英是块读书的料，很有培养前途，只要知识学到家了，当一个老师还不是手到擒来的事儿，我保证她今后肯定能当上教书先生。

赵志本还是有顾虑，他说家里穷得揭不开锅，土地又无劳力种，哪里还有多余的钱供她上学交学费哟。

罗天照说，学费好办，我给赵全英先垫付，等你们有钱了再交好不好？

母亲晏桂花心动了，立马便想答应。

赵志本说，还是不行，女娃儿读那么多书干啥？迟早还不是别人家的人。

罗天照说，老人家这就太封建了，现在是新生活时代，提倡男女平等，男人做得了的事，女娃儿照样也可以做的。

不管怎么说，赵志本就是不点头。

罗天照没有放弃，他对赵志本说，叔，你们先考虑几天吧，同意了，就来学校报名。

男女平等，赵全英还是第一次听到这个全新词儿，她以前的想法是当个普通教员，有口饭吃就行了。现在不同了，想法变了，罗天照这个男女平等的说法，再次让赵全英的心里起了波澜，一个男女平等的世界，那该是多么美好的世界呀。

赵全英性格倔强，她认准的事儿，八头牛都拉不回。她知道只要父亲同意，母亲那儿就没有任何问题。可她父亲就是坚决不同意赵全英去读书，他说你这么大一个女娃子了，还去学校读书，好意思吗？别人家这么大的女娃子的孩子都满山跑了，你却还要去读书，不行！改天我找媒婆给你寻一个人家嫁了算了。

赵全英气急了,她对父亲说,要我马上嫁人,不可能,不让我读书,办不到。你们硬要我嫁人,不让我读书,我就去跳西溪河,不信瞧瞧,我就要死给你们看看。

说到死,赵志本害怕了,他知道赵全英从不来虚的,把她逼急了,说不定啥事都有可能做出来的。

三天三夜,赵全英不吃不喝,无论晏桂花怎么劝,都不成。

最后,赵志本妥协了,赵志本提出,读书可以,但赵全英一有空得帮家里干农活。

一场完胜。赵全英自然高兴坏了。

罗天照在赵全英家做了工作后,翻过石马垭口,又去了陈素清家,他要去动员陈素清也来七宝寺高小读书。

刚恢复办学不久的七宝寺高小,招收的学生不是很多,附近家长都有顾虑,现在这世道,饭都吃不饱,还送孩子读书,有用吗?

罗天照为了把这个学开好,已经把附近村子都跑遍了。

在陈素清家,罗天照也遇到赵全英家同样的问题,不过,陈素清的问题更突出一些。

这陈素清已许了人家了,不久就要嫁人了。两家一听陈素清想要去读书,都不同意。

陈素清有个哥哥,三十五六了还没成家,陈素清将来的婆家也是同样情况,两兄妹,也是哥哥接不了亲,想用妹妹嫁给陈素清家的哥哥,两家换亲。如果陈素清毁约,那对方女子也不可能嫁过来。如果陈素清不嫁过去,那她哥哥的婚事也就自然泡汤。

在川主宫一带,这种换换亲是很有市场的,大量存在。两个家庭都穷,都是男娶不到妻,只有用家中妹妹或姐姐去给哥弟换亲,这样两家都能结上亲,延续本家香火。像这样的家庭婚姻注定不会很幸福,要么男方差些,女方不满意,要么女方差些,男方不满意,总之很难达到双方都满意的,因此这种换换亲经常会出现一方男子(女子)逃婚或者某一家女子嫁后悔婚逃离的现象。只要一旦双方出现一方有悔婚和逃婚现象,那另一家也就要召回自己家的人,这样一来二去,两家都会闹得鸡犬不宁,官司不断,甚至于还有闹出人命的。

赵全英是知道陈素清换换亲的事,她曾极力反对过,说,你陈素清这么漂亮一个妹子，你一生不能这样被绑架，何况那家男人还有残疾，难道你就这样认命了吗？

你让我怎么办嘛，我们家情况你又不是不知道，我哥哥年龄这么大了，要讨到一房老婆怕是不容易的了。我父亲说了，我不嫁过去，那我就是我们家罪人，是我让我们陈家断后了。陈素清叹了一口气，很是无奈和不甘。

赵全英说，素清，我总觉得你做出的牺牲大了点，是不是很不值呢？

两姐妹为此抱头痛哭。

赵全英不知道陈素清现在情况怎么样，她想再去为陈素清做最后一把努力，劝她也和自己一起去七宝寺高小读书。她们俩年龄都不小了，如果错过了这次读书机会，这辈子就怕永远没机会了。

赵全英见到陈素清时，看到陈素清两眼红肿，显然是大哭了一场的样子。

怎么了，素清？赵全英扳过陈素清的肩头问。

全英，我这是激动的。我也可以去七宝寺读书了。陈素清说完，抱着赵全英又哭又跳。

真的？素清，你说的是真的？赵全英不相信地问。

嗯，是真的，全英，我也可以读书了。

那太好了，那太好了，我们又能在一起读书了。赵全英也是非常激动，她问陈素清这到底是怎么回事？我都搞糊涂了，你爸你哥怎么会同意你去读书呢？你不嫁人了？

你问那么多，我先回答哪一个？陈素清破涕为笑，擦擦眼泪说。

赵全英说，那就拣重点说。

陈素清说，我爸还是不同意我去读书，坚持要我换亲。是我哥哥退了步，他也觉得那个小儿麻痹症男人不配，我嫁过去太委屈了，是他要求去退婚的，他说今后遇到更好的换换亲再考虑，哥说他不愿用我的一辈子去赌他的幸福，那样他会于心不安，于心不忍的。那一晚，我与哥哥抱头痛哭了大半夜。我对哥说，你不结婚，我也不结婚。

赵全英听了，也感动得哭了，她擦干泪，在山梁上跑起来，陈素清追了上去。

陈素清抱着赵全英滚倒在草地上，爬起来，再滚下云。她们在石马垭的山梁上又跳又笑，双手拢成喇叭，对着山下喊，我要读书了，我要读书了。

石马垭垭口形似一匹战马的马鞍，那作势要飞的马，是一匹天马，在阳光照射下闪着迷人的亮光。

一条青石板大路从沟里弯来弯去，若一条佩带从那马鞍子上翻过去，这边是石马垭，那边就是川主宫村，垭口就是划分两个村的地界。

赵家沟人全部都姓赵。

川主宫村人全部都姓陈。

一群白鹭从石马垭口飞过，它们是要飞去太和乡，那里有大片大片的竹林、小溪和鱼虾，那里还有无数的同伴在竹林里生儿育女。西溪河边，几个妇女在洗衣，淘米。

这是一九三二年的初夏，整个石马垭都让阳光照耀着，一派安静祥和，一派生机盎然。

七宝寺

四面环山的藏珠山，清幽，深邃，庄重，肃穆。

晨钟暮鼓，西溪欢腾。

万绿丛中，一座古刹在阳光照射下闪耀着一道清辉，有些冷峻和逼人。

藏珠山顶一株古槐树上，一只老鸦呱的一声，从枝条上弹射而出，就如枪膛中射出的一颗子弹，撕破了天穹，把寺中宁静揉搓得粉一样碎。

山巅耸立一寺，建筑呈四合院状，一一向南铺开，一层一层的，错落有致。北面就是那座名叫杨公桥的石拱桥，西溪河水清澈，哗哗地从桥下折向南流去。

一尾鱼从溪水中跃起来，划出一道彩虹般好看的闪亮弧线，尔后跃入河中，在那一圈又一圈的涟漪中舞蹈。

山巅之寺，名曰七宝寺。七宝寺是一座古寺庙。七宝寺高小就设在七宝寺内。

长期以来，七宝寺都作为一座寺庙而存在。七宝寺长久的宁静终于让一个叫王灏的人彻底打破。王灏是清朝一名退休官员，他出资三千金在藏珠山上建了一所书院，名叫南池书院，这书院与寺庙一共并存了一百多年，清末书院制度废止，书院不复存在，只留寺庙独存。时光翻至一九一二年，三次进京考举不中的金宝人何淦侯先生在张澜先生支持下，撵走驻寺和尚，在南池书院旧址上兴办起一所新学——金宝高小，后改名七宝寺高小，总算是续上了书院香火。

阳光有如豆子般噼噼啪啪洒落到藏珠山上，这些金豆子一落下来就在杂草丛中消失无踪了，就像这山上有魔力一样，无论你再强大的光线洒在上面，都会被化于无形，所以藏珠山中此时安静极了。

说起这七宝寺，还颇有些渊源。原先它不过是一座家庙，后来由于香火旺盛，就开始远近有名起来，一有名，这山的传说也就跟着多起来。玄而又玄的一种说法是，每当太阳从东方升起，照耀在藏珠山上，藏珠山就会自然放射出一缕一缕若隐若现的金光，远远看去，就如一圈一圈佛光一样，那些金光是从山上树丛中、岩石缝里、草丛中放射出来的，非常美妙好看。有人便推测说这山上藏有金、银、砗磲、玛瑙、琥珀、琉璃、珊瑚七种宝，每一种宝贝都会发出一种光，七种不同的光组合成一个七彩光环。还有人说，这座寺庙里还藏有舍利，只有舍利才会焕发出这种佛性的光芒，于是引来了众多信徒的瞻仰和崇拜。

藏珠山的传说也引来无数批盗贼，这些人选择在深夜"光临"藏珠山上，他们身藏寻宝器物，寻遍藏珠山角角落落，沟沟坎坎，石隙山洞，甚至连一棵空了心的古树都被他们掏了，人们在深夜不时会听到山上被敲得叮叮当当的，那声音时断时续的，吵得人都睡不好觉。有人说，一定有人盗得了宝物，不然怎么会一批来了，又走了，走了，又来了，如果没有宝贝，他们断不会这样反复来的。反正说法很多，没有谁知道具体情况如何。

当初这藏珠山上并没庙宇，何氏家族世代生活在山上，何氏在本地属大姓，何氏老祖信佛，就将本家屋子辟最顶一间作为家庙，供奉香火，礼佛念经。由此，逐渐引来一些信佛之人进香，人们口口相传，说在庙里许愿挺灵的，于是来此进香的人便多起来，一时藏珠山上香火不断，久而久之，就发展成一座庙宇了，后来因影响扩大，这庙又被收归为关押云贵川等区域的高级犯戒和尚的戒律院。

西溪河绕不开藏珠山，或者是说藏珠山离不开西溪河。

西溪河流至藏珠山以北，就分叉了，一条由北向东流，一条由北向西流，再折向南，最后两条细流将藏珠山绕围起来，汇合成一个大回环，藏珠山就在水中央了。西溪河不是大河，藏珠山也不是独立存在的大山，所以藏珠山也就不会是离堆，只是这四面环水的形态容易让人想起离堆而已。

去七宝寺进香和读书都得经过杨公桥。杨公桥是石桥，中间立一石墩，桥面由一米厚的石条架构，西溪河在这里一折返，就有些迅猛，因此这里经常发生水患，石桥每隔几年便被损毁，这样建了毁，毁了又建，因去七宝寺离不得杨公桥，这是必经之路，非建不可。后来当地听信一位道士作法，在石桥正中雕刻一条石盘龙，紧紧地盘绕着石桥，说来也怪，自那条龙在桥上刻好落座后，就再也没发生过水患了。

赶走和尚后，这庙就没了香火，只剩读书声了。

一九二六年，留学法国的南充大通场人氏、共产党员吴季蟠奉中共中央之命，回南充建立中共川北支部，这是川北最早的党组织，也是四川最早党组织之一，中共川北支部曾选派老师到七宝寺高小任教。

一九二六年顺庆起义打响，但最终遭遇失败，南充地下党组织遭受极大破坏，几乎停止了活动。

一九三二年，中共南充中心县委考虑到南充地下党组织刚刚恢复，因此选择苦寒偏僻与蓬溪、西充交界属几不管地区的南充西路作为根据地，开展革命活动。

西路革命主要以七宝寺高小为中心，覆盖金宝场、龙泉场、中和场等地方。

夜贴岩标

吱——嘎——，木门轴转动着，暮色被关在门外。

劳作一天，累了，村民们把鸡鸭鹅猪牛喂饱后，乡村就入夜了，灶火烧起来，屋子暖和起来，屋子里也就有了生气。

村子挺能睡，村子白天长睡，睡得天翻地覆，睡得暗无天日，睡得悄无声息，只有到了傍晚，人回来了，鸡回来了，猪回来了，狗回来了，人与动物满屋子乱窜，屋才伸伸懒腰，逐渐醒活过来，入了夜的乡村就活了。

吃过晚饭，人们早早上床，仰面躺下，看瓦，听风，看细小的黄沙从瓦缝间吹落下来，看满屋还没散尽的柴烟，看蜘蛛在一张网上忙碌。累了一天，把身子放平在床上，比什么都舒坦。屋外，很安静，安静得笋壳掉落在地上的声音都听得见，安静得蝉爬上树蜕壳的声音都听得见，安静得连猪在圈内打鼾的声音都听得见。累了一天，大家都不愿如农闲时一样东串西串。村里村外都少有人走动。

乡村夜，属于虫子的世界。壁虎趁着黑夜出来了，蝈蝈在草根下打转转，唧唧地叫，草蜢子歇了嘴，掉在枯草叶子上，打秋千。反正，夜越静，虫子就越多，多得如小溪里哗哗流动的水，叫声从没歇过。

一弯新月，如新嫁娘一般，在云层中躲躲闪闪。

犬吠如一挂突然炸响的鞭炮，一颗响了，接着另一颗马上跟着响，接着有很多颗爆响，一串一串的。村子的狗醒着，伏在屋角檐下、柴草堆里，一动不动，一有动静，它就叫，一狗叫，众狗跟着叫，一湾的狗都叫。

狗看见了什么呢？

有人扒门缝往外瞧，除了黑，什么都没有，见鬼了，再查看一下门闩，关紧了的，才放心地上床躺下。人们有时很不解，明明什么都没有，而狗常常却对着空气狂吠。

在通往龙泉场的一条大土路上，真还有人在夜行。

依稀可见，一个高个子走在前面，脖子上围有一条围巾，后面跟着一个短头发的女生，干练、利落，她手里提着一只小木桶，沉甸甸的，不知里面有什么。

全英，快一点，跟上来。前面高个子回头轻声对女生道。

只见那女子小跑几步，紧跟上来。轻声说，罗老师，就这儿吗？

那个叫罗老师的男人向女生点点头，向他前面努努嘴，那个叫全英的便放下小木桶。

后面两个人在几步开外的地方停下来，警惕地向四周看了看。

看得出来，他们应该是一起的。

是的，那个罗老师叫罗天照，是七宝寺高小的老师。只见他站在一块突出坎来的石壁前，摸了摸有些平顺的岩壁，说，赵全英，就这个地方。说完他又摸了摸石壁。

那个叫赵全英的，是七宝寺高小女子班学生。她在罗天照带领下，乘着夜色来此刷岩标。

后面那个小个子男人也是七宝寺高小老师，叫何朴树。女子则是赵全英同学陈素清。

罗天照向前走了几步，看了看来路，白晃晃的，没有人。

陈素清停下来，向后面走了几步，转动着她那一双机灵的大眼睛，观察了一下后面路上的动静。

前后都安全，罗天照和陈素清同时向赵全英打出安全和行动的手势。

赵全英心领神会，她快速揭开小木桶盖子，顿时，一股糨糊味强烈地飘出来。

唰唰唰几下，赵全英在岩壁上末上糨糊，何朴树从怀中抽出一卷标语，从中抽出一张淡绿色的，铺开，在暗淡的月光下，只见上面写着：打倒土豪劣绅！

何朴树将一张标语翻过来，赵全英再次拿出棕毛刷子，在桶里蘸上糨糊，在标语背面也刷上一圈，说，可以了，贴上。

何朴树用双手将标语拿起来，贴上岩壁，用宽大的手掌从标语上面一直往下面抚，直到抚平。

罗天照站上路边一块石头，他想看得远一点。微风吹动罗天照的头发，他的长发便随后扬起，脖子上围巾也飘起来，他用手把围巾展开，再向后甩。罗天照转头看了一眼赵全英他们，说，动作稍快一点，再贴一张就马上走人。

赵全英看到罗天照的样子，有些痴，有些呆。她听罗天照让她快一点，才回过神来，脸不由一红，迅速地点点头。

赵全英见旁边岩壁还可贴一张标语，便在上面抹了些糨糊，何朴树忙把标语贴了上去。

赵全英随后向断后的陈素清招招手，陈素清也跟上来，向下一个点走去。

罗天照在前面领路，赵全英后面紧跟着。

罗天照回过头来对赵全英说，赵全英，这次不紧张了吧？

赵全英说，嗯，不紧张了，我还想多贴几张呢。

罗天照说，是，只要过了这个心理关，就好了。我们得加快点速度，夜已经很深了。

寂静的大路上，几个人迅速又无声地行进着。

赵全英怎么也不会忘记第一次贴标语的窘态，那件事罗天照也是知道的。

赵全英一想到那事，脸就红。夜色掩盖了赵全英的脸红，罗天照看不见。

那次也是深夜，赵全英怀揣一张标语，摸到她家附近一座房子前，估摸着在石板墙上贴，忙里忙慌的，几下就把标语贴上，然后急急忙忙地往家里跑，跑得跌跌撞撞的，以至于到家很久了，小心脏还在怦怦怦直跳，她的小心脏都提到嗓子眼了。那一夜赵全英很激动，一夜都没睡踏实。

第二天，当赵全英红着眼睛悄悄跑去查看自己昨晚的成果时，结果连她自己都笑了。那张标语不仅贴反了，还贴倒了。

赵全英本来是不想把此事说出去的，但她最终没忍住，给罗天照说了。

罗天照没批评她，只是鼓励她今后做革命工作一定要胆大心细，不能毛手毛脚，那样会让人笑话的。

赵全英说，罗老师，我要认真检讨。

赵全英还给罗天照说，当时自己真的觉得太紧张了，脸烫得很，她都有点想冲上去把标语重新贴过来的想法。

罗天照批评了她的这种想法，说，革命是不能冲动的，你考虑你冲上去的后果没有？那样做只有害而无利，凡事都得多考虑，才能付诸行动，不然连补救的机会都没有。谨记之。

赵全英就更不好意思。她重重地低下头，心里发誓以后绝对不能再犯这样的低级错误了。

他们又在一处停下来，贴了几张标语。

罗天照看了看贴出来的标语：欢迎通南巴红军打到南充来！打倒军阀！打倒国民党反动派！严惩恶霸地主！严惩劣绅恶棍！破仓分粮分田地！反对打骂妇女！不错！罗天照满意地笑了。

再贴一处就收工。罗天照招了招手，几个人悄悄向金宝场方向奔去。

罗天照是南充中心县委派来七宝寺工作的，他以七宝寺高小教师身份为掩护，担任地下党七宝寺支部书记。罗天照来七宝寺高小后，他发动老师去学校周边把每一个村子适龄儿童未读书情况全摸排出来，特别叮嘱要打听清楚一些有读书意愿的，如果能做通工作，就现场做，如果现场做不通的，就收集情况拿回来研究，争取将能读想读愿读的儿童都收到学校来。他还特意交代说，一些想读书又一时拿不出学费来的，可以先收进学校，让他们缓交、分期分批交，家庭特困的还可以免交。这些措施，深受老百姓欢迎。

何朴树是七宝寺高小训育主任，也是南充中心县委委员。

何朴树长相斯文，三十三岁，留小胡子，理短平头，身材瘦小，走路一阵风，行事干练，教书也教得好，在师生中享有较高威望。

赵全英一进女子班，罗天照就安排她当班干部，因为赵全英念过私塾，她还表现出了一种与年龄不甚相符的成熟与果敢。这让罗天照很高兴，以他的眼光，赵全英是可以发展为共青团员的。于是，罗天照安排何朴树与赵全英交谈，赵全英在何朴树面前表现也非常好，给何朴树留下了深刻印象。赵全英大胆泼辣，积极向上，心态乐观，有一股子不服输的精气神。何朴树说，全英，学校有一个学生组织，是青年学生们的家，名字叫作共青团，这个家很温暖，很团结，大家都想给组织做事。我想，你比较适合加入这个组织，你加入后，能更好地团结一些青年学生，多给他们讲讲人生理想，光明前景，团结他们向着美好的生活靠拢。赵全英一听还有这么好一个组织，自然爽快答应，并愿意为组织服好务。何朴树把情况汇报给了罗天照，罗天照当即拍板吸收赵全英为共青团员。

赵全英没有辜负罗天照和何朴树的希望，她很善于开展工作，组织能力又强，正直、倔强，加上胆大心细，把学校共青团工作做得很有起色，迅速团结了一大批进步学生加入共青团组织。她的好友陈素清就是此时加入共青团的。

罗天照也在暗中观察赵全英，他觉得赵全英真是一棵革命的好苗子，于是又派何朴树作为赵全英的联系人，经常性地找赵全英谈话，听赵全英汇报共青团工作。同时何朴树还给赵全英讲解一些革命道理。

赵全英扑闪着美丽的大眼睛，问何朴树，何老师，你是不是地下党？

何朴树吃了一惊，问，赵全英，你为啥有此想法？

赵全英说，何老师，你的话讲得好，就像共产党讲的一样。

何朴树更是吃惊了，说，你一个小小的女孩子怎么知道这么多？

赵全英严肃地说，不要瞒我了，我一听你和罗老师与我说话的口气，就猜到你们是地下党了。

何朴树把手指放在嘴边，做了一个嘘声的动作，并四下里瞧瞧。

赵全英大笑，说，何老师你不用看了，我已注意过了，四周没其他人，放心好了。

何朴树暗想，这赵全英还有几刷子，不简单，居然学会边说话边观察周围情况了。他对赵全英说，地下党一事可不是乱说的，今后说话注意些。

赵全英说，放心吧，何老师，我还分不清轻重吗？这地下党的事我在读私塾时就听说过，为此还挨过老师的竹篾条打手板心哟。

何朴树对赵全英说，对，我就是地下党，罗老师也是。

赵全英一听何朴树说自己真的是地下党，没有表现出激动和诧异的神情，她反而沉默下来，说，原来地下党就是你们这个样子！

何朴树说，赵全英，你觉得地下党应该是一个什么样子呢？

赵全英拉回了自己悠远的目光，眨眨眼，一副调皮的样子，说，嗯，差不多，与我想象的差不多，就是你和罗老师这个样子的。

何朴树最后严肃地对赵全英说，作为一名共青团员，一定要保守组织秘密，今天我们的谈话不要向任何人说起，包括自己的父母等。

赵全英见何朴树严肃的样子，也正色说道，知道！请相信我！

赵全英自从知道罗天照和何朴树是地下党员后，她就更加努力地在团组织中开展活动，同时她也从罗天照和何朴树那儿了解到了俄国十月革命，懂得了民主自由，懂得了男女平等，以及五四新文化运动等。

赵全英心中渴望革命，渴望民主，渴望男女平等，她说，罗老师、何老师，只要你们叫我干啥，我就干啥。

罗天照和何朴树见赵全英已经符合一个地下党员的条件，可以发展她入党了。于是，罗天照和何朴树正式成为赵全英的入党介绍人，把赵全英正式吸收成为一名中国共产党党员，负责西区的妇女运动。

赵全英因为在组织共青团的活动中表现突出，自然成为学校的学生领袖，青年学生们都听她指挥，学校也因为有这一群活跃的学生群体而更显得生机勃勃。

随后，赵全英又把闺蜜陈素清、同学何绍云发展成为学生地下党员。

从龙泉场到金宝场是一条宽阔的青石板大路。

月亮从云层里钻出来，躲开云层，愈发亮起来，路旁柏树在路上投下更浓的影子，树下便暗了下来，月亮的亮，让一些夜鸟误认为天未黑，不时从树丛中扑出，柏树摇动，树下的影子也给弄得有些散乱。

青石板路泛着白光，亮晃晃的。罗天照在前面紧走着，后面不远不近地跟着赵全英、何朴树和陈素清。他们都不说话，只赶路。

转过一个弯，赵全英突然想起什么，加紧跟上几步，与罗天照并着排走。

罗老师，明天去南充，我心里没底。赵全英对罗天照说。

罗天照侧过头，英俊的脸庞转向赵全英，说，没底？我还不信了，这世上还有你赵全英害怕的事？

赵全英说，真的，罗老师，我是第一去南充城，心里还真有点打鼓。

嘿嘿，也是，你一个女娃娃，第一次出远门，有点心虚是自然的。罗天照说。

我在心里把事情想了一遍又一遍，但是南充我真的一次都没去过，不知我心里的那些想法切合实际不？赵全英望着罗天照，希望罗天照给她一点指示，哪怕一点也行。

罗天照说，不用怕，党组织对这次活动安排得非常仔细，你们去到城里，就直接去紫竹街唐记药店找唐掌柜，他会把九一八国耻日的周年纪念活动游行事项的具体安排告诉你，这次游行活动规模大，全县各校都有学生参加，你只管听从安排就是。等游行结束后，你们就不要再回唐记药店了，直接去西河桥头集合，你负责将同学们安全地带回学校就行。

赵全英说，我也知道组织安排好了的，但是心里还是有些悬吊吊的，怕自己组织不好。

罗天照说，不用过分担心，有组织在，出不了多大的事的。

赵全英说，嗯。我已经给几个学生都通知了，今晚连夜出发去南充。赵全英看了一眼月亮，她也估摸不出时间来，她说，等我们一回到学校，时间可能也就差不多了，再走到南充，天应该就大亮了，与我们商量会合的时间可能刚刚接上。

何朴树这时跟了上来，他对赵全英吩咐道，全英，你是地下党员，除了要注意自身安全外，还得把游行活动组织好，最重要的是把他们安全地带回来。

这没问题，请放心。我们这次去了几个学生党员，每一个都负责联系几个进步学生，各负其责，各司其职。我们准备分散进城，然后在紫竹街集合，领取任务后再集体行动。赵全英秀美的脸庞在夜色中泛着憧憬的红光。

罗天照说，赵全英，这次游行，规模大，肯定会引起警察注意，所以你们要按照何朴树老师的提醒，注意保护好自己，不得暴露你们身份，特别是还有几个进步学生，你们要照顾好他们，一定不要让他们掉队，也不要让他们受到惊吓。

罗天照英俊的侧脸在月光下显得更加冷峻，赵全英望了一眼，坚毅地点了点头，说，罗老师，没问题，请放心，我都想好了，他们几个都跟在我身后，不准擅自行动，游行起来大家也好相互照顾，保证顺利完成此次任务。

赵全英说完，见前面又有一处崖壁，马上小跑上去，放下糨糊桶准备贴标语。

等赵全英把标语贴完，罗天照又对赵全英说，全英，这次游行虽然说是组织好了的，但我还是有些担心，毕竟场面太大，我怕组织不好，是会出问题的。我想了，如果真的发生情况，你和同学们一定要见机行事，不能太鲁莽，特别是你们几个学生党员，既要掩护好身份，还得冲到最前面，更重要的还要照顾好保护好你们带去的几个学生。压力大呀，你们缺乏对敌斗争经验，遇到突发事件，应对措施肯定跟不上。那时，你们不能慌，不能乱，要多开动脑筋，多想办法，积极应对，把困难想足，做好遇到困难的斗争准备。这才是一个共产党员应该具备的素质。

赵全英诚恳地对罗天照说，罗老师，说实话，我心里还真有点儿害怕，不过，我想水来土掩，兵来将挡，到了哪座山，我会唱哪首歌的。到南充还有几个小时路程，我们边走边想，尽可能把遇到的每一个细节想深想细，有些事情，我也会见机行事的。你放心，我把这些学生带出去了，一定会把他们安全带回来的。

何朴树说，全英，你们如果真的遇到了警察，首先一定要镇定。只要你们的党员身份没有暴露，他们是无法对你们手无寸铁的学生怎么样的。所以你们也不要过分害怕，即便被警察抓了，相信组织一定会组织力量来全力营救你们的。

赵全英见两位千叮咛万嘱咐的，感到事情并没有她事先心里预想的那么乐观，但以她赵全英的性格，就是发生一点小事，又算得了什么呢，她咬了咬嘴唇，坚毅地向着她的老师点了点头。

紧张难免，但赵全英心里最多的还是激动，她第一次进南充县城，而且还带着任务，要说没有点紧张，那是唬人的。严格地讲，赵全英还只是一个刚满十七岁的女孩子，她身材匀称，梳着一头齐耳短发，留着齐额刘海，穿着一身朴素干净的上蓝下黑的学生装，浑身洋溢着一股朝气蓬勃的气息。别看她年纪小，干起组织工作来，冲劲很足，根本不像是个学生。她认准的事，十头牛都拉不回。她的犟在石马垭是出了名的，包括她父母先不让她读书，其实她父母也知道只要赵全英认准了要读书，那是谁也劝不了的，他们先不松口让她读，是想让赵全英承诺读书之余要回家帮着做点农活，因为家里实在缺少劳动力，父母年龄大了，做不动了，必须要有帮手才能把庄稼种完。

罗天照与赵全英他们是分散回交的。

回校前，他们把木桶在西溪河边洗净了，藏在离学校不远的路边一个山岩洞里。

一进校门，赵全英就碰到打牌回校的苏志和赵模。

赵全英装着睡眼惺忪的样子，像上完厕所回来一样。

苏志和赵模有些狐疑地看了一眼赵全英，没有瞧出什么破绽和名堂，看着赵全英独自回女生寝室去了。

苏志梳着一个大背头，赵模的牙齿地包着天，这两个都是青年党的党徒，是县长易维进安插在学校来监视地下党活动的。看来这两个活宝又是打了牌回学校的，他们喜欢打牌，而且一打就打到很晚，一回校还会像幽灵一样在学校里转一会儿。

赵全英与陈素清躲在窗子后面，见苏志和赵模走远了，又等了一会儿，确认他们回寝室睡了，才悄悄出来招呼几个学生，他们从学校悄悄溜出来，往南充进发。

罗天照回校时，没有遇到什么，他与苏志和赵模的回校时间错开了。

但是罗天照没有想到的是，在薄薄夜色之中，另有一双醉红的眼睛盯上了他。

杀猪匠

赵绍州拨开门闩,探头往门外一看,伸手不见五指,黢黑。

一阵冷风吹来,他缩了缩脖子,真冷。

这正是黎明前最黑暗的那阵子。

吱嘎,吱嘎,隔壁传来取门板的声音。

踢踢,踏踏,街上已有人在走动了,似乎很急。

赵绍州打了一个哈欠,用手抹了一把脸。粗糙的手从他起伏的脸上划过,他这一抹也感觉到抹得不顺畅。赵绍州打开手掌看了一眼,起裂口了,难怪那么糙。他把手伸到墙上挂着的油腻腻的衣服上抹了一把,那油似乎渗进了裂口,赵绍州再用手在脸上擦一下,光滑多了。

赵绍州把煤油灯装进玻璃罩子,提着向屋后走去。

屋后是猪圈,猪还没醒,正打着很响的呼噜。

赵绍州站在猪圈旁撒了一泡尿,提着裤子,使劲地抖了抖。风从竹篾墙钻进来,呜呜地,灌进他脖子。好凉,赵绍州缩了缩头。提扎上裤子,赵绍州把鸡肠布腰带使劲勒紧了些,拍拍瘪下去的肚子,感觉有点饿了。他顺手从水缸中舀出一瓢水,仰起头,咕嘟咕嘟地猛灌,也许是急了一点,一个水嗝冒上来,憋得他满脸通红。

喉头上有痰,赵绍州使劲地咳了出来,他朝地上一吐,然后用脚一擦,才往圈边望。满圈的猪都给咳醒了,醒来的猪像梦游一样,在猪圈里打着转,嗡嗡叫。

赵绍州从墙上抓起那件油脂麻花、硬邦邦的杀猪专用服,套在身上。

赵绍州在猪圈边转了转,壮实敦厚的身体显得有些笨重,油乎乎的袖子与身体相擦,发出咔咔咔的声音,他伸手拍拍猪圈,那些猪都抬起头,望着他,以为他来喂食了。他瞅准了那头大花黑猪，那花长在头上，像极了家里大花狗。这猪是白天才从村里收回来的，就它了。赵绍州打开猪圈，要把那头大花黑猪赶出圈。

肥滚滚的大花黑猪慢悠悠地在圈里转圈，嗷嗷叫着，发出粗重的喘气声。赵绍州笑了，说，你狗日的还晓得要挨刀，硬赖在圈里不出来。

啪的一下，赵绍州一巴掌拍在猪屁股上，那猪就直直冲出猪圈，往杀猪墩边蹿去。

赵绍州嘿嘿笑着，个瘟猪儿，居然晓得该去哪儿了。

赵绍州跨步上前，左手利落地一把将猪揽倒在杀猪墩上，那猪还没反应过来，挣都没挣扎一下，就让赵绍州扳住嘴，猪叫声有些闷，侧躺在杀猪墩上挣扎，只见杀猪刀一闪，赵绍州右手和那刀已没入猪脖子里，不见了。

唰的一下抽出刀，一股鲜红的血喷涌而出，在淡淡灯光中泛着殷红的光，如开闸的江水，一泻如注。赵绍州迅速地拿起脚边事先准备好的瓷盆，把瓷盆里的盐搅匀。血向着盆子喷去，势大力沉，赵绍州那粗大的手有些发抖，那血在盆里先是旋了个圈，一圈又一圈地转，慢慢才缓下来，满盆都是血泡子，那血泡很好看，如开出的一朵朵红花，每朵花里还有一盏盏小小的玻璃灯。

赵绍州把手伸进血盆搅了搅，再把血盆端到旁边放起。

杀口处还有血在往外冒，咕嘟咕嘟的，滴在杀猪墩上，再流到地上，红红的一片，风一吹，那血就变污变黑了。

大花黑猪闷哼了一声，轻轻地伸了下腿，那腿还在轻轻抖动，肚子起伏了一下，一泡尿撒出，猪算是彻底断气了。

杀了几十年猪，赵绍州杀猪干净利落，稳准狠，几乎不会给猪留下一点痛苦。赵绍州把杀猪刀在猪身上擦了擦，丢在杀猪墩上，然后把手上的血也在猪背上擦了，顺便捏了捏猪脊背上的肥膘，满意地笑了。赵绍州转身把那盆血端进屋，这盆血已有人预订，他得好好给人家留着，今天只杀一头猪，这血不能卖与第二人。

现在是农闲，肉价有些低，有时一场下来一头猪都卖不完。只有逢年过节，肉才好卖点，一场杀一头猪有时还不够，如果时间早，他还会赶杀一头的。赵绍州他们家有分工，赵绍州负责杀猪，打气、烫、刮等杂活就由妻子和儿子媳妇去操持。

赵绍州在金宝场是有名的杀猪匠，他是住街户，也有点庄稼，庄稼在猪市街后面的斜坡上。他家庄稼种的少，他也没认真种过，因此他家庄稼收成不好,就靠杀猪卖肉为生,这卖肉能赚些钱,收入在街上属于中等以上。

赵绍州一脸络腮胡子,四十五岁,腰圆膀粗,说话豁亮,声音隔条街都听得到,平常爱打抱不平,较讨人喜欢,黑白两道都混得熟,吃得通。就凭他手中那把锃亮的杀猪刀,又有哪个敢惹他呢?平时卖肉时,街坊邻居总是要赊点账什么的,赵绍州也大度地笑笑,说,莫得问题,啥时有钱了再还我也不迟。有人笑称他是金宝鲁智深,赵绍州不知啥子为鲁智深。笑着说,我的胡子还深,这个深就是长的意思。不管那些人叫他什么称谓,他都无所谓,自己粗人一个,叫什么不重要。

一丝薄薄的天光从竹篾墙壁的缝隙中挤了进来,天就要亮透了。

开门声、木瓢声、风箱声、咳嗽声、取放门板声、木轮车在石板街道上滚动的声音,裹挟着薄雾一起钻进门缝来。赵绍州此时已经轻松下来,他靠在桌子上,卷一袋叶子烟,按在竹制长烟筒上,掀开玻璃灯罩,点烟。

赵绍州把烟叼上嘴,才打开前门,抽了两根凳子放到窗下,再把窗板一块一块卸下来,铺在板凳上。

赵绍州估计屋后妻子他们的活计做得差不多了,该他上场了。

赵绍州提了铁钩,把吹满气的整猪扛起挂上木架,他抽出那把开边的刀,沿着猪的背脊一划到底,刀在厚厚的肥膘之中如船行江里,浪花飞溅。赵绍州转过猪身,对准猪肚正中,再一划,开膛破肚,他把手伸进猪肚,一把掏出内脏,沉沉的内脏在赵绍州的手里还冒着热气,他把内脏放在案板上,再用剔刀将猪肉的软边割下来,扛到窗边摊位上,他先得将软边骨头剔下来,头、脚也都全砍下了,再把肉形盘好,那肉摆在案板上,得有个好卖相,然后他才回转去屋后扛带脊椎骨的硬边。

猪板油要趁热撕,赵绍州拍了拍那块猪板油,太好了,这油雪白雪白的,爱人极了,很有卖相。他撕下猪板油,趁热卷成筒状,拦腰一束,挂在铁钩上,让凉风一吹,猪板油就凉了,一凉,那油色更加亮了,更显肥腻了。猪板油比猪肉贵,人家将猪板油买去,武火文火交替熬炼出油,盛罐。热天,油不凝,油亮亮的,老远闻着香死个人。冬天,那油一凝起来,雪花一样白,冰块一样硬,撬一块,放进面条中,那个香,熏得人迈不动腿。炒菜时,用勺子舀一点,看着油瞬间化成黄亮色,一点一点地进入菜里,炒出来的菜香,随着炊烟飘出,整条街道、整个村子都闻得到。油渣更金贵着呢,油渣可当肉吃呢,酥酥脆脆的,特别香。

要说剔骨,赵绍州在金宝场上也是一绝,剔得最好。这剔骨有讲究,剔狠了，光是骨头没有肉，谁买？剔得差，肉多骨头少，那不亏死了。剔骨还得保持好肉型，骨头上肉要不多不少才合适，买了回去可以熬汤，割不起肉的也可以解馋。赵绍州的骨头总是留着合适的肉，所以卖得比肉还快。

肉骨都整理好后，街上赶场的人也来得差不多了，吆喝声，寒暄声响成一片。

赵大胡子，给我留一斤肉，我去上街簸笆市场买个簸箕回来再拿。

赵绍州，把边油给我割一斤。

赵绍州答应着每一位顾客的吩咐，他一一把肉和油割好，摆放好。赵绍州记忆力不错，他割的肉，他记得住是谁的。

趁了空闲，赵绍州把剔骨刀在磨刀石上磨了磨，插进墙上的褡裢里。

赵绍州再坐下来，又把熄灭了的叶子烟点上，吧嗒吧嗒地抽几口。

金马巷

赵全英觉得脚很不舒服,她脱掉鞋子,才发现自己的脚已打了几个水泡。不管这些,她又穿上鞋子,对同学们说,继续走。

紧赶慢赶,赵全英他们终于在天亮之前赶到南门市场外,赵全英说,素清,你组织大家在此等候,我去紫竹街找唐老板。

赵全英是跑着去的紫竹街唐记药铺。一到药铺,只见大门紧紧关着,她上前轻敲三下,门呱嗒一声裂开一条缝,一个戴瓜皮帽的中年男子的头先露了出来。

我找唐老板。那中年男人看了看赵全英,看她的着装打扮,料定是从乡下学校来的学生。中年男人让赵全英进了屋。

一进屋,好暖和哟。中年男人带着赵全英往里走,一到后院,见有不少人在里面。赵全英见好多都是学生打扮,一个个风尘仆仆的样子,料定大家与她一样,都是来参加游行的。

唐老板声音有些嘶哑,他见赵全英到了,就招呼大家说,现在第三批也已经到齐,他说,我把游行路线安排与注意事项给大家讲一讲,大家再分头行动。

唐老板在集体交代完毕后,又分别给几位学生交代了游行结束后怎样回去的问题。最后他招呼赵全英,说,你们几个游行结束后,不要再来这儿了。集体来此,危险。你们直接去西河桥头集合,然后统一返回学校。

赵全英说,好。

这里是地下党重要的交通联络点,不宜在此久待。赵全英告辞唐老板,从唐记药铺出来,直奔南门市场。

陈素清他们见赵全英回来,都围了上来。

赵全英把唐老板的安排详细给大家转述了一遍，要大家团结一心，相互关照，尽量不走散。如果真的走散了，游行结束后大家都到西河桥头等着，集合，统一返回学校。好，现在出发。赵全英给大家说，他们一起往长生巷走去。

长生巷口此时已聚集很多人。这些人自行排成队伍，站着等，队伍密密麻麻的，望不到头，每个人手里都拿着彩色小旗子，见有人路过，他们就抽出一杆递上。

赵全英本来是想按安排的位置去站的，无奈来迟了点，加上人太多，无法到达预定位置，她怕走乱了，就组织队伍跟在后面，顺着大部队走。

队伍开始向前走动了，所有人情绪都异常激昂。

不时有人插进队伍中来，赵全英招呼自己带来的同学要保持好队形，跟着走，统一跟着大家呼口号，不要只看热闹，更不能走丢，不然走散了，就不好找人了。

队伍时快时慢，赵全英他们也时快时慢。

大队伍从长生巷进来，又往金马巷里游行而去。

金马巷子比长生巷子宽阔不少，巷子两边都是人，没有进入游行队伍的人手里也有小旗子，都跟着大家一起舞动。金马巷较长，两边店铺林立，这是南充最为繁华的街道之一，平常是一铺难求，从金马巷向西可以直达大北街，之所以选择这条游行线路，就是看中了金马巷这条巷子的繁华与行人众多，影响较大。

街道上所有店铺的门都开着，但几乎没人进去买东西，所以店老板们有的站在店内向街道上望，瞧得入戏了，也跟着喊，跟着吼。有的店老板则站在自己店前，往学生手里递水，递饼干之类，有的老板看见熟人还跟着走一段，说上几句话，有的老板站在看热闹人群后面，踮了脚，朝队伍里望。太热闹了，他们多年没见过这种阵仗了。

赵全英第一次来南充，什么都感到很新鲜，但她是领头的，得照顾同学，不能光顾看热闹，所以神情是紧张的，也是兴奋的。而陈素清就不同了，她到处瞧，眼睛似乎看不够，对什么都好奇。

赵全英见陈素清那新奇劲儿，就用肘抵了抵陈素清，提醒说，莫看入神了，注意到我们的同学，人这么多，万一走散了，你到哪儿去找？

陈素清像猛醒了一样，说，好的，好的，我用眼睛余光瞟着哩，放心好了，我还分得清轻重。

游行队伍中学生居多，成年人也不少。

这时，赵全英身边挤进来两个成年人，一个边走边对另一个人说，这金马巷是有来历的，据说，曾经居住在巷子里的人经常听到晚上有马叫声，特别在夜深人静时，那声音传得特远，同时还能听到马蹄声在巷子里像风一样吹过，呜呜的，嘚嘚的。还有人说，他们从门缝里瞧见从巷子里跑过的马是一匹金马，亮闪闪的，晃人眼。久而久之，这条巷子就被叫成金马巷了。

那个听的人似乎不是很关心传说之事，扭着头到处望。

另一个人又说，嘿，你听到我说没有？另一个人说，我听着呢，这巷子叫金马巷嘛，有金马从巷子里跑嘛，而且还是晚上嘛。

另一个人说，算了，算了，不说了。我们到前面去看看，看能不能找到我们的人。

陈素清对赵全英说，全英，你看前方。

赵全英往前一看，一个同学正手持喇叭，跳上一个小石台阶，挥舞着手中小旗子，高声地对着游行队伍演讲。那位同学讲一会儿，又领着大家高声地呼口号，每呼一次，大家都使劲地挥舞着手中的小旗子。

赵全英与陈素清不由自主地也跟着一起呼口号，她们随着队伍一起前进，也随着队伍一起呼喊。整条巷子都仿佛被口号声塞满了。

赵全英何曾见过如此阵仗，她内心被激情所左右，她也想跳到台阶上去进行革命宣传，但她控制着，她还得照顾身边的同学们。

赵全英身后跟着何淑兰、青志林、任大力等七宝寺高小的几个学生，他们手拉着手，一起呐喊，可以看出，这几个学生也很亢奋，当然亢奋中还带有一些好奇的成分在里面，他们也是第一次来南充，第一次感受到如此场面，怎么能不激动呢？

陈素清和何淑兰不知从哪儿接过一条横幅，她们俩一人一头拉着。

赵全英见陈素清和何淑兰两个举了横幅，就叫她们走在自己的前面。

陈素清和何淑兰到赵全英前面去了，赵全英回过头来向后看了看。哇，好长的队伍哟。

赵全英太兴奋了，她嗓子都喊哑了，吼不出声，就挥舞小旗子，后来，赵全英的手也舞酸了，但她还在不停地舞。

游行队伍基本保持着整齐的队形，一直向前走。

不时有学生跑出队伍，把手中标语贴到街边木板墙上，又折身回到游行队伍中。

金马巷两边店铺都站满了人，有的店铺前有石级，一些学生领袖模样的人不时地爬上台阶，手持喇叭向队伍不停地宣讲。整条巷子里都充满群情激愤的声音，这些声音混合在一起，形成一条澎湃的河流。

整个金马巷都沸腾了。

赵全英的心也沸腾了。

打倒日本帝国主义！

还我河山！

小日本滚出中国去！

口号声有如嘉陵江水一浪高过一浪，势不可当，响彻云霄。

赵全英有时转过身子，面向她身后的同学们，振臂高呼口号。

游行队伍的阵势就如嘉陵江掀起的一个大漩涡，不断地把人从四面八方吸引过来，陆续地，游行队伍更加壮大了，呐喊声也更加激越了。

啪的一声，易维进摔了桌上茶碗，大骂，一群学生娃儿，反了天了。他妈的，这背后一定有人在组织，一定有人在指使，一定有人在捣乱。

县长办公室空空荡荡，地上是碎了的茶碗。

易维进不停地踱来踱去，像一只无头苍蝇，围着桌子嗡嗡直叫。

这还了得！一伙小小的学生娃儿居然在他地盘上掀起比嘉陵江还大的浪。这还了得！他妈的，这龟儿教育局长搞啥去了？老子要把局长给他撤了，撤了，坚决地撤了。说过之后，易维进才突然想起，他妈的，老子才换的局长，那狗日的，那个那个吴兴谱，他龟儿子屁股都还没坐热，就给老子惹这么大个祸，看来他是不想当这个局长了。他妈的，好事不出门，臭事传千里。这么快，省上就知道学生游行这事了。他妈的，是谁反映上去的呢？这内部也有问题。省上的责骂已经让他窝了一肚子火，现在还找不到解决办法。唉，这手下都是一群装干饭的饭桶。一定得把这次游行压下去，一定得把学生解散回去。省上的指示要求硬得很，不容他有半点回旋的余地，省上说如果这事摆不平，就解了他县长的职，送交省上处理。压？散？他妈的说得轻巧，怎么压？怎么散？你是没遇到，你给老子遇到，我看你又怎么解决？这可是一伙学生娃儿呀，难道要我用警察压？要我拿武器压？

易维进当上县长还不到一年，很显然，他也还从来没遇到过这种事，缺乏解决这些事情的经验。学生一闹，他就糊涂了，心慌了，手忙了，脚乱了，硬是迟迟找不到解决办法，只能在办公室骂娘，摔碗子，瞪眼珠子。

这时，秘书推门进来。易维进大叫，给我出去！

秘书有点懵，刚想转过身出去，易维进又喊，给我回来。

秘书一时摸不着头脑了，愣在当地，不知是进好还是出好。

易维进说，叫你进来你就给老子进来嘛。

秘书进来了，易维进说，去把吴兴谱给老子绑来。

秘书望了一眼脸上青筋暴出的易维进，勾了下腰，说，行，我马上去办。

吴兴谱知道这次不好过，如果光挨骂，肯定是最轻的了。他轻轻推开易维进的门，恭恭敬敬地站在县长办公桌对面，低着头不说话。

易维进没抬头，只见他嘴唇轻张，说，来了。声音小得很，但是吴兴谱能听见。吴兴谱说，县长，我来了。坐吧。吴兴谱说，县长，我不坐，我就站着。

你他妈的还知道不敢坐！易维进声音陡然提高八度。你他妈的这个局长是怎么当的？嗯？上任才几天，就给老子捅这天大的娄子，你要把老子的帽子顶飞呀，嗯？

吴兴谱知道，此时绝对不能吱声，一吱声，易县长就要爆炸，一炸，易县长还有什么做不出来？这样就一点回旋的余地也没有了。他得等易维进骂够，消一点点气，骂累了，他才敢说话。吴兴谱也知道，此时易维进是不会撤了他职的，撤职一说是气话，撤了他职，一时去找谁来？新来局长什么脉都摸不到，什么门都摸不着，那还不把事情搞得一团糟？所以吴兴谱心里有数，他在等易维进消气。

果然，易维进骂够了，脸色好看了些，胸口似乎也平了些。

易维进抬起了头，说，吴兴谱，你知道有多少学生上街不？你知道是谁在组织的不？你知道他们的游行要搞多久不？你的人到现场去了不？你有什么办法没有？

这一连串的问题，考不倒吴兴谱，他心里有数，他得到了现场报告的。他对易维进说，县长，据现场报告，全县大概所有学校都有学生上街，从种种迹象来看，应该是一次有预谋的游行，但是从游行的组织来看，这些游行的人也不是要怎么样，他们大多数是一些学生娃儿，只是情绪没控制好，有的有些偏激，但还没做出出格的事，没产生较大的破坏性影响。我的人早去了现场，基本掌握现场大致情况，现在的问题是我也没搞清这些学生到底要搞多久。我想，这次场面有些大，如果单靠县教育局的力量是不行的，你得出动警察以维持秩序为名，驱赶那些学生，这样才有可能把事态完全控制住。

易维进这才认真地看了吴兴谱一眼，听他对现场的分析，他觉得吴兴谱这个局长还是有一定控制局面能力，他说用警察名义去维持秩序，不是说不可以，他也想过这个问题，但，警察是随便可以出动的吗？

这吴兴谱何等样人，他见易维进看了又看自己，觉得他眼里凶光已消散了些，他长长地暗松一口气。这事，看来有转圜的余地了。吴兴谱接着又说，易县长，我已经派出县教育局所有力量分头去各个学校，严厉要求各校务必立刻组织老师来县城领人，领回去后好好给我教育教育，如果学校管教不严，再次引发如此事件，我一定严惩学校校长。

易维进的眉头向上扬了扬，再看了吴兴谱一眼，说，好，办得及时，这事你得好好给我盯着，不能随便就了了，你得从这件事中吸取教训，让学校举一反三，加强学生的思想教育。这伙学生，胆子也太大了点，如果不好好教育，那今后还不反上天？

吴兴谱说，请县长放心，我会想办法的。

吴兴谱说，县长，我处理事情去了。

易维进对吴兴谱挥了挥手。

窗外游行队伍的口号声传进窗来，易维进起身，咣当一声，关上了窗子。

易维进抓起桌上电话，说，王仁堂，你马上带上所有的警察去金马巷给我维持秩序，不能让学生再往前游行了。嗯，你这个局长也要到现场，亲自去。嗯，不管你采取什么方式，都一定要把学生给我堵住，堵不住，你提着帽子来见我。

王仁堂还没回答说是，易维进就撂了电话。

金马巷里响起短促而紧急的警哨声。

王仁堂亲自带队，一大批荷枪实弹的警察在通往大北街的巷口上架设起铁丝栅栏，排成长队堵在游行队伍前头，不准任何人进出。

那么长的游行队伍只要一动起来，任你什么力量恐怕也无法强行阻止。队伍仍然在前进，只是越向前，队伍就越挤，前面的队伍因为有铁丝栅栏挡着，无法前进，后面的队伍就跟着慢下来，前面学生们站在警察面前，与警察对峙着，他们手里使劲地挥舞着小旗，边舞边喊口号。警察则端起枪，瞄准学生。

一个黑衣警察头目见队伍还在向前缓慢移动，抢过一个学生手中的喇叭，对着后面的队伍大喊，停下来，必须停下来，不准再向前了。

后面的队伍哪里听得到这声音，即使听到，也不可能就此停下，后面队伍还在向前。那个警察又加大音量,大声喊,停下,停下,再不停下就开枪了!

一听到开枪,队伍出现了短暂的散乱,但马上又整齐了。

那警察站上一根凳子,又对着队伍大喊,嘶哑的声音传得远了些,他喊,不准再向前了,不准再向前了,再向前就真的开枪了。同学们,你们停下来,就地解散,各回其家,游行的问题我们不会追究的。

有学生马上激动了,对着游行队伍说,同学们,刚才警察说如果我们再向前,他们就要开枪了!同学们,我们抗日无罪。打倒日本帝国主义!

口号一喊,游行队伍马上又跟着一起喊口号了。

那位警察小头目尴尬地跳下凳子,与王仁堂耳语几句。

赵全英他们行进在队伍中间,见队伍慢下来,还不知道前面出了什么事,后来听说前面有警察拦着,就回头对同学们说,大家不要怕,我们游行是爱国行为,爱国无罪,警察奈何不了我们的,我们继续慢慢向前走。

赵全英已经感到自己仿佛被人从后面推着往前走了。

口号声还在此起彼伏地响彻金马巷子。

游行队伍慢了下来,有一些激愤的男学生手持喇叭跑出行列,站在队伍边上向队伍领喊,我们要抗日!还我河山!打倒日本帝国主义!

警察见队伍不仅没散,还在继续往前走,有的警察害怕了,直往后退。

王仁堂说,不能退,给我挡住。

向后退的警察又端着枪向前,有的已经哗哗地拉响枪栓,但这枪栓声音太小,没人听见,就是听见了,这种场面也是吓不倒游行队伍的。

王仁堂也害怕起来,他原以为给这些学生娃儿吓一吓,就会吓住,一吓住,这些娃娃便会自动散去,哪知他今天遇到了一批愣头儿青,他们一点也不怕死,还硬着头皮要往前冲。王仁堂掏出腰中的手枪,朝天开了一枪。啪!这声枪响真的震住了游行队伍,队伍停下来。然而,也只停了那么一秒,队伍又往前挤了,冲了。这次不是行走,而是真正地冲,整个游行队伍对着警察黑压压地冲过来,吓得警察连连后退。

王仁堂见警察全部都往后退,他再次向天开了两枪,然后把枪插进腰间,对着退到他身边的警察抬手就是两巴掌,啪啪!那位后退的警察脸上红一道青一道,调转身向游行队伍逼上去。一些后退的警察见局长发怒了,只得硬着头皮调转身,挥舞着橡胶大棒,朝着游行队伍冲。

一时间,街上大乱,只见一群黑衣人卷进一群身穿学生装的队伍之中,人仰马翻的,一些男学生胆子大一些,扭住警察就打,一些胆大的女学生也是,与警察扭在一起，一些学生则吓得大叫，抱着头蹲在地上……警察毕竟都是些大人，他们手中有橡胶大棒，乱挥乱舞，学生哪里抵挡得住，很多学生的头被打破了，很多女生的衣服被撕烂了。大街上，一片混乱，到处都是打斗的人群，到处都是尖叫声，到处都是跑掉的鞋子，到处都是丢掉的小旗子。游行队伍散乱了，警察被分散在各处与学生打斗。

易维进是寄希望于警察能够维持秩序的，他也以为这些学生细娃儿一见警察和枪就会害怕，随便一吼就会平息事态，然而事情并没朝着易维进和吴兴谱所想象的方向发展，警察虽然凶狠，但是学生毕竟人多势众，一时间，双方难分难解，事态并没得到有效控制，整个金马巷乱成一锅粥。

游行队伍还在像潮水一样往前涌，这点警力是不够用的，警察们看着潮涌一般的游行队伍，开始直往后退了。

不抓人不行，抓人，抓几个领头的，我看他们还横不！王仁堂看无法阻止后退的警察，只得决定全体撤出打斗，调整策略。除了抓人，必要时还可以开枪。王仁堂已经没办法了，没退路了。他此时能想到的，只有抓人和开枪这两个最下策了。

王仁堂再次掏出枪，对着天空连开三枪。

啪，啪，啪！三声沉闷的枪响，在金马巷子里炸开。

赵全英也听到了枪声，她发现这枪声，有点像刚才那两个学生说的跑过金马巷子急促的马蹄声，不过，这马蹄声有些慌乱，完全没踩到点子上。

王仁堂沙哑着嗓子喊：发现领头的，都给我抓！发现反抗的，都给我抓！抓！抓！抓！全抓，抓错了我来负责。

冲到前面的学生，被警察按到地上，喊得最响的，被警察拖出队伍，有上来阻止的，也一并给抓了。

多个警察对付单个学生，事情就简单得多了，陆续有不少学生和看似积极的游行人员被警察抓走。

游行队伍出现波动，前面有学生开始向后退却了，游行队伍的前行速度大大减缓下来。

边行进边看着热闹的陈素清和何淑兰还举着那条横幅缓缓向前走。

怎么走不动了？素清。何淑兰问。

我也不知道呀，前面的队伍已经走不动了。别忙，我们去看看。陈素清就想往前挤，何淑兰是与陈素清举着一条横幅的，她见陈素清扯着横幅向前挤，她也只得紧跟上去。

警察见两个女孩子举着横幅往前挤，不由分说，上来就将两人抓了。陈素清和何淑兰还不知怎么回事就被警察扭走了。

赵全英也在往前面打望，挡住向后退的学生，问，怎么了？

警察，警察抓人了。赵全英一听警察抓人，就有些激动。她说，怕什么？学生抓得完吗？大家不要往后退，齐心协力往前冲嘛。那些学生哪听她的，挣脱她，往后退。

赵全英回望一下，不见了陈素清和何淑兰。她一惊，两个女娃子去哪儿了？场面太混乱了，赵全英到处望，才看见陈素清和何淑兰被警察抓走了，她马上组织何绍云、任大力、青志林围过去解救，哪知解救不成，他们也被一拥而上的警察一起抓住，铐上手铐，抓走了。

有好些学生本来就没见过世面，见警察一下子抓了这么多人，他们就真正害怕了，队伍开始乱了。同时，队伍中还出现一些家长的身影，他们是来拉自家孩子走的。这下，游行队伍就更乱了，学生不走，家长强行要拉走。警察不时又抓走一个。这样游行队伍就渐渐地散了。

夕阳西下，一点点的余晖斜射进金马巷子，由血红转为惨白的晚霞在巷子里投下了斑斑点点的阴影，像落地的树叶一样，瘫在青石板上。

地上那些丢弃的鞋子、围巾、小旗子、横幅和撕烂的标语，像退潮后留在沙滩上的鱼虾，没了生机，青石板上有少许血迹，点点滴滴，像残阳下凋零的花瓣。

二 领班

金宝场不大，坐落在一条山梁上。

一条窄窄的主街犹如挂在山腰上的软褡裢。逢场天，那些嘈杂的人声、动物的叫声就如褡裢里钱币碰撞发出的叮叮当当的响声一样，杂乱无章。

周志瓜坐在王氏茶铺二楼，茶铺位在正当街的一个拐角。

临窗往下看，能够看到从场口来赶场的所有人。这条街是正街，最热闹，交易的品种多，商品交易量也大。一到逢场天，满街人头攒动，熙熙攘攘的。坐在二楼上，基本上可以看到街上的所有人。再往上看，便是场尾了，场尾一宽阔处，是一个大型猪牛羊市，那是专门为交易耕牛、仔猪、羊等动物的市场，臭烘烘的，要是处于顺风口，老远都能闻到，赶场的闲人是不会逛到猪市去的，所以猪市场的人相对少些。

周志瓜是光头，圆圆的大脑袋犹如一盏特大灯泡，放着亮亮的光，他坐在二楼，很显眼。

金宝场的街房都是穿斗结构，二楼的檐都挑出来，搭上楼板，形成楼上长走廊，楼上走廊居高临下的，视野开阔，既可与屋内楼板连成一片，也可单独形成一条过道，但凡街面上的楼上走廊都与屋内楼板连着，因此楼上空间就宽阔许多，摆放的桌位也多。

王氏茶铺二楼走廊最正中这个位置，自然是周志瓜挑好了的，包了场，固定了的，其他人坐不了，也不敢来坐。周志瓜坐在二楼那个长走廊上，来金宝场赶场的人就能从老远的地方看到楼上有一盏放着亮光的"灯盏"在王氏茶铺上支着，成为金宝场一景。

茶铺王老板隔不了多久就会上来添一次茶水，问问周志瓜还需不需要瓜子、花生或者煮卤菜等。这周志瓜是茶铺的财神爷，王老板处处得小心伺候着，一点也不敢得罪。周志瓜傲慢地仰躺在圈椅上，眼微闭，手里不停地转动一对大钢珠，那钢珠圆溜光滑，发出晃眼的亮光，钢珠碰撞发出的声音，空洞而又霸道，听着就让人头皮发麻。

周爷，陈大柱来赶场了。坐在周志瓜旁边的斜眼孙成摇着一把大蒲扇凑到周志瓜耳边指着街边一人说。这张桌子本来是可以坐八个人的，让周志瓜一包，也就只坐周志瓜和他两个手下了。

何二娃！周志瓜朝何二娃喊。何二娃正端起茶碗，给周志瓜这一喊，差点烫了嘴。

何二娃赶忙说，老大，啥事？啥事？

老子是请你来喝茶的吗？去，去街边给老子把陈大柱叫到楼上来。

要得！梳着小分头的何二娃像弹簧一样从凳子上跳起来，噔噔噔地跑下楼去了。

陈大柱，陈大柱。何二娃连吼两声，陈大柱才转过身来，一看是何二娃，腿一下子就吓软了，差一点当街跪下来。

啥——啥——啥事？陈大柱问。

啥事？周爷在楼上等你。何二娃声音变细小了，他偏着头，用右手大拇指向楼上翘了翘。

陈大柱往楼上一看，周志瓜的光脑袋恰好这时在走廊边上晃了晃，只见走廊上一派透亮，如大白天挂着一盏灯泡，发出淡淡的光，陈大柱一见那亮光，差点又昏过去。

陈大柱心里明白，周志瓜找他，就是要他还钱。陈大柱最怕周志瓜叫他，只要周志瓜一叫他，他浑身肌肉就会跳，他心脏就跳得怦怦地响。那周志瓜有一把算盘，那算盘珠子一响，他就知道他欠周志瓜的钱又要翻倍了。陈大柱也知道，多欠周志瓜一天的钱，这利钱就会跟着滚着翻，利滚利，翻起来无止境。但他又苦于还不上，干着急也没用。翻吧，翻吧，就像金宝场边西溪河里的水那样翻吧，反正你再翻我也还不起，我不相信你还敢把我杀了。陈大柱知道，这周志瓜是要真杀人的，他心里说周志瓜不敢，那只不过是他的一厢情愿，自我安慰。如果不还，你试试看，那周志瓜就有可能要把你打残，甚至打死。金宝场已有例子的，有几个欠周志瓜钱的不就被活活打残或打死了吗？陈大柱自知是还不起那个利钱了，反正要打要杀只有听周志瓜的便了。他知道这一天迟早都要来的，现在已经来了，来了就来了吧，他什么也都不想了，跟在何二娃的屁股后，上楼去了。

楼梯口慢慢露出一个扎着灰布头巾的头,接着露出一张因贫血苍白的脸,鼻梁上还揪了一块暗红的瘀痕,就像一条多脚蜈蚣跳在了陈大柱的鼻梁上一样,怕人。

陈大柱佝偻着身子,爬上楼梯。楼梯也就那么十几蹬,但陈大柱却像爬了一个世纪,爬得气喘吁吁的。陈大柱的头刚从楼梯口一冒出来,就被周志瓜瞪着的铜铃眼吓得不由自主地退后一蹬,隔了好一会儿才敢又再爬上来。一爬上来,陈大柱的腿就跟得了软骨病一样,啪的一下,跪在楼板上。陈大柱哪敢直视周志瓜的眼睛,他忙低下头,那双瘦如柴棍一般的粗糙的手在破衣服上擦了擦,又放下,再擦,又放下,他那双手不知该放在腹前还是垂着,就在那儿搓来擦去的。

陈大柱,好久不见你来赶场,今天来赶场,身上一定带了不少钱来的吧?既然有钱了,就把欠我的钱还了吧。这周志瓜声音不高,却阴森可怕。

陈大柱听一句,嘴角就抽搐一下,他的两只手这下有放的地方了,只见他用手撑着地,低着头说,周大爷,我手里哪里有钱呀,你大人有大量,再宽限我几天吧。

宽限!宽限!我宽限你多久了?你到底什么时候还呀?

周大爷,我坡上麦子要熟了,豌豆也快干荚了,要收了,等我麦子豌豆收回家后,卖了就还钱。

周志瓜鼻子重重地冷哼一声,我看你是说得轻巧,像吃根灯草,你那点麦子豌豆卖了就够还钱吗?

周大爷,我只有那么多了。

哼,我看你陈大柱一点儿也不老实,是不是想赖我账不还?

不是,绝对不是,你周大爷的账哪个敢赖嘛。

我看你就敢赖,你欠我钱,你就一直在赖,这么久了,就是不还。我那天上坡去看了你家那块地,都干得裂了缝,收那几颗粮食还不够塞牙缝,你拿什么还?嗯!

陈大柱苦皱着的一张脸更加苍白了,他刚想抬起头,又赶紧埋下去。他知道祈求是没用的,但是他还得求呀,老婆生病在床,儿子躲债不敢回来露面,儿媳一个人伺候一家人,小孙子才五岁,家里早就揭不开锅了,一天提心吊胆的,时时想着还要去还周志瓜那还不清的利钱,今天周志瓜硬逼着要他还钱,这不是要他的命吗?周志瓜的确说得对,他地里打不了几颗粮食,就是全部卖了换成钱,也换不来一块大洋,何况他还欠着周志瓜五块呢?他真想一死了之了。但他看见两旁站着凶神恶煞的孙成和何二娃,他知道死都不是那么容易的了。

众位看官可能要问,这周志瓜是何许人也,这般不可一世。告诉你,周志瓜就是金宝场上的二领班。二领班又是啥货色呢?告诉你,二领班就是个帮着征粮收税的人。帮谁呢?帮政府呀,帮军阀呗。嘿嘿,是,这政府和军阀谁惹得起?那这周志瓜自然就狐假虎威了,没人敢惹得起了。

当然,这征粮收税肯定是美差了,不然,这金宝场上怎么会有那么多有势力的人都来争着想当这二领班呢?这周志瓜本是金宝场上一个二流子,二吊子,不靠谱的一个人,他仗着在军队上一个当官的远房亲戚而最终把金宝场二领班美差弄到手。这周志瓜一当上二领班,斜眼孙成和小分头何二娃就直奔到他麾下,做了两个小跟班,跟在周志瓜的屁股后头,一天天耀武扬威的,俨然成了周志瓜的两个职业打手,在金宝场上那是一个风光呀。这周志瓜也摇身一变,头刮光了,衣穿伸展了,胡子蓄起来了,走路说话都有派头了。每逢场,三个人就会从下街排着走到上街,然后又从上街回到倒拐子弯处的王氏茶铺,登上二楼,坐下喝起茶来。

一个小小的二领班,怎么会如此地张扬和跋扈呢?

原来,二领班仗了权势,他们采取季节到了不收粮只收钱的计谋,让老百姓去场上把粮卖了,给他们钱。收获季节,粮食不值钱,价格低,二领班就大肆收购粮食,到了青黄不接的时候,他们又高价出售,从中赚取巨额差价,牟巨利。这还不算,老百姓没钱给,可以,先赊欠着吧,有钱了再给。你莫以为这是二领班在发慈悲,允许你宽限几天。可不是那么回事,他们让你赊欠,是有目的的,他们的利息利滚利,跟斗利,一番一番地翻,呈几何级数翻,翻到最后,你都不敢相信到底欠了他们多少钱。一旦陷入这陷阱,你就几乎还不伸展了。大家可能都看明白了,这就是现今我们所说的高利贷呀,高利贷,那是要害死人的呀。一旦沾染上高利贷,那二领班就相当于一辈子赖上你了,你一辈子都得给他打工,还钱,而且永远还不清。还不清就算了吗?不,他们有的是办法,他们要想法榨干你最后一滴血,最后一滴汗。逼,打,绑架,勒索,什么办法都用上,你家人不交钱,好,他们就抓人,不交钱不放人,被绑架之人有的被他们活活逼疯,有的被他们活活打残,有的还被他们活活打死。老百姓对二领班恨之入骨,但又敢怒不敢言,惹不起呀,他们有打手呀,那就只能任由二领班在金宝场上横行霸道了。

宽限!宽限!你他妈的每次都说宽限,都宽限到现在了,还是不还,你他妈的到底多久还？斜眼孙成眼睛一蹬，牛眼睛一样，他抬起大手，就是一巴掌，重重地抽在陈大柱脸上。陈大柱苍白的脸上马上现出五条深深的血红印子。

何二娃也不示弱，跑过来也是一顿劈头盖脸的打。陈大柱，你说得轻巧，以为就像吃根灯草。你让我们宽限，我们又让谁宽限？上头催得紧，我们也要上缴的。你不还，我们拿什么上缴？陈大柱，老子今天就非要你还不可了。你他妈的当初欠钱的时候嘴上说得好，说尽快还上，结果老子等到现在你都没还上，你今天得说清楚，到底什么时候还？

有如一场洪水一浪一浪地袭来，这陈大柱一个站立不住，几乎就要倒下去。实在坚持不了，陈大柱干脆一屁股坐在地上，他用手抹一把嘴角的血，嗫嚅着，说，周大爷，我真的是没钱，真的是还不上呀。

我叫你还不上！我叫你还不上！何二娃见陈大柱还在那儿嘴硬，一个劲儿地说没钱，就又飞起一脚踢过去，把陈大柱踢了一个四仰八叉。

孙成跑到走廊上，把一根搭在柏木栏杆上的毛绳子拿过来，抖了抖，把陈大柱绑了，像鸭儿浮水一样吊在大梁上。陈大柱发出大声的惨叫。

周志瓜坐在圈椅里没动，他眯缝着眼，也不看陈大柱，也不看孙成和何二娃，而是慢悠悠端起茶杯，鼓起腮帮子，左右一吹，呼地呷一口，那茶水在他嘴里回旋着，周志瓜吞了，便又把眼睛眯上了。

孙成和何二娃两个轮番拷打起陈大柱来。周志瓜任由他们去。不管。

楼下茶客们能清楚地听到楼上啪啪啪打人的声音，有的人起身走了，有的还站在街外边看热闹。这些人不敢上楼来，但他们还是想瞧瞧究竟。

轮番着吊打，陈大柱几乎都死过几回了。陈大柱嘴角流出一股鲜血，那血就顺着滴到楼板上，从板缝中再渗下去。

明知道陈大柱交不出钱却还要这样狠打，这周志瓜肯定是有目的的，他知道陈大柱的儿媳妇有几分姿色，陈大柱儿子又长期不归，他就想打陈大柱儿媳妇的主意，当然还有另一层意思，就是做给还不起钱的人看的。

周志瓜站起身，挥挥手，让两人停下。周志瓜走过去用手捏住陈大柱的下巴，往上一抬，他见陈大柱的脸有些变形，气也若游丝了，就有些厌恶地放下手，说，陈大柱，我这次就发点善心，宽限你几日，但你要是在规定期限内仍然还不起钱，那就别怪我不客气了，到时，你就叫你儿媳妇来我家抵债吧。

至此，陈大柱才终于明白了，这周志瓜如此凶狠地逼债，原来是要打自己儿媳妇主意。造孽呀，天打五雷轰呀。你个周扒皮，一定不得好死。

陈大柱气昏过去，口里含混不清地说着一些话。

周志瓜哈哈哈大笑，转了身，左手背在后，右手转动着钢珠，昂了一颗亮头，大摇大摆地下楼。孙成、何二娃匆匆看了地上的陈大柱一眼，也跟随在周志瓜身后，走了。

王氏茶铺的王老板一直不敢上楼来，见周志瓜走了，他才探头探脑地回来。王老板见陈大柱还吊着，要死不活的。他马上把陈大柱放下来，见还活着，忙给他喂了一口茶，陈大柱润了润嘴唇，嘴唇动了动，最终还是没说话。王老板叫来一个帮工，让他送陈大柱回家，他既可怜陈大柱，但又怕陈大柱死在他家，晦气，送走为妙。

烂赌棍

那天晚上,赵全英和罗天照贴完岩标一起回转,眼看要到学校了,他们就在西溪河边蹲下来,洗手,洗桶。西溪河叮叮咚咚的声音,把他们洗手洗桶的声音全盖了下去。

赵全英早选好一个岩洞,她观察了,岩洞里面有一堆干柴草,柴火堆久了,有一股特霉特腐特烂的味道。赵全英掩上鼻,轻轻撅开柴草,把桶塞进去,再盖上,柴草恢复了原状。整个过程赵全英都很小心,在外面看,露不出一丁点儿痕迹。

快到校门口了,赵全英与罗天照就分开走。

赵全英回来,遇到过苏志和赵模,赵全英装着上完厕所回来,没引起他们的注意和怀疑。

罗天照回来时,恰好错过苏志和赵模。

一切似乎风平浪静,但并不代表这晚就没事,罗天照压根儿没想到,这月夜之下还有一双没睡觉的眼睛,盯上了他。

寂静的乡村,天一黑,人们都关门闭户了。吃饭,喂猪,收拾屋子,蜷脚上床。劳累一天,谁也没心情还在屋里忙这忙那,一般情况下,更没谁会摸黑去乡村小路上溜达。

在离学校不远的路边一岩洞里,却有一双好奇的眼睛还在大睁着,放着光,一眨不眨地盯着罗天照离去,这双眼睛其实并不亮,相反还有些混浊,昏花。那天夜里月朦胧鸟朦胧,树影幢幢,夜风摇曳。在如此环境下,那双眼睛看上去反而有点亮。天空虽然不亮,但并不妨碍那双眼睛对罗天照的偷窥。

不是罗天照忽略,而是柴草中那双眼睛藏得好,那双眼睛很贼,直盯着夜色中的罗天照,他认识罗天照,是的,罗天照谁不认识呢?罗天照是七宝寺高小里有名的老师，罗天照把糨糊桶藏在岩洞里夜归的所有细节他都瞧见了，他不声张，他贼贼的眼睛在那天灰暗灰暗的月夜里放着兴奋的光，他似乎隐约敏感地捕捉到今天夜里天空开了一个巨大的洞，洞里有什么，他一时还看不清。

你夜归，你偷偷摸摸地夜归，你东张西望地夜归，你还带着女学生夜归，你还在岩洞里偷偷摸摸地藏东西而归，那此事一定是什么见不得人的事，不敢在白天做的事，一定不是好事，既然不是好事，那就是见不得人的事，既然是见不得人的事，那就说明你心里有鬼，说明你心里虚，只要你心里有鬼，只要你心虚，那就对了，那就可以有洞可钻，有机可乘了。

何富章高兴坏了，甚至于兴奋得浑身发抖，他没想到，天赐这样一个机会让他抓住了，他努力地告诫自己不要声张，要冷静，他知道罗天照不简单，如果他一不小心，发出了声，那罗天照岂会放过自己？他不敢肯定，他缩回他的头，蜷进柴火堆里，睁着眼睛睡觉。

那天晚上，何富章就在那个岩洞里，翻来覆去没睡着，那只糨糊桶一直在他眼前晃。到后半夜，何富章爬起来，钻进那个岩洞查看了一下，他拿起桶，立马就闻到一股浓浓的糨糊味。好闻，好闻，真好闻，他这一闻，肚子就咕咕叫。于是，他用鼻子狠狠地闻，但他还是没闻出个名堂来，他用手指在桶沿上沾了一沾，那味就窜入他手指上了，他把手指放在嘴里一尝，酸酸的。他呸了一声，说，晦气，还以为有啥子宝贝呢，他妈的就一股酸味，呸呸呸。何富章钻回岩洞继续躺起。

何富章在金宝场上就是一个赌棍，烂赌棍。他只在金宝场上混，他也只能在金宝场上混，他在其他地方断然混不走。有人开玩笑说，我们都喜欢何富章。但何富章知道，那是人家调侃他的，喜欢个狗屁，他们是喜欢与他赌，因为他逢赌必输。有人说他何富章人见人恨，何富章不理睬，恨就恨吧，他怕个鸟。这些人恨他是因为恨他时常没钱，到处欠钱，欠钱又不还，欠钱不还的人谁喜欢？所以他在金宝场上也混不走属正常。他时常被人打得鼻青脸肿，也正常。他老婆跟人跑了，儿子也被带走了，房子赌没了，只能住岩洞，往往吃了上顿，没下顿，时常饿得走路打晃晃，这也再正常不过了。何富章还喜欢喝酒，一喝就醉，一醉就睡大街，又哭又闹。自然没人理他，也没人可怜他，任由他在街上睡着。像何富章这样的人，往往很贱，你看他都活成那样了，还一心想着赌，不赌就心痒难耐，不赌就睡不着觉，不赌就是站在别人旁边烤火也要把一天的时间打发掉，这人还算人吗？没人愿意他在自己旁边烤火，总恶言恶语地撵他走，这何富章也受得了气，再骂都要旁看。

罗天照在找藏糨糊桶地方时,发现路旁边有个岩洞。他看了一眼,借着月光,见岩洞里是一堆柴草,于是把桶藏进去。旁边不远还有一个岩洞,这罗天照知道,但他不知道的是,何富章就睡在另一个岩洞的一堆柴草下面,罗天照自然是发现不了。罗天照他们在藏桶时,发出声响,正是那一声响,把何富章给惊醒了,何富章睁开眼,从柴火堆空隙中瞧出去,正看见罗天照。何富章睡眼惺忪,他眨眨眼,瞧见是罗天照,但他不敢出声,蜷缩在柴火堆中一动不敢动,直到罗天照离开,他才悄悄爬出来,望着罗天照他们消失在黑暗之中。

这何富章原本还算长得有点人样,瘦高,然而这一赌,就把一身气质赌没了,人穷了,钱没了,志就短了。久了,就人见人恨了,这一恨,就让他腰挺不直了,眼也不敢平了,手也没处放了。一来二去,人家把他的瘦高看成豇豆藤,把眼睛斜瞟看成贼眉鼠眼,于是他整个人一下子就在人眼睛里变猥琐了。腰包空,上无片瓦,下无立锥之地,天天住岩洞,那当然就直接成人不人鬼不鬼的了。

俗谚说,饱暖思淫欲,贫穷起盗心。这何富章输了钱就借,借遍了人,还不了,再借就借不到了,借不到,就只有偷。因此他成了村里远近有名的多手人,见什么顺什么,臭名昭著,人都躲着他,一是怕他借钱,二是怕招惹上这无赖。

不过,金宝场上那几个赌友还是喜欢他的,他一上街来,那几个人就争相邀他参赌,因为与何富章赌钱,那就相当于捡钱,这捡钱的营生谁不想干?

这不,何富章不知又在什么地方搞到几个散水银子,走起路来,都把口袋按着,害怕无人知道他有钱似的。只见他一钻进赌场,就往赌桌上一坐,马上有几个赌友热情地凑上来,说,何哥,今天想搞什么牌局?

何富章说,当然还是川牌嘛。

那几个人说,好,就川牌。

四川人最喜欢打的牌就是川牌,也有人称川牌为点儿红,也有人称坨儿红。牌有红黑牌张,因为川牌的点不管是红还是黑,都是那种椭圆的形状,四川人称一点为一坨。不管点儿红还是坨儿红,那意思都是逗点子,红点子逗够十七点就可以和牌。庄家最先摸牌,摸够十八张,其下手和对家摸十七张牌,庄家上手即尾家只能摸五张牌。庄家因先摸牌,且多摸一张,所以要求庄家和牌,必须得逗够十八点才能和,下手和对家只摸十七张牌,所以必须逗够十七点才能和,上手即尾家只有五张牌,那自然只有逗够五点才能和,也就是说尾家和牌时是六张牌,有五张都必须有红点。尾家也可以投黑的,投黑就必须是全黑,不能有一张红点,红点必须要打,这因此就有风险点,摸到红牌,要想和牌，这红牌就必须打，一打红牌，就容易给人逗红，也容易逗番，所以有风险。吃牌的规矩为每两张牌须凑够十四点为一搭牌，三张牌一样为扯牌，扯一搭红张牌为四点，扯一搭黑张牌为二点，天地人和幺为番牌，六点。和牌数点儿红，红与红组成一搭算两点，红与黑组成一搭算一点。川牌规矩多，不能打红吃黑，不能先不扯后扯，手上两张一样的牌，扯一张同样的上来，必须滑下来，丁斧不和牌，七点不和牌，和牌讲究承包，谁打谁负责给钱，上手打下的牌可以吃起，任何一家打的牌都可以扯，七点必须扯，和牌为大。规矩太多，所以每一局牌打下来，几乎都有人包牌，包牌是要包堂子赔钱的。

　　正因为上手打牌下手可以吃，所以这牌有时打起来就有些诡异，如果上下手联起来，那这牌桌上就会出老千，其他人输钱可能性就大增。有人说，老子手气好，才不怕你出老千哟，这种情况也有，手气好了，啥子都挡不住，但那毕竟是建立在手气好的基础上，谁能保证自己的手气一直好呢，所以赢钱不是建立在打得好的基础之上的。不知道何富章一直输钱的原因是有人出老千还是他自己没赌运，反正他一赌就输，他越输，就越赌，他越赌，就越输，他还一直不服气，说手气不可能一辈子都差。然而，他这一辈子就手气差了，差到老婆没了，儿子没了，房子没了。他想这下自己什么都差没了，还有比这更差的吗？所以他认为已经够差了，只要还打下来，就应该可以翻梢了。不怕输得苦，就怕断了赌。这是何富章的口头禅。何富章一直在做着一个梦，就是哪一天运气来了，他有钱了，他就不怕任何人了。

　　第二天，何富章仍然没有好运气，他又输了个精光，四个兜兜一样重。何富章耷拉着一颗小脑袋往回走，边走边想，又没赌资了，去哪儿找呢？这伙崽儿，这伙狗日的，太凶了，老子好不容易弄到几个钱，又让几个杂毛种给我抢走了。何富章爱用一个抢字，他总认为那几个是一群棒老二，赢起钱来一点都不手软，恨不得把他的破衣裳都赢光。老子不与他几爷子赌了。何富章想到这儿，他又笑了，不与他们赌，又与哪个赌呢？这金宝场还有哪个陪老子耍？唉，老子还是想办法去弄点赌资哟，不然老子连这点爱好都没有了，那我连一个小小的金宝场都待不下去了。

　　何富章一路走，一路想，办法都想遍了，还是没想到弄钱的途径。他生着自己的闷气，居然连肚皮饿了都不觉得。刚一想到饿，他肚子就咕咕咕直叫唤。到哪儿去找点吃的呢？

　　前面就是岩洞了，他还没想到弄点啥吃的。这个时段，地里空着的空着，没有空着的都是还未成熟的庄稼。何富章翻过一根田坎又一根田坎，油菜籽成熟了，但吃不得呀，再过一根田坎，哇！油菜地边角角里还有几行嫩胡豆，胡豆荚已经饱满了，他摘下一荚，用手一弯，啪的一声，里面跳出嫩胡豆来。胡豆可以吃，他把破衣服兜起来，摘了一大兜胡豆。他坐在西溪河边，把胡豆剥出来，边剥边吃，人一饿什么都吃得下，直吃得他满嘴胡豆味。然后他起身将胡豆壳全部抛入西溪河中，胡豆壳顺水流走了。何富章站起来，摸摸肚子，打了一个很难闻的嫩胡豆饱嗝。

眼见天黑下来，何富章往岩洞走，月色开始朦胧，这条路上没一个行人，到处白晃晃的，树影像鬼影一样晃动。鬼，撞到鬼了。灵光一闪，这何富章马上想起那天夜里撞到的罗天照。哈哈，罗天照，罗天照，鬼鬼祟祟地藏桶，鬼鬼祟祟地走夜路，这鬼鬼祟祟的是干什么呢？哦，对了，他突然想到了什么，于是加快步子往岩洞走。

何富章为自己的突发灵感兴奋得脸发烫，他像抓住了一根救命稻草。

他想，罗天照那么晚了，藏着一个糨糊桶，这不摆明了是刷标语吗？刷标语，那不就是共产党吗？哼！敢当共产党，看来他们是不想活命了，前几年那些共产党在西河桥头菜市口被枪毙时我还去看过的，当共产党那是要杀头的呀，这罗天照肯定是共产党无疑了！他胆子也太大了，他还不知道他的把柄已经在我手里了。哼，我就不相信他不怕，我明天倒要去试探他一下，看他怎么打发我，如果他拿钱消灾，我就算了，不告发他，我还可以长期搞钱。如果他不认账，不拿钱消灾，那我肯定要去报官的，我不信他不怕我告官。不对，我不能随便告官，一告官，他让官府给杀了，那我就搞不到钱了，虽然有点赏钱，那也就是一锤子买卖。不行，我还是要摸索着来，不能惹恼了他，我要让他一直给我拿钱来消灾。

一想到这条门路，何富章在岩洞边就兴奋得手舞之，抑蹈之。他不禁为自己的聪明而感动着，自己太有才了，罗天照是一个聚宝盆呀，自己什么时候要，他就得什么时候给。哈哈哈，这多好！他仿佛看见他兜里揣满钱，他仿佛看到那几个赌鬼都往他兜里瞧呢，他骄傲地想捂住口袋，结果一捂下去，什么都没有。

何富章枕着一捆稻草睡着了。那一夜，他做了一个金黄的梦，梦见自己跳入金币堆中，头枕金币，睡在金币上，身上堆满了金币，金币压得他喘不过气来。他从重压中惊醒过来，才发现那捆稻草压在他身上，凉风吹来，他缩了缩身子又钻入柴草堆中睡了。

关押室

咔嚓一声,门锁从外面直接落上。

屋子后面有一些课桌椅,断腿的、缺角的、散架的,胡乱地堆着。

赵全英环顾一下这间屋子,窗格子已经钉上木条,门也横加粗木条,门上那把锁特大。赵全英从屋子摆设判断,这不是监狱,这是一所学校,就是不知道到底是哪所学校。只要不是监狱,赵全英又放心了些。

赵全英昨晚在来县城路上就做了最坏打算,她也想到过被警察抓的事,但她却无法想象被抓后的事。因为她的想象毕竟有限,真正到了现场,当时那种突发状况,陈素清她们被抓,她也是第一次遭遇,她想上去搭救,但哪容她搭救,那些警察就拥上来,她哪里经历过这些,当时她吓蒙了,不知该怎么办。正当她不知所措时,她已经和同学们一起被警察带到这所学校。一路上,赵全英的倔强性子又上来了,她想奋力挣脱,那些警察便认为她是学生头儿,把她绑得更紧。

教室并不暗,赵全英稍微适应一下,就见陈素清、何淑兰也在。

赵全英扫了一眼另一堆学生,任大力、青志林也在,他们俩双手被绑,背靠背坐在地上,离陈素清和何淑兰不远。

赵全英放心了,几个人全都在。

赵全英冷静下来,不能急,得想办法,但是又一时想不出办法,内心于是又着急起来,自己把他们好好带出来,现在却不能把他们好好带回去,她一想起此事被自己搞砸了,就有些内疚,她认为她辜负了罗老师的期望,现在该怎么办呢?罗老师他们知道吗?我们现在全关在这里,怎么才能给罗老师他们通风报信呢?自己第一次独立应对如此大事,她拿不出主意来,她甩了甩自己的头,想保持脑子清醒,但还是想不出任何法子来,真是急死人了。怎么办呢?

赵全英侧头看了一眼陈素清和何淑兰，陈素清倒显得冷静，而何淑兰的情况就有点不同了，脸色苍白，低着头，一绺头发勾进她嘴唇。赵全英又看了看任大力和青志林，这两个男生表现还不错，稳定，正常。

教室里不见警察，从门缝看出去，门口只站了一个警察。

赵全英想，看来警察也知道他们只是一群学生，掀不起多大浪，没有派那么多警察来防守。既然知道我们是一群学生，怎么还把我们抓起来了？是不是想吓我们？搞不好关关就放了。赵全英在脑子里飞快地把问题转了一圈，但还是没理明白。

教室外有一棵高大的洋槐树，风吹叶落，一枚落叶从窗格钻入，随之而入的还有那树影，树影似乎有些重，掉在地上摔成了几节。

赵全英双手被反绑，她将身子往陈素清身边挪挪。悄声说，不要怕，我们是学生，谅他们不会对我们怎么样。

陈素清迟疑着点点头。何淑兰把头抬起来，看了赵全英一眼，悄声问，真的吗？

赵全英点了点头，说，不怕，他们关不了我们多久，一定会放我们出去的，我们又没有犯法，我们只是声援抗日救国运动而已。

赵全英嘴里虽然如此说，但她内心还是有些不确定。毕竟她才刚满十七岁，她也从来没有经历过这么大的场合，遇到过这么大的事，更别说有经验了，她靠的是自己的胆大心细，她通过观察，心里有点谱了。她必须强行让自己冷静下来，才能给同学们以信心。她要用自己的沉着从容与镇定来影响同学们。

陈素清再次向赵全英点头。她将头往赵全英身上拱了拱，表示支持，低声说，我们不怕。

何淑兰似乎心情好了些，她抬起了头，望着赵全英，赵全英的从容镇定鼓舞了她，她朝赵全英勉强笑了笑，虽然笑得极不好看，好歹还是见她笑了。

赵全英是放心几个男同学的，他们看上去安静冷静得多，一副无所谓的样子。

赵全英往青志林那边移，她用手肘碰了碰蹲在地上的青志林，说，警察刚才那么凶，我还以为是抓去监狱呢，哪知来的是这么个地方。嘿嘿。不怕。

青志林说，我才不怕呢，就在这儿蹲着，他们要管饭吧？

赵全英看青志林居然想到吃饭，开心地笑了。这一笑，自己也觉得真饿了，她吞了一下口水，说，管饭？你想得美。

青志林吐了吐舌头，不说话了。

赵全英又对任大力说，大力，冷不冷？冷就与青志林挨近点，相互背对背抵着，热乎一点。

任大力说，不冷。

外面那个警察见几个学生在教室嘀嘀咕咕，站在窗子外向里吼道，不准说话。

赵全英突然想起什么，她站起来说，报告，我要上厕所。

外面那个警察愣了愣，说，等着。反身检查了一下门锁，就出去找人来带学生上厕所。

赵全英见警察走了，转身对所有同学说，同学们，我们不怕，我们游行是正义的，我们是学生，我们有游行和集会的自由，我们抗日不犯法，警察关我们只是暂时的，老师们会想办法来营救我们的，大家放心好了。

有位同学还是有些担心，他对赵全英说，我们会不会判坐牢？

青志林抢先说，刚才不是说了不会吗，怎么还在问？真是的，我们是学生嘛，怎么会坐牢呢？

赵全英说，放心，不会的。我们现在唯一的办法就是在教室里安心等，老师们不会不管我们的，他们一定会来救我们的。

那位同学迟疑着坐下去了。

陈素清挣扎着站起来，说，这警察就是吓唬吓唬咱们，他们没证据证明我们有罪，我们是爱国行动，爱国不会有罪的，放心好了。

同学们七嘴八舌地小声说开了。

吧嗒，教室门打开了，走进来一个女警察，问，哪个要上厕所？

赵全英站起来说，我。

那跟我来。又有女生也站起来说要上厕所。

女警察说，一个一个来，等着。

青志林看着任大力，扑哧一声笑了。

任大力问笑什么？

青志林说，你看你衣服上的纽扣，掉了几颗你都没发现。

任大力低头看了一下。说，我看见了的，当时街上那么乱，我被一个警察追着打，我又想跑，纽扣不掉才怪。

青志林说，你晓不得与警察对打吗？

任大力说，对打？你有那胆子？警察手里有橡胶棒呀，别看那家伙软，打在身上可实打实的，痛着呢，不信你试试。

青志林说，你以为我没试过，我还与警察抢胶棒呢。

任大力说，那你抢着没？

青志林低着头说，没抢赢，那家伙力气大，我搞不定，转身跑了。

任大力说，你还跑？多没出息。

青志林说，你有出息？你有出息那你纽扣怎么掉完了？

任大力说，哪里掉完了？掉了两颗好不好。

不要争了。赵全英上完厕所回来，说，莫说了，别人听着笑话。

青志林与任大力这才住了嘴。

外面又起风了，呼呼地吹，洋槐树叶哗哗地掉，往教室里飞，嚓嚓有声。

暮色就如舞台幕布，一下子拉下来，教室里马上就黑了。

这个夜晚看来要在教室里度过了。

赵全英望了望外面黑洞洞的天空，想罗天照老师他们肯定急坏了，他们几个到现在都没回学校，罗老师应该明白他们几个已经被关押了，只是关押在这个地方，罗老师肯定不知道。要是有人将关押他们的消息传递出去就好了。

四月的天气还有点冷，从嘉陵江畔吹来的风从破窗格子中钻进来，满屋子绕。

赵全英往陈素清身边挤了挤，又招呼何淑兰，说，过来，我们三个面对面坐着，抵头而眠。

逼死人

陈大柱被王氏茶铺老板找人抬回家，就只剩下一口气了。

陈大柱躺在床上，满身血污，嘴角也肿烂，连哼的声音都微弱得听不到了。

儿媳妇宋英姿端了一碗水，陈大柱强睁开肿眼，也只瞟了一下，又闭上，他摇摇头，宋英姿知道爹喝不了。

陈大柱老婆从床那头爬过来，抱着满头血迹的陈大柱哭，天啦，这是什么世道哟，还要不要人活了哟。一把眼泪一把鼻涕的。

陈大柱已气若游丝了，他一想起这个家就要碎了，又一阵伤心，遭罪了儿媳妇哟，在自己家没过几天安生日子，儿子又不敢着家，自己又欠周志瓜那么多债，这天杀的周志瓜，这辈子我弄不赢你，我就是下到阴曹地府也不会放过你。陈大柱眼角流下一行混浊的老泪。

宋英姿根本不知道周志瓜在打她主意，她还在盼着男人在外面多挣点钱回来还周志瓜，就说，爹，你不要着急，等祥子挣了钱回来，还了周志瓜，我们就再也不欠他的钱了。

陈大柱听宋英姿一提儿子，更加气血往上涌，心想祥子没能力挣那么多钱回来，这周志瓜逼走祥子是坏了良心的，他在打你主意呀，宋英姿，你不知道呀。这个结是死结，没人能解开的。

陈大柱自知时间不多，他嘴张了张，宋英姿知道爹要说什么，忙过来问，爹，你想说什么？陈大柱喉咙里发出呵呵呵的声音，良久才吐出几个字：回娘家，躲躲。

宋英姿没听明白什么意思，说，爹，你不要管我，不要说话，身体要紧，你不能倒，你一倒了，这个家咋办哟。

陈大柱眼泪再次淌下来，只听他喉咙咯噔一声，头一歪，断了气。

周志瓜坐在王氏茶铺里喝茶。

何二娃走过来，悄声说，周老大，陈大柱死球了。

周志瓜正端着茶碗喝，头也没抬，嘟起嘴，左右一吹，嗞的一声，一口茶入嘴，周志瓜咂咂嘴，说了一个字，香！

孙成斜着眼说，死球了就死球了，死个人有啥了不起的，死了正好。孙成还想往下说，周志瓜瞪了孙成一眼，就你多嘴，只可惜我那钱怕是收不回来了。

何二娃说，他敢，欠债还钱，父债子还，这是天经地义的事。陈祥子不是还在外面挣钱吗？陈祥子不是还会挣钱吗？这账自然该落在他头上了。

去去去，少在这儿给我扯你妈的闲篇，发碎嘴，到街上去看看还有哪些欠我钱的人来赶场了，见到了就给我叫到这儿来。周志瓜挥挥手，孙成和何二娃对望一眼，便自觉地下楼逛街找人去了。

宋英姿出现在周志瓜家院坝时，周志瓜正躺在藤椅上睡觉。

周志瓜家里没其他人，静悄悄的。周志瓜家在场尾，屋子原本窄小，自从当上二领班，他就把屋子后面的院子扩大了一倍。

宋英姿头戴孝布，手里提一把刀，一进院子就大喊着朝周志瓜砍去。说，你个狠心的周志瓜，老娘今天与你拼了。

周志瓜惊醒，他还从来没见过宋英姿如此凶狠，真把他吓了一跳。但女人毕竟是女人，力气小，样子凶。结果周志瓜手一伸，就把宋英姿手抓住了，说，陈大柱欠我钱是事实，哪晓得他陈大柱自己想不开，自己去寻死呢？

宋英姿见周志瓜这人也太厚脸皮了，这节骨眼上倒反打一钉耙，说陈大柱是自己寻短见死的。因此更加生气，说，你周志瓜逼死我家公，还反说我家公自己寻死，这天底下还有天理不？

天理，我就是天理，他欠钱不还，我找他要账还不行？

要债，把人命都要没了，你这要的是哪门子债？

我要债没错，至于陈大柱死不死，与我有啥关系？是他自己想不通，死了，死了就想赖账了？不可能，这债得由你来还！

宋英姿见周志瓜太无耻了，把人逼死不说，债还照样要讨。一想到家公死得太冤枉，人死了，背上还背了那么大一坨债。宋英姿万念俱灰，也想一死了之。于是看准周志瓜家的大木柱就撞了上去。

周志瓜见宋英姿在他家寻死觅活的，马上大声叫来人。本以为家中没人，哪知正巧周志瓜老婆回来了，她见周志瓜扭住宋英姿，上前对准宋英姿就是两巴掌，说，你个骚货，骚到我家里来了。

周志瓜忙说，叫几个人把这个泼妇给我撵走，不要让她在我家撒野。

周志瓜老婆看见地上有刀，才发现情况不对，马上抱着宋英姿又推又搡地把她推出门外，说，滚，给我滚，滚得越远越好。

此时大街上围上来不少人，大家见宋英姿被推出周志瓜门外，都笑嘻嘻地看热闹。

有的已知道周志瓜逼死陈大柱这事，都可怜宋英姿。这宋英姿也是没办法才来找周志瓜讨说法的，但在周志瓜这里哪能讨得了说法。

宋英姿想，说法没讨着，反而自取其辱。宋英姿见街上人越聚越多，可是没一个人站出来替她说一句公道话。宋英姿伤心极了，她掩面跑回家去了。

头七都还没过完，周志瓜又窜到宋英姿家，说，宋英姿，你什么时候来还债？

宋英姿怒视着周志瓜，说，你也太不是人了吧！我家公才入土几天，你就又来逼债，你到底要不要人活呀？

周志瓜说，欠债还钱嘛，天经地义，我怎么就逼你了？

宋英姿说，我没钱，你就是逼死我也没钱。

周志瓜说，没钱好说，只要你给我做二房，咱们人钱两清。

哼！宋英姿冷笑一声，心想，狐狸尾巴终于露出来了，原来你打的是这如意算盘，我就是死了，也不会便宜你这恶棍。宋英姿指着门外喊，滚，给我滚，滚得越远越好。

周志瓜没想到这宋英姿这么倔强，他想不通，老子家里这么好她都不愿意嫁过来，守着那么一个又穷又破的家有啥子意思嘛。

周志瓜走后，宋英姿扑倒床上，大哭一场，她把屋子整理好，撕碎了床单，扭成一根绳子，就在自己家二梁上上吊自尽了。

陈大柱老婆躺在床上，动弹不得，她只听得隔壁板凳咚一声响，说了声，造孽啊，头一歪，也昏了过去。整个屋子寂静无声，如死去一般。

陈大柱死了，宋英姿也死了，这个家彻底破了，只可怜那位还卧在床上的老太婆和还说不了几个字的小孙子。

周志瓜得知宋英姿死了，骂了一句，烂婆娘，死脑筋。

金宝场上的人都知道陈大柱和宋英姿死了,死了也就死了,似风吹过一样,吹过之后,一切还是原样。

这金宝场欠周志瓜债的人多了去了,唯独赵绍州不欠。

周志瓜成了金宝场理所当然的大爷,大爷哪个敢惹嘛,不要说惹,就是看都不敢多看他一眼。见了周志瓜,大家躲着走。

赵绍州不仅不欠周志瓜钱,周志瓜反倒欠着赵绍州钱。

赵绍州在金宝场也算是一个人物,耿直,爽快,出了名的。他卖肉几十年,这营生也是来钱的。家业虽不大,但手头是宽裕的。他在钱的问题上从不计较,街邻四舍的,只要说声赵师傅我今天没钱,给我割两斤肉,他会毫不犹豫、爽快地割一块肉扔过去,说,啥时有啥时还。还钱积极的,他连账都不记,更别说是收利息钱了。还有的以在赵绍州这儿赊欠为荣,因为在这儿信誉好就可以随便赊欠。

所以金宝场上,没在赵绍州肉摊上赊欠猪肉钱的几乎没有。

这赵绍州五大三粗的,络腮胡子窜得满脸都是,加上手里有割肉刀,背上背有杀猪刀,不了解的,谁见了他都怕,其实他内心是很好的一个人,爱打抱不平,许多人不仅不怕他,相反还很喜欢他。

这周志瓜有的是钱,怎么他也要在赵绍州这儿赊欠呢?

说来话长。周志瓜也是虚荣心作怪,一街人都在赵绍州这儿以赊欠猪肉钱为荣,为啥我周志瓜就不能呢?所以当周志瓜也说要在赵绍州这儿赊欠猪肉钱时,赵绍州就爽朗地笑着说,好,你周爷是金宝场的大人物,能在我这儿赊欠那是我的荣幸,今后只要周爷吱一声,要割多少肉,我给你找人亲自送去,肉钱想什么时候给就什么时候给,我还信不过你周爷吗?

周志瓜哈哈大笑,说,好,我认你这兄弟!

赵绍州在心里捋了一遍账本上记录的周志瓜的赊欠,内心一阵高兴。他挺佩服赵全英的,那天赵全英悄悄来找赵绍州,把他拉到偏屋对他耳语一阵后,赵绍州点头称是,说,明白,明白。

每到逢场天,周志瓜从茶铺出来,都会在赵绍州的肉铺前停下。

给我来两斤背梁肉,要肥的。

赵绍州放下旱烟袋,从板凳上站起来,操起割肉刀在膘厚的肉上镗了镗,说,周爷,今天来几斤?

来两斤。

好咧。秤杆尾向上翘了翘，秤砣便直直地往秤钩那头滑，周志瓜见赵绍州给他称得旺旺的，非常满意。

赵绍州说，周爷，给你记账上了哈。

好的。周志瓜把肉提起来，抖了抖，转身对孙成说，提着。周志瓜又看了看摊上边挂着的一卷边油，说，把边油也给我一起称上。

好嘞，三斤。赵绍州麻溜地把边油递给周志瓜身边的小分头何二娃。何二娃和孙成一起提着肉和边油，跟在周志瓜屁股后头往下街走，周志瓜院子就在下街的街口。

离赵绍州肉摊不远，补锅匠赵富贵正叮叮当当地补着锅。

赵富贵虽然叫补锅匠，但他碗、盆、盘什么都补。这铁锅锅底让柴火抵着烧，烧久了，锅铲一铲，锅底就容易漏，有时锅只一个沙眼，漏少许的水，丢掉是不可能的，用泥糊一下将就可以对付一阵子。但沙眼一大，水就漏得凶了，必须得补，用篾背篼把锅背到街上，让赵富贵给补。赵富贵先把补钉备好，洞小的补一颗钉，洞大一点的补两颗连补钉，更有洞大的，破了的，那就用长补钉或者是几颗双补钉连着补。只见赵富贵把破锅反过来，补钉最光滑的一面朝向锅里，钉脚一面的从破洞钻出锅外，糊上黏和度高的黄泥，在外面用一个打了眼子的铁片包上，钉脚分开，用铁锤轻轻地敲打，待敲得巴巴实实了，锅就补好了，补过的锅没有先前平顺，但是补好了也能用很久。补碗和盆盘什么的，工序类似，只不过铁锤小一些，敲打得更细致一些罢了。

都是手艺人，手里余钱多一些，赵富贵一般是不在赵绍州那儿赊欠肉账的。

补锅匠赵富贵的摊周围每场都会围好多人，他们来瞧补锅。

赵全英有时上街来，也喜欢蹲在赵富贵的补锅摊边，看赵富贵补锅。

赵全英按辈分叫赵富贵为二爹。

设法营救

一天无风，西溪河静悄悄地流着。

七宝寺高小正常进行着各项教学活动。

罗天照上完课，夹了课本回到寝室。寝室里有些热，有些闷，汗水已然湿透他的长衣衫。整整一天了，罗天照一直觉得心神不安。

罗天照将脖子上围巾解开，又结上，再解开，再结上。

罗天照明知此时应该做点啥，却又不知要做点啥，该做点啥。最后他将围巾从脖子上摘下来，圈成一圈，放在桌子上。

罗天照站在窗前，瞧着大洋槐树发呆，有一片叶子黄了，卷了，直直往下掉了，要着地了，来了一阵小风，那叶子被卷起，小鸟一样朝窗前飞。罗天照伸手接住那片叶子。是的，要有风才能飞，哪怕是小风。

赵全英没如期归来，罗天照已意识到出了问题，但他又不知道具体情况，不敢盲目作决定。尽管他之前已经预估到这次游行肯定没想象的那么顺利，但他还是没想到会严重到一个学生都没回来的地步。

干着急没用。此时罗天照脑子在急速思考，如果赵全英他们真被捕了，该怎么去营救他们呢？

有两个女学生把毽子踢进罗天照寝室，罗天照捡起毽子又给她们扔回去。两个女学生捡起来，道了一声罗老师好，又跑开了。

罗天照寝室很小，还兼着办公室用，估计也就八个平方左右。

一直没赵全英消息，罗天照心里有些堵，更多的是烦躁和不安。

挂在黄葛树上的那只破钟响起，学生们飞也似的跑进教室上课了。

何朴树推门进来，一屁股坐在凳子上。

罗天照说，怎么了？何朴树说南充中心县委来通知了，说赵全英他们被抓到县中关押着。县委说了，问题不是很大，赵全英和陈素清她们地下党身份没暴露，不可能有入狱风险，但是何时放，他们也说不清。

罗天照迅速在脑子里分析一遍，准确地判断赵全英他们没有入狱的可能，这应该是最好的结局了。只要身份没暴露，最大限度也就暂时关几天。关几天没关系，就是不知道赵全英他们几个承受能力如何？只要他们几个人承受得了，学校一定会想方设法营救的。其实罗天照不担心赵全英与陈素清，他是担心其他几个非党员学生，他怕他们心理受伤害，毕竟他们几个都是初出茅庐的学生娃儿。

何朴树从口袋里掏出烟来，点燃一支，屋子里顿时烟雾缭绕。

罗天照从不抽烟的，他也向何朴树要了一支，刚抽上，就猛烈地咳嗽起来。

两个人把烟一抽，就都冷静下来。

何朴树说，老罗，虽然我们学校只去了几个学生，但是县教育局和县府肯定会怪罪的，我们倒不怕，最多给我们一个教育不严的训诫。现在的问题是得尽快将学生们救出来，不能让他们关押太久，对他们身心不利，他们几个没有社会阅历，我怕出现意外。

罗天照倒不这么看，他说，我相信赵全英他们，他们几个我们是信任的，除了赵全英和陈素清，其他几个也是思想上积极要求进步的学生，这点打击对于他们来说，应该不算啥，就当他们在活动中历练历练吧。

何朴树说，话是这样说，我还是怕那些警察欺侮学生，万一他们把这次游行定性为地下党组织的，并以此拷问学生，那就有点麻烦了。

不会的。罗天照说，从目前情况看，这次游行也仅仅是一次游行而已，警察没掌握到地下党组织游行一事。赵全英他们应该没事儿。

如果这样就好。何朴树长出一口气，仿佛放下心中一块巨石。

是的，压力都很大。罗天照何尝不是，他心里有最坏的打算，但他还是朝好的方面去希望，他相信赵全英他们一定能够应付得过来。即使那些警察要吓吓这些学生，赵全英他们也不是那么好糊弄的。何况警察抓了那么多学生，不可能一一审问。

何朴树说，南充中心县委也在积极想办法，争取让学生们早日回校。

何朴树刚站起身来想走，此时何仲阶进来了。

罗天照忙招呼何仲阶，说，督学坐。

何仲阶看见何朴树也在，说，我也正要找你们俩。

何朴树说，那我也不走了。

何仲阶说，好。何仲阶在凳子上坐下来，说，有重要事情给你们通报。

罗天照和何朴树已经猜到何仲阶要说什么，都一齐望向何仲阶。

何仲阶是县教育局派驻西区的督学，全面负责管辖西区的教育工作。何仲阶是开明人士，进步人士，非常重视和关心支持西区的教育工作，他在西区教育界是很有影响力的。何仲阶在县城也有不少人脉，属于在政界和民间两方都吃得开的那种。

罗天照对何仲阶也很尊重，只要学校一遇到一些不能解决的麻烦事情，罗天照他们就会找何仲阶督学出面解决。

何仲阶向罗天照和何朴树通报了县教育局局长吴兴谱召集各片区督学开会的事情，吴兴谱向各片区通报了这次学生参与游行的事件，特别严令各校要加强学生管教，不能再出现类似事件，今后凡是发生一起就坚决处理一起，而且要按通共来顶格处理。

罗天照说，这吴局长看来是疯了，学生正当游行又没招谁惹谁，用得着那么严厉吗？

何仲阶说，这吴局长在易县长那儿挨了训，把气都撒我们身上。看来这事不那么简单，说不定游行还真有地下党参与，要不然这易维进县长怎么会那么生气，竟然还敢抓学生，还要求学校严加管教学生。

罗天照说，我们先不管有没有地下党参与组织这次游行事件，我是担心我们学校的几个学生什么时候能够放出来。

何仲阶说，吴兴谱也没说要关学生多久，他说要教训教训学生。然后由各片区督学出具担保，各校再各自领自己的学生回去。

罗天照听了，心中一块石头终于落了地。

罗天照对何仲阶说，何督学，这事你要多费心了，这担保信就由你出具了，我们派人与你一起去接学生回校。

何仲阶说，行，担保信我已经出具好了，你们派个人与我一起去县城接学生就行。

罗天照与何朴树起身向何仲阶鞠躬致谢，何仲阶还了礼，说，这些都是我应该做的，我其实也挺同情这些学生，毕竟他们是爱国的，用这种方式来表达自己的爱国情怀，何罪之有？

罗天照说，就是，就是，谢谢何督学了。

罗天照转身对何朴树说，何主任，你就与何仲阶督学一起去县城接学生吧。

何朴树说，好的。

特派员

深夜，月色如洗。

藏珠山的轮廓清晰得如同一幅黑白剪影。

如果把藏珠山比喻成一位熟睡中的壮年男子，那西溪河绝对是一位贪睡的柔美女子。藏珠山上的林涛声是壮年男子熟睡的鼾声，西溪河里荡漾着的是柔美女子轻柔的气息，一重一轻，刚柔并济，使得绸缎般的月夜更加迷人。

七宝寺高小内灯光已经如数熄灭，整个校园内寂静无声。

操场边的草丛中几只不知名的夜虫不时叫上几声，一声起，一声停，此起彼伏的，让这透明的夜有些捉摸不定，深不可测。

从金宝方向大路上走来一人，在月色中有如一棵移动的树，风起树动。

对，真像一棵移动的树，一片在月色中快步移动的树影。

那个影子是杨得园，他的影子忽长忽短，摇曳生姿。

杨得园戴一顶旧草帽，破檐子一垮下来就遮住他半边脸，一件旧军衣已然无法遮住杨得园魁梧的身体，旧军衣给绷得紧紧的，他坚定的步履，无形中透出一股浓浓的军人气质。

在如此浩大的月色中，杨得园仿佛一支划动的桨，在月色之中划动，可以看出，月色在他的身体过处一分为二，尔后再合二为一。

好静，沙沙的脚步声就如柏树籽落地的声音，轻轻地在草丛中跳了跳，钻进一阵虫鸣之中。乡村的月夜，弹指可破，草丛中，好多虫都醒着，这些习惯在夜里发声的虫，是月亮的守护者。

杨得园的脚步轻轻和着虫声，显得甚是轻快。

看得出，杨得园很是谨慎，走几步又站在树下停下来，观察周围，再走。其实用不着停下来，这条路是一条青石板大路，即使有人走，也是正常的，但这么深的夜，几乎是没有行人的。这大概是他军人养成的习惯，凡事都小心为上。

七宝寺高小内树影幢幢，月色从树叶间漏下地，如一把把散碎的银子。

校园安静，可以清晰地听到百溪河哗哗的流水声。

杨得园闪身到罗天照寝室窗户下，庞大身躯有如一棵树在窗前投下一小片树影。

罗天照寝室仿佛暗了一点。

当当当，杨得园轻轻在罗天照寝室木条窗上敲了三下，又三下。

这是约定好的接头暗号，罗天照没睡，他躺在床上，醒着的，刚才他见窗前暗了一下，就知道一定有人来了，等两个三声敲窗声响，他立马从床上翻起身来，把门打开一条缝。

杨得园闪身进屋。

两双大手紧紧握在一起。

特派员，欢迎你来西区！罗天照激动地对杨得园说。

谢谢，罗书记，我虽初来，但早已听到西区地下党组织活动在你领导下，搞得轰轰烈烈，党派我到西区来工作，我很乐意。由于我长期在军队工作，对于地方工作还不很熟悉，特别是西区情况，我希望能尽快熟悉环境，适应地方工作，早日建立起我们西区游击队，开展游击战。杨得园握着罗天照的手，轻声说。

罗天照也很激动，他早就盼望党组织派一名得力干将来支援西区游击工作，现在终于盼来了。他说，老杨，我们西区地下党工作开展得好，主要是地方老百姓非常支持我们工作。有了好的群众基础，不愁做不好革命工作的。你搞兵运工作出身，在军事方面是强项，有了你的强有力指导，我相信我们西区游击战一定会让敌人胆寒的。

罗天照让杨得园先坐下来，他倒了一杯水给杨得园，杨得园这才发现自己真的渴了，他端起水杯，咕嘟咕嘟一口气全灌下去。

罗天照说，通南巴红色苏维埃根据地搞得红红火火，蒋介石害怕极了，蒋介石没想到在他后院起火。这还了得，他马上调动川陕很多兵力来全力围剿，想将通南巴苏维埃红色根据地消灭在萌芽状态，根据地因此面临和承受了极大压力。省委多次要求我们尽快成立武工队，打好游击战，有效牵制和分散敌人兵力，以此支援通南巴革命行动。

杨得园说，成立武工队，打游击战，很好，我将不遗余力地开展好工作。

罗天照说，好，我们盼着你来已经很久了，你来了，就好了。说实话，我们西区地下党工作开展得是有些成效，影响力也很大。但是目前最急迫的就是开展游击战，这才是有效牵制敌人的最好办法。我们心里也急，但是苦于条件和经验等诸多因素，迟迟没有成立武工队，开展游击战。省委已多次责成南充中心县委加强对西区游击工作的领导，并做了多次指示，要我们务必尽早成立武工队，有效开展游击战，打击敌人，牵制敌人。

杨得园站起来，对罗天照敬了一个标准军礼，说，罗书记，请放心，我明天就着手开展工作。

罗天照将杨得园按下来坐着，说，莫整大声了，这篾壁不关音。是的，这寝室全是麦秸草混合泥巴糊的竹篾墙，不关声，也不隔音。稍微不注意，这半夜三更的，声音要传很远。

罗天照早就向省委打报告，请求派一个懂军事的同志来西区指导开展游击工作。

省委也是考虑再三，才把年仅三十九岁一直在二十九军搞兵运的杨得园派来了。

罗天照见省委派专家来支援西区，自然是无比高兴。他曾经试着成立武工队，想开展游击战，无奈西区这些本地人不太好集中，加上都是庄稼汉子，莫要说打枪，就连枪都没摸过，有人一听枪声就脚打战，再加上枪也不是那么好搞的。没枪，缺人，无经验，致使武工队迟迟成立不起来。

南充西区地理位置非常偏僻，是整个南充县吊角吊得最远的地方。龙泉、晏家、金宝等地距县城全都在一百多里路以上，老百姓赶场就在周围几个场镇上打转转，有人几乎一辈子都没到过南充县城。这几个地方还与蓬溪、西充等县交界，无论到南充到西充到蓬溪都较远，是真正的鸡鸣三县之地，这三个县也都懒得管这些地方。

顺庆起义失败后，南充地下党遭受极大破坏，地下党工作陷入最黑暗时期，一大批地下党员都被杀害在菜市口，地下党工作真正转入了地下，甚至可以说是销声匿迹了。

到一九三二年，南充地下党组织才慢慢开始恢复元气，大有越烧越旺的燎原之势。通南巴苏维埃的建立，加上仪陇、蓬溪等周边地区革命活动的影响，南充地下党组织也得到较大发展，考虑到地下党在县城工作有难度，南充中心县委根据省委指示，在农村建立地下党组织，壮大地下党组织，主要以南充西区的金宝、龙泉、晏家等地方为农村革命根据地，带领老百姓开展革命活动，以此策应通南巴。

学校，历来是知识分子集中的地方，教师，也是思想觉悟较高的人群。南充中心县委选择七宝寺高小作为根据地，是有道理的。在西区，七宝寺高小办学历史悠久，无疑具有深厚的文化底蕴和纯朴的乡村气息，是最适合地下党组织的建设与发展。党组织派出了罗天照、何朴树、舒俊、何泽惠等多名优秀人才去七宝寺高小和附近几所学校教书，他们以七宝寺高小为中心，建立起中共南充地下党组织最早的支部——川北支部。

我代表西区地下党和西区人民欢迎你！罗天照再次握紧杨得园的手，他同时也松了一口气，罗天照作为七宝寺高小党支部书记，心里是有压力的，党组织及时派来杨得园，这无异于雪中送炭，这下可好了，武工队的问题可以解决了。

杨得园轻声说，罗书记，你的支持就是我最大的动力，在来的路上我就已经想好了，到位后马上开展工作，先解决人员问题，再解决枪支问题，然后解决训练问题。我相信，只要我们齐心协力，西区武工队一定能干出成绩来。

杨得园把事情想得太简单了点，后来围绕成立武工队产生的诸多问题才让他真正体验到地方工作的不容易，特别是在落后农村。此是后话先按下不表。

哈哈哈，我们西区，你一来就把西区当成我们自己的。好！我绝对全力支持你工作。罗天照紧紧握着杨得园的手说。等你安顿好后，我再给你介绍西区的整体情况。

不用等了，你马上就给我说一下西区情况，我的心也很急，党派我是来工作的，我一定不会辜负党的重托，一定让西区武工队尽快建起来。杨得园也有些迫不及待。

行，我就给你说说我们西区的情况。罗天照说。

罗天照于是将西区情况逐一给杨得园作了详细介绍。

最后罗天照说，你先得委屈一下，你的住处不能安排在学校，学校太显眼了，你一个陌生人住进来，又不会教书，会有很多眼睛盯着的。加上现在学校也不安宁，县长易维进的青年党在学校安有很多眼线，他们天天盯着师生，盯着学校。

那我住哪儿？杨得园问。

罗天照已经想好了，说，你就住赵全英家，赵全英是我们学校新发展的学生党员，靠得住，她父母也支持地下党工作。你就以她家落难的远房表叔身份住进她家，平时帮着做些农活为掩护，闲时就开展游击队的组织和训练。

杨得园见罗天照安排得这么仔细，很是敬佩，他站起来又给罗天照敬了一个军礼。

两只手再次紧紧握在一起。

操场训话

呜——呜——

从嘉陵江吹过来的风直往木窗格中钻，微微带来一些寒气。

赵全英蜷缩了一下身子。

那风又绕教室一周，呜的一声，从窗格中钻出去。木窗格被风反复蹂躏，发出吱嘎吱嘎的破碎声音。窗户底端铁拉手有些变形，在风的反复推搡之下，哗一声被拉掉了。吧嗒！那窗格一下子搭在墙壁上，哗啦一声，玻璃碎了一地。

风呼一下子灌进来，灌满了整个教室。

嘟——嘟——

一阵口哨声响起，教室外面来了一队警察，教室门被打开。

到操场上去！都到操场上去！警察一进教室就向同学们催促。

赵全英他们站起来，向操场走，她身后跟着陈素清和何淑兰，任大力和青志林还要拖后一些，跟在一群男生后面。

操场边上站满警察，学生们被围在中心。

赵全英没有说话，她用眼神向陈素清和何淑兰他们示意，要沉着，要冷静。

一些学生显然已支持不住了，关了一晚，还只吃一个窝窝头，又冷又饿，他们站得有些东倒西歪的。

赵全英脸色有些苍白，精神也有些疲惫，但她仍然咬牙坚持着，她站得很直，头微微昂着，一头黑发如瀑布般倾泻下来，在冷风之中飘舞。

只有赵全英知道，南充中心县委已通过警察内线将消息传递给了她，叫她先稳住同学们，保持镇定，不要自乱阵脚。党组织马上就会营救他们出去。

陈素清从赵全英的眼神中看到了坚定，她捏紧拳头，悄悄向何淑兰和任大力他们示意。

吴兴谱是县长易维进一手提拔到县教育局长岗位的。

易维进对吴兴谱是赏识的，吴兴谱是青年党党徒，他一直追随易维进。

当然易维进提拔吴兴谱也是有考虑的，这吴兴谱是西路人，一直在县政府党部工作。吴兴谱老家在大通场，吴家是大通很有地方影响力和有较高威望的大家庭，吴家共有三兄弟，两个在南充，一个在县政府工作，一个是公路局长，小兄弟吴季蟠在法国留学。三个有出息的娃儿让吴家在大通名气大振。提拔一个这样的人来管南充教育，易维进是动了心思的，也是很得意的。

易维进一直不满意西路教育，不放心西路教育，他认为西路教育一直没有跟在他后面走，他怕西路教育走偏，这回把吴兴谱提起来，就是想用他们家在西路的影响力来控制西路教育，这西路教育一旦控制住了，他的南充就太平无事了。

这吴兴谱也是懂规矩的，他对易维进提拔他当县教育局长也是感恩的，他一上任就想做点成绩出来，比如说他想对全县老师进行一次大整顿，无奈天不遂人愿，还未实施就遇到抗日大游行这么一档子事。

也怪，这世上有人一当上领导，他所管的事就一而再，再而三地出事，而有的人一当上领导，顺风顺水，一点儿事也没有。这吴兴谱是前者，刚一上任就出事。易维进倒不是在怪吴兴谱，他知道任谁当这个局长，游行之事恐怕都是免不了的，但恰恰吴兴谱撞上了，怪不了谁的。易维进生气的原因不是因为出事，而是出了事，这吴兴谱一时还没有给他制订出强有力的措施来解决这事，一群学生娃儿就把南充给闹翻了天，你说他易维进生气不生气呢？

要严惩，要严惩。易维进给吴兴谱丢下这么一句话，至于怎么严惩，他也说不上来。

吴兴谱给易维进保证，一定稳妥地处理好这件事，好好地教育一下这些学生，决不让此类事情再发生。

易维进说，好，吴兴谱。这件事影响很大，处置起来要谨慎，要尽快把事情摆平，给多方一个交代。我认为这次游行不那么简单，只是我们现在手头苦于没有证据，抓不住什么。所以你看怎么处理这件事，你拿决定吧。

这易维进一个大甩锅，把事情交到吴兴谱手中，吴兴谱只觉得好大一个炭团在向自己滚来，热浪滚滚的，他的额头唰地一下子就渗出大颗大颗的汗珠儿。

开初，易维进以为几个学生娃儿上街不是大事，也没有多在乎，他想吴兴谱也许就可以摆平，结果那阵仗可不那么简单，游行人越聚越多，事态一下子失控了。他派出王仁堂，以为有警察局长出马，这些学生娃儿们就害怕了，一害怕，事情就解决了，哪知这王仁堂也镇不住局面，不得已才采取镇压措施，可是一镇压，问题就出来了，学生是抓起来了，是关起来了，光抓光关可以，总不能一直关着吧。治不了这些娃儿的罪，那就得放吧，怎么放？他还真为难了。

想来想去，只有让吴兴谱来了却这件事了。

吴兴谱明知道这事烫手，但必须得接，他是县教育局长呀，他不接谁接？易维进肯将吴兴谱提拔到县教育局长位置就是看重吴兴谱的能力，这吴兴谱在大事面前，不推诿，敢承担，有主见。这一点易维进还是看准了的，因为吴兴谱的心里真的已有了主意，既然抓这些学生都不需要理由，那放这些学生也自然可以不需要理由了。这世道，理由不重要，重要的是实力，都靠实力说话。只是放了这些学生娃儿，但又不能就此便宜了这些娃儿。他们参与游行，实际上就是参与闹事，闹事就是与县教育局过不去，就是与政府过不去。这些学生太单纯，必须把苗头制止住，不然后患无穷。自己刚上任不久，这些娃儿就给他弄出如此大的动静和麻烦，得好好教训教训这些学生娃儿一顿。还有全县的学校都得好好敲打一下了，敲山震虎，学校得有学校的样子，好好教育学生，好好守好教育规矩，不得给政府添乱。至于游行等乱七八糟的事情如果今后再出现，校长一律就地免职，带头学生一律从严惩办，决不姑息。这后方不能乱，首先教育不能乱，教育乱了，思想就乱了。那这南充的天下成谁的天下了？怕是说不清了。我这个局长得为县长守好摊子。

吴兴谱是在易维进面前拍胸保了证的，一定要处理好学生的事。他想在处理好学生的事后，再来着手整顿教师的事。吴兴谱想，学生游行虽是坏事，但是坏事也可以变成好事，他想整顿全县教师正愁找不到支点呢。这下好了，有了由头，在全县进行一次教师整顿那不就顺理成章了吗？

一早，吴兴谱就想来县中，他要亲自给学生训话，他要给学生好好地上一课，他就不相信凭他这么多年在党办工作的经历还驯服不了这一群小毛头。不料临时省上有一件事情，必须要他去处理，他得马上赶去，于是他详细给县教育局的总督学李仕学交代相关事宜，让他代表自己向关押在县中那一群参与游行的学生训话。他说调已经定了，学生集会是非法的，游行更是不应该的，既在社会上产生了不好的影响，也影响了正常的教育教学秩序。他要李仕学好好转达他对学生的关心，同时要严厉批评这些学生的冲动行为，怎么动不动就上街游行呢？学生的任务是读书，读书，再读书。两耳不闻窗外事，一心只读圣贤书，这才是学生的本分。他还要李仕学向各学校转达，他对学校放任学生上街的行为很是不满，学生的动向学校怎么不知道？这是说不过去的，他要求各片区的督学要好好回去传达他这个意见，抓好师生的思想教育，决不能让此类事件再次发生，一旦发生，将严惩不贷。

李仕学说，局长放心去处理事情吧，我一定好好地把你的意思领会好，传达好。

李仕学是县教育局总督学。

在教育系统，总督学级别已经够高了。但是级别不代表职务，级别再高，没有相应的职务，也就没有了相应的职权。平时在县教育局里，人们对李仕学很尊重，是出于对他级别的尊重，但是他说话是没有分量的，大小事都无法做主。毕竟，一个局里，大家只认局长，只有局长才能决定一切。也就是说，在县教育局里，李仕学的督学只是一虚衔，听起来怪唬人，但其实这虚衔只与薪水挂钩，没有其他的实际意义和作用。

身披一件风衣，梳一个背头的李仕学派头十足地几步登上县中操场上的舞台。

李仕学环视了一下操场上的学生，没有几个人嘛，这些娃娃闹什么嘛，稚气未脱，就跟政府作对，显然不把政府放在眼里，不把教育局放在眼里，几个胎毛都没长齐的娃娃居然胆子这么大，得好好地揉捏他们一把。

操场上还有些风，把李仕学的头发吹乱了，他伸手把头发向后理了理，咳嗽了一声，再清清嗓子，准备训话。

平时本来训话时间就少的李仕学，突然一下子卡壳了，一时不知说什么。

他说，呀，同学们，呀，你们辛苦了！

县中的领导和操场上的警察都愣了。

李仕学马上反应过来，这是训话，不是讲话。他说，同学们，你们知道为什么抓你们吗？你们违法了，非法集会，非法上街，警察来维持秩序，你们还与警察发生冲突，这是违法呀！

我们没违法，我们是爱国行动。学生中有人喊了一句。顿时学生之中你一言我一语地议论开来，我们怎么违法了？我们上街游行可是抗日行动呀！是爱国的呀！怎么变成违法的了？

李仕学见学生的议论声音大起来，压住了他的训话声，他忙问身边谁带口哨了？一个警察将口哨递过来。李仕学吹起了口哨。操场静下来了。

李仕学说，我知道你们的行为是爱国的，但是你们的方法方式不对，造成街上交通拥堵，干扰人们正常生活，还与警察发生冲突，这不是违法是什么？

　　这种疑问式的训话又引起下面一阵议论。

　　这李仕学讲话技巧还真有些欠缺。他在吴兴谱面前说认真领会他的讲话精神，其实他一点也没领会到，兀自在台上自说自话一通。

　　李仕学见议论声又起，便又将口哨掏出来，吹了一声，台下学生的议论才停下来。

　　李仕学抬手向下压了压。这动作显然已是多余，口哨声已经将学生声音压下去了。

　　李仕学脸上掠过一丝尴尬，尔后他又板起脸，做出很严肃的样子。同学们，我希望大家好好汲取这次教训，好好反省，好好读书。

　　此时，一阵微风吹来，吹落一枚洋槐树叶，那落叶正巧落进李仕学衣领里。李仕学感觉到脖子痒痒的，他伸手一摸，把那枚落叶取出来，生气地掼在地上。学生们见了，又偷偷地笑。台下一阵嗡嗡声。

　　李仕学再次吹响口哨。

　　不过这次口哨没有先前的口哨作用大。

　　台下一个学生大喊一声，日寇不除，我们怎可安心读书？

　　李仕学想看看是哪个学生在带头喊，但下面黑压压一片脑袋，认不出来。

　　李仕学说，同学们，你们还是学生，抗日是国家大事，不用你们来操心的，爱国有很多种方法，你们为啥只选择上街游行这一种极端的办法呢？

　　这李仕学训话真要命，他的疑问式讲话，没有力度，倒像是商量的口气，难怪下面学生又是一阵议论。

　　天下兴亡，匹夫有责！谁说我们学生不能抗日了？上街游行怎么违法了？

　　李仕学头上汗珠一下子冒出来。真他妈的一群不知天高地厚的学生。老子每说一句话，这些鬼娃娃都要接下嘴，不知道平时老师是怎么教他们的。

　　李仕学想再次掏出口哨来吹，但他见下面学生情绪激动，议论声更大了，交头接耳的，于是把口哨揣了起来，有气无力地说，你们这些小娃儿，喝的是小河沟的水，操的是哪门子的空心？打不打日本鬼子，不是你们说了算的，你们就不能安安心心读你们的书吗？

　　他的话后面学生已经听不到了，前面的学生倒是听得真真切切的。他的这一席自言自语再次点燃了一把火，这把火从前面开始燃烧，如一阵山风一样，推动着火焰向后面铺排过来，一下子激起全场学生的反感。

本来空空荡荡的操场，似乎一下子被堵住了下游的出口，水闷灌进来，操场炸了锅，学生的情绪更加激愤起来。

我们不是闹！我们是民主请愿！我们要求政府全力抗日！

政府不抗日，我们不安心！

打倒日本帝国主义！

反了，反了，这伙学生简直反了！这伙学生背后一定有地下党在指使和教唆！李仕学大声叫道，但他的叫声被学生的大声质询声覆盖了。

这话，训不下去了。

李仕学似乎觉得自己站得不够高，他又叫人端来一根凳子，站上板凳，李仕学才觉得有气势，他又掏出口哨，鼓起嘴，使劲地吹了一气，操场上才静止下来。

李仕学说，都给我听好了，你们年轻人不懂事，我就不计较了，回去好好念书，今后不准任何人再参与此类游行了，发现一起，严惩一起，严重者，直接以共产党论处。

这番话同样没有吓住学生。

我们要抗日，打倒日本帝国主义！

李仕学脸色青一阵，白一阵，他指着操场对警察说，给我再关一天！给我再关一天！

李仕学三步并作两步从舞台上下来，袖子一拂，走了。

嘉陵江风再次吹过来，席卷了操场上的燥热，整个操场逐渐雀静下来。

这些学生娃儿们还得被关上一天。

西区督学何仲阶站在操场一角，他本来是准备接赵仝英他们回校的，见这情形，知道今天是回不了学校了，还得在南充歇一夜。

那天何仲阶从罗天照寝室出来，就直接奔了县教育局。

推开吴兴谱办公室的门，吴兴谱正坐在椅子上想事，见何仲阶进来，便招呼坐。

何仲阶在吴兴谱对面坐下。

我正要找你，你就来了。吴兴谱望着何仲阶说，我正想了解一下西路的情况。

何仲阶说，局座，我也正要给你汇报西路情况。

何仲阶一五一十地给吴兴谱把西路教育情况做了整体汇报。

你们西路有几个学生来参加游行，你知道吧？何仲阶心想，我正准备汇报此事，吴兴谱倒先说了。忙说，我知道，我知道，这几个学生是七宝寺高小的，我已经核实过了，正准备给您汇报呢。据我了解，这几个学生都是老实本分的学生，背景不复杂，与地下党没有任何关系，可能他们也是受了某些蛊惑才进城来参加游行的，与地下党没有任何瓜葛。

何仲阶当即向吴兴谱保证回去要好好教育这几个学生，在西路全面开展肃清师生自由主义流毒，决不让此类事件再次在西路发生。

吴兴谱想既然连易县长都治不了学生的罪，最终还不是一放了之，早放晚放差不多，既然何仲阶来求情，那就卖他一个顺水人情，放了算了。

何仲阶在吴兴谱那儿探得了准信，便又去见了易维进。

何仲阶让易维进狠狠地骂了一回，何仲阶不争辩，听着就是，这是他历来在上司面前的做派，上司骂就骂吧，气出了，火发了，事情就平息了，他这办法屡试不爽。

等易维进骂完，何仲阶说，县长息怒，这些学生娃儿不懂事，把事情闹这么大，这里面自然有我这个西区督学监管不力的责任，我回去后一定组织西路师生深刻反省，全面进行师生自由思想流毒的肃清，把西路给您管好，守好，让您放心。

易维进也知道抓那么多学生没用，反正又治不了罪，他那天在听了吴兴谱的一些想法后，便觉得这件坏事是可以变成好事的，那就乘机在全县教师中开展一次大整顿，但凡有亲共倾向的教师一律清理出教师队伍，一定要牢牢把控好西路教育。易维进见何仲阶来求放人，也就乐得顺水推舟，答应何仲阶放人。

何仲阶对着易维进千恩万谢，低着头退出易维进办公室。

当何仲阶悄悄出现在县中操场时，现场情况没朝他想象的方向发展，来了一出李仕学的小插曲，不过看情况并没有太糟糕，也就是还要再多等上几个小时罢了，何仲阶觉得这么长时间都等了，再等上几个小时也无妨，让这些学生娃儿吃点苦头，长点教训，也好。

好在过后的几个小时没再出现其他异常情况，学生们如期被放出来。

何仲阶在县教育局把字签了，把赵全英他们领出来。

在小西街，何仲阶选择一个小吃摊，让学生们坐下吃早点。几个学生喝了几碗稀饭，吃了几个小笼菜包，才开始启程步行回到七宝寺高小。

泼皮与无赖

从金宝场下街到上街,如果不逢场,也就几分钟时间,便可全部走通。

这上街与下街是以王氏茶铺所处的地方为分界点,呈一个手臂的倒拐子弯形状。

上下街摊点决定上下街繁华程度。下街是老百姓日杂商品交易地,因此很繁华。人们从各条沟往金宝场汇聚,场口位于下街,所以场口的位置也决定了下街人多。而下街往上的尽头就是王氏茶铺,转过倒拐子弯就是上街,这上街主要是大宗物品交易地,比如猪、羊市场、木材市场、家具市场等,这些大宗物品本不易卖出一宗,因此显得冷清些,人们赶场大多集中在下街。

街房是一溜子青瓦房,石木结构,具有川北风格的穿斗房,每座房子外形几无二致,只有高低之分,宽窄之分。中梁柱立得高的,可以从中搭一层木楼,将木楼挑出二梁柱,下面空出一条宽阶沿,街房宽的分四檐八柱,六檐九柱。街房一般不建四合院,即使有,也是从街房后面延伸出来的,不占街面,前面看仍然窄,然而到了后面就别有洞天了。街房一般横着修建,很少有纵着修建的,横着修建的主要是多门店,纵着修建的就只能当住房了。金宝场上有的一家横着占有几个店面,窄的也就只一个店面,还有更窄的,只够摆个小摊摊。

这样的街道,自然是没规划可言,与当地官绅关系好的,就拓展得宽一些。普通老百姓就只有靠世袭的祖屋宽窄来决定自家房屋的宽窄了。因此,金宝场街房就修建的高低错落,挤挤密密,横七竖八,歪歪斜斜,曲里拐弯。有些地方,街道窄得面对面两家从各自窗中伸出手来,可以相互拉着。

赵绍州的家在街上属于中规中矩的人家，位置在下街中段。赵绍州家境比上不足，比下有余，房子的门店只一间，普普通通的，低矮，没搭建木楼。

赵绍州的肉铺更是简陋，他在临街的屋檐下用石头砌了一级半米高的阶梯，把长条板凳横放在石阶上，取下临街窗板，铺于窗口下摆放的板凳上，窗子下沿也就比板凳高一厘米左右，他人只需抽根板凳搭坐在屋内，便可以在窗口操作卖肉了。

国民政府的县长听起来好听，其实也没多大权力。

易维进当了县长后，总在想，自己就是一个傀儡县长，要权没权，要钱没钱，要人没人，权钱财都掌握在军阀手中。他当县长也想搞点事，但搞事缺了这三样，肯定什么都搞不出来。易维进给军阀杨森建议，在各乡建立民团，协助部队和政府联防治安，杨森觉得法子还行，就准了。其实这是易维进的私心，他想抓点军权在自己手中，这乡民团就由他管着。

各乡都搞起了民团。

这周志瓜一听说各乡都要建民团，就心动了，他已经不满足于一个乡长的职务，想弄一个团总的位置来坐坐。

这周志瓜当初在金宝场是混得很差的，几乎没人瞧得上他，纯粹一赖皮，吃喝嫖赌样样来，人人厌而远之，没人惹他，也没人愿意去惹他，他还为此自鸣得意，一天人五人六的。

周志瓜当了乡长后，就一改落魄的样子，有些人模狗样了，但是乡长毕竟也没啥权力和油水，所以他又想当团总，团总实惠些，有枪，就有搞头。为当金宝场团总，他上蹿下跳，但最终还是没有能够当上。

最终，易维进把民团团总交给了何坤玉，这何坤玉虽然没有什么大本事，但他有个儿子在县警察局当差。

团总没当成，周志瓜又将目光瞄准了二领班这个位置。

二领班说起来就是一个给政府军队收粮收钱的差事，位置不起眼，但是既然沾上了钱粮，那就另当别论了，周志瓜盯着这个位置他就是想在钱粮上打主意。当然政府才不管这些，只要能够如数把钱粮收上来，他才不管谁来当这个二领班，即使是泼皮无赖都可以。

周志瓜猴精着呢，他一个乡长还盯着一个二领班，没有搞头他要干？答案肯定是否定的。一个位置，不在乎权大权小，主要看你怎么去运作这个权力,这周志瓜就能把这个没有啥权力的二领班也当得风生水起,他有他的一套,这也是他的臭本事。周志瓜一当上二领班,俨然成了一个县府的人,一个吃官饭的人。哗的一下,斜眼孙成来投靠他了,小分头何二娃也来投靠他了,这周志瓜走到哪里,他屁股后面就跟着这两个人,比他当乡长光鲜多了。

周志瓜刮掉乱糟糟的头发,亮出一颗灯泡来,他一天就在金宝场上大摇大摆地晃,后面跟着两个打手级别的人,三个歪瓜裂枣一组合,居然成就了金宝场一霸。

王氏茶铺居金宝场倒拐子弯这个得天独厚的位置,生意很是兴隆。王老板经营多年,自然挣钱不少。王老板是搭了楼的,共两层,上下都做成茶楼,底层是大众型,散客多,做生意的都聚在底楼喝茶,在场上有点身份的,都坐二楼,二楼清净些,雅静些。中午茶铺还提供饭菜,可酌小酒。

以前的周志瓜都只坐底楼喝茶,不上二楼的。他不是不想上二楼,而是没钱没身份没地位,他怎敢爬到二楼上去喝茶呢?

二领班就有资格上二楼喝茶了,而且还在二楼上固定了位置。

王老板说,周大爷,今后二楼走廊正中那个位置就是您专座了。

周志瓜爬上二楼,看了看那个位置,坐下来,左右前后瞧了瞧,甚是满意。周志瓜拍了拍座椅,挺结实的。好,就这个位置。王老板马上吩咐伙计,快,给周大爷上茶。伙计忙跑过来,提一壶茶,在周志瓜面前把茶碗放下,冲泡一碗茶。说,周爷,您喝好。周志瓜头也不抬,端起茶碗,荡了荡,又放下。

周志瓜对这个位置相当满意。

周志瓜每场必到,一到街上,他就坐在王氏茶楼那个最显眼位置,人们一进入下街,老远就会看见一颗亮闪闪的肥头在晃。周志瓜照例是坐在左首,孙成斜着眼,坐在周志瓜对面,因为孙成斜眼,他看东,实际是在瞟着西,他坐周志瓜对面,也就是从街上看过去,是茶楼右边,方便他的眼睛往左瞟,左边临着街。何二娃梳着小分头,声音尖细,他坐在周志瓜上首,方便他直接紧盯着街面。

这张桌子就只坐他们三人。

周志瓜不愿一直看街面,所以他只坐在左首。因为有孙成和何二娃这两双眼睛盯着街上就行了。只要他们俩一发现有他们的信户上街来,他们就会把这些人叫到茶楼上,无外乎就是催债逼债了。有钱交钱,没钱的,对不起，不要忙着走，既然赶场来了，多少还是有几个小银子的，全掏出来，还上。欠得多的，还不出的，那好，跪，打，吊，总有一种方法适合你。一用上刑，家人便到处借钱，多少能还上一些。受刑都还不上的，继续跪打吊。见不着钱，不放人。但凡欠周志瓜钱的，是连场都不敢赶的。赶个场都得躲着点。

久而久之，这周志瓜就成了金宝场上的王法，只要欠他钱的，他是可以肆意处置的。

周志瓜把一个小小的权力用到了极致，他想尽办法要让一些老百姓欠上他的钱，只有欠上了，那高利贷、利滚利、跟斗利，才可能如一群野蜂子一样追着你，不把你榨干，他不罢手。只要你欠周志瓜钱，那周志瓜对你的盘剥也就没完没了。所以，他当了这个二领班，腰包一下子就鼓起来了。

何富章攒劲跨在田寡妇的大肥胯上，嗨着嗨着地使着劲，卖着力，那架小木床仿佛承受不了似的，吱嘎吱嘎发出有节律的声响，要散架的样子。

朦胧的月光从竹篾笆墙的缝隙中穿透进来，与挂在墙上的那盏煤油灯所发出的混沌的淡黄灯光搅和在一起，暧昧得一点也分不开。

嘿嘿，狗日的烂婆娘！

你个烂龟儿子！

没有钱，田寡妇是坚决不让何富章上门的，更别说歇夜了。

但凡何富章兜里有几个散水银子，就直往田寡妇家里跑，他也只有往这田寡妇家里跑。田寡妇只要看见钱，眼里就放光，裤腰带就松活。

哼，何富章，你给老娘听好了，老娘这个衙门是朝南开的，你有理没钱就莫给老娘来。

何富章说，你个骚婆娘，莫小瞧老子。老子是爱赌，是赌得球钱莫得，但是老子马上就要发财了，发大财，等老子发财了就把你娶回家。

哼，田寡妇从鼻子深处哼了一声，何富章自然是听得出来的。田寡妇说，要娶老娘，你龟儿子房子没有，钱没有，你凭什么娶我？你能把我娶到哪儿去？

何富章说，你个龟儿婆娘莫急嘛，等老子发财了，房子算个啥，老子给你买一个院子。

田寡妇答道，你龟儿子给我爬哟，别在老娘这儿吹，我还不知道你有几斤几两，哼！鬼才信！

何富章说，真的，老子这回绝不骗你。

一阵风从篾条的缝隙处钻进屋，煤油灯摇了摇，熄了。

没过一会儿，床上吱嘎声又起。

像个幽灵，罗天照说，何富章真像他妈的一个幽灵。鬼一样，轻手轻脚的。

一身破烂、胡子拉碴、颧骨高突的何富章是突然出现在罗天照面前，还真把罗天照吓了一大跳。罗天照刚从学校出来，正要到街上去买点菜，冷不丁一出校门就碰到何富章，何富章身上的那股汗酸味非常的冲鼻子。

罗天照不认识何富章，见他站得离自己这么近，就想往旁边挪挪，想离何富章身上那股酸味儿稍远一点。

罗老师，不认得我了？何富章双手袖在袖子里，斜着眼，偏着头问罗天照。

我咋个认得你？罗天照看了看何富章，自己不认得这个人嘛。

嘿嘿，不认得我很正常，可我认得你。何富章说。

何富章的嘴一张，罗天照看到了一个缺牙腔，更是闻到了从何富章嘴里散发出的一股浓浓的没刷牙的臭味儿。我怎么会认得这样浑身是味儿的人呢？罗天照想，认识我的人可多了去了，这很正常，附近老百姓都认识我。要说教书，罗天照领第二，这附近没有谁敢领第一。

见罗天照要走，何富章忙自报家门，说，等等嘛，我叫何富章，是袍哥人家，最近手头有点儿紧，想找你借点儿钱。

哈哈，人生面不熟的，怎么找我来借钱呢？罗天照睁大了眼睛，看着这个何富章。他想起来了，是有人说过街上有个烂赌鬼，打牌从来没赢过，一赌输到没钱了就到处借，借了又不还。哈哈哈，没想到他居然借到我这个小学教员身上来了。

你就是何富章啰，那我还真是久仰了。何富章一见罗天照居然知道自己，不免有些得意。

不过，我哪里有钱借你？我一个教书的，薪水就那点儿，养家糊口还行，闲钱那是自然没有的了，何况还是借给你打牌。罗天照的一个转折，让何富章的脸上又晴转阴了。罗天照想，一个扶不起来的烂赌棍，谁会借钱给他，借钱就等于打水漂，就等于肉包子打狗，有去无回的，即使有钱怕也没人肯借钱给他的。更何况，自己与这何富章一无交情，二没打过交道，这人怎么会借到我罗天照头上来？罗天照立马感觉不对劲儿，警惕起来，他要看看这何富章葫芦里到底卖的是什么药。

何富章看着罗天照，表情怪怪的，皮笑肉不笑。

罗天照猜出了这何富章言语中必定有所企图，此时他反倒心里坦然了。有什么招，就尽管使出来瞧瞧吧。罗天照脸上看不出任何表情，他看定了何富章，意思是出招吧。

何富章给看得有点发毛，心想这罗天照的眼睛是不是有毒？他突然感觉到汗毛一根一根都开始炸了。借点小钱使也不行？罗老师。何富章躲避着罗天照的眼睛，他还是忍不住先出招了。

小钱，小钱是什么钱？多少才算小钱？罗天照仍然用眼睛盯着何富章，问。罗天照才不怕什么袍哥不袍哥的，他不借就不借。

你随便借点给我就行。何富章见罗天照不动声色，也摸不清是什么路数。开始用他赖皮的眼神对视着罗天照。

罗天照不想与这种赖皮纠缠，说，我再次声明，我没钱，你去别处借吧。

不要把话说得那么绝嘛，罗老师。我又没狮子大开口，向你借好多好多钱，只借你点儿小钱使使。

罗天照见这何富章还蛮难缠的，话还是没套出来。他作转身欲离状。

这么看来，你是真心不肯借！何富章见罗天照要走，他跨前一步，拦着罗天照。

罗天照说，嗯嗷，没钱！

那这样行不行？我来你们学校帮点儿工，做点儿事，挣点儿钱行不？何富章还在那儿觍着脸。

罗天照算是瞧出点儿眉目了，这何富章是不是想挣钱想疯了，居然打起学校的主意来了，这种人怎么可能来学校工作呢？罗天照想也没想，就断然拒绝。我一个人说了不算，学校经费本来紧张，请不起杂工，你另谋高就吧。

这何富章原本没打算去学校帮工，只不过在这里顺便说出来试探一下罗天照的态度。他见罗天照这么强硬，看来，他得上点儿硬菜了，不然罗天照没那么容易就范的。

看来你是真不借我钱了？何富章阴了脸，表情上带着威胁的成分。

钱是没得借的了，如果你有其他困难说出来，看我能不能帮你解决。罗天照说。

你钱不借，工不招，我还有啥子事情你能帮得上忙？何富章说。我有啥子困难，我没有任何困难，如果说我有困难，我就只缺钱。何富章摆出一副无赖样。

罗天照有些生气，你提这两件事情我的确无法办到，对不起。罗天照说完又要离开，他觉得久与这种泼皮和无赖纠缠着，有辱他智商。

等一等。何富章见罗天照真的要走，忙叫住。我有一样东西，你看看值钱不？

何富章从路边一丛芭茅草中取出一只桶来，丢在地上问，这可是一件古董哟，罗老师，你估个价吧。

一见到那只上半部分箍了一道细铁丝的木桶，罗天照明白了怎么回事，他脑子里飞快地转了一圈，看来，那天晚上他从金宝刷标语回来藏木桶的岩洞暴露了。这事绝不能传扬出去，让学校那几个青年党知道，事情就麻烦了，得先稳住何富章。

哈哈，你在哪儿捡了一个破木桶？罗天照见路上无人，想试探一下这何富章到底知道多少内情。

何富章说，很香的，木桶里的糨糊很香的，那天晚上我抱着闻了一晚上。

哈哈，你真有趣，这味么难闻，你还闻一晚上？

我顺着这股味，闻到了好多糊在崖壁上的纸片片上也有这种味道。

哈哈，哈哈。罗天照笑得很勉强，脸色有些变了。

那天晚上好静哟，连你们把路上的树叶踩碎了我都听得见。何富章继续说。

罗天照脸黑下来，压低声音说，你到底想要怎么样？

不怎么样，我就想借点儿钱。何富章见罗天照态度转了一百八十度的弯，感觉他的目的就要达到了。

钱我没有。不过，我可以去我同事那儿给你借点儿。罗天照说。罗天照一时想不出其他对付的办法，只有采取拖延战术先稳住何富章。

哈哈，行。何富章发出夜猫子般的啸叫，听得罗天照毛骨悚然。

何富章想，看来我做对了，不声不响地把这只桶拿来敲敲罗天照，这罗天照居然妥协了。是的，这只桶就是罗天照的软肋，那么高傲的人也怕我了。哈哈，这只桶破是破，可里面有取之不尽的财富呀。幸好我没拿去官府告发，如果一告发，虽然能够领点奖金，怕也不多吧。今天我这样做，那这只桶不就是一口井了吗？井里的泉水会源源不断地渗出来的，统统流进我荷包之中。一想到这，何富章那张瘦骨嶙峋的脸马上放出光来。

罗天照菜也不买了，匆匆往学校赶。

罗天照边走边想，可恶，这何富章太可恶了，居然来威胁我！这个祸害，不除不行！何富章贪婪的欲壑谁也填不满，更别说地下党本来就缺少经费，如果哪一天断了何富章的炊，那他还不是一样要去告发，如果那样，那西区大好的革命形势就将遭受不可估量的损失。

这何富章非除掉不可！

革命哪容敲诈与勒索！

蛮子洞

风很大。

在石马垭口,风无处不在,风天天都会在那儿一个劲儿地吹。

这石马垭还真的如一匹马,垭口就是一副结实的鞍辔。风一吹,满山的树就向着一个方向扬。站在垭口上,你会感觉跨上一匹烈马,向前飞奔,风吹着你的头发,你赶着群山嘚嘚跑,仿佛要飞起来。垭口上那些树呀,那些草呀,也如马鬃一般雄劲有力,呼啦一下子扬过来,呼啦一下子又弹回去,刚性十足,绕着你飞。

赵家沟,名义上叫沟,其实不是一条真正的沟,赵家沟地势缓、坦,形成的沟就很敞、很亮,不像有的地方山高沟狭,一进入山沟,就觉得压抑,逼人,有一种被压迫的心虚感。赵家沟正因为敞得开,虽然称为沟,但这沟底部宽阔、舒缓。一条小溪从沟底穿过,隐在草丛之中,远远能够听见水声,而看不见沟渠。沿沟边有一条较为平坦的石板大道,顺着沟一直蜿蜒行进,这是往来于金宝、龙泉、太和等场镇的交通要道,这条道从石马垭口经过,就如坠在鞍辔边沿的一条穗子一样。

赵家沟人全都姓赵。地属金宝管辖,处于金宝与龙泉交界处。

杨得园还是第一次来赵家沟。

杨得园望着垭口上那匹作势奔跑的石马,感慨万千。好一个石马垭!自己将在此开辟一个新根据地,一个不同于军队的农村根据地,他得好好瞧瞧。

杨得园一想到即将在此建立西区第一支武工队,心情就特别激动,他反复仰望石马垭,石马,石马,天马!这难道是西区革命将从此飞跃的一种预示吗?

表叔,那就是石马垭。赵全英指着石马垭口给杨得园说。

嗯，我已经看出来了，是像，太像了，你看那朵云，你再看那垭口，好像是天上在飞着一匹马，天马！昂首啸天，作势欲飞。杨得园从深思中回过神来，看着垭口对赵全英说道。

赵全英在事前已给父亲和母亲说了，家中要来一位亲戚，因亲戚家中遭了难，独剩一个人逃荒来投奔我们，要在家暂住。

亲戚？我怎么都不知道有这亲戚？母亲晏桂花看着赵全英问道。

我说亲戚就是亲戚嘛，你们问那么多干吗？赵全英不想给母亲过多解释。但她又怕父母不了解详情，别人问着说不清楚，便又说，这亲戚是我的远房表叔。妈，爸，你们要记住，我称表叔，是我远房表叔。你要说是你的远房表兄。

晏桂花见赵全英如此说了，也就不再问了，只在心里默默记住了那是表兄，远房亲戚。

父亲赵志本更是一个沉默寡言的人，他从来不管这些事，听赵全英说了，也大概知道了怎么回事。他起身去偏房腾了一间屋子，铺了一架木床，他想那个表兄一来就可以住。

杨得园跟在赵全英后面，翻过石马垭山梁子，沿着大道走。

一下到沟底，从沟底往上看赵家沟，又是一番不同的景象。

像一把椅子，大木把椅子。杨得园对赵全英说。

赵全英说，就是，好多人都说赵家沟像一把椅子。你看，那椅圈把手就是半围绕着村子的小山脉，翻过左边山脉是龙泉场，左边山脉中部是一条很弯的弧线，弧线最低处凹着，自然形成一个垭口，在沟底看，更似一副马鞍，满山杂草和树木是立于马头与马脖颈的鬃毛。

真神奇。杨得园看了又看，再次感慨。

杨得园把赵家沟仔细地观察了一遍，有如绘制军事地图一样，他把赵家沟已经默默地印在心中。二十多户人家散布沟内，其分布为：山腰之上是第一层，几户单家独院。山腰偏下一点是第二层，住户相对密集。大院子围成一个较大的坝子，坝子进出口的路边栽有一棵大黄葛树，可能有几百年历史了，因没有文字记载，没人说得清是什么时候栽的。听说有一年老黄葛树曾经遭雷击，树被拦腰劈断，后中空。不过，黄葛树没死，又活过来，枝繁叶茂的，那树中空的地方，是村子里小朋友捉迷藏最喜欢藏身的地方。这大院子也不是很规整，有的住户前搭后搭，多搭出来一些房间，还有的人家见缝插针横着竖着挤出几间房来，因为家中兄弟多，不修房住不下，但又不想搬出去修建，所以还是修建在一堆热闹，所以房子重重叠叠的，挤挤挨挨的。沟底是第三层，第三层住家户散得开些，毕竟沟底平坦点。这修房造屋有讲究，建在山上，种土方便些，建在山腰，既方便种田也方便种土，建在沟底，就方便种田。因此种什么庄稼要看你家在山里的位置。

这是我表叔，从泸州那边过来的，要在我家小住一段时间。一进村子，赵全英就将杨得园一一介绍给她遇到的每一个人。

大院子挺热闹。大伙儿吃饭时都端着碗往这儿打堆堆，有事无事，大家都往大院子凑，吹牛聊大天，开个会，议个小事，大家吆喝一声，每家每户人就出来了，聚在一起，随便就说了。要是邻里闹个矛盾，吵个纠纷，也往这儿来解决。几乎随时，这大院子都是热闹的，相比金宝和龙泉街上，街上也只有当场天人才多，而大院子几乎天天都有人打堆堆。

赵全英家不在大院子。她家是单家独屋，住在山腰偏上。

赵全英之所以带着杨得园来一趟大院子，是因为杨得园要在她家住上一段时间，不然家中突然一下子多冒出一个人来，别人容易产生误会和猜疑。

赵全英与杨得园一起在大院子走一趟，算是与村上人打个照面，也顺便做个简单介绍，大家都知道赵全英家中来了一个表叔，就不会显得唐突，也不会再相互打探，或者说东道西的了。

杨得园也很大方，在院子里随便走走，打个招呼，点个头什么的。他见院子里的人对他的到来没表现出特别好奇，这大院子一天人来人往的，来一个生人不足为怪。

大院子里的人都很随便，到处都坐人，他们想坐哪儿就一屁股坐下了，灰都不拍一下就坐下了。男人袒着胸，露着背，女人则嘻嘻哈哈的。当然也有一些讲究一点的，选择坐在石条子上，更讲究的也就拿一根小板凳，坐着。小孩儿们在大院子乱窜，一会儿往这堆里挤，一会儿窜出往另一堆钻，没个正形，没个消停。

表叔，下得来棋不？赵全英问。

怎么下不来？我们泸州也有下这种棋的。杨得园指着阶沿边上一堆下棋的人说。

杨得园所指之棋叫狗卵子棋，杨得园想赵全英是一个女孩子，就没说出那棋名字。

其实赵全英知道那棋名字，她觉得一个棋名，俗不俗无关紧要，没啥。

这棋特好下，特简单。只两人下，对着下，一人也就三颗子。将别人的三颗子围在最下面三个画的形似狗卵的圆圈里，就算赢。下久了，有人便总结出规律，谁先落子谁就必赢，谁后落子谁就必输，要想后落子赢棋，那就只有采取重复走子，当先落子一方厌了，不想再重复走了，主动让一步，那就正好落入圈套了，就非输不可了。这也就是我们常常看见两个下棋人在那儿扯筋撩皮的原因所在，不重复走又赢不了，重复走了，又下不下去。两人都重复走，便只有走成和棋，和棋多没意思。于是就规定不准走重复棋，要是后落子者想赢一盘，他就要重复走一盘，先落子者就不干，两人便争吵，争吵不休，面红耳赤，有时还大打出手，搞得两者都不愉快，最后不了了之，散伙。散了一会儿伙，又觉得要起没意思，两人又坐到一堆，下起来，又闹，又散。

杨得园不仅能够下这种棋，而且也深谙其中之奥妙。不过，他一般不会去下这种棋，一下就容易闹，伤和气。

杨得园见旁边还有一堆人，他走过去一看，见是两个在下一种叫打一三棋的人，周围围了一圈子的人在瞧。这种棋相对狗卵子棋要复杂得多。棋盘是三个大中小的口字相套，三个口的四角分别相连，再取三个口四边的中点又连成线，形成二十四个点的网状棋盘。下棋规则是如果三颗子连成一线，就吃掉对方一子。所以当对方只要有两颗子相连了，那就危险了，就必须阻截，你得想法在第三点摆上一子，堵住对方下上第三手，形成三点一线，吃你一子，棋趣就趣在这儿，有时下成了连环套，无论你怎么堵，都堵不断，你堵了这边，另一边又有可能被对方落上一子形成三点一线，吃你一子，还有最妙的，就是摆成连环子，左走一步，形成三点一线，吃你一子，这子又右走一步，也可形成三点一线，吃你一子，手手都是杀招，对手最后连子都团不拢，当然就只有举手认输了。因此，这打一三棋是讲究布局的，谁的局布得好，谁就占得先机，赢的机会就更大。所以有的人下棋，他舍得，你吃就吃吧，他先布好局，等你吃掉他无关紧要的棋子，他的局已经布得像一座堡垒一样了，任你怎么都无法攻破了，那这人的棋就下精了。这棋正应了有舍才有得的古训。当然，下这棋是要花费一些时间和脑力的，因此，下打一三棋的村民都自恃比一般人要聪明些，他们不屑于下狗卵子棋，说那是小娃儿玩的。而下狗卵子棋的人也看不上下打一三棋的，说一天到晚就知道算计，心术不正，算来算去，怕要丢了卿卿性命，要短寿的。

不管是下哪一种棋，都是打发无聊时光的一种方式，因此才有了一个沸腾的大院子的鼎盛时光。

爸，你也在这儿。走！回家去，表叔来了。赵全英见父亲也挤在人堆里看下棋，就要拉着父亲回家。

志本哥。杨得园喊了赵志本一声，赵志本已经猜着面前这个身材高大的人就是赵全英所说的表兄弟杨得园了。就说，老表来了。好，我们回家，老表你走了大老远的路，一定累了。好，走，我们回家。

赵志本不下棋，但喜欢看，他常挤在人堆里安静地蹲着看。偶尔，他也会忍不住给势弱的一方支点儿招，但他招儿也不高明，常常被人抢白，说，你光看一步，堵得了这一头，那一头你堵得住吗？顾头，不顾腚？赵志本也不争辩，说，那你自己下。他仍然蹲在那儿瞧，不看任何人脸色，管你是输是赢，都与他无关。有时他看到别人走的几步与自己想法相合，就自言自语道，我就说这么下嘛，果不其然。有时下棋者输了棋不顺心，毛声毛气地吼他几句，赵志本也不反驳，自己掏出旱烟袋抽起来，吐出一大口烟雾。

他们三人往斜坡上的一条小径走，那里通向赵全英的家。

杨得园有的是力气，赵全英家的活他都干，俨然成了赵全英家一个主要劳动力，赵志本暗暗高兴，赵全英去读书了，坡上田里的活做不了，家里正缺少劳动力呢，这下子凭空添了个主要劳动力，农活是不用愁了。

晏桂花不忍心杨得园干那么多粗活和重活，就叫杨得园少干点。

杨得园说，嫂子，没事的，我最不缺的就是力气。放心，累不死我的。再说我也不能在表嫂家白吃白住呀。晏桂花说，怎么说是白吃白住呢？你都成我们家主要劳动力了。杨得园说，主要劳动力说不上，我尽量多做点，以后还会麻烦你们一些其他事的。

晏桂花说，一家子不说两家子话，哪能说麻烦不麻烦的，有什么事，你尽量说就是。

好的。杨得园挑起水桶，就去背湾里挑水，水井离家远，平时都是赵志本去挑，杨得园来家后，杨得园就承包了挑水任务。

晏桂花望着杨得园的背影，点了点头，又摇了摇头。

杨得园闲不住，也劝不住，他喜欢干活。

一边挖地，杨得园一边观察赵全英家周围地形，多年部队生活让他养成每到一个地方必须观察熟记地形的习惯。

赵全英家背后是一处较高山崖，山崖位于马鞍的坐鞍处，山崖突出部分从绿树丛中鼓凸出来，隐隐约约的。

杨得园指着山崖问赵全英，那岩上似乎有一些洞穴。

赵全英说，对，我们叫它蛮子洞，岩上挺多的。

蛮子洞？杨得园有些好奇。

赵全英说，对，蛮子这个称呼在石马垭村有小瞧人的成分在里面，我们把不是本地人的外来人都统称为蛮子。其实这种称法很狭隘，就如有的地方把少数民族都称为蛮子是一个意思，都是不尊重人的称呼。这些洞穴据说是白莲教王聪儿转战此地时打凿出来的，没取名字，所以我们都把它们叫作蛮子洞。当然，这些都是我从老一辈人口中听来的，说当年白莲教的王聪儿因为兵败撤退到此，休养生息，也打过一些小仗，凿的这些洞穴是用来驻军或者储备粮食用的。我们小时候曾多次爬进过这些洞里，发现洞里还有石凳、石桌、石床、水缸、仓库等，还有人在洞里捡到锈蚀的半块大刀片子。那么高的岩洞，居然还有老鼠，我们有一次爬进去，一只老鼠窜出来，吓得我们差点从洞里滚出来。蛮子洞有的是单个的，有的是洞洞相连的，很宽敞。这些洞修在山崖上，一般人上不去。你瞧，那些洞穴下面还有一些小洞洞，听说是用来插木梢的，人们踩着木梢才可上到洞里。

白莲教的王聪儿在这里打过仗？杨得园摇摇头，表示不相信。

赵全英说，嘿嘿，是真是假，我也说不清，反正老辈人是这么说的。

杨得园再次向上仔细瞧，是的，有的洞穴下面是两排小洞，有的洞穴下面是一排小洞。

洞穴下面的小洞也有大有小，是怎么回事？杨得园问。

赵全英说，后来村子里的人听说白莲教王聪儿在蛮子洞里藏有宝，撤退时来不及搬走，便用錾子把下面的小洞扩大了些，基本能够蹬得上一只脚了，便蹬着石洞爬进蛮子洞一看，发现什么都没有，这些人很失望，说那些珍宝定是让寻藏珠山上七宝的那几伙人给掏走了，真的太可惜了。此后便再没有人去爬那些洞了。我们小时候躲猫猫，偶尔还选择过这些洞洞躲。

杨得园望着那些洞穴出了神。

赵全英说，表叔，我们小孩子爬那些洞很在行的，脚小，几下子就爬上去了，我都爬上去过。

杨得园回过神来，说，好，就选这地儿了。

赵全英问，选什么？

杨得园笑了，压低声音说，我们今后就选这个蛮子洞开会。

那太好了，在蛮子洞里开会，隐蔽，再好不过了。赵全英看着那些洞，也跟着说。

午后，赵全英背了稀眼竹篾背篼，独自上山去了。

赵全英在山崖下停下来，弯腰割了一把茅草，反手丢进背篼。她趁反手丢草时看了一下周围，无人。于是，赵全英麻利地蹬上一个较大的蛮子洞。

杨得园已经在蛮子洞里了。这是他与赵全英那天暗中观察选择好的一个蛮子洞。这个蛮子洞位置离地面比较高，洞下面又杂草丛生，长的茅草齐腰了，洞穴下面是一个懒坡坡，没路，长期没有人来，杨得园已经事先在下面小洞里钉入短木桩，但从远处看，一点儿也不显眼。在这些岩洞群中，这处洞口不显大，但里面却别有洞天。

赵全英给杨得园推荐说，这个洞可能真是当时王聪儿住过的，你看像不像一个指挥所。

杨得园说，赵全英，你还真把这洞当成白莲教凿的洞了。

赵全英调皮地说，表叔，那还真说不定。

杨得园说，这洞应该有好久都没进来过人了。你看嘛，洞口外顶有的地方已经长出了石花，斑斑点点的。有的地方风化严重，錾子打凿的痕迹都浅了，不清晰了。

赵全英说，嗯，我长大后，就很少钻进洞来耍了。洞里又乱，现在小伙伴们也极少来洞里玩了。

有阳光从洞外面射进来，在洞口地面上形成一个不规则的亮光斑。洞穴较大，里面光线还是挺足。洞穴入口左边有一石凳，上面有几根腐烂的草，发出一股霉味，都认不出是什么草了。洞中还套有一洞，看起来里面更宽敞。

杨得园指着洞中一角落说，那个突起的地方应该就是石床了。

赵全英说，是的。石床对面是一大石桌，石桌上有一只样子看来像石碗的石头。

赵全英说，那是石灯。

杨得园把石桌打扫干净，赵全英打下手，把几根石凳也打扫一遍。

这个套间来做会议室是最合适不过的了。杨得园说。

蛮子洞内空较高，一米七个子的杨得园在里面一点儿也不感到压抑。

洞穴打扫干净了，看着宽敞明亮的会议室，杨得园开心地笑了。

洞外响起了三声鹁鸪声，这是杨得园与罗天照他们事先约定好的接头暗号。杨得园对着洞外叫了三声——拐拐羊，这是模仿杜鹃鸟的叫声。

罗天照、何朴树和何先昭从树丛中钻出来，先后登上蛮子洞。

罗天照习惯性地埋了下头，从外洞进到内洞，其实不用埋头的，这蛮子洞本就高过一般人。罗天照看了内洞陈设，又从内洞钻出来，再到洞口看了看地形，称赞说，这地儿好，隐蔽，今后有紧要事情都在此开会。

大家见罗天照坐下来，也都坐了下来。

会议正式开始，罗天照坐在石桌的上首，杨得园坐在罗天照左手边，双手放在双腿上，腰杆笔直，保持着他军人姿势，何朴树坐在罗天照右手方，何先昭坐在罗天照的对面，赵全英坐在石床边。

罗天照说，今天我们七宝寺党支部第一次在蛮子洞开会，这个地方是我们开辟出的另一个隐蔽场所，今后许多会议将在此召开。今天我们主要议题是商讨建立西区游击队的事。罗天照向与会人员介绍了特派员杨得园的基本情况，同时欢迎杨得园同志来西区指导游击队工作。

杨得园站起来向大家敬了一个军礼，后又坐下。

一说起游击队的事，大家都沉默下来。

省委与南充中心县委已经多次要求西区把游击队建立起来，策应通南巴的行动。罗天照之前也多次召开会议，商讨成立游击队的事，但是大家办法不多，致使游击队工作迟迟没有开展起来。罗天照又向上级申请，请求派一位懂军事的专家来指导西区游击队工作，现在终于等来了，所以大家都想听听这位军事专家的具体意见。

罗天照对杨得园说，得园同志，你先谈谈。

杨得园清了清喉咙，说，那我先谈谈。我来西区已经几天了，西区基本情况我也摸得差不多了。今天在这个地方开会，就是想集大家智慧来为西区游击队建设献力出策。我清楚大家顾虑，要枪没枪，要人没人，怎么成立游击队呢？对，成立游击队，这两个问题不解决，成立起来的队伍也没战斗力。但我们反过来想想，红军之初有什么？不是啥也没有吗，还不是照样打土豪分田地？还不是照样消灭国民党反动派？还不是照样打胜仗？因此，没枪没人难不倒我们！当然，接触具体问题，我们还要仔细研究，怎样来解决人枪问题。今天大家可以畅所欲言，把自己的意见和疑问都表达出来，我再根据情况制订相应措施。

杨得园的讲话没引起共鸣，他的话的意思还是大家出计出力，他再综合考虑。

罗天照说，对于西区成立游击队的事我是有想法的，我认为现在时机还不是特别成熟，我曾经试着想过和借鉴过其他地方经验，但都不适合。这里面仍然是人枪这个制约成立游击队的瓶颈问题无法解决。西区地下党成立很早，但大家都知道，西区人思想观念还是落后的，老百姓当初加入地下党也是出于地下党可以带领他们破粮仓，打土豪，分田地，过一个人人平等的好日子这个出发点，小打小闹可以，但要他们参与激烈的你死我活的武装斗争中来，他们还是有畏惧心理的。加上他们都是本地人，拖家带口，顾虑多，凡事都瞻前顾后，这就犯了组建游击队大忌。另外这些人缺乏训练，连大刀长矛都使不伸展。再加上我们在座几位都不懂军事和训练。这样成立起来的游击队是没有战斗力的，打不了硬仗。特别是顺庆起义失败后，我们的大批地下党员、起义军战士在西河桥菜市口被执行了枪决，许多老百姓到现在都还心有余悸，他们害怕武装斗争。但是这些意见包含有我个人的意思在里面，我保留。省委和南充中心县委的决定我们还必须坚决执行，而且这也与配合策应通南巴的革命行动紧密相关，是光荣而艰巨的。杨得园同志在二十九军是很出色的兵运专家，他的到来，必定增强我们成立游击队的信心和决心。

罗天照顿了一下，继续说，现在我不讨论有无必要成立游击队的事情，而是讨论怎样成立的问题。希望大家充分发言，想对策，添措施，知无不言，言无不尽。当然涉及西区的其他问题也可以一起在会上提出来，议一议。

何朴树说，我赞成成立游击队，这对我们鼓舞士气有帮助，现在学校里青年党党徒的活动很猖獗，他们在暗中搜集地下党情报，把一些进步青年作为重点监控对象，还不时向县教育局和县政府打小报告。游击队成立了，得先惩治惩治他们。

罗天照说，现在不仅学校里恶霸势力横行，整个西区现状也不容乐观，二领班等横行乡里，逼死人时有发生，而且没人敢管，最后都不了了之。群众敢怒不敢言，这对地下党活动的开展很不利，是时候该杀杀他们的嚣张气焰了。

何先昭猛拍了一下大腿，他原来是想站起来，但一激动，跳了起来，把这脑袋碰个青包。他说，龙泉、金宝、中和几个乡的团总一天耀武扬威的，仗着手里有枪有人欺压百姓，对我们地下党的活动也构成极大威胁，我们是不是也要狠狠治治他们？

杨得园说，只要成立游击队，这些都是小问题。现在大家还是先谈谈人枪问题好不好？

何先昭说，人倒有的是，现在村里多的是青壮年，我们只要一吆喝，来参加游击队的人应该不少。

杨得园说，不是说应该，而是要肯定。

何先昭说，肯定就说不准了，我还没去发动过。不过，如果组织信任，发动青壮年来参加游击队的任务就包在我身上。

罗天照说，现在我们还不能大规模组织游击队，那样目标太大，必定受到当局的围剿。我们先成立一个敌后武工队，人员精而少，主要干些除奸活动，除霸活动。武工队首先考虑党团员，再考虑积极分子，范围要控制，条件成熟再发展壮大游击队。

何朴树说，对，我们先在党团员中发展武工队，人员控制在十人左右，白天下地劳动，晚上可拉到一些偏僻地方训练，平时大家分散在各自家里，有活动时再集中起来行动。

几位都赞成罗天照的提法，杨得园原先是计划搞一个大一点的队伍，把声势造起来，给敌人以威慑。他听了罗天照分析，认为也对，于是放弃自己想法，同意成立武工队的意见。这样，成立武工队的意见就非常一致地统一上来了。

杨得园说，定好了调，其他事情我们再想办法。为了保存有生力量，武工队白天下地劳动，闲时加紧训练，平常分散，战时集中行动。

武工队建队雏形出来了，大家都很兴奋。

唰唰唰，一块石头从坡上滚下来，石头不大，响动却大。小石头在草丛树丛中快速滑动，唰唰唰的声音有些骇人。

大家见外面有异动，全都噤了声。

赵全英起身在蛮子洞口探看了一眼，见是自然落石，落石过后，树林又寂静无声了，于是便又放心地回到洞内。

大家又开始继续讨论刚才话题。

赵全英在认真地做会议记录。她详细地记下每个人说话重点，自己却很少发言。这时，赵全英也抬起头，她说，我也说几句。西区武工队成立了，这是对西区地下党工作极大的鼓舞。目前人手是不缺，缺的是枪支。我认为上级是无法给我们提供枪支，枪支得我们自己找，但要在外地搞枪不现实，我们只有在本地想办法。我粗略滤了一遍，目前枪支主要集中在各场镇民团，这民团都是本乡本土的人，熟悉得很，要搞到他们的枪难度大，另外我探听到大悲寺里也有枪，那里管理稍微松懈一些，熟人相对少些，要想搞枪，可能要从那个地方入手。

赵全英提到枪的问题，这才是成立武工队目前最主要的问题。大家都知道，要搞到枪，那是相当困难的。赵全英说的那几个地方有枪，大家不是没考虑过，但是谁都没想出一个搞枪的办法来，所以都没贸然提出来，赵全英心直口快，她率先提了出来。

又回到武器上来了，大家又沉默了。

杨得园也苦于手中没人没枪，他的思维中主要还是以武为战，没有枪，他也想不出很好的法子。

罗天照说，关于枪支问题，我们大家都冷静客观地思考一下，怎么才能很好地解决。这个议题今天看来是议不下来，那就先放一放，容后再议。

何先昭说，好的，我们接下来都好好想一想。

杨得园说，枪支问题可以容后解决，但是人员问题还是先说说吧。要把十来个人集中起来，肯定影响大，但是不集中，训练又是一个问题，要训练，还得有场地，这些都应该首先得到解决才行。

何先昭说，我是喻家沟小学的教师，平时村子里的青年男子知道我会点儿武功，都来向我讨教，我顺手教点他们防身的拳法。这点你们应该都知道，我曾经在大兴干柏树蒲家学过几天武功，一般情况下，就是有五六个青壮年也是近不了我身的。

这点大家的确都知道。

罗天照说，对了，我还给大家宣布一个消息，何先昭老师从今天起就担任我们西区武工队队长。这是南充中心县委和团中心县委领导经过综合考察决定的。

大家都起身鼓掌表示祝贺。

对于大家的掌声，二十八岁的何先昭还感觉有些不好意思，说，感谢党组织信任，我相信有中心县委领导，有杨得园同志军事技术支持，我们西区武工队建成令敌人闻风丧胆的队伍，为时不远了。

蛮子洞里再次响起掌声。

罗天照说，关于武工队问题，今天就暂时议到这儿。有关枪支与人员训练问题等我们大家思虑成熟后下次敲定。

最后，会议还议了如何处理赌棍何富章敲诈勒索一事与如何教训二领班的事儿。

理想

全英,你高小毕业后想干什么?陈素清问赵全英。

陈素清与赵全英从私塾一直同学到七宝寺高小,两人经过上次金马巷游行被关押后,很显然都成熟干练了不少。这两个女子都是七宝寺高小支部的中坚力量,罗天照很欣赏她们的工作能力。两人从性格上讲,赵全英偏理智,有担当,有培养成为地下党主要领导干部的潜质。陈素清偏感性一点,遇事冲动一些。陈素清在退掉换换亲后,她母亲曾恨恨地说,这妮子怕是以后没人敢娶了,在川主宫村,我看基本没人能㑯赢她。而赵全英的倔强则表现在异常的刚强上,只要是她认准的事,任你用火车也无法将其拉回,赵全英要去七宝寺高小读书这一点再次印证她母亲晏桂花的那句话,一个小小的赵家沟一定关不住她这匹野马。

当然了,我一直都想当老师,不过,我不想在七宝寺高小当,我想等到革命成功后,到需要我的地方去当。大城市也好,小乡村也好,小学老师也好,中学老师也好,我还想继续深造,将来或许还可当上大学老师。当然了,不是我说了算,我还得听党组织的,党组织安排我去哪儿,我就去哪儿。赵全英经常听罗天照讲外面的世界,她这个连南充都没走出过的乡下丫头什么地方都想去,外面的世界一定有她一席之地的。赵全英放慢了脚步,偏过头对走在她右边的陈素清说。

她们俩今天要一起去金宝场找屠户赵绍州。

素清,你呢?你有什么打算?赵全英反问陈素清,她知道陈素清也曾经想当老师,难道现在就不想当老师了?

陈素清想了想说,是的,全英,说实话,我曾经是想当一名老师,但是现在我又有些动摇了,我不想在老家附近当一名老师,我不能让辛辛苦苦读了这么多年的书白念了。

赵全英说，不是白念了，你想离开家乡我理解。毕竟你退掉了换换亲后，无论是自己和家人还有对方，两家都是受了伤害的，长期在一个地方待着，是有点不好。

全英，你真好，你想得真透，我还一直闹不明白，我为啥只想要离开这个地方，原来如此。真的，只要以后有机会，我绝对会离开这里，不管去到哪里都行。陈素清说。

赵全英向陈素清点点头，说，其实我也想留在西区，我们西区还很落后，村子里的人都不喜欢送孩子读书，如果不读书，一代传一代，贫穷也代代传递，那样村子会越来越落后，越来越穷。赵全英充满向往地说。当然，革命成功后，全国大一统了，各地的老师就可以相互交流了，你到我这儿来，我到你那儿去，这样不是也好吗？

嗯嘞，真的那样了，所有的孩子们都有书可读了。陈素清也希望那一天早日到来。陈素清是有些崇拜赵全英的，尽管她们年龄相仿，但赵全英一直在引领她前进。

当初，是赵全英点燃了陈素清重新读书的念头，赵全英曾告诉陈素清要去七宝寺高小读书的想法后，陈素清就有些羡慕，她知道赵全英倔强，她认定了的事，一定要达到，而且一定能够达到。赵全英能够，自己怎么不能够？这想法让陈素清很吃惊，因为之前她已答应用自己去为哥哥换一门亲事，以此延续陈家香火。后来自己想反悔，想读书，没那么容易。好在最后到底还是如愿了，当陈素清把自己也可读书的消息说给赵全英后，轮到赵全英惊讶了，她没想到已经许了人家的陈素清也能摆脱婚姻枷锁，从容解决掉有可能毁掉自己一辈子的婚约，与自己又同坐在一起读书了。要知道退一场换换亲不是那么容易的，而陈素清做到了。当然，这次事件中，陈素清的哥哥起到了很大作用，奇迹就真的发生了，他这一解扣，其他的扣也就迎刃而解了。解放了的陈素清那一股高兴劲儿只有她自己才能深切体会到，所以那天她与赵全英两人抱在一起在石马垭山梁上又滚又哭的喜悦劲儿也就可以理解了。

这条青石板大道直通金宝场，一路上赵全英和陈素清还碰到很多从金宝场来去的人。

其实我的理想很简单，我就想成为像罗天照老师那样的老师，上课，读书，过很简单的生活。赵全英有些像在自语，眼神有些迷离，一说到罗天照，她脸上不自觉有些潮红，罗天照老师的标准就是她心目中今后恋爱结婚对象的标准。这一点确定无疑。

陈素清冰雪聪明,她敏锐地注意到赵全英脸上微妙的变化,她像发现一个大秘密一样,说,全英,你是不是喜欢我们罗天照老师?陈素清调皮地问。

鬼妮子,莫乱说,他是我们老师。赵全英被说破了心事,不免有些急。

你不喜欢?那我就去喜欢了喔。陈素清打趣道。

你喜欢你就去喜欢,反正我不喜欢。赵全英还在嘴犟。

那我喜欢了,你可不准生气喔。陈素清继续调侃赵全英。

陈素清也何尝不喜欢罗天照,但那种感情是建立在真正崇拜的基础之上的,不是爱情的那种喜欢。她实际上已经隐隐感觉到了赵全英喜欢罗天照的,只不过她想得到赵全英的亲口承认而已。

赵全英说,罗老师是我们老师,我对他的喜欢也是藏在心里的,我不管他是否喜欢我,我以后找对象的标准都要按罗老师这个标准去寻的。

唉,全英,都说你倔强,但是你在爱情这件事上怎么就这么婆婆妈妈、犹犹豫豫的呢?你喜欢就大胆去追求,我相信你与罗老师应该是这世界上最幸福的一对的。陈素清说。

唉,算了,现在我还小,谈恋爱也早,等到革命成功那天,也许我会主动去追求罗老师的。赵全英也是一声叹息,她是女孩子,矜持是难免的,在爱情面前,她的倔强只有服从于屈服了。

赵全英与陈素清不知不觉就到了金宝场口。

此时正值农闲,赶金宝场的人特多,街上密密麻麻地挤满了人。

赵全英与陈素清手牵着手在街上逛。

场头上补锅匠赵富贵的摊上仍然围了不少人,赵富贵用小铁锤边叮叮当当地边敲着一瓷碗,边与一位妇女开着玩笑。只听那妇女说,你狗日再说怪话,老娘今天不给你补碗钱了。

赵富贵笑笑说,不给就不给,等两天我来你家讨账。

围着的人都笑了。

继续往前走,没几步就到了下街中间赵绍州的肉摊前。

周志瓜迎面走了过来,他后面仍然跟着斜眼孙成和小分头何二娃,何二娃手里提着一块肉,那是周志瓜的肉,由他提着。

街上人见周志瓜过来了,纷纷让开一条道。

赵全英与陈素清也向街边让了让。

等周志瓜过去，赵全英便向赵绍州的摊子前靠。

大爹，给我称一斤骨头。赵全英看赵绍州正抽着烟，就对赵绍州说道。

好嘞！赵绍州放下烟杆，拿起摊上的腿骨，还捡了一根巴了不少肉的排骨。放在秤上一称。一斤！你提着。

赵全英把骨头提上，见左右无人，轻声问，周二欠多少钱了？赵全英没有说周志瓜，而是以周二相称，赵绍州自然知道周二是谁。

不多不少，二百六十元整。赵绍州说。

这么多？赵全英吐了吐舌头，因为在她的概念中，这二百六十元应该算是一个很大的数字了。

陈素清听了这个数字，也是吓了一跳，说，那么多呀。

赵全英忙拉了拉陈素清的袖子，说，仙人伯伯，小声点好不好，周二还没走远。

陈素清对着赵全英做了一个鬼脸。

这里有必要交代一下，罗天照与何朴树等早就商量好了，惩处二领班周志瓜的事交由赵全英处理。原来，赵绍州也是地下党员，党组织让他以屠户的身份为掩护，给地下党搜集重要情报。赵全英向赵绍州说了惩处周志瓜的事，赵绍州也赞成，赵绍州也想惩处周志瓜，无奈没由头，这下好了，就照计行事，由赵绍州给周志瓜赊欠割肉的钱，今后以其人之道还治其人之身，一起算总账。

场口上那个补锅匠赵富贵，其实也是一名地下党员。

在金宝场，任何一个不显眼的角落，你都不能忽略。

吴家与杨家

吴老爷子最爱坐在家中堂屋太师椅上,悠闲地喝茶。

蒙通场一逢场,吴老爷子就会早早起来,收拾打扮一番,着长袍,袍上口袋露一根金黄表带,挂着一根摸得发亮的拐杖,梳着大背头,头昂得老高,背了手,从场头踱到场尾,徐缓地走上一圈。吴老爷子在蒙通场是名人,街坊就不说了,羡慕得莫法,乡下百姓,也都膜拜他。只要有人在街上见了他,都会朝老爷子点点头,尊敬地叫一声,老爷子。然后侧着身子让吴老爷子先过。这还真像是在接受朝拜一样。吴老爷子逛了一圈街,满意地捋着胡子往家里走,刚迈进堂屋,就大声叫下人,泡一壶,然后坐在太师椅上悠悠闲闲地喝起茶来。

吴老爷子这身打扮,是他的标配,独一份儿,也是蒙通场一景。外来人只要一向人描述,听的人就会肯定地告诉你,这是蒙通场有名的吴老爷子。

给吴老爷子长脸添光扬名立万的,是吴家三兄弟。

吴老爷子大儿子吴钟南,南充县公路局局长,二儿子吴兴谱原是国民党南充县党部一个小书记,如今一跃成为南充县教育局局长,小儿子吴季蟠是法国留学生。一门三虎子,你说吴老爷子高兴不?在蒙通场,他不傲,谁敢傲。

不过,吴老爷子最寄予厚望的还是小儿子吴季蟠。

皇帝爱长子,百姓爱幺儿,一点不假。

吴季蟠,吴家年龄最小,聪明,帅气,与吴老爷子长得十二分像,如一个模子里倒出来的。已有两个儿子在自己身边工作了,而且还混得不错。这吴老爷子的心思就放在小儿子吴季蟠身上,他决心好好培养一下这个小儿子。吴季蟠二十二岁时，也就是一九二〇年，他提出要出去留学。当时吴老爷子对于留学还没什么概念，认为走那么远，一家人不放心，于是就有些犹豫，另一个原因还是因为留学要花一大笔钱，当然以吴家家底，这点钱虽然不存在问题，但是也有拉空吴家家底的危险。

所以对于留学这事，吴老爷子还是迟疑的。

张澜先生知道后，决定出资资助吴季蟠去法国留学，吴季蟠才顺利地经天津到达上海，随后去了法国。

在法国巴黎，吴季蟠又与在电力厂做散工的聂荣臻等结识，成了好朋友。国外的艰苦磨炼，让吴季蟠逐渐成长起来，他成为中共旅欧支部党员之一。

当然这一切，吴老爷子是无从知道的。由于国内动荡不安，吴老爷子是不希望吴季蟠回国参加工作的，他曾写信给吴季蟠，要他在国外找一份工作，但是吴季蟠给吴老爷子回信说，国外也不是清净地，正是由于祖国多灾多难，他才决定回国工作。吴老爷子知道吴季蟠的个性，也就默许了吴季蟠的回国。所以，一知道吴季蟠将回国工作，吴老爷子又盼着吴季蟠尽快回来，好为他光宗耀祖。

然而，吴季蟠并没也不可能按照老爷子规划的那条老路子走，他有更大的抱负，他对吴老爷子心里的那点小九九心知肚明，吴家在中国这个大家庭，算得了什么呢？要有国，才有家，没有国，哪来的家？而国，这是一个什么样的国呢？国民党统治者把一个好好的国家都弄成什么样了呢？这样一个腐朽没落的国民党政府，自己绝不可能去为之效力的。吴季蟠向往民主自由平等的新生活，并要为之而奋斗，这是他至死不渝的理想和目标。

吴季蟠肯定是不可能再走他两个哥哥的老路的。

令吴老爷子没想到的是，吴季蟠留学回来后，走上与他两个哥哥信仰截然不同的一条路。

金宝场地势高，南充城海拔低，所以从金宝场到南充，老百姓都说是下南充。

从金宝场下南充是一条宽敞的官道，这是西路人进出的最重要交通要道。

蒙通场就位于这条交通要道的中点。

说起蒙通场，还有点来头。

当年元宪宗蒙哥的蒙军从甘陕入川，准备进攻合川钓鱼城，其必经之地就是这蒙通场。

一听说蒙军要来，官府便在大兴场上修建了文武寨，在永兴场上修建了天星寨，想靠山寨固守。

蒙军一路顺风顺水，战无不克。

蒙军抵达蒙通场时，却费了一大包子劲才攻破蒙通场，开辟出了通往合川钓鱼城的通道。蒙通场于是成为蒙军攻打合川钓鱼城的军事补给基地。

因蒙军在蒙通场遭遇到军民顽强抵抗，骄傲的蒙军没想到会在蒙通场吃大亏，因此留下了心理阴影。为了不让后来要通过蒙通场的蒙军害怕，蒙军便在蒙通场周围的所有道路、大山之上插上"蒙军大通"四个字，这四个字的意思是道路已扫清障碍，可以直通了。一时这些彩旗飘满蒙通场的角角落落，老百姓就此将这四个字简称为蒙通，蒙通是正式名，而大通是别名。这两个名字，都在用，官名是蒙通，而老百姓却喜欢叫大通。

一九二六年，也就是顺庆起义前夕，吴季蟠肩负重任，悄悄回国了。

吴季蟠回国后，并没立即回到南充，而是首先投入上海火热的革命运动之中，组织演讲会、声讨会、游行、发传单、写快电等，吴季蟠很是活跃，亲身感受到了国内革命运动蓬勃的火热气氛。

正当上海革命形势发展如火如荼之际，吴季蟠决定回川，回南充，他向中共中央提出请求，很快得到批准。恽代英便以中共中央名义指示吴季蟠到重庆先与杨闇公联系，并在川北组织共产党和发展国民党等事宜。

回到南充后，吴季蟠在南充成立了第一个中共地下党组织——川北支部。南充师范附小教师舒俊成为川北支部发展的第一个南充中共党员，吴季蟠又将旅欧支部党员任卓宣的弟弟任启愤也发展成为共青团员，任启愤又分别介绍学生会副理事任白戈入共青团，南充党团组织逐渐恢复并发展起来了。

紧接着，吴季蟠利用自己双重身份，在南充又筹办"文化书店"和"大同电料公司"。这两大基地，让吴季蟠在南充的影响迅速扩大起来。

川军第五师师长何光烈驻军南充，他见吴季蟠有才干，影响大，很是欣赏，于是就聘请吴季蟠当他的师部咨议，实质上就是一个幕僚、军师之类的虚职务。可吴季蟠是何许人？他把这个虚职当实了，他利用这个身份在部队中悄悄进行宣讲中国共产党主张的活动，把何光烈手下的两个旅长秦汉军、杜北钱，参谋姜可明、周学人、张常五等团结在自己身边。

随后的事大家在开篇就已知道了，顺庆起义一下子震惊了全川，甚至震惊了全国。

起义失败后，吴季蟠随起义军一起转战开江。

吴季蟠到了开江，便又在开江建立区乡农会，后又策动双江镇起义。吴季蟠戎了杨森的心腹大患，杨森指名要追捕吴季蟠。

没有办法，吴季蟠只得又从开江转到武汉。在武汉，吴季蟠又遇到国民党政府大肆搜捕和屠杀共产党员，吴季蟠不得不放弃在武汉的工作，转战各地。

一九二八年，吴季蟠悄悄回到南充，继续领导南充地下党的革命工作。

蒙通场位于山梁上，Y字形排列，老街在Y字的最下部，吴家住在Y字左边。那条街的一大半街房都是吴家的，也是街上最繁华的一条街。Y字右边住着另一家，杨家，这家势力也不可忽略，杨家占据着Y字右边的大半条街道。

在蒙通场，没人不知道吴杨两家。

表面上，这吴家与杨家井水不犯河水，各自在各自的那边街上发展着，但是实际上，这两家却在暗中较着劲儿，都想成为蒙通场第一家。

有争夺，那就有输赢。

不是东风压倒西风，就是西风压倒东风。两家要和平共处，要和谐，是根本不可能的。

这你争我夺，两家过节肯定就产生了，但都是暗中使绊，很少弄到明面上来。

不过，到了如今，这吴杨两家实际上已分出高下。吴家三子都有出息，而杨家却出现了颓废的趋势，没有向上走，而是走向了下坡路。

杨家生养了五个儿子，人称"五虎上将"。不过，这五虎的贬义居多。五虎不省心，抓拿拐骗，吃喝嫖赌，好事不做，坏事做绝，已然成了蒙通场一霸。杨家幺儿子杨白华稍微比其他四个哥哥强一些，多少读了点书，被他老头子杨幸夫找关系安排在龙池书院当老师，这小子也不成气候，因性侵女学生差点被开除。杨幸夫为此花了不少银子，才勉强保住杨白华的饭碗，并把杨白华调到七宝寺高小去教书。

杨幸夫时常长吁短叹，悲叹杨家算是败在几个儿子手里了，他一想起几个不争气儿子就生气，他没想到家道会在他手中中落，但他还是一直不甘心，他总想着要扳回一局。

唉，眼看现在吴家一路狂奔，把杨家甩了几条大街了。

杨幸夫总在暗中给吴家使绊，他曾悄悄写信到县府反映吴家逼着两个儿子在县城做官的强而作威作福鱼肉大通百姓的事情，但这些问题最后都一一反馈到吴家两个儿子案头上，人家一句查无实据，就让那信成了一纸废纸而付之一炬。还有什么比这更不幸的呢？告没告倒吴家，信却落入了吴家两个儿子手中，吴家两个儿子就是不用脑袋也能想象得到是他杨幸夫写的信。吴家两个儿子更是想尽一切办法，遏制杨家兴风作浪，时常搞得杨家灰头土脸，又找不到发泄的地方。

最近有一件事让杨幸夫兴奋不已，不知杨幸夫从哪儿知道吴季蟠有可能是共产党一事。杨幸夫高兴地想，这次绝对抓住了吴家软肋，自己无论如何也不能轻易放过，真实与否就甭管了，杨幸夫一封信就告到了县政府。

杨幸夫相信但凡与共产党沾边的事，这县府必定要受理的。

但是杨幸夫又失望了，他的信又石沉大海了。

杨幸夫长叹一声。他知道，这吴季蟠是共产党一事，他也没证据，只是听说而已，只能算个捕风捉影了。莫得真凭实据就怀疑，你就能肯定人家是共产党了？这共产党的帽子，可随便扣的？自然就无人理，这在情理之中。

唉，要扳倒这吴家，看来真不容易。

杨幸夫没有死心，他还在继续搜集吴季蟠是共产党的证据，他认准了只有告吴季蟠是共产党这一条能很快扳倒吴家。但是，就是没直接证据显示吴季蟠是共产党。

不过，杨幸夫终于等来时机。顺庆起义爆发后，杨幸夫又心生一计，他编造吴季蟠参与了起义。他又把信悄悄寄给县府。

吴季蟠参加和组织顺庆起义，是秘密的，知道的人不多。这一回杨幸夫纯属误打误撞，县府哪里听得吴季蟠参加起义一事，于是就当了真。

捉人！给我捉人！一定要捉住这个吴季蟠！

南充中心县委早在第一时间探知要抓吴季蟠消息，马上安排吴季蟠转移，组织先让吴季蟠去三台县暂避一下风头，在三台也可以一边教书，一边参加和组织革命工作。

此时，吴老爷子也知道吴季蟠加入共产党的消息，吴老爷子气得一口鲜血狂喷，卧床一月不起。

吴家大哥和二哥也将信将疑，小弟弟留学前那可是个乖乖娃哟，怎么一留学就变了呢？而且还参加共产党了呢？但有一点他们自己也不好否认，小弟是去法国留的学，法国的共产党闹得比较凶，他参加共产党也不是不可能的事。

那一段时间，吴家两兄弟都不敢去见县长易维进。

易维进一直对西路教育不满意，这不满意主要来源于前任教育局长任梓勋。

任梓勋太和善了，对于一些进步思潮失之于软，失之于管，放任和纵容，他没有站在县府的角度来思考南充教育，来引导南充教育，致使南充教育的进步思潮一度泛滥。

易维进早想换局长了，但是要换一任教育局长不是那么容易的，首先这任梓勋是张澜介绍的，省上都不会驳张澜面子，何况他一个小小的县长，好在现在任梓勋已被逼下台，吴兴谱也正式上任了。易维进早就在暗中考察吴兴谱，发现这个吴兴谱有较强调控能力，吴兴谱也把目光瞄上了教育局长那个位置，因此两人一拍即合。

南充教育近年来并没有办好，整个西路，就只有由原南池书院改建成七宝寺高小和大通龙池书院这两个学校还像样一点，其余村上学校点，破笼烂壁的，连风都关不住，缺老师，但凡有点文化能识几个字的都弄来当老师。缺学生，很多家庭根本不让孩子读书，认为读书无用，穷人送不起孩子上学，反正都是挖泥巴，读不读书无关紧要。缺经费，老师的薪水低，维持生活都困难，学校运转费用更是少之又少，县财政又不投入，有的学校还靠自筹，能够找到民间资助的学校相对还好一点，没有民间赞助的，有的老师的薪水还靠学生捐粮过日子。县城里几所学校，基础设施也简陋，师资水平也有限，市民观念也落后，开化一点的还送孩子去学校读点书，一般家庭只让孩子认几个字能写自己名字和算点基本的小账就行了。

教育跟不上，贫穷就是自然而然的事了。不管南路还是西路，老百姓都是积贫积弱，贫困在代际间自然传递着。

当初，任梓勋上任教育局长还是想有所作为，他想把南充教育现状改变一下，但无奈力不从心，没投入，老百姓不支持，他有天大本事，也无法盘活南充教育这盘棋。

易维进这个县长也窝囊，人财物管不了，教育又是个无底洞，只投入，无产出，他既想教育为己所用，又不想投入，这教育自然就不理想。尽管他对任梓勋不满意，但是他又没办法，所以他只有从各方面对任梓勋进行排挤，打压，不给资金，不给老师，不给政策。任梓勋当得有气无力，手脚全被绑了，南充教育就如一盘死棋，随便落哪颗子，都走不活，你说这局长还有什么当头，自然任梓勋就不想当了，但是不少学校校长又对任梓勋很支持，劝他继续当局长，不要辞职，别人来当这个局长，说不定对教育更不好。

任梓勋也就这样不死不活地当着，维持着。

军阀杨森同样不满意任梓勋，他想控制四川，就得控制好南充，控制南充，教育是大头，他必须得控制教育。然而，南充教育让他很不放心，局长任梓勋不堪大任，这个大后方如果教育不稳定，整个南充他就不放心，他想要把南充教育牢牢抓在手中，就得换掉教育局长。杨森指示易维进，要想尽办法换掉任梓勋。

易维进脑壳都憋爆了，都找不到理由换掉任梓勋。

不过，易维进的排挤策略还是起了作用。任梓勋到了后来，真的已对教育心灰意冷了，他搞不下去了，他干得太辛苦了，如果不是多位校长全力支持，恐怕他早不干了。

吴兴谱早就盯着教育局长这个位置，他从侧面向易维进委婉表达过愿意为教育出力的意思。这易维进是何等聪明和滑头，既没点头，也没摇头，他多方面考察过吴兴谱，觉得这小子能力不错，本土人士，虽然对教育不是很内行，但是忠心，只要有忠心就够了，易维进需要的就是忠心，加上吴兴谱在党部也是他的得力助手，很有培养前途。

当然易维进还有一个最阴险的想法，那就是他隐约觉得吴季蟠是共产党，只是没确凿证据而已。他大力起用吴兴谱，就是想让他们兄弟之间完全对立起来，那样，他吴兴谱被抓住了软肋，就可以完全为他所用了。如果有可能，他还可以利用他们兄弟的关系去做吴季蟠的工作，把吴季蟠争取到国民政府这边来，这吴季蟠可是大用之才呀。

易维进向杨森推荐吴兴谱时，只说吴兴谱是自己人，杨森正愁没物色到合适人选，见易维进推荐吴兴谱，也就点了头，表示认可。

一边是任梓勋坚辞不干，不少人挽留，一边是吴兴谱想干得不得了，巴不得任梓勋马上辞职不干。

吴兴谱明白，教育局长位置好，口子大，到处都可借力。

那么多人来劝任梓勋，劝他不要轻易辞职，但任梓勋依然决定辞去教育局长之职。

但是怪了，还没辞职，这南充到处都在盛传任梓勋要辞职的消息。

任梓勋何等聪明之人，他明白，这肯定是易维进想把他弄下台而采取先入为主的民间舆论造势。舆论一出，任梓勋就不再抱任何幻想，毅然决定辞职。

不能让易维进计谋得逞！南充中心县委考虑到南充教育大局，全力支持任梓勋，毕竟任梓勋是温和的进步人士，对革命有利，如果让彻头彻尾的死硬分子吴兴谱上台担任教育局长，那势必影响到南充教育战线上刚恢复过来的地下党组织士气。于是决定由县立中学挑头，呼吁支持教育局长任梓勋继续留任，并向县府递交书面信函。

易维进当场驳回县立中学信函。

易维进试探性放出风声，没有收到预期效果，反而受到不少学校抵制，心里很不舒服。他想自己在杨森那儿给吴兴谱作了极力推荐，现在实施起来却受到这么大阻力，这步棋怎么下呢？易维进在他办公室里踱起了步。

南充中心县委见易维进拒绝学校所请，索性悄悄派何更五直接找到任梓勋，当面给他分析利弊，说，不要轻易辞职，以前名正言顺辞职，当然还行，现在这样不明不白地被赶下台，那是另外一个说法了。你在南充工作这么多年，没有功劳也有苦劳，更何况南充教育很多东西不是你能想到就能做到的，与你能力无关，所以不能就这么轻易地让他们否定了。

任梓勋性格有些懦弱，这职辞也不是，不辞也不是，真的为难死他了。

何更五见任梓勋还在犹豫，就出主意说，任局长，这职早晚要辞的，只是现在还不是时候，不能太便宜那伙人了，所以你要继续坚持斗争，将印信等收藏起来，不交给吴兴谱，把卷宗也封存了，你就放心大胆地到外地去要一段时间再回来，看他们能把你如何，局里的事就暂时不用去理了。

任梓勋答应了。

吴兴谱也猴急，他见坊间关于他当局长的风声传得很广，而易县长这边却迟迟不见任命下来，他就急着去见易维进。

易维进说，光谱呀，你怎么就沉不住气了呢？不要急嘛，这个局长迟早都是你的，你何必那么等不及呢？任梓勋呀，就是一滑头，这阵子不见人在局里，到处打听都不知道他去了哪儿。唉，真是的，关键时刻他还有心抛下局里事不管，人都不知跑到哪儿去了，这样的局长还怎么当？放心，我已派人去找任梓勋了，等找到任梓勋，叫他将印信等物交给我，我马上任命你为教育局长。

可哪里去找任梓勋呢？任梓勋像人间蒸发，让吴兴谱心急如焚。

左等右等不见任梓勋送印信过来，易维进没办法，就令吴兴谱先行到教育局去上班，代行局长职权。

吴兴谱虽然代行教育局长职权，但名不正言不顺，学校不买他的账。

紧接着，就出了金马巷子大游行那一档子事，此事一出，易维进和吴兴谱就彻底被动了，相当于自己打了自己一个耳光。

杨森把易维进叫去骂了一个狗血淋头。

易维进回来想，干脆一不做二不休，把吴兴谱直接任命算了，没有局长坐镇，这教育不出事才怪。他对杨森说，必须马上任命吴兴谱为局长，不然南充教育这么大一个摊摊，没有人守着怎么能行呢？

杨森同意了。

易维进亲自带吴兴谱去了教育局，现场宣布任命吴兴谱为教育局长。

吴兴谱这才感觉自己是真正的教育局长了。

吴兴谱坐在局长办公室，左看右看，拍拍椅子，摸摸电话，不错不错，有感觉。

吴兴谱坐在椅子上，仰面看着天花板，心里仍然有些失落，印信没到手，心里总归还是不踏实。怕个球！没印信就没印信，老子照样是局长，照样可以办事，管他妈的，老子还不信了，有县长大人给我撑着，我还怕啥子呢？

说干就干，吴兴谱早就把教育局的科室设置、人员配置等摸了个底朝天，他把任梓勋安排的科室干部全部进行轮换，把重要科室干部都换上自己亲信，把任梓勋重用的干部都调整到职能偏弱的科室去，凡有亲共倾向的干部也全部重新安排岗位。

有的人见吴兴谱太过分了，明显在打压自己，表示不愿干了。这些早有人反映到吴兴谱那儿，还没等这些人提出辞职，直接就被吴兴谱撸了。

吴兴谱还一边派人悄悄寻访任梓勋行踪，他想早点得到印信，没印信，他心里终究不踏实。

南充中心县委见无力阻止吴兴谱上任，就暗地里再组织县里中学生进行几次小规模抗议游行，打出军阀不能左右地方教育人事任免的标语，同时喊出吴兴谱当局长不合法的口号，但是游行很快让警察给驱散了。

易维进又跑了几次省上，杨森也出过面，他们要共同促成吴兴谱这个局长的合法化。

乌合之众

苏志一把将赵模拉进他寝室，动作之快，赵模根本没有反应过来就被拉进了屋。

此时的苏志，也不再像往常那么绅士了，他梳着的大背头由于动作弧度有点大而散乱。这与他平时那种派头有些出入。苏志平常倒背着手，迈着四方步，一步三摇，慢条斯理地在校园里漫步，那眼神，那神情，一副谁也瞧不上的高傲样子。

赵模说，苏，苏，苏志，干，干，干啥，嘛！

这苏志半天也不开腔，关了门，看着赵模。他之所以拉赵模动作这么快，是怕赵模的结巴嘴，稍不注意在门外会发出一个让人意想不到的高音，现在进屋了，那赵模果然发出了高声，不过，苏志也不着急了，门外一般听不见，他也不作答，就那么看着赵模。

神，神，秘，第二个秘字还没结巴出口，赵模就看见屋里还有其他人，就马上闭了嘴。

气氛有些怪，全屋人都不说话。

啥子，啥子，事？赵模忍不住，脸上还是画满了问号。

苏志仍然没开腔，指了指屋角一个独凳，让赵模先坐下。

苏志加入青年党的时间早，说起这青年党，虽然知道这党派名字的人不是特多，其影响也有限，但却不可小觑。青年党最先于一九二三年十二月二日成立于法兰西共和国巴黎，原名为中国国家主义青年团。一九二九年在沈阳举行第四次全国代表大会，正式定名为中国青年党，这个党主要由地主、资本家、军阀、政客及部分知识分子组成。单从名字上看，这党代表青年，似乎是一个朝气蓬勃的政党。其实不然，这纯粹是一个杂牌小党派，不论出身及条件，什么人都可以加入，正是因为小，所以在党派林立时期，这青年党也就是非常边缘的一个党。我们从其组成可以看出，党员成分非常复杂，入党条件非常宽泛，这也决定这么一个小党，也不会很团结很和谐。的确，从成立之初，这青年党就从来没有消停过，内部派别纷争，党同伐异，谁也不服谁，都想争个你强我弱，充满了尔虞我诈，明争暗斗，名声极为不佳。

南充县青年党头子是县长易维进。

易维进是县长，所以这青年党在南充的发展就相对来说快些，队伍一大，易维进就想到处安插他的党羽。这不，每一条线上都有易维进的人，都有青年党党徒，特别是在学校，这易维进安插得比较多，几乎都是以老师的身份进入学校的，他想他当县长，首先得把思想领域把控好。

赵模一个结巴，而且还不是知识分子，按理说，是进不了学校的。但他就有本事，他仗着父亲赵杰安是团总，给易维进送过几次礼，这赵模也就堂而皇之地混进青年党的阵营，而且还进了学校。

赵模见大家都没理他，又结巴着说，啥，啥子，事？

苏志坐下来，还是没接赵模的嘴，他懒得理赵模，赵模的结巴让他心里极不舒服，他有时宁愿听别人给他转述，也不想去听赵模说话。要不是碍于赵杰安是地头蛇，有时得要仰仗于他，还有赵模与易维进也扯上了关系，他对赵模也就不敢太懈怠，当然只在面子上虚与委蛇而已。

赵模的心思没苏志那么多弯弯绕，他是属于那种有嘴无心的人，对谁都一样。等眼睛适应了屋内环境，这才完全看清屋子里坐着何朗清和杨白华。

赵模没在苏志指的凳子上坐下来，而是一屁股坐在苏志床边。

当——当——当——，学校上课铃响起，那声音是从挂在黄葛树上的那口破钟响起的，学生们都回教室了。

阳光从苏志屋外一棵大槐树枝叶间漏下来，大槐树树龄应该不小了，一个人合抱都抱不住，槐树在窗前投下一大片浓荫。树荫不动，树叶不动，时间仿佛停止了一样。而阳光似乎在加重，阳光压在房顶上，从房顶上滑下地来，阳光又压在地上落叶上，那落叶渐渐变干，变黄，卷起，发出很细微的声音，这声音很脆，犹若骨头缝里发出的声音一般，听不见，却感受得到。

高大的洋槐高出了低矮的瓦房，站在洋槐树下，觉得有些压抑。苏志的办公室兼着寝室，很狭小。与窗外洋槐相比，这寝室也着实太矮小了，仿佛一朵槐花掉下来都可能砸坏房顶上的瓦一样。寝室的窗户是关着的，窗上还贴了旧报纸，不透光，有些暗，地面是石板，有些返潮，人一多，那味儿就怪怪的，像发霉的空气一样，浑浊，熏人。

何朗清抽着烟，那烟就在屋子里直旋，一直旋，出不去。

这几个人都是易维进安插在七宝寺高小里的青年党。

易维进认为把这几个人放在西路，由他们来控制西路，应该足够了。

苏志是这伙青年党的头目。

然而，易维进想错了，这几个人撑不起，他对西路教育的状况很不满意，他把苏志叫到他办公室训了一顿，说，西路近来极不清净，你说你苏志是怎么给我看守后大门的？唵？

苏志不敢回，只得低着头对易维进说，县长，对不起，我工作没做好，我马上回去，再给几个人分好工，相互配合，相互促进，一定把西路给你老人家看好。

于是才有了苏志召集几个青年党在他寝室开会的事来。

苏志见几个人坐定，于是开始训话。他说，县府易维进县长对我们学校青年党工作很不满意，他问我们是怎么监视西区地下党的，近来西路共产党怎么越闹越凶了？

几个人你看看我，我看看你，不知从何说起。

这赵模懵懵懂懂结巴着说，我，我，我们，学，校，很安静，嘛。好不容易说完一句，下巴还向上扯了一下。苏志看了一眼牙齿地包天的赵模，目光显然有些轻视的成分在里面，赵模看不出来，但其他几个人看出来了。

安静，安静就不代表没事！苏志又看了一眼赵模说。易县长说了，他特别不放心西路，这西路比较偏僻，就是因为偏，所以容易被忽略，这一忽略，也就造成西路成为南充管控最薄弱的地方，这一薄弱，就有空子可钻了，易县长就怕地下党钻这个空子。所以易县长把我们几个安放在西路，他的目的非常明确，要我们几个为他把控好西路教育，管控好这一方老百姓，易县长也是充分相信我们几个有能力管好西路教育的。但现在有迹象表明，这七宝寺高小及周边并不清静。

何朗清笑了笑，他一笑，一屋子人都觉得有些阴森。何朗清人很瘦，仿佛皮包着骨头，头发是三七分，贴着头皮，有些怕人。俗谚说，脸上无肉，做事刮毒。是说这样的人做事够狠，够阴险。只听何朗清说，易县长也没说学校一定有地下党吧？这西路这么穷，穷得叮当响，嘴巴都没哄住，衣服都没穿伸展，哪里还有精力去搞地下活动呢？何朗清话虽这么说，但他自己也不确定，他边说边用眼睛去瞟苏志。

苏志不去看何朗清，他也不想看何朗清那张脸，他也看不惯何朗清那张阴阴的脸。苏志说，易县长是未雨而先绸缪，他老人家站得高，看得远，他的担心是有道理的，正因为西路穷，这些人就要起来闹事了。谁说最近西路太平？谁说西路太平了？苏志提高了点声音，而且声音还有些拖，这拖声似乎在显示他的强力诘问。

几个人都不再开腔。

苏志就接着说，最近西路场镇上标语到处贴，谁贴的？你们知道吗？写标语，一般老百姓搞不来，那这些标语从何而来？你们说说。苏志又看了几位一眼，见无人来答，就又说，我想，写标语，多半是出于老师之手，那这又是哪里的老师？你们知道吗？而我们西路的学校又有几所呢？没几所嘛。所以，我看这老师呀，多半是七宝寺高小的老师。唵，对不对？这些老师能写出这些反动标语，那说明这些老师有可能就是地下党，既然有地下党在学校，你们几个居然没一个人瞧出来，这正常吗？不正常！只要地下党有活动，就难免会露出蛛丝马迹，但这些蛛丝马迹你们注意到了吗？没有，显然没有，因为没有一个人来我这儿反映这些事，那这同样也不正常。说明你们几个没注意嘛，没有引起高度警觉嘛，没有落实易县长指示嘛，没有尽心为党国做事嘛，这是失职呀。如果易县长怪罪下来，我们怎么说，怎么解释？各位，我们来西路是干什么的？我们是易县长最信任的人，那我们都干了什么？什么也没干嘛。那易县长派我们来吃白干饭的？各位，你们如果再不弄点干货来，我看你们怎么去向易县长交差？

屋里几位你看我，我看你，都给苏志这番话震慑住了。

苏志见各位都不言语，他就继续说，西路的事，前不久易县长交代了，要注意赵全英他们几个学生，他们参加了城里游行，这几个人是不是地下党，你们得给我查清楚。那几个学生胆子也太大了，我想这里面恐怕不是他们几个学生的主意吧，是否有教师在指使？在教唆？如果存在，那这些老师是不是地下党？你们也要给我查清楚，如果这些简单的问题都搞不清楚，我看我们真无法向易县长交代了。如果七宝寺高小里的教师和学生中都出现地下党，那是我们的失职，那我们怎么还有脸在七宝寺高小待？我们守着的学校出了问题，那我们谁来担这个责？我看我们是吃不了兜着走。

苏志所说西路的这些异常情况，屋里几位也不是不知道，只是他们不愿承认，也不敢承认，一承认，就等于承认七宝寺高小有共产党，易县长一旦追究下来，他们哪个也担不起这个责任，他们都不敢担。他们几个人的心思都是想先找到证据，找到把柄再上报，所以他们都不轻易开口说话，都沉默着。

苏志见他这几句话已把大家给镇住了，不免有些得意，这几位平素都不是省油的灯，时不时还与他对着干。苏志清了清喉咙，又说，不过，易县长还是信任我们的，我们几位都是易县长重要的中坚力量，他派我们到七宝寺高小来，就是要我们助他稳定西路教育。现在我看这西路不比以前那么清静了，所以我们要打起精神来，不辜负易县长对我们的栽培，一定要把西路地下党情况摸准，摸清，给易县长提供最准确的情报。

好！赵模说，我，我，我还不，相，信了。苏志，你说，说说，哪，哪个，是共，共产党？我，我，我叫，我爹，去抓，抓，抓，人。

苏志说，打住。如果我晓得是哪个还用你爹去抓？老子照样可以抓人。苏志用手把头发向后一抹。停了一下又说，现在我们可能要分一下工了，我负责全面工作，同时负责几个乡镇的情况摸排，你们有事只负责向我汇报。现在我宣布分工。赵模去监视学校男子班。

刚说到这儿，赵模说，我，我不。我，我，监，监，女生。

苏志说，不行，我就是怕你长在女生这些事上出事儿，你把握不住自己，要坏事。不准你监视女子班。

赵模嘟了嘴，那地包天的下唇显得更长了。

苏志接着说，何朗清负责监视女子班，杨白华负责监视学校老师。老师这一块很重要，你要特别注意，他们可不比学生，学生毕竟嫩些，好监视一点，老师这儿就隐蔽多了，狡猾多了，不容易找到蛛丝马迹的。

何朗清与杨白华都没开腔，算是默认了。

苏志说，易县长对西路的担心不是多余的，西路已有共产党在活动了，这也是肯定的。我们的任务就是掌握情报，提供给易县长，由他来处置。我就不相信，这共产党再狡猾，他就真不会露出一点马脚来。你们几个说说，根据你们平时掌握的情况，把你们所怀疑的异常进行汇报归纳，看能不能理出一点儿线索。

杨白华这时开腔了，他说话慢声慢气，又坐在角落里，所以一说出话来，声音就如从角落里的老鼠洞里发出来的一样。他说，雁过留影，人过留踪，老鼠过处，一定有麦穗掉地上。每一个怀疑的情况，我们都不要放过，即使是道听途说也要列为重点进行分析，我们有时弄不懂的，就报上去让易县长裁决。

对，苏志很赞同杨白华的话。

苏志说，共产党之所以叫地下党，他们就是在地下活动的，就真像老鼠一样狡猾，大白天不会出来活动，一般都选择在晚上活动，你们要把晚上发现的一些情况进行综合分析，再作判断。

对对，何朗清说，对，我们一定要注意他们晚上的活动。

赵模说，哦，哦，说，说，说到晚上，我，想想，想起来，了。那天，天晚，晚上，我们，不是，不是看，看，看见，赵全英，她，从，外面，回来，她，是，不是，搞活动？

苏志说，嗯，那晚我也看见了，当时有些怀疑，但没把柄，就没细想和深究。

何朗清说，晚上，大晚上的，她个人外出，难道是有见不得人的事？她如果不是搞男女关系，就是搞地下活动。

杨白华说，男女关系？和谁搞男女关系？

何朗清说，结合最近大路上，民房墙上，学校周边出现的标语分析，这些都是晚上贴出来的，难道不是她和什么人一起干的？难道他们几个是地下党？

有可能，老百姓有几个写得来字？苏志说，我刚才已经强调了，一般老百姓是弄不出那些标语的。你们几个密切注意这个赵全英行动，一有异动，立即报告给我。

杨白华说，老师中有地下党是有可能的，学生中也有可能有。上次赵全英他们几个学生去城里搞游行，被关了两天，最后一点事儿都没有。何仲阶说是县府让放出来的，我看没那么简单，学生娃儿我们也要注意，这何仲阶我们也要注意，说不定他就是隐藏在西路的一条大鱼。

苏志见几位在那儿捕风捉影地说了一大通，没一个实质性干货。不过，这一通话过后，把他们各自都吓了一大跳，如果他们所说的几个人坐实了都是地下党，那这七宝寺高小岂不完全给赤化了吗？不就成西路地下党的老巢了吗？苏志一想到这儿就不由得打了一个冷战。不对，这逻辑有问题，西路没你们几个人说的那么不堪，还没有恶化到那般田地吧。不行，这些话还不能摆到明面上说，如果真的按几位说的那么严重，那我们责任就大了去了。如果还让易县长知道了，那更是了不得，易县长还不活剥了我们？哼，想把我这个领头的往火坑里推呀，没那么容易！

苏志在心里冷笑一声，好歹毒！但他嘴上却说，你们几位说的都很重要，但是，但是，一定要重证据，没有证据，你就是说破大天，易县长会相信我们？还有一点，最重要的，想必大家都明白，如果照你们几位所说的那种情况，那易县长治下的这七宝寺高小不就是真正的共产党窝子吗？

经苏志这么一说，几位又都似乎明白过来了，何朗清嘴角扯动了一下，没有表情，赵模睁大了眼睛，望了他们一圈，不甚明白，杨白华低了头，假装咳了一声。

场面有些尴尬。

那何朗清拍了拍身上衣服，他对赵模说，赵模，你望啥子望，我这身上又没有窗子，你看不到什么。大家都明白，这是何朗清在笑话赵模爱扒女生窗户。

赵模最怕人说他偷窥女生一事，见何朗清揭他短，嘴张了张，有点急了，红着一张脸说，你，你，你，欺侮，人。

这是何朗清转移大家话题的一个话题，他也不是真正调侃赵模，不过，赵模一般都是在这种场合之下，最容易让人挤兑调侃的人。

苏志怕两人又要闹不愉快，他轻敲桌子，对杨白华说，杨哥，你文笔好，你写一个情况汇总，把我们刚才说到的一些问题选侧重点梳理一下，哪些该说，哪些不该说，你明白。这个汇总，既要说明我们做了大量工作，又要说明目前西路还是比较平静，我们发现了一些蛛丝马迹，也正在摸排之中。最后我们要向易县长保证，不会有负他的栽培，认真看好他的西大门。另外，我们抽时间去县里向易县长作一个全面汇报。

赵模见要去县城，马上抢着说，我，我，我也要，去。

去，去，都去。何朗清学着赵模说。

苏志正色道，去，没问题，但是我们今天开会的内容，希望大家不要向外透露半点，我们的摸排必须是秘密进行的，我相信大家明白其中的利害关系。

明白。赵模这两个字吐清楚了的，没有结巴。

猪市坡的枪声

何富章吹着口哨，一步三颠。

何富章用两根瘦骨若柴鸡爪一样的手指捏着一张钞票，在他蓬乱的胡子上刮了刮，又在他的破衣裳上蹭了蹭，那张钞票发出脆响。嗯，好听，何富章把钞票放在耳边听了听，才揣进衣兜里，尔后再拍了拍，还是揣兜里稳当。

身上有了几个钱，何富章眼睛欢喜眯了，居然不知道该往哪里去好。

何富章好久没揣这么多钱在身上了，他身上一有钱，揣不了多久，没准就输出去，他就像一架运输机，钱在他手上过一会儿就没了。

今天，何富章想多揣一会儿这几张钞票，他把手又伸进兜里，捏了捏钞票。哈哈，来得他妈的太容易了。何富章脸上笑漾了，那笑就如水凼里映射的一点绿光，阴乎乎的，在他那张老脸上一漾一漾的，漾得他如走在草垫上，晃晃悠悠的，不踏实。

何富章把钱再次全部掏出来，左手捏着，在右手上挞了挞，又放在嘴边吹了吹，没吹响，他鼓了眼，有点怀疑这钱的真假了。他把钱翻过来看了看，又翻过去吹了吹。那钱终于不情愿地响了，还是脆脆的声响，还是哗哗的声响。他又把那钞票举起来，透过阳光照了照。嗯，亮堂，透光。他再抖了抖，又吹了吹，还是那响。嘿嘿，没错，是真的，是真的。

太他妈顺利了，太他妈容易了，我还以为罗天照有好傲哟。哼，我看也不过如此。哼，我一提那只破桶，那只缺了牙露了齿的破桶，那只一文不值的破桶，嘿嘿，他罗天照还不乖乖给老子把钱送来。哼，这人呀，不管你有多傲，多横，不管你有多洋盘，多厉害，只要你有短处捏在我手中，只要你屁股上不干净，嘿嘿，我就不相信你还敢傲，还敢横，还敢洋盘。哼，傲、横和洋盘那也是要分人的，有知识就可以傲？有钱就可以傲？我看也不见得。想我何富章有钱时，街上那几个狗日的牌搭子哪个不围着我转，围着我跑。唉，当老子没钱时，这几个龟儿子鬼影都不见，喝他妈个茶都找不到人付钱。唉，就是那几爷子打牌时，老子去烤个火抱个膀子，他几爷子都恶语损我，撵老子走。哼，太他妈不够朋友了。哼，朋友，他妈个鬼朋友，老子才不跟他几爷子交啥朋友哟。他妈的，尽是有钱才认朋友，没钱狗粪不如。这是他妈的啥子朋友嘛。不过，老子现在有钱了，有源源不断的钱来了，我何富章时来运转了，我何富章该洋盘一次了。哈哈，我看街上那几个鬼儿子还傲不傲，老子有钱，他几爷子的眼睛不发绿，我才不信。他几个肯定要跟着老子屁股后头转的。对，罗天照这条线，这条发财线我得紧紧拽在手里，揣在怀里，不外露，不放松。差钱了，我就去取点，有钱了，我也可以去取点，老子有钱，老子就任性，钱还怕多吗？不怕。哈哈，这罗天照呀，就是老子一座取之不尽用之不竭的金砖窑呀。一匹砖，两匹砖，啊，堆成山的金砖全都是我的。哈哈哈，何富章沉浸在他的金砖美梦之中。

阳光有些晃眼，何富章像喝醉了一样，走在乡间的土路上。

哈哈，何富章伸开手掌来，他想看看他手掌中有没有一条线。他曾听一个算命先生说过，一个人一旦转运了，手中就会出现一根线，一根暗暗的红线。

何富章左瞧右瞧，瞧不出来，哪有啥舅子红线哟，一双粗陋不堪的手，布满了粗粗的黑线，一看到那么多黑线，何富章的心就暗一下。呸，呸，呸。那个鬼算命的肯定哄人的，哪有一转运就手掌中出红线的？全他妈扯淡，老子不是转运了吗？老子怎么就没红线呢？怎么了，没红线老子还不是照样有钱。

何富章不甘心，他又对着太阳照了照，还是没红线。他生气地把左右手使劲地拍了拍，啪，啪，啪，他又在自己身上拍了拍。这下该红了吧，他把手掌对着太阳照，还是他妈的一手黑。他生气似的又拍，还是黑的。他一双粗糙的手，那黑色的污物已经深入他皮肤最深处，再怎么拍也不可能拍红。

晦气，真他妈晦气。何富章还在生自己的气。何富章看到一条小溪，他伸手去溪里洗，他想把手洗干净了，也许就可看到红线了，可是无论怎么洗，那双手还是黑的。

算了，算了，不洗了。何富章在裤子上把手擦干净，又对着手呸了三声，心想，怎么能够洗白呢？妈的，打牌的人最忌讳的就是洗白二字了。他一想起洗白，就生气，他经常被街上那个牌搭子洗白，不能说洗白了，他把手在地上的灰尘里搓了搓，那双手又恢复到了原样，他看着嘿嘿笑了。

老子今天就不去赌钱了。何富章想，老子今天去快活快活。

何富章一想到快活，就马上想到田寡妇那白白胖胖的身子，那肉嘟嘟的肥臀……一想到田寡妇，何富章的下半身就有些不自在了，他只得弓着身子，像一只北极熊一般在乡间道路上左窜右跳地走着。

这样子去田寡妇那儿不行。何富章摸着兜里的钱想，老子还是先藏点钞票，放在一边，得留着点子弹，老子还要去翻本呢，老子不能让田寡妇那龟儿婆娘把老子的钱像掏老子下面一样掏光。

何富章一想到田寡妇那双手，就有些兴奋，这龟儿田寡妇婆娘可厉害了，她每次一翻到何富章身上开始上下使劲时，还不会忘了顺手摸遍何富章全身，摸得何富章浑身酥痒，有如飞上了云端，都不知道姓甚名谁了。这田寡妇是把何富章摸舒服了，但何富章身上的钱也就自然全让那婆娘摸跑了。

何富章弓了腰，从口袋里抽出那卷钞票，看了看，抽出几张，塞进他的裤腰带缝子中，一张，两张，三张，这裤腰带缝还真装得东西，还不显形。塞得差不多了，何富章一摸，有些硬，他又把裤腰揉了揉，捏不出来了，这才满意地笑了。

何富章只给田寡妇留了三张，他觉得田寡妇只值这三张。

远远地，对面走来一个人，何富章想挺直腰。他要硬硬的腰身让他感觉自己更应该像一个人了。是的，有什么都没有比有钱这么让人腰杆挺直，他觉得自己不能再像原来那样畏畏缩缩，那样低人一等了，他平时看惯了别人的脸色，现在他自己包儿头有钱了，腰杆就应该硬一些，他真想直起腰来，可是那下身不争气。他想，这个下贱东西真他妈不争气，让他想挺直腰杆都不行。

就在何富章想挺直身体时，听到身子骨的脆响声，妈的，腰弯久了，直那么一点点就响，真他妈贱。等那人与他擦肩而过后，何富章呸了一声，朝地上吐了一口唾沫，用手拍了拍他的腰，说，掉链子，关键时刻掉链子，老子把你扯断。他那一锤腰，又让他的腰一疼，他龇龇牙，咧咧嘴，样子有些难看。

前边就是田寡妇家了，何富章像个小偷，左右看看，然后像泥鳅一般穿过田寡妇的院坝，溜进那一道稀牙壁薄的门里去了。

这几天，罗天照有些心神不宁。

何富章那天讹过罗天照一次后，没隔到一天，何富章又来了，同样是借钱。

罗天照知道，这钱是肉包子打狗，有去无回，他也没问何富章第一次的钱何时还，而是又掏了点钱递给何富章，说，何富章，你用钱也太快了，你天天如此来借我钱，我哪里有那么多嘛。

何富章嘿嘿笑着，不开腔，拿了钱，数了数，揣进兜里，又抬头向罗天照笑笑，转身出门走了。

罗天照望着何富章背影，感到有些害怕，这样不是办法，他这几天时常感觉到身后好像有一个人在跟着，时不时窜出来吓他，只要是他一个人独处，他的心里就发毛。

如此下去不行，得想办法了。他后悔支部在蛮子洞讨论如何处理何富章一事时，他还说不处死他，以观后效。自己当时也是出于对西区地下党现实情况的考虑，认为不宜有大动作，不宜在小事情上引起敌人注意，如果何富章可以挽救，那就不杀为好。现在看来，自己有些幼稚了。这人呀，欲望是填不满的，特别是像何富章这种嗜赌如命的人，对钱的看重又是常人所不可理解的。

罗天照决定要对何富章采取革命措施了，他通知西区地下党组织马上停止一切活动，严密监视何富章动向，掌握好他活动规律，相机处死何富章。

通过几天监视，基本上掌握了何富章动向。何富章除了打牌就只往田寡妇家跑，晚上仍然睡在破岩洞，没有其他活动轨迹，也没发现他有向县府告密的迹象。大概他吃定罗天照了，只要他需要，罗天照就会借钱给他，所以他天天都显得非常满足，走在路上，还要哼几句小曲儿。

革命有那么好要挟的吗？革命哪容敲诈？

罗天照知道，只要他一次不满足何富章的要求，以他这个泼皮的特性就有可能向县府告密，这是一个无底洞呀，自己个人事小，西区革命事大，不能因小失大，不能将整个西区革命置于这无端的危险之中，革命就是你死我活的斗争，这何富章就是一颗随时会爆炸的定时炸弹，既然早晚都得爆，那就不要心存任何幻想了，除掉他是最好的办法，这没商量余地，没有考虑空间。

起来，起来，回去了，不准紧赖在我床上。田寡妇边扣自己裤腰带边对何富章喊。

何富章伸了个懒腰，把身子往床里面挪，他还想赖在田寡妇床上多睡一会儿。

可田寡妇是何等样人，她见何富章这段时间来得勤，包里头有钱，心里老疑问着，论说一个赌鬼，又时常不赢钱的，怎么会有那么多钱呢？可她又问不出来，在这点上，何富章嘴还挺严的。

　　田寡妇怀疑何富章一定做了什么见不得人的事，不然哪来那么多钱。为了在何富章嘴里套话，她使出浑身解数，可这何富章还是没有向田寡妇吐露半个字。

　　何富章暗想，这龟儿婆娘还真有本事，差点儿没把老子搞死。但是在关键问题上，何富章还是清醒的，他知道，罗天照那儿是他的一条财路，千万断不得。嘴漏了，说岔了，自己的钱就没了。

　　田寡妇见何富章嘴太严了，硬是问不出来，也就泄了气，翻起身，穿上衣服，就催何富章快走。她不想何富章赖在她床上，这家伙，一定有事瞒着她，不能让他在自己家过夜，说不定他会给自己惹来麻烦的。

　　何富章不知田寡妇今天怎么了，一个劲儿地催自己离开，他懒洋洋地伸了个懒腰，打了个呵欠，又想倒头睡去。

　　那田寡妇见何富章又想睡，就使劲拍拍何富章骨瘦如柴的胸口，快走，老娘要休息了，等会儿没人给你关门。

　　这何富章见田寡妇催得烦，极不情愿地穿起了衣，边扣纽扣，边还不忘在田寡妇鼓胀的胸口使劲捏一把。

　　田寡妇打掉何富章的手，笑骂道，这几天还没把你龟儿子喂饱？

　　何富章从田寡妇家中出来，脚步有些飘，有些得意。何富章不由得哼起了小调，想老子现在不愁吃不愁穿，还有大把的票儿兜里揣，得儿得儿嘞。

　　前面有一条小水沟，何富章差点儿就跳进去。他骂了一声，妈的，没看见老子心里正高兴吗？跑来扫老子的兴头。一条小沟沟，都想挡着老子的道。哼，罗天照现在都是我手板心里的鱼儿了，天天给我乖乖地送钱来。哼，想我何富章，穷了大半生。到如今，我在罗天照那儿挖到了一座富矿。嘿嘿，这下半辈子呀，还不任我取？想一想都美。嘿嘿，不知道我何富章是哪辈子修来的福分，需要钱了，钱就自然来了。

　　罗天照关上窗子，点上灯，从床底下一个旧纸盒里拿出一张纸来，用白矾水在纸上写了几行字，然后在灯罩上烤干，夹在一本书里。

　　罗天照叫来赵全英，说，全英，把书送到金宝场支部负责人何吉轩手里。

　　赵全英接过书，放进书包里，就朝金宝出发了。

　　何吉轩拿到书后，急忙回到家，关上门，找出藏在篾夹缝里的一瓶药水，在书中纸条上一涂抹，几行字马上就呈现出来。罗天照在字条中要何吉轩通知杨得园、罗汉文以及补锅匠赵富贵等于今天晚上去赵全英家后山坡上的蛮子洞商量重大事项。

这种写秘信的联络方式只有遇到重大事项时才启用。

几位准时在蛮子洞会合了，赵全英负责在洞外放哨。

罗天照说，今天开个短会，研究两个议题：一是我们再次商量处置何富章的问题。上次我还想挽救一下这何富章，看来是我太天真了，他现在变本加厉了，现在我们只商讨如何处决这个敲诈革命的敌人的问题，而不涉及其他。二是军事专家杨得园来我们西区已经有一段时间了，武工队成立一事上次虽然已经敲定部分重要事项，但是实质性进展还没有，大家再次商讨。

罗汉文是中和场党支部负责人，他建议说，何富章多活一天我们就多一分危险，处置何富章必须迅速果断坚决，不能拖泥带水，这细节需要大家商量。另外，我觉得处决何富章应该交与西区武工队来做，把处决何富章的活动作为西区武工队成立的第一件大事，第一次战斗。不知各位意下如何？武工队开出的第一枪对于提升西区革命士气是有很大帮助的。

啪啪啪，蛮子洞里响起了压抑的掌声。

罗天照说，说得太好了。

杨得园也说，好，这个提议好，我完全同意罗汉文同志的建议。由于武工队何先昭队长因事不在家，此次行动就由我全权负责。

何吉轩也表态说，我完全同意。

在场几位都全部举手表示同意。

赵全英在洞外放哨，她自然听到洞内情况，只见她也把头伸进洞来，说，我也完全赞同。

罗天照说，那好，看来，我们今晚讨论的两件大事可以归于一件大事来办了，下面我们就具体商量一下处决何富章的行动细节，这是武工队第一次武装行动，务必做到万无一失。

夜色有若一层层细纱，从山谷一直往山坡上一层层地铺排，叠加，那山自然也就若岛屿一般，缓慢地沉没在夜色之中了。

几条黑影迅速往金宝场上街移动，一到猪市坡上，便突然消失在树影之中不见了。

猪市坡，是一个斜坡，斜坡上零乱生长着柏树、桐子树、乌桕树等，其间还有一些杂七杂八的叫不出名的树，树丛里还生长着一些藤蔓植物，有的藤蔓上还长着长长的刺。

柏树是坡上最常见的树,也是这坡上树丛中长得较高的树,柏树叶呈针形状,密密麻麻地伸着,夜色穿过柏树叶,瞬间就被分割得支离破碎,落在地上,朦胧暗淡,摇曳生姿,藏于树影之中,透过树叶可以瞧见路上行走之人,而路上行人却很难发现树下还有偷窥者。

猪市坡下,夜色下的那一块猪牛羊交易坝子空空荡荡。有风从远处吹来,里面夹杂着一股猪粪的浓浓臭味。

这是何富章每晚赌博回家的必经之路。

罗天照、罗汉文、何吉轩、杨得园、赵富贵、赵全英等几个人就埋伏在猪市坡上路边的草丛中,他们在等候何富章下赌场。

时间一秒一秒地过去,山坡上吹来的风中,猪粪味已淡了。

怎么还不来呢?按理说,这个时候应该都下场了。

杨得园望了一眼坡下土路上,一个鬼影都没有,太静了,只有草丛中的夜虫还在不歇气地叫着,烦人。

杨得园捡起一颗小泥巴,向叫得正欢的那蓬草中扔去。夜虫们噤声了,不叫了。没想才刚过一会儿,那些夜虫又再次叫唤起来,而且一声比一声大。

山坡上开始下雾了,赵全英望了一眼坡下的路,又望了一眼头上的树,刚刚有一滴露珠啪地掉在了她头上,落进她衣领中,赵全英打了一个寒战,她对罗天照小声说,这么晚了,怎么还不来?都下雾了,何富章是不是从其他地方回岩洞了?

罗天照也在疑问着,是呀,是不是从其他地方回了呢?可是金宝场就那么几条路,这何富章不可能舍近求远吧。这个时候了,还不来,一定是出了什么岔子。赌场是有规矩的,时间都定好了的,到时走人,就是有时挨一会儿时间,也不可能挨这么久的。

不对,肯定有事!罗天照作出判断。罗天照回头对赵富贵说,富贵,你跟过去查看一下,你熟悉金宝场的赌点,不会引起怀疑,去看看到底出了什么事。

赵富贵说,好。他从树影下现出身来,整理好了衣服,就向山下从容走去。

赵富贵在场上转了一圈,赌场早已关灯熄火,场上自然啥人也没有了。

罗天照起身望了一眼黑灯瞎火的金宝场,说,撤。几个人消失在夜幕之中。

罗天照没想到,武工队第一次行动居然以失败告终。

按说,是不应该发生这样的事,武工队事先进行了有目的侦察,而且也考虑了方方面面的情况，但最后还是失败了。现在想起来，武工队的准备也是有漏洞的，比如说何富章今天是不是一定要去赌场呢？何富章是不是一定都得打牌打到深夜才回呢？有没有可能在赌博的中间出现一些意外呢？还有就是他们只采用一味守株待兔的等待来决定是否开展行动，那这结果就不意外了。

后来，武工队也搞清了情况。事实是，那晚，何富章的确是去了赌场的，他也并不知道武工队那晚等在路上要处决他。但事情就赶巧了，何富章那天晚上开天辟地赢了一回，这一赢，他就高兴，一高兴，他就鬼使神差地破天荒地手握一把钱，乐颠颠地往田寡妇家去了。这田寡妇本来是不许何富章在她家过夜的，但是那晚田寡妇见了白花花的钱，居然就同意了。这过多的巧合，让何富章躲过一劫，多活一晚上，也害得武工队在猪市坡上空等一晚上。

这就是教训。罗天照对武工队说，不能再打无准备之仗了，一味地等待也不是办法。

第二天，罗天照让赵富贵去把何富章的情况再次打探清楚，确定赵富贵那晚仍要去赌场。

到了晚上，罗天照说，为了稳妥起见，我们须主动出击，今晚我先去把何富章引出来，由杨得园动手枪决他。赵全英马上提出反对意见，说，罗老师你不能出面去，赌场里人多眼杂，这何富章要是跟着你出来，后来又证实被处死，赌场里那些好事之人自然就会联想到是你，而且我们这次处死何富章是以处其敲诈勒索革命为由的，那这样你的身份不就直接暴露给敌人了？这样安排绝对不行，必须要由一个不引人注目的人去引何富章出来。

罗天照想，杨得园也不能去，他人更生，更容易引起注意。赵全英也不行，她是女生，进出赌场不方便。那就何吉轩去，何吉轩在金宝场不会有人太注意，罗天照说。

何吉轩说，行，我去，我认识何富章，何富章也认识我，我叫他出来，他不会有怀疑。我时常进出赌场，其他人应该不会注意我。

行，那就这么定了，其他人仍然在猪市坡上埋伏。杨得园说。

是夜，何吉轩适时来到赌场，他先到各桌边去转了转，又玩了几把，随后他挤到何富章身边，对何富章说，老何，外头有人找。

这何富章头也不回，嘴里嘟嘟哝哝地说，找什么找，找个锤子，没看老子正忙着吗？何富章又输了钱，只见他光了膀子，死死地盯着手中的牌。

何吉轩再次凑到何富章耳边说，老何，外头有人找，好事哩！

何富章听见有好事，抬头看了一眼何吉轩，哦，是吉轩呀，我还说是哪个哟，原来是你，我能有啥好事嘛，今天手气背得很，又输光了。

何吉轩说，你出来嘛，有好事。何富章骂骂咧咧摔了手中牌，抓起衣服说，你看嘛，是啥锤子烂牌哟，走。

何富章跟在何吉轩身后，出门一看，说，哪里有人呢？

何吉轩说，在上街，走嘛，我陪你一起去。

他俩一起往上街走，一路上黑灯瞎火的。

到了上街，还是没有看见人，何富章问道，人在哪儿嘛，跑到这个鬼地方来，看都看不见。

何吉轩说，你莫急嘛，人在猪市坡上。

何富章有些狐疑，他不明白怎么有人找他会把地方选在这个猪市坡上，黑咕隆咚的。

到底是啥子事哟？何富章再次问何吉轩。

何吉轩说，那个人也没给我说啥子事，只是说有好事，叫你去。

好事，老子有啥舅子好事嘛。这何富章口里总爱带把子，舅子舅子的，他边说边往坡上走。突然何富章似乎想起什么，感觉不对，想调转头开溜，不料一转身，就看见身后站着一排人。他一下子明白了，遭了。

你们要干什么？你们要干什么？光天化日的。这何富章真吓蒙了，吓得语无伦次了，明明是晚上，他还在说光天化日。他已经看清了，朦胧月光下，一双双眼睛正愤怒地瞪着他。

他最先看到的是杨得园，说，我又不认识你，你找我干什么？

杨得园掏出手枪，向他脑袋一点，说，找你干什么，你没看见吗？这是枪，我今天要枪毙你！

我与你往日无怨近日无仇，为啥要枪毙我？何富章脑袋吓明白了，他想死前问个明白。

这时，何富章又看到了抱着双臂的罗天照，他一下子明白了，这是罗天照来要他命的。何富章腿一软，扑通一声跪下来，他跪在罗天照脚下，说，求求你，罗老师，我把钱还你，我把钱还你，求你不要弄死我。

罗天照说，哼，何富章，我还不知你心里那点儿小九九，你以为革命是好敲诈的？你一而再，再而三敲诈革命，革命能容许敲诈？你是不是还在打算让我们放了你，好去县府告密领赏呢？现在我正式宣布，经过中共七宝寺支部决定，今晚我们西区武工队代表地下党组织正式处决你这个敲诈革命的罪犯。

何富章一听活不成了，就大叫道，好你个罗天照，你太没良心了，我从来都没打算去县府告发你,不过在你那儿弄点小钱花花,你居然就要枪毙我,你太狠心了,也太黑心了。

罗天照说,何富章,你恐怕等不到去县府告发我那一天了。我还不知道你什么德行,你是想先在我这儿敲上一笔钱,以满足你的赌徒心理,如果一旦我们地下党没钱让你敲诈了,你最终还是要到县府去告发,想领最后一笔奖金。我现在正告你,凡是妄图通过敲诈革命发一笔横财的,都是不能得逞的,革命不容敲诈,现在我宣布,我们代表西路人民,代表地下党,代表武工队立即处决你这个反革命分子。

何富章一听到立即处决,马上吓尿了。

罗天照对杨得园说,执行吧。

何富章还想作最后挣扎,他爬起来想跑。

只见杨得园抬起手,从容扣动手枪扳机,手枪吐出一缕漂亮的火舌,一下子就爆了何富章的头。

何富章一头栽倒在地,嘴啃泥土,蜷缩成一堆,不动弹了。

何吉轩取出一张纸,贴在何富章背上,纸上几个大字在夜色下能看得清清楚楚:西区武工队坚决镇压反动派!

深夜这一声枪响,惊飞了栖在猪市坡柏树上一只大鸟,只听呱——,鸟叫声拉出长长尾音,在茫茫暗夜里飞了很远,那叫声尤其瘆人。

尔后,金宝场重又归于深深的寂静。

尔后,几个人翻过山梁,从容撤出猪市坡。

惩戒新局长

蓝天白云。

阳光照耀着藏珠山,这阳光如同在西溪河浣洗过一样通透,明净,闪耀出宝玉般灼人的光芒。

在西溪河边,有三个妇女正蹲在一块大石头上捣衣,嘭嘭嘭的捶打声将一漾一漾的小涟漪逐渐推向河中,有鱼儿迎着小浪头游来,不时在水面击打出啪啪啪的声响。

对岸,一只白鹭悠闲地在岸边踱着步,它刚从溪中上到岸,边走边还在梳理自己漂亮羽毛上的水珠。一只黄黑相间的杂毛狗悄悄跟过去,白鹭发现了,呼的一下飞起,绕河一圈,在溪中投下一个漂亮的影子,轻轻落在溪中乱石上一篷干草丛中。

七宝寺高小校园内,一棵棵洋槐树枝繁叶茂,碧绿得要流汁一般。

赵全英腋下夹一本书,她调皮地用脚去踩散落在地上的光斑,一块,两块……

陈素清与赵全英并排走,她见赵全英去踩那些光斑,她也去踩,她们就如穿行在光与影的迷宫之中,那些不规则的光斑构成格子一样的图形,是那样迷人,她俩边跳边打闹。课间休息期间,校园里非常热闹,嬉笑声,打斗声有如锅里爆炒胡豆子一般。

等几天我们就要去县城考试了,到时我们一起去嘉陵江边玩玩。赵全英对陈素清说。

陈素清正踩得有劲儿,没听清赵全英的话。

赵全英说，素清，你听见我说话没？你听清我说话没。等几天我们一起去县城考试，到时一起去嘉陵江边玩，好不好？

陈素清没回头，她说，好呀，我也正有此想法，听说学校前这条西溪河的水就直流到嘉陵江，你看这西溪河的水多清澈，他们有人兑嘉陵江的水比这要浑些，没有西溪河水清，到时我们一起去看一下到底是不是这样。

赵全英说，嗯嘞，嘉陵江是江嘛，这西溪河是河嘛，大江肯定没有河水水清，大江是由这些河里的水汇成的，你想嘛，那大江的成分自然杂乱了些，没有河水清正常得很哟。

陈素清说，上次去县城本来是想去嘉陵江边玩的，哪知道游行出了岔子，让警察把我们逮了，害得我们在南充待了几天，一个地方都没去成，这次考完试，我们一定要去江边耍一耍。

赵全英说，嗯，我也想去江边耍，听说嘉陵江边很好玩，去江边的人也很多，江里还有很多打鱼船在游弋，他们说顺着嘉陵江还能下到重庆，下到武汉，下到上海。重庆、武汉、上海好远呢，我也好想去的。赵全英有些发呆，仿佛已坐在船上顺流而下了。

陈素清没听全赵全英的声音，她抬起头来，见赵全英呆在那儿，于是自己也有些发呆了。陈素清喃喃说，对，顺江而下，能到许多地方的。就是不知道这嘉陵江汇入长江后还要流去哪些地方，那大上海到底有多大呢？

赵全英就是穷尽她所有想象也无法想象出大上海到底有多大，她只听罗天照老师曾经说，大上海大得很，比海都大，也繁华得很，号称"十里洋场"。在赵全英的想象中，大海有多大，她不知道，"十里洋场"有多洋，她同样不知道。她没问罗天照去过没有，乍她猜测，罗天照老师恐怕也没去过那些地方，多半也是听人说的。

陈素清说，全英，等以后革命成功了，我一定要顺江而下，到重庆，到武汉，到上海去，到全国去。

赵全英也很兴奋，说，我也想。

哦，对了，全英，这次进县城去参加考试，我想我一定会考个好成绩的，因为这次我复习得很好。陈素清信心满满地说。

哈哈哈，肯定的，素清，我相信你。不过，我告诉你，我这次也是充分准备的，你要能追上我，我就给你买糖吃。赵全英调皮地说。

陈素清说，全英，你莫高傲，高傲等于自大，哈哈，自大就成夜郎了。告诉你，这次你可能买糖买定了。我就不相信，我一直考不过你。我们这次走着瞧。

说实话，赵全英还是服气陈素清的，要说陈素清聪明，那肯定还算不上，但要说到勤奋，那赵全英就不得不服了，她们俩总是在相互鼓励和相互促进中共同进步，从来都不会因为谁比谁强而产生嫉妒，所以她们才成了无话不说的好闺蜜，从小到现在都是。赵全英说，我时刻准备着。

全县学生期末考试都将集中到县中举行。

七宝寺高小是南充县老牌办学之地，学风、校风、教风在全县数一数二，学生成绩也没落后过，综合成绩都一直名列全县前茅。

罗天照很重视这次考试，他让训育主任何朴树亲自带队，做好学生后勤，务必让学生们安心考试，静心考试，考出好成绩来。

当然，这次考试，罗天照还有一个重要安排，他让何朴树通知赵全英、陈素清到他办公室开一个考前工作会。

何朴树说，考前工作会怎么让学生参加？

罗天照说，这次考试还有一个重要任务需要完成，所以让赵全英她们也来参加。

何朴树说，既然重要，怎么不在蛮子洞里开？

罗天照说，因为过会儿有其他学生来，所以就不暴露那个秘密地点了，在我办公室里开就行。

那行。何朴树转身离开去通知。

何朴树、赵全英、陈素清等分别进入罗天照寝室。

何朴树装着倒瓷盆里的水，观察了一下寝室周围情况，见无异样，就把门顺手关上了。

罗天照开门见山，说，这次学生进城考试，你们不仅要好好考试，我还有一项更重要的事情交给你们。

见又有行动，赵全英显得有些兴奋，她睁着一双大眼睛，望着罗天照问，什么行动？

罗天照说，这次行动说大不大，说小不小。因为与上次游行相比，这只是一个小行动，小范围内行动。说它大，也大，因为我们行动对象是局长吴兴谱，就是易维进新任命的那个非法教育局长。

赵全英呀了一声，上次金马巷游行被抓，赵全英开初还是非常害怕的，依她那倔强性格，如果是她一个人，她是无论如何也不怕，关就关，没证据是不会把她怎么样的。但那次她带了几个同学去，而且都被抓了，其中有几个同学还不是地下党员，所以就使她为难了，既要自己坚持住，又要关照其他几位同学，所以她感到很疲倦，很无奈。但同时，她也给关成熟了，至少遇到事情不再那么冲动和慌张了。但她刚才听到罗老师说这次行动的对象是吴兴谱，心里又咯噔了一下，吴兴谱可是教育局里最大的官呀。赵全英心里难免有一点紧张，所以她才发出呀的一声。

罗天照说，赵全英，怎么了？我还没说如何行动呢，你怎么就呀了？

赵全英说，对不起，罗老师，我不害怕，我是觉得这事还是有点大，我不怕，不保证其他人不怕，因为这次行动对象毕竟是吴兴谱，他可是教育局长呀。

罗天照说，说到点子上了，不用怕，这吴兴谱目前还是非法的教育局长，没有得到省上正式任命，都是非法的。所以我们才要集体站起来反对他，不能让他来当这个教育局长。因为他一旦当上这个教育局长，对我们全县教育不利。我们这次目的是要支持原任教育局长任梓勋继续当局长，惩戒吴兴谱，把吴兴谱赶下台。

赵全英说，好，罗老师你说，怎么个支持法？怎么个惩戒法？

何朴树是个冷静人，他也在积极思考这个问题，他先要了解到罗天照的想法后，才能确定最终行动方案，他说，全英，不要急嘛，听罗书记先给我们讲。

罗天照说，由于杨森想控制南充教育大权，独揽南充教育大权，所以他就千方百计地要撤换掉由张澜先生极力推荐的县教育局长任梓勋，而硬性任命既是国民党又是青年党的死硬分子吴兴谱来任教育局长，这是我们地下党不能答应的。因为如果吴兴谱真成了教育局长，那他对我们地下党的破坏是显而易见的。所以这次学生进城考试就是一个机会，南充中心县委指示我们要利用这个机会，向县府施压，向县府表达我们的诉求，我们不要吴兴谱当局长，我们仍然支持任梓勋当局长。

赵全英又忍不住问，这次还是像上次那样游行？

罗天照说，不能那样搞了，行动越大，越容易引起敌人注意，以免给警察落下抓捕学生的口实。这次我们只表达诉求，表达我们的愿望，不能有流血冲突，不能与县府公开对着干。既要温和，也要强硬，两者都要兼顾。

陈素清疑惑地说，要做到两全其美，还真有点难的。

赵全英说，难也要做，我们全听党组织的。

何朴树说，温和地进行，不代表就不激烈，惩戒吴兴谱，这里既要惩，也要戒，这次目的很明确，是惩戒，不是打击，这个惩字，你们一定要把握好。

赵全英说，那就打一顿得了。

罗天照说，嘿嘿，你一个女娃子家家的，居然想到打一顿。不过，你也提醒了我，我刚才还在想到底怎么一个惩戒法，这下想通了，打一顿！对，就打一顿，打也不失为一种方式和方法。只要我们大家掌握好一个度，达到我们的目的就行。好，好一个打一顿。就那样执行。

何朴树在脑海里快速思考着，他必须要把每一个细节想细，不能再出现上次学生上街游行出现被抓捕的事情了。他说，全英和素清，这次考试由我带队，到时我会综合南充中心县委指示，再把具体惩戒细节斟酌斟酌，形成成熟方案后，单独告诉你们。

县教育局大门口，陆续有人聚拢来，不多，不少，大约有十来个人，从打扮上看，全是学生。

其中一个学生来到门岗，说要拜见吴兴谱局长。

门岗到二楼请示局长。

吴兴谱站起身来，靠近窗边，往窗外一望，见门前坝子中站有一群学生，他问门岗，这些学生说没说为啥要见我？

门岗说，他们只说想见新局长。

吴兴谱见有学生要见新局长，心里有些高兴，他当了一段时间名不正言不顺的局长，局里和社会上很多人都有微词，甚至有人还不把他当局长看。现在有学生指名道姓要见新局长，他想见一见又何妨呢，于是同意了。

在下楼去之前，他再次看了一眼那一群学生，只见那群学生依次排好了队，恭恭敬敬地站成两排，正眼巴巴地等待着他接见。

吴兴谱整了整衣服，出现在二楼楼梯口，坝子里的学生都拍起巴掌。

吴兴谱挺了挺胸，下到一楼，那群学生便自然而然围拢来。还没等吴兴谱反应过来，那群学生已将吴兴谱围在中间，只见一个男学生走上前来，扭了吴兴谱就往外走。事出突然，这吴兴谱没做出任何反应，就让一群学生拥着出了教育局大门。

门岗见势不妙，也不敢上前拦阻，只有大声喊叫，快来人呀，有人把局长弄走了。

早有教育局的人从楼上跑下来想阻止学生行动，但见那些学生阵仗太大，根本近不了，而且也不敢上前，只能眼睁睁地看着吴兴谱被学生们快速地架到街上。愣了好半天，教育局的人才反应过来，大喊大叫，到处找人，到处搬救兵。

　　这些学生的身手很是了得，动作也很敏捷，哪容吴兴谱有多想的余地，就把吴兴谱扭得动弹不了。吴兴谱只有跟着这群学生，一路被动地小跑着，衣服扣子掉了，头发乱了，鞋子也都差点儿跑脱，样子狼狈极了。

　　那群学生把吴兴谱一扭出教育局，就飞跑出小西街口，迎面有很多学生前来接应，跑在前面的一个学生手持一根粗绳索，上来就把吴兴谱五花大绑地捆了，并把吴兴谱推到队伍最前头，带头振臂高呼口号：吴兴谱不配当教育局长！打倒反动派吴兴谱！

　　至此，吴兴谱才算弄明白了，他感觉到这绝对是一起有预谋的绑架案，这些学生一定是受到某些人指使来绑架他，目的就是想侮辱他，弄垮他，要他当众出丑。

　　学生队伍还在扩大，起码有上百人了，他们把吴兴谱押在队伍最前头，在他胸前还挂上一块牌子，上写：打倒反动派吴兴谱！吴兴谱名字上是一个大大的红叉。

　　吴兴谱早已身不由己，他只能任由这些学生推着，揉着，在队伍前面机械地走，他刚想把头低下来，就有学生把他的头发抓住，往上提，他头发已经被学生们抓成一个乱鸡窝。

　　学生们边走边喊，越喊越大声，差点儿把吴兴谱耳朵震聋了，吴兴谱想甩一下头，把乱了的头发甩顺一点。一个学生见吴兴谱还在甩头，给了他一拳，心想这个时候了你还臭美。

　　后面也有学生踊上前来，吴兴谱只感觉到周围全都是拳头，地上全都是腿杆，他躲到哪儿，那些拳头和腿杆就跟往哪儿。

　　吴兴谱不知道自己被押到什么地方了，他只能感觉到自己被押上了大街，他心里骂道，这群学生太他妈野蛮了，自己堂堂一局之长，居然让他们几个毛头小子押到街上来游街示众，这也太无法无天了。他哪里受过这等折磨，晕乎乎地就要栽倒下去。学生见吴兴谱想赖着不走，又把他提起来。吴兴谱清醒了些，强忍着痛，强坚持着走。

　　赵全英与陈素清按照南充中心县委安排，这次行动她们只参与接应，不露面去教育局参加扭抓吴兴谱的行动。因为她们俩上次已经在教育局挂了号，容易让人产生联想，她们只与学生队伍一起，在小西街口等着吴兴谱被押过来，然后才与同学们一起押着吴兴谱游行。

　　押着吴兴谱的游行队伍喊着打倒吴兴谱的口号在小西街上行进着，街两边站了不少市民，他们在驻足观望。

街上人越聚越多，游街队伍不知不觉已经行进到杨汉城旅部。

此时，杨汉城已经接到易维进电话，说有一群学生押了教育局长吴兴谱往你旅部过来，要杨汉城协助拦截那群学生，并把吴兴谱救下来。

游街队伍见到前面有士兵设置的障碍拦截，还有士兵荷枪实弹地瞄准他们，一下子就慌了神，一些女生发出尖叫，游街队伍一下子就乱了方寸，呼的就散了，任前面几位男生怎么维持，也无济于事。

士兵们的枪栓拉得哗哗响，一个手持扩音喇叭的士兵堵在游街队伍前面大声喊话，叫学生们就地蹲下，不得乱跑。可是谁听呢，场面全面失控，不少学生慌乱地抱着头到处跑，一人跑，就把其他同学也给带乱了，整个游街队伍乱成了一锅粥。

吴兴谱见学生们都各顾各的，也没有谁管他了，他便抱了头，遮了面，一下子窜进杨汉城旅部。没想到，老子一时大意让这伙学生娃儿弄得如此狼狈，现在又没想到，这些学生娃儿的一时疏忽又让老子成功逃脱。太他妈喜剧了。吴兴谱苦着脸长出一口气，扯起衣服一角抹去脸上血污，让士兵带他去见杨汉城旅座。

杨汉城见吴兴谱这个模样，叫卫兵先扶吴兴谱去医务室给处理一下，他马上把情况向易县长通报。

电话打到易维进办公室，杨汉城说，县长，吴局长正在我办公室，看情形没大碍。

易维进说，好，这个吴兴谱尽给我惹事，尽给我丢脸。几个学生娃儿就把他给骗了，还当他妈的什么局长哟，看我不把他狗日的职务给撤了。

杨汉城说，易县长，我看这事不简单，几个学生娃儿怕没那么大胆，是不是有地下党指使呢？没人指使，那几个乳臭未干的毛头小子怕翻不了这么大的浪吧？

易维进在电话里打起哈哈，他也明知此事一定有问题，但他不挑明，自己没证据，在自己治下地下党敢如此捣乱，那不是他的责任吗？所以易维进只得打哈哈。说，这事不简单，我一定追查到底，几个毛头小子，居然反了天了。

杨汉城挂了电话，马上又把电话打到杨森军部，说，军座呀，县教育局长吴兴谱让一群学生娃儿给打了，他现在正在我旅部。这么大的事，杨汉城必须要给杨森报告的。

杨森也已接到易维进的报告。他想了想说，嗯，这伙学生简直胆大包天，不抓不行，你马上让你的兵把那伙学生给我抓了，我要严加审问。

可是，可是……杨汉城在电话里嗫嚅着。

可是什么？杨森问。

军座，上次金马巷游行的事把学生抓了，最后还得放了，这次我没敢再抓，怕到时候还得放，所以就先放了。杨汉城解释说。

蠢蛋，一伙蠢蛋。杨森骂了一句，挂了杨汉城电话，转身叫卫兵，卫兵跑进屋，问，什么事？杨森想了想，又朝卫兵挥挥手，说，没事，退下。

是的，这伙学生让杨森的头大，抓了没证据，不抓又这么猖狂。哼，这教育局长我还就让吴兴谱当定了，非他当不可，既然你们怕他当，我就坚决让他来当，我就不信了，几根泥鳅还想把嘉陵江的大船拱翻，也太小瞧我杨森了吧。

杨森抓起电话，说接易维进。

易县长啊，你马上把吴兴谱的教育局长给我撤了。

易维进惊讶得说不出说来，老半天才说，把吴兴谱撤了？

你没听清我说的话吗？杨森在电话里加重了语气。

好的，我马上办。易维进刚想放下电话，只听杨森又说，易县长，你给我听好了，你马上找一个人去临时担任县教育局长，听着，只是临时，最终这县教育局长我还是要让这个吴兴谱来担任的。哼，我就不信了。

易维进彻底蒙了，一时弄不懂杨森的话中话。

只听杨森又说，易县长，现在有人极力想阻止吴兴谱来任这个教育局长，说明他们是怕吴兴谱来当这个局长的，既然怕，我就还必须要让他来当，我要吴兴谱名正言顺地来当这个局长。

杨森停了一下，又继续说，不过，这事不能操之过急，你先找一个人来临时顶替吴兴谱当几天代理局长，平平下面人情绪，这也是一个缓兵之计嘛，等代理局长把所有的印信都拿到手后，我找省教育厅正式下文委任吴兴谱为南充县教育局长。

易维进听明白了，就说，好，我马上安排一个人临时代理一下这个教育局长。

杨森说，易县长，我布的这个临时局长的棋也不是一枚闲子。因为我们既不能让张澜推荐的任梓勋再继续任局长，也暂时不能让吴兴谱马上就到任，必须找一个四平八稳的人来过渡一下。我想了一下，就由部队保举一个叫李恂初的人去代理一下。这个李恂初是杨汉城部队的文书，戴眼镜，文质彬彬的，是目前最合适的人选。你马上与杨汉城旅长联系一下，尽快安排李恂初到任。

没有问题。易维进至此才明了杨森的精心安排，不由在心里嘀咕一声，老狐狸！

易维进仰躺在藤椅上，用双手使劲揉着太阳穴。吴兴谱呀，吴兴谱，到任没几天，你给老子弄出好几起大事来。唉。

没多久，省教育厅委任状下来了，吴兴谱正式当上教育局长，易维进亲自带着吴兴谱去教育局宣布任命。

评议所

何富章的尸体在猪市坡上暴尸三日，到后来有些臭了，也不见人给他收尸。三日之后，那具尸体去哪儿了，不知道，也没人深究，也没人去关注。

何富章尸体上那一页纸却是让很多人看到：西区武工队坚决镇压反动派。

这武工队三个字是第一次在西路正式出现，因此传说很多，说武工队飞檐走壁的有，说武工队三头六臂的有，说武工队红发赤鼻的有，反正说得玄之又玄。有的家庭为了哄小孩子睡觉，都说，再不睡，武工队就要来了，小孩子便自觉睡觉去了。

至于说何富章的那就更多了。有说他有眼不识泰山，得罪武工队被镇压了，有说他因欠人家赌债不还被人黑了，有说他因偷看到武工队秘密被枪毙了，众说纷纭，莫衷一是。不过后来，有人说看见何富章尸体被一只野狗拖走了，还说得活灵活现的，说都给拖散架了，骨头散得到处是。说者还做自我掩鼻状。姑且不论这些是真是假，不过那一张搭在何富章身上的纸却在猪市坡上逗留了好久，一时让风吹到这儿，一时又吹到那儿，反正好多人打此经过都看见了。

田寡妇没有去看何富章，她听人说何富章的死是因为武工队在锄奸，镇压反动派。她不知锄奸是什么意思，反正她知道锄奸就是要弄死人，死人是很让人害怕的。她因此就开始暗自庆幸自己聪明，她认为自己从来不让何富章在家过夜的决定是多么正确。她想，万一这地下党要到她家来镇压何富章，不是也有可能把她也顺带一起镇压了吗？她想想都感到害怕。

何总，何富章让地下党武工队弄死在猪市坡上了。斜眼孙成将何富章死在猪市坡的消息报告给金宝场团总何坤玉。

啊？有这事？这武工队也太他妈厉害了，居然敢弄死人？这何坤玉也是一个软蛋，他是仗着儿子在县警察局里当差才坐上团总位置的，他跟着孙成跑去现场看了何富章的死相，见真的是让枪给打死的，何富章的脑门上一个洞，圆溜溜的，冒着血，便顿时心虚起来。难道真是地下党武工队干的？不可能吧，自己地盘上可千万不要有地下党呀。他想自己也就那么几个破人，几条破枪，吓吓人可以，用是没法用的，这人这枪哪敢与地下党斗哟。他没叫孙成跟上来，就背了手，转身走了。

何坤玉不敢去追查武工队，但他得做出姿态来。他想，还是贴个告示吧。于是他吩咐手下在金宝场各处贴告示，让老百姓不准乱传谣，金宝场哪有什么地下党武工队，那都是想弄死何富章的坏人借地下党和武工队名义造谣生事的。告示称，凡乱传谣者一律等同地下党武工队论处。

何坤玉怕告示没人看，没人信，怕达不到效果，他因此每场都去场上茶楼坐了喝茶，边喝茶边给周围的人宣讲说，这何富章的死不是地下党武工队干的，金宝场哪里有地下党和武工队嘛，我们西路哪来的地下党武工队嘛。这明明是何富章欠了人家的赌账，让人家给点了天灯，用打石匠的錾子凿死的嘛。

在金宝场上，大家心知肚明，都知道这何富章肯定是让地下党武工队处死的，说这何富章一定是知道地下党武工队一些秘密事，让地下党给处决了。还有的说，金宝地下党武工队可厉害着呢，可飞檐走壁于无形之中随便取人的头。有人说，哪有那么厉害哟，你又没惹他，他取你人头干啥？我说的随便取你的人头，在这里意思是说地下党武工队是专门与官府作对的，他们对老百姓可好了，听说地下党武工队搞的是人人平等，打土豪，分田地，均贫富，实现社会大同。唉，我也说不好，反正地下党武工队是向着我们老百姓的，他们才不与老百姓为难哟。又有人说，你好像见过地下党武工队？哈哈，谁见过？我只听说地下党武工队也是和我们一样的贫苦老百姓。算了算了，不说了，反正我没见过地下党武工队。

不逢场，周志瓜与孙成、何二娃便待在自己的评议所内。

当然逢场天，他们就不会待在评议所了，他们照例是要去坐王氏茶楼的。

评议所在金宝场上街街尾，位置相对偏一些，平常也少有人去，不是人不去，而是不敢去。谁去那地儿呀，那地儿可是周志瓜的地盘呀。谁去了，多半是因为欠周志瓜的利钱而被叫到那儿去的。还得上还好，还不上，那罪自然就没少受的了，好多人是站着进去的，出来时就是让人抬着了。有人说进了评议所，不死也得脱层皮。

评议所屋子正中摆着一张八仙桌。这八仙桌，即四方桌，每一方可以坐两人，共可坐八人，因此俗称八仙桌。在川东北，八仙桌几乎家家备得有，一般摆在堂屋，堂屋相当于客厅，其后壁一般还供有一座神龛，神龛上是供奉天地君亲师位置的。

周志瓜的评议所，将供天地君亲师的位置换成供奉财神爷的泥塑像，泥塑像前有一个插香的小铸铁鼎，鼎里插三炷香，三炷香都袅袅燃着。

周志瓜坐在八仙桌上方位。

这上方位的确定，一般是进堂屋正对着的那个上位。上方位后面是神龛，人坐在上方位，抬眼就可看见进屋的人，如果家里来了客人，上方位就是尊贵客人坐，如果是家里人，上方位是一家之主坐的位置。尊贵的客人或是主人家坐了上方位，那么陪客和家里人就只能坐在上方位的两边或对面，除了上方位，其他的位置都是陪坐了。

这周志瓜坐在上方位上，就代表着他是这间屋子主人，也是位置最尊贵的人。斜眼孙成和分头何二娃坐在左右两边陪坐。

屋角有些暗，如果不仔细看，还发现不了屋角边蹲着一个人，那人缩成一堆，像是一坨干牛粪，黑黢黢的。只见那人脑袋萎奄奄地，夹在两膝间，就地蹲着，一直蹲着，不动，两手抱着膝。

孙成站起身来，一条腿慢腾腾地抬起，随意地夸张地侧放到他刚才坐的那条木板凳上，他身子往左倾，左手拐靠着一只算盘。旁边何二娃念一串数字，孙成就用右手拨拉几下珠子，何二娃拿着账来，翻一页，又一页，每翻一页，孙成手中的算盘珠子就响几下，算盘珠子响几下，屋角那团黑影就缩几下，黑影不时用眼睛余光悄悄瞟一眼上方位的周志瓜，又瞟一眼孙成和何二娃，尔后又悄悄低下头来，把下巴轻轻放在两膝间。

屋子里静极了，只有孙成的算盘珠子在响，只有何二娃翻账本的声音在响，只有周志瓜偶尔揭开盖碗喝茶的声音在响，其余什么声音都没有。

阳光从门外射进来，由于是斜射进来的，所以屋子被分成阴阳两半，阳一半自然让阳光照着，那张八仙桌从中间被阳光剖开，算盘也给剖成两半。阴一半落在屋角，太暗，似乎有一股阴气，重重落进来，那股阴气全压在屋角那个人身上，那个人动了动，头暴露在阳光下，阳光唰的一下射进他眼中，他又只得眯起眼，缩回到另一半阴影中去了。

孙成伸了一个懒腰，右手拿起算盘，哗啦一下，所有珠子都归向算盘下方。屋角那团黑影的嘴角又动了一下，是心惊肉跳的那种动。他已经感受到了，算盘上所有的珠子向他压来，似乎像一块巨石，全部压向他单薄的身子，他感觉到喘不过气来了。

傻子，听到没？这把算盘有多少颗珠子？那黑影知道是在叫他，他把眼睛睁了睁，似乎有了点光，随即那光又暗淡下去，他不敢抬头，不敢向上看，所以又低下来。

听到没有？赵应凯，你一共欠我们周老大多少钱了？何二娃把头发向右甩了甩，再用手抹了一下，厉声问道。

那个叫赵应凯的黑影说，三块吧，三块。他望了望何二娃，又低下头。

孙成冷笑一声，猛一拍桌子，三块！你以为那三块就停在那儿不动了？你知道你借了多久了？过了这么久，怎么可能还是三块？我们这儿又不是办慈善的，又不是搞施舍的，你以为我们几个都是喝西北风长大的吗？

赵应凯头低得更低了，嗫嚅着说，我哪里算得来账嘛。

何二娃见赵应凯如此说，也呼一下站起身来，提起板凳往地上一摔，说，赊账的时候装可怜，装孙子，千求万求周老大赊账，现在到该还账的时候了，又在老子面前来装重孙子，我看你赵傻子是王八吃秤砣，铁了心要赖账哟。

赵应凯吓得往屋角又缩了缩，那影子就更小了，真的像极了一只缩在洞穴里的乌龟。

我敢赖账吗？只见赵应凯嘴唇似乎在动，那声音小得只有蚊子才听得见。

哼！是不是要我再给你算一算？孙成斜着眼，算盘在他手里弄得哗哗响。

不敢，不敢。赵应凯嘴里发出的声音小之又小。

孙成说，我看你并不傻，嘴上说不敢，其实心里还是想。好，老子今天就给你再算一下账，让你明明白白，不然你还说我们欺侮你。

哪敢，哪敢。你们说多少是多少。赵应凯说。

我们说？你硬是以为我们想讹你？周志瓜慢声细气的声音，就如从泥篾墙缝隙中挤进来的风一样，飘浮不定。孙成，你算给傻子听听。

好。孙成把算盘上下一摇，那算盘珠子发出清脆的响声，只见孙成的手指在珠子上左右一拨弄。出来了，从去年一直到现在，加上利息，你一共欠我们周老大三百元钱。

啊？！这么多？我不是只欠你三块钱吗？赵应凯张大了嘴，不相信地把头抬起来，望了一眼周志瓜，看到周志瓜那张阴阴的脸，又低了下去。

是呀，你当初是只欠我三块钱嘛，可是我多次叫你还，你不还，说没钱，让我宽限几天，这一宽限，就是一年多了，一年多，本加息一起就是三百元。赵应凯，当初赊账时我们是约定好了的，赊账是有利息的，你也答应了的。你以为我的钱就不是钱了？告诉你，我们那钱是要下崽的。不下崽我把钱放在你那儿做啥？我们有毛病呀。何二娃上去就是一巴掌，结结实实地扇在赵应凯脸上，赵应凯脸上马上就肿起来，四道手指印，红灿灿的。你他妈现在还想赖账不？

哇一声，一个大男人就那么哇一声哭了，哭得无比伤心，哭得无比凄惨。周大老爷，我认账，不赖账，可我现在哪里有那么多钱来还你嘛。

妈的。周志瓜恶狠狠地站起来。听着，赵傻儿，在金宝场还没哪个敢怀疑我多算他利息的，老子这是明算账，分分厘厘都给你算清了的，你现在居然说没钱，说没钱就可以不还账了？你睁眼看看，这金宝场有哪个敢赖老子的账？唵？哪个敢赖老子的账？当初是你死乞白赖地要向我赊账，我也是起个好心，让你欠着，有钱的时候还我，现在到了还钱的时候了，你又说没钱，赖着不还，账赖得了吗？你扯块棉花搓条线纺（访）一纺（访），这金宝场哪个敢赖我账？赵傻儿，当初你可是在我欠条上画了押的，这白底黑字，可写得清清楚楚的。

赵应凯见周志瓜说累了，坐在了板凳上，他才又小声说，周大老爷，我家的情况你是知道的，你叫我一时哪里去找那么多钱来还你嘛。你还是再宽限我几天吧。

宽限？已经宽限了你一年了，再宽限，利息又要涨了，再宽限，你就还得上了？孙成说。

赵应凯还是看向周志瓜，说，周大老爷，你放我走，我去借些钱来还你。

放你，想得美，你以为评议所是想进来就能进来的吗？你以为进来了就能好好地出去吗？今天你不还钱，就别想走，叫你家人拿钱来赎人。何二娃走到屋角，一脚踹向赵应凯，赵应凯惨叫着滚向屋角旮旯里，痛苦地捂着胸口，嘴巴一张一合，喘气如风箱。

孙成也站起来，说，哟！狗日的还在装死，如果今天不还钱，老子就要把你龟儿打死在这儿，你信不信？

赵应凯当然信，这伙人平时到欠账人家里牵猪牵牛，翻箱倒柜，那都是轻的，稍不顺他们的意，打人放火烧房都是有的。前不久，周志瓜就逼死了陈大柱和宋英姿。谁也没有把他们怎么样。

赵应凯不知怎么求周志瓜了，就缩在屋角里喃喃地说，饶了我吧，饶了我吧。

评议所外不知不觉聚了不少人。
这些人在所外指指点点。
周志瓜喜欢这种场面，他特习惯这种场面，自从坐上二领班位置后，他就喜欢热闹，他就喜欢有人来捧他场子，他就喜欢别人看他审欠账人的气势。他只要一见有人围着他，他就来劲，他就激动，他就更要给欠账人一点儿颜色瞧瞧。当然，这也是他给所有欠账人一个威慑，如果有人胆敢不还他钱，其下场与这些欠账之人同罪。
是哪个在评议所吼得这么凶？我老远就听见了。就在周志瓜准备叫何二娃把赵应凯吊起来打的时候，一个粗喉咙大嗓子的声音传进屋来。
只要是金宝场的人应该都听得出来，这是金宝鲁智深杀猪匠赵绍州的声音。
当然周志瓜也听出来了，这声音谁还听不出来？
周志瓜阴着脸，他看着赵绍州大踏步跨进屋来。周志瓜想，这赵绍州还从来没来过他评议所，今天来，不知有何事。从赵绍州声音听来，这似乎属于来者不善，他与赵绍州平时交往也不是很多，今天赵绍州既然登上了他的三宝殿，那非有事不可了。平时莫看这周志瓜人五人六的，他知道他所做之事，大多都是丧天良的，乡人看不惯，但又拿他没有办法。可这赵绍州不一样，他可是金宝场的鲁智深呀，他可爱打抱不平了，他难道是来给赵应凯打抱不平的？可他与赵应凯一无亲二无故，凭什么来插手赵应凯的事呢？
赵绍州一进屋，大家都感觉到屋子里暗了一下。
先应付一下再说。周志瓜站起身来，向赵绍州打了个袍哥式的拱手，说，赵师傅，赵大哥，不知大驾光临，有何贵干？
大驾，我就是个大个子，没架子，更谈不上贵干，路过而已。哈哈哈哈！赵绍州不拘谨，他大咧咧地向周志瓜打过哈哈后，毫不客气地坐在那张八仙桌旁。
周志瓜也尴尬地坐下来，他使了个眼色，孙成、何二娃便站在他身后。
不过孙成和何二娃这俩货在赵绍州面前也是怂的，他们规规矩矩地杵在周志瓜身后，就如两根矮树桩一样，这俩货知道赵绍州的厉害，此时就是周志瓜命令他们去与赵绍州过意不去，他们都不敢。这赵绍州曾经在蒲家干柏树练过武的，与何先昭还是师兄弟，同门同宗不同期，蒲家干柏树的武功在南充地界挺有名，凡在蒲家干柏桠学过武功出师的，打五个擒六个是没有问题的，就凭孙何两个的三脚猫功夫，根本不是赵屠户的对手，他们俩站在周志瓜身后，身子总觉得要向后退一样。

赵绍州说，我在外面瞧着热闹，进来看看。周志瓜，周二领班，周乡长，什么事嘛，在这里如此大呼小叫的，打老远都听得见。

没啥事，没啥事，就是这个赵傻子。哦，这个赵应凯，他欠了我一年多的钱了，现在叫他还，他硬是不还。这不，孙成和何二娃都在催他嘛。这周志瓜也不知怎么了，平时凶巴巴的，在赵绍州面前也没了往日的脾气和霸气。大概他知道这赵绍州不好惹，如果赵绍州发起狠来，还不把他这评议所给掀个底朝天？所以周志瓜还得试探着来。

如果不是周志瓜坐镇在前面，这孙成、何二娃恐怕早就开溜了，他们俩还是聪明，知道惹不起赵绍州，他们就想躲，好汉不吃眼前亏嘛，能躲就躲，鸡蛋硬不过石头。

哦，我还以为出了什么大事哟，外面又围了这么多人，原来是你周志瓜又在这儿逼债。赵绍州毫无顾忌口无遮拦地说。

周志瓜有些尴尬，说，赵大哥，杀人偿命，欠债还钱，这是天经地义的事嘛。

赵绍州又是一阵哈哈，声音把屋梁都给震抖动了，哈哈声一停，他说，哦？谁杀人了？谁杀人了？杀人了就要偿命嘛。嗯，欠债还钱，对，对，这也是天经地义的。

周志瓜说，赵师傅，没谁杀人，我只不过打个比方。这点儿小事，怎么把你给惊动了，不好意思，改天我请你喝茶，好不好？

赵绍州说，哈哈哈，我是粗人，听不懂你打的比方。好，只要没有杀人就好，我怕有谁杀了人，我又得来打这个抱不平了。周志瓜，周二领班，你这动静也搞得太大了点儿吧，哪里是惊动了我，你是惊动了整个金宝场哟。你看看，外面的人都是你给惊动来的。你这茶不错嘛。说着端起茶喝了一大口。

现在屋外头又聚集不少人，这周志瓜的兴奋劲儿也退了。周志瓜看了一眼黑压压的人群，反倒有些害怕，他觉得今天不大对劲儿，但又想不出哪儿不对了。外面那些人目光不对，嗯，目光是有点硬。他不禁在心里暗问道，是谁借给他们那么大胆子？以前这些人在我面前连放屁都不敢大声，今天居然敢与我对视了，真他妈的反了天了。

周志瓜收回目光，问，老赵，外面那些人是你带来的？

赵绍州说，你太抬举我了，我可没那么大能耐，是你的吸引力太大，把他们吸引来的。

周志瓜说，不对，怎么我总觉得这些人不对呢，肯定是你带来与我作对的。

赵绍州说，周二领班，你在金宝场是最厉害的了，他们怎么敢与你作对呢？

周志瓜说，老赵，咱们打开窗子说亮话，明人不说暗语，你今天是不是存心来找我岔子？

你说这话我可不爱听了，我赵绍州是故意找岔子的人吗？

那你这个时候跑到我这儿来，不是蹚浑水管闲事，那又是什么呢？

赵绍州说，我这不是蹚浑水，我也不是管闲事。赵绍州望着外面的人大声说，我这是管闲事吗？

不是，不是。外面人齐声回答。

周志瓜听到外面的声音，明白了，赵绍州今天果真来者不善。

陈大柱被活活打死，宋英姿也被逼死了，这金宝场到底还有没有王法？

利滚利，跟斗利，利上加利，欠你一分钱，还你一辈子。

这二领班简直是飞起吃人！

把刮了我们的血汗钱还回来！

赵绍州说，听听，听听，这不是我说的，是外面老百姓说的。

周志瓜脸上青一阵，红一阵，白一阵，紫一阵。平时这些老实得啃土的百姓今天是怎么了，怎么都跟吃了枪药似的，居然敢斥责我周志瓜？哼，要不是赵屠户在此，我今天非抓他几个来吊打一盘不可。

赵全英站在门外人群中，冷眼旁观着。赵全英见老百姓情绪逐渐被点燃起来，她拉着陈素清稍稍向门外退出去一些。不能站在人群中，那样太扎眼，既要给老百姓感觉这次行动是地下党主导的，又不能让老百姓知道是哪些人组织的，这是罗天照反复给她交代过的。

补锅匠赵富贵也夹在队伍之中，他随着人群向前挤，评议所大门给挤得嘎嘎直响。

周志瓜说，好你个赵绍州，你居然煽动老百姓反政府，你这种做法与地下党武工队有什么两样？我看你就是共产党，你就是武工队。

赵绍州哈哈笑了两声，说，说我是地下党，说我是武工队。你这帽子也扣得太大了点吧？不过，你们仔细瞧好了，我像地下党吗？我像武工队吗？我倒还真想加入地下党，加入武工队呢，就是不知道他们要不要我这个杀猪的屠户。哈哈哈！

一直蹲在屋角的赵应凯不知什么时候站了起来，他跑到门边，对门外大伙儿说，这周二领班是土匪，他抢人，去年我欠他三块钱，今年他就要我还三百块，这不是飞起吃人是什么？我穷得揭不开锅了，他还硬逼着要债，不还债，他们就打人，往死里打，天理何在呀，良心何在呀。

孙成和何二娃见刚才还像条死猪一样的赵应凯，这时也跟着硬起来，就想上前再按回屋角，但他们瞟了一眼铁塔似的稳坐在板凳上的赵绍州，又见赵绍州也正盯着他俩，马上就缩了回去。

周志瓜说，好你个赵应凯，你当初追着要欠我钱，而且你是亲自画了押盖了拇指印的，怎么到现如今一见还钱多，就不认账了，一见帮你的人多了，就反起悔来，耍起赖来，嗯？

赵绍州对赵应凯说，赵应凯，你要赖了吗？

赵应凯带着哭腔说，赵绍州呀，赵大哥呀，我哪里是耍赖嘛，你说，当初我就欠他周二领班三块钱，怎么现在就叫我还三百块了呢？当初我是画了押签了字的，可是我又不认字，又算不来账，哪晓得要还这么多嘛。

好，周二领班，你给我当面算一下，赵应凯怎么借三块钱就要还三百块钱呢？赵绍州对周志瓜说。

周志瓜见向着赵绍州的人这么多，还真有些怕了。他说，老赵，你我在金宝场都是有面子的人，抬头不见低头见，你我今天就不要在这儿扛了，这对我们大家都没好处。

哈哈！我老赵在金宝场哪有什么面子嘛，我就一屠户，谁都可以不给我面子。倒是你周二领班，你还好意思说我们天天在金宝场见面，你没看见被你盘剥的老百姓死的死，残的残，你这面子怎么就挂住了呢？我奉劝你还是少干这伤天害理的事，不然你在金宝场怕是混不下去了。

老赵，你这有些言重了吧？他们欠我的钱，难道我就不可以催一催吗？我也要吃饭呀，我还要养我手下这一帮子人呀。周志瓜装出一副无辜的样子。

少给我装，就你那利滚利，跟斗利，翻来翻去，不知要害死多少人。赵绍州说。

周志瓜说，老赵，你就不知道了，我与债户们当初是有协议的，是约定好了的，时候一到，还钱是应该的吧？

赵绍州说，好，好一个应该还钱。那你今天就先把欠我的钱也一并还了。说着，赵绍州从背上油渍渍的裙褂里摸出一个卷了边的也是油污遍布的账本来。

周志瓜见赵绍州摸出一个账本来，脸就黑了，他知道怎么回事了，他想，这赵绍州早有预谋，用随便赊欠来引他上当，他直后悔当初不该图贪一点小便宜，让赵绍州现在用这种方式回击他。

此时，评议所外的观众还在增加，他们把评议所围了个里三圈外三圈。

赵绍州说，周二领班，你这半年来一共在我这儿赊欠了二百三十块猪肉钱，是不是？

周志瓜拿过赵绍州那个油本子，翻了翻，再翻了翻，放下，说，是的。

赵绍州说，那你什么时候还我钱呢？

周志瓜说，老赵，我今天没带钱在身上，等明天我就还你这二百三十块钱好了。

多少？你欠我半年时间，难道不该算点儿利息吗？赵绍州看着周志瓜说。

周志瓜说，你也要利钱？你当初没说要利钱呀？

赵绍州说，我没说利钱就不要利钱了？我本来是没打算要的，但现在我看你如此地利滚利、跟斗利地强收别人的利息钱，那我反悔了，我也打算收点利息钱了。

周志瓜说，赵绍州，赵屠户，你混蛋，趁火打劫，你居然用套子来套我，没那么安逸，我不服，我不干，我不会给你利钱的。

赵绍州看着周志瓜，不说话，他想看看这周志瓜怎么表演。

周志瓜见赵绍州抱着手不说话，以为他软了，就又说，赵绍州，我明天就还你那二百三十元钱，你当初没说利钱，我是无论如何不会给你利钱的。

赵绍州说，周志瓜，你不给行吗？

周志瓜说，我就不给了，你想怎么样？

赵绍州说，你不给，那这赵应凯也不给，可以吗？

周志瓜跳了起来，说，不行，赵应凯是和我签了协议的，他不还不行。

赵绍州说，那好，你也还吧，就按你算赵应凯的算法还吧。

周志瓜说，赵绍州，看来你今天是要与我真的对着干了？

赵绍州说，我怎么与你对着干了？我也是借鉴你的办法嘛，不是与你对着干，而是向你学习。

周志瓜说，好你个赵绍州，不要给脸不要脸，你不要仗着你是屠户就耍霸道，不要仗着你有帮手就想飞起吃人。

赵绍州哈哈大笑，说，周二领班，我是从来不霸道的，但我今天就霸道一次。我一直在想，咱们本乡本土几个人，抬头不见低头见，欠钱是正常事，还算什么利息嘛。可现如今，我看你却把乡亲近邻的欠账算得门清，特狠。好，那我就学你的样，也按这个利息给你算点儿利息钱。要说合理，你说你算老百姓的利息钱是合理的，那我也是合理的。咱们大哥不说二哥，两人脸上麻子一样多。怎么样？你欠我二百三十块钱，半年时间利息算下来也就一千零八十块，看在你我同在一个场上的面，把零头给你抹了，就一千块吧。我绝对不会像你收别人利息钱那么狠，就是一丁点儿零头虚脑的小钱也要收，我就只收整数行了。对了，我明天正好还要下乡去收毛猪，正需要钱。给吧，我的周二领班。

呀？嗯？一千块？好你一个赵屠户，吃人不吐骨头。周志瓜一听赵绍州给他的报价，眼睛鼓得比铜铃都大，马上跳了起来。你赵绍州这不是明摆着要与我周志瓜作死对吗？老子今天就坚决不给了，看你能把我怎么样！

哈哈哈！赵绍州仰天大笑，啪！猛一巴掌拍在八仙桌上，八仙桌给拍得跳起来。周志瓜，你不给，那好，我告诉你，你不给试试，你怎么对待老百姓的，那我也这样对你，对不起了，今天我得得罪你周二领班了。

周志瓜被赵绍州巴掌在桌上邦一拍，吓得一下子跌坐在凳子上，半张着嘴，傻子一样，老半天合不上。

赵全英已退出门外，她见是时候了，马上举了手臂，领着围在门外的姊妹们大声喊，周志瓜，心太黑，利滚利，活抢人，大恶霸，逼死人，良心坏，还我钱。

这些妇女们一喊，所有人像是受到传染，全都跟着喊，一声比一声高。

周志瓜见屋内外那么多人瞪着愤怒的眼睛，一张张怒吼着的嘴巴有如一只只碟子一样，要向他扣来。他下意识地把那颗透亮的脑袋往衣领里缩了缩。

孙成和何二娃见周老大都吓傻了，吓呆了，也直往后面退，一直退到篾笆墙上。

周志瓜说，好，好，好，好你个赵绍州，你居然煽动老百姓来我评议所闹事，我要去县府告你。

赵绍州说，哼，告我？去告吧！我还想让县太爷给我评评理，看我们谁有理。周志瓜，告诉你，老百姓的眼睛是雪亮的，你在金宝场上做的这些丧尽天良的坏事，老百姓早就看不惯了，只不过他们是敢怒不敢言。你说这金宝场哪一个不恨你，哪一个不对你恨之入骨？别看他们平时没闹，其实心里早就想杀了你，喝你的血，食你的肉，剔你的骨。你随便抓人、打人，随便打死人、逼死人，你的利息就跟土匪抢钱一样。要知道，老百姓忍耐程度是有限的，哪里用得着我去煽动？哈哈，好笑，你去告吧，你去告我煽动吧，我看哪个肯信。

算了，老赵，这样吧。我们都不要过分了。我也不去县府告你，你也把老百姓叫回去，我们和平收场好不好？周志瓜一时奈何不了赵绍州，就先软下来。老百姓欠我的钱，我允许他们再宽限几天，我欠你的那些钱，也等我筹两天再给你，要得不？

哈哈哈，赵绍州又是纵声大笑，笑声声震屋梁，瓦桷子缝里灰尘唰唰往下落，在射进屋来的太阳光柱中形成一根明晃晃的棍子。那周志瓜每动一下，光柱就似乎抽打在周志瓜身上。周志瓜，我感觉你太好笑了，你明明知道这些人不是我叫来了，你叫我怎么喊他们回去？

屋外，赵全英又领着众人喊起口号，打倒周扒皮！打倒二领班！声音似乎要掀掉评议所。

这时，蜷缩在屋角的赵应凯像换了一个人似的站起身来，径直地以头撞墙状，冲向周志瓜，大声喊，周志瓜，老子今天跟你拼了。

如一阵旋风，瞬时刮过平静的海面。

赵全英在屋外把赵应凯的行动看得真真切切，只见她振臂一呼，乡亲们，上，给我痛打周志瓜，痛打二领班，给陈大柱报仇，给宋英姿报仇，给受欺侮的老百姓报仇。

打，给我狠狠地打！打死这狗日的二领班！姊妹会的姐妹们和屋外老百姓全部抡起拳头，向着屋内冲进来，把周志瓜、何二娃和孙成分成三堆，一堆一群人，只见无数拳头如冰雹般落在三人头上、身上。

赵绍州见群众涌了进来，他决定自己撤出来，他不需要参与痛打二领班的斗争之中，那么多人也用不着他动手，老百姓的愤怒已到达极点，他们怎么会轻易放过周志瓜呢？

屋子还是窄，好多人都挤不进圈子，他们一时找不到击打和发泄的对象，就将八仙桌、凳子砸了个稀巴烂，窗户也让他们砸了，阳光如洪水一般从窗户铺进来，照射在周志瓜、孙成和何二娃一摊烂泥似的身上，强烈的阳光完全罩住了他们的脸，罩住了他们的眼睛，他们睁不开眼睛，看不见任何东西，他们只感觉到周围全是明晃晃的握紧的拳头和愤怒的眼光。

赵全英与赵绍州在屋外望着这场面，内心既高兴，也担忧，高兴的是西区麻木的人们懂得起来反抗了，老百姓的觉悟也有所提高了，但是他们还是担心，革命是残酷的，西区革命闹得这么火热，县府绝对不会坐视不管的，接下来他们所要面对的局面，是他们不可预知的，也是不能掌控的。

怎么办？

赵全英和赵绍州陷入深思之中，就目前西路情况看，地下党与官府的平衡已然被打破，县府决然不会再把西区当作是一块平静的土壤，而是要作为重点监控的危险地方了。这一点是西区地下党必须要面对的，也应该是早有准备的。但是，他们目前还没有真正的实力与官府抗衡，地下党组织还是太薄弱了，无论从哪个方面都没有与官府作硬碰硬的力量，他们担心这刚刚点燃的革命火种是否还能够继续燃烧。

赵全英他们的担心不无道理，易维进很快就全部知晓了西区最近发生的一系列事件。

西区地下党和武工队又将面临怎样的困境呢？

第二章

西路烽火

县府震怒

阳光舞动银亮的绸带，顺着西溪河，一漾一漾地像无数条银环蛇在崇山峻岭之中游动。

藏珠山的山形在周围群山之中并不显得突出，但藏珠山四面环水的山势却独具特色，而西溪河，在阳光下泛着白光，好比一条项链挂在藏珠山脖子上。

今天是周末，七宝寺高小有些冷清。

时值暮春，阳光在冷滑之中逐渐增添了一些热度，学校的黑瓦飞檐从树木之中悄悄钻出来，让学校在冷峻和清幽之中显得有些调皮。

南池书院自清末废止后，原址上先后办过几次学，也中止过几次，就如西溪河有着冬枯夏涨一样。也正因为在南池书院旧址上办了学，所以这七宝寺才一直没受到损毁，香火虽逝，书香却长久地浸润着。当初何淦候先生因得到张澜先生大力支持，他发动村民将七宝寺内和尚全部撵走，自家掏出银圆，改建修缮七宝寺，办起了远近闻名的七宝寺高小，学校招收的学生不分贫贱，不论远近，只要愿意读书，都可以来这儿上学。七宝寺的清幽和宁静，造就了这个读书的好地方，吸引了不少学子远道而来求学，让南池书院的香火与朗朗的读书声汇入西溪河的流水声，一直绕着藏珠山环流，绵延不绝。

七宝寺高小依然保持原南池书院整体风格，只在功能上作一些调整，建筑格局没发生变化。整个学校呈王字形布局，轴线分明，依山势而梯次起伏，是四合小院式建筑构造。其主楼高耸，主楼共两层，中间有石级式楼梯，宽敞，可方便师生上下楼。从石梯上来，第二层左右两边是两木质走廊，走廊将书院分为两个天井，两层楼全用作教室，再往上，就是魁星楼和文昌楼，这两楼与赶走和尚后的厢房全部改成教师寝室。

风从溪边卷来，卷起地上落叶，落得满校园都是。

苏志急匆匆在校园里走，他水光油亮的头发给风吹乱了，有几绺耷拉在他脸上，痒痒的，苏志伸手把头发向后理，那头发便顺着手指往脑后披。

苏志沿学校主楼中间那道石梯子往上爬，爬得有点儿急，脸上微微出汗。共产党标语到处贴，学生进城参加大游行，二领班被痛打，何富章被武工队枪毙在猪市坡等，这些接二连三的事件在苏志脑袋中转来转去，把他头都弄大了。

近段时间西路发生的几件事让苏志内心极度不安，他作为青年党头目负责监控西路，现在却给弄出这么多这么大的动静来，他肯定要遭易县长问罪的了，苏志觉得易县长可能要找他谈话了。果然，易维进通知苏志回一趟县上。

苏志去之前早有了心理准备，但当他走进县长办公室时，还是没料到易维进会如此震怒，就差没把巴掌直接扇到苏志脸上了。他到现在都惋惜易县长那只青花瓷茶碗，他听说过那茶碗是清代官窑，全南充县没几只，那茶碗上的青花真好看，像极了县长太太那身旗袍上的花纹。就为西路那点儿小事，易县长就那么轻易把茶碗摔了，摔得那么彻底，他只听耳旁有风鸣地叫了一声，那茶碗就在空中旋了一圈，一闪，就直接摔地上了，就那么碎了。哦，那声音还真是清脆，钢响，茶碗碎了一地，茶水和碎片都溅他裤脚上了，那碎片应该很锋利，从他脚杆上划过，有一股劲道，茶水也有劲道，碎片砸到他脚杆上，还真有点儿疼。要是在平时，苏志一定会上前小心地伏身把碎瓷片捡起来，再组合起来递还给县长，但是今天他站在那儿没动，他不敢动，他的汗顺着脸颊直往下流，都流到他肚子上了，流进肚脐眼儿了，痒痒的难受，比易县长的骂都难受，骂可以当成耳边风，左耳进右耳出，一吹就过，但那汗不同，一流到肚子上，就粘贴到衣服上，湿乎乎地，后背像是裹了一张牛皮一样。

苏志从来没听到过易维进骂人，这易县长平时看来还算是文静，戴着无边眼镜，梳着后披头，与苏志差不多，鼻子鹰钩，常穿一件中山服，上衣兜里永远别着一支金色钢笔。这文静的县长骂人水平还挺高呢，苏志毕竟也算是个知识分子，他还从来没被人如此骂过，他都被骂得差点要哭了，要是其他人敢这样骂他，他就是打不赢，也要乘了深夜摸到人家祖坟，把坟给刨了。

苏志被狠狠骂了几个钟头，直骂得他昏天黑地，昏头黑脑，目中无光。苏志就在那儿杵着，头低得差点掉裤裆里了。易维进还在那儿骂，那两张嘴皮翻动得快之又快。他真的没有听清县长究竟骂了些什么。

川骂中有好些话是写不出来的，易维进骂苏志的只有翻译过来才可以入书的，能够上书的当然文明多了。骂来骂去，易维进无外乎还是说你苏志一点儿也不冲火，冲火就是能干的意思，不冲火就是不能干。他说你苏志，别人都说你冲火，我看则不然，你其实就是个烂锤子，饭桶一只，造粪机器一个。易维进骂苏志的话中有一句应该当时就会火的，但不知道怎么就没火，直到几十年后，陕西一位姓陈的著名小说作家只把那句话改了两个字用来骂人，就一下子火了。按当时易维进的身份，他是一县之长，按说粉丝很多，但他就没火，他那句川骂，让嘉陵江上的风一吹而过，一丁点儿痕迹都没留下，就那么遗憾地飘走了。当时易维进骂苏志是一个烂锤子，这里骂的锤子是指下半身悬吊着的那个肉东西，川东北人最爱用下半身某些器官来夹杂着骂人，他们认为只有用下半身器官骂人才最狠。易维进骂了几次，苏志，你他妈的就是一个烂锤子，老子给你在学校配了好几个青年党手下，在各场镇也安排得有，你就没给老子弄伸展，不仅没弄伸展，反而还弄得一团糟，害得老子理都理不清。易维进反复说，苏志，你纯粹就是他妈的一个锤子，有的铁锤子还要生锈，你他妈的连铁锈都不生。一个小小的西路，一个屙粪都不生蛆的偏旮旯儿，一个连狗卵子棋都下不伸展的鬼窝窝，居然给我闹出共产来，闹出赤化来，闹出进步来。这易维进也是，你说他会骂人吧，可是他骂来骂去的，反而把自己都绕进去了，把自己都给骂了，你看他一会儿老子，每句话前头都要带个老子，他想当老子的目的，就是想占便宜，他一会儿又舅子舅子的，那就是想当别人姐夫了。又是老子的，又是姐夫的，那他到底是个啥子身份呢，你说这易维进是不是绕来绕去的在间接地骂自己？苏志把这逻辑一理顺了，就特想笑，但又不敢笑，他只有把头低得更低，他不能让易维进瞧出他脸上的变化来。

　　易维进骂够了，骂累了，也不叫苏志坐，直接挥手叫他离开，说回学校给我仔细查，仔细访，像篦子梳头一样地查访，不要放过任何一个疑点，务必给我查清楚，弄明白，形成材料报我。

　　苏志一出易维进办公室就瘫了，他强撑着回来，一回来就瘫倒在床上睡了大半天，醒来后，已经半下午了。然后他独自一个人去学校周边转转，他不想见到学校那几个青年党，几个狗粪一样的青年党，没有一个有用，都他妈吃干饭的，原说一人负责一块，便于分别掌握，看来也不行，力量分散了，结果什么都没发现，弄得他现在很被动。他曾经信誓旦旦地拍着胸脯给易县长说过，西路没问题。现在问题来了，来大发了，动静来得比南充哪条线都大。苏志有些生气，他妈的，原说西路贫困安静，不会出问题，现在他妈的偏偏就出了问题，他觉得自己运气不太好，大事都让他给摊上了。他反过来又想，管他妈的，或许这也不是坏事，没遇到或许也不一定是好事，没遇到就没机会在县长面前表现，祸兮福所倚。想到这儿，苏志又释然了，他决定找学校几个青年党开个会，再安排布置一下工作，要主动出击，不能被动收集一点情报。

苏志深一脚浅一脚地往学校回转。

西溪河水安静地流着，苏志觉得这水似乎比以前流动得快一些了。一条不知什么鱼儿哗的一下跃出水面，又落下去，在水面上漾起涟漪，一圈一圈的。

苏志从校门口进来，向左转是一条林荫道，再向右，是一座石梯，他从石梯爬上去，第一间寝室就是他的。平时苏志爬那石梯爬到中途总要歇一歇，今天他一下子就爬上去了，他觉得身体出了点微汗，有些黏身，风一吹，又爽爽的舒服。

苏志寝室是魁星楼最低层头一间，这间寝室视野开阔，只要他坐在窗前，师生上下楼梯他基本上都瞧得见，他掏出钥匙，把门打开。

苏志也没觉得县长在冤枉他。是的，这个西路近来真的闹得不像话，他的确也没发现什么，他觉得西路地下党太狡猾了，神龙见首不见尾，一夜之间，共产党标语可以到处有。一个小小的金宝场，二领班都没人敢去当了。还有那个何富章，一个臭赌鬼，怎么就招惹上了地下党武工队呢？居然还被枪毙了，镇压了。唉，这西路怎么一下子成了南充的热点了呢？似乎不应该呀，几年前在西河桥杀了那么多地下党，怎么这些人还敢跟着地下党闹呢？这不是纯粹找死吗？想我苏志还是有抱负的，想为党国做些事，没遇上共产党时，想遇上，现在是真遇上了，又搞得我焦头烂额了。唉。我苏志何尝不想抓几个地下党武工队呢？来西路都这么久了，他还真没发现什么。想到这里，他又有点儿不满意易维进了，组织一个啥舅子青年党嘛，啥子人都吸收进来，说是青年党，实际成分却杂得很，纯粹一个杂牌军。你看都是些什么人组成的嘛，连赵模这样的结巴都可参与进来，一个杨白华，就喜欢女娃子，一个何朗清，阴阳怪气的，只嘴巴做事，实事一点儿也落不到座。唉。

苏志刚坐下，气还没喘匀，何朗清就窜到他寝室来了。

头儿，回来了！何朗清问苏志，易县长找你有啥好事？

苏志看着何朗清那张没任何表情的脸，就有些讨厌，但他顾及毕竟还是同事，所以也就没把那种讨厌表现在脸上。这何朗清是最爱打听事儿的了，一有风吹草动，他就格外上心，可是在西路地下党这件事儿上，他又没闻出一点儿味道来。苏志想，像何朗清这样的人，究竟是怎么混进青年党的呢？这不，苏志一回学校，他立马就到寝室请安探事来了。

好事多着呢。易县长说，只要把西路地下党武工队挖出来，就算你立大功。苏志反盯着何朗清眼睛，何朗清反而不自在了。

何朗清将眼睛移开，说，我就知道，西路最近闹出这么多这么大的动静，易县长肯定会知道的，也会过问的。

苏志说，易县长对我们寄予了极大希望，让我们把西路给他看好，可结果呢，西路最先闹腾起来，你说易县长能有好脸色吗？

何朗清眨巴着眼，他已经猜出来了，苏志一定在易县长那儿吃了几闷棍，不然这平时的笑面佛苏志脸色不会那么难看。

头儿，你是知道的，我们西路几个青年党为党国还是非常尽心尽力的，就是不知道从哪里冒出来这些地下党，一天又是标语，又是打二领班，还把何富章给枪毙了，好好一个平静的西路硬给搞得一团糟。而且，你我几个还像是瞎子聋子，对这些地下党居然没有一点儿察觉，让他们耍得团团转。头儿，你说这地下党是不是也太狡猾了？头儿，你说，下一步我们怎么办？我们全听你的。何朗清对苏志说。

苏志知道何朗清心里怎么想的，这何朗清阴不阴，阳不阳的，表面上好像很听话，实际上一直不服气我苏志来当这个西路的青年党头儿，一直都在找机会想取我而代之，什么听我的，全都他妈的废话，你以为我听不出来。哼，这西路就他妈区区几个青年党，都时常闹不团结，你争我斗的，一点也不清静。一人分管一块，却各自为政，不交换情报，都想独吞情报，想立独功，相互之间不通气，不服气，不一块儿研究问题，结果可想而知，每个人那一块都没管好。这还不让地下党钻了空子，闹出大事来？苏志想，不能这样各自为政下去了，他得把西路青年党的领导权集中在自己手上来，不然，这西路就真的成了一个无政府状态的不管部了，那这地下党还不就真的闹翻天了。

何朗清还从来没有见过苏志的脸像今天这么阴晴不定，他有些不自在，起身准备离开。苏志见何朗清要走，这才幽幽地说，等一等，你先坐着，我已经通知杨白华、赵模几个来我这儿坐坐，我想宣布一个事情。

何朗清听要宣布事情，就坐下了。

不一会儿，杨白华、赵模也先后来到苏志寝室。

人到齐了，苏志说，今天开个会，主要是就目前西路一些事说一说。

众人不知西路何事，见苏志也没往日那种气势，便都没有开腔。

苏志接着说，想必大家都已经知道了，最近西路接连出了一些事，易县长很生气，说我们青年党在西路没给他镇守好，尽出乱子。苏志说到这儿，眼睛向屋里扫了一番，众人皆把头往下压了压。他此时把易县长抬出来，很明显是有意的，他知道这几个货色是不怎么听他的，他只有把易县长搬弄来做他的挡箭牌。果然见效。

苏志又说，现在事情出都出了，我们得想法补救，怎么个补救法呢？我也没想好，所以大家都得想法子。苏志又朝众人看了一眼，意思是出这些事也不是他一个人责任，大家都得担着，大家都得想办法，不然不好向易县长交代。

众人又是不开腔，苏志便反而有些高兴了，他的威慑起作用了，但他表面没表现出来，他的目的已达到，得把绳子再收紧一些。苏志说，以前，我们几个是有分工的，每个人都分管一块，但我觉得这样有弊端，一是各自为政，二是情报不集中，三是空档太多，四是力量分散，所以造成今天被动局面。易县长对我们青年党工作很生气，要我们精诚团结，效忠党国，集中力量办事，讲规矩。是的，我认为，我们个人事小，易县长事大，党国事大，我们还是要真正的精诚团结，西路不能再出问题了，再出问题，你我都吃不了兜着走。

苏志又看了各位一眼，几个人还是闷在那儿不说话。

苏志又说，我们的工作的确有疏漏，青年党连个会都开得很少。今天开这个会，就是要研究一下目前西路的情况。近来，情况不乐观，可以用乱来形容，如何治乱，大家想想办法。

赵模其实早就想说几句，但他望了望屋里几位，见他们都低头不说话，最终他还是没有憋住开腔了，他说，是，是，的。头，头儿，地地地，下党，有枪，了。吓，吓，人。

苏志说，嗯，地下党有枪了，这就有点儿麻烦了。不知他们是从哪儿搞的枪？我担心的还不仅仅是有枪的问题，从地下党活动情况来看，有枪只是一个小的方面，我综合分析了一下，这西路地下党组织严密，滴水不漏，我们几个天天都瞪大着眼睛在看着，就硬是没看出一点点端倪来，我就真的纳闷儿了，我们分条分块地开展工作，难道就没一个人瞧出一点问题来？我今天不是要批评大家，每一个人都分管着掌握着一个方面的工作，但是就没谁来给我汇报一点儿工作，没收集到一点儿有用情报，难道都是吃饭吃大了肚子吃撑了看不见？我们与一个瞎子一个聋子一个跛子有什么两样？所以，我决定，从今往后，分工负责的工作模式就取消了，今后，我们既要有明确的分工，还要有明确的合作，所有的情报都必须要汇总到我这儿来，不管是有用的还是自己认为无用的，只要是有关地下党的蛛丝马迹都要向我汇报。

看来苏志要专权了。杨白华看了看何朗清，见他脸上没任何表情，这家伙水太深了。他又看了看赵模，见那家伙更是一脸懵懂。算了，这几个人都是废物，没用。我也学聪明点儿，不干腔总对嘛，还是静观其变吧。

苏志说，如果大家都没意见，那就这样定了。

赵模说，好。

何朗清迟疑了一下，也表态同意。

杨白华见前面两位都表态同意了，也点了点头，算是赞同。

苏志说，那好。我们西路现今最主要和迫切的工作是要摸清地下党活动规律，先划出包围圈，然后逐渐缩小，直到最后把所有地下党抓获。现目前最具体的工作是，找出地下党武工队的枪是如何来的？那些贴标语的人又有哪些？这何富章到底怎么死的也要搞清楚，还有就是参与打二领班的人里到底有没有地下党？如果这几个问题都搞不清楚，那我们就无法向易县长交代，就只有集体向易县长申请辞职了。

嗯，嗯，是无法，交，交代，的。赵模不仅结巴，还是没心思的家伙，他虽结巴，接嘴却挺快。他说，好，好惨。一，一，一，枪，毙命。正，正中，脑门。

何朗清见赵模这个蠢货在那儿乱搅一气，又弄不到点子上，就打断说，头儿，现在西路太乱了，各种传言更是满天飞，把地下党和武工队说得神乎其神的，特别是地下党武工队弄死何富章的传言更多，我们都不知是真是假。我想其中有一点或许是真的，有人传说这何富章是抓住了地下党的秘密，搞敲诈才被处死的。我分析这种说法或许是真的，只可惜何富章已经死了，死无对证了。这狗日的何富章，他不把情报卖给我们，如果给我们了，他也不至于被地下党武工队处死了。唉。

杨白华说，莫在那儿卖后悔药。我在想，就是何富章告诉你地下党的秘密，你会相信吗？你会相信一个赌鬼吗？你会给何富章这个赌鬼赏钱吗？我看不见得吧，现在后悔有球用，有钱买不到早晓得。现在何富章死球了，说啥子都没用了，这条线还得我们自己去找。造成今天这个局面，恐怕不是哪一个人的事情，有些人一有点儿情报就独自跑到县长大人那儿去领赏，如果不杜绝，这个局面怕打不开吧。

何朗清瞪着杨白华说，你在那儿阴一句阳一句的，你在说谁呢？西路造成今天这个场面，到底怪得了谁呢？

杨白华倒是冷静，他冷冷地说，何朗清，我又没具体说谁，只不过打个比方而已，你多心做啥子嘛。

苏志见两人又要吵，他最讨厌就是两个人当着他的面争执了，就说，不准在这儿争！你们好像谁争赢了，谁就有理了。现在解决西路地下党武工队才是最紧要的事，你们这样争就能把地下党武工队争出来吗？

两人于是就都闭了嘴。

苏志接着说，这地下党居然有枪，这是一个危险信号，我们一定要引起高度重视。有枪，他们就可以搞武装斗争了，这可是大事，不是闹着玩儿的，没枪只能算是小打小闹，有了枪就不是小打小闹了，是真正的武装斗争了，是你死我活的斗争了。你们说，易县长会看着他们在西路闹这个武装斗争吗？如果地下党武工队真的搞起了武装斗争，你我的脑袋离搬家可能就不远了。

赵模一听说脑袋要搬家，吓得吐出了舌头，嘴巴在那儿嚅动半天开不了腔。

何朗清说，头儿，你莫说得那么吓人巴沙的。这何富章的死到底与地下党有关否？现在还真不确定，我们也不能把事情都往武工队身上揽嘛。

苏志说，嗯，对，我觉得我们现在不能把传说当成真的事情上报。这几件事情我们都只能暗中查访，不能到处宣扬。搞清一件，算一件。另外再重申一遍，我们几个一定要精诚团结，共同报效党国。不能越级上报，所有上报情报都得经由我审查之后才上报，如果因此引起了误会，由当事人负责。切记。不然，出了事，自己吃不了，就得兜着走。

赵模说："头，头儿，我，要，要，要，报，告。"他一急又只能一个字一个字地吐。

苏志说，说，慢点儿说。

赵模说，好。打二，二领班，赵屠，屠户，参，参，加了。他是，不是，地下党？

苏志说，我综合分析过周志瓜被打事件，那天去现场人很多，赵绍州的确去了，但是我也寻访好多人，都没发现赵绍州有地下党嫌疑，但是我们还不能就此断定他不是地下党，你们要严密监视赵绍州，把与他接触的人都摸排一下，如果发现他真是地下党，马上报告县府抓人。这打二领班事件影响恶劣，周志瓜被当场打断三根肋骨，现在金宝场都没人敢当二领班了。

杨白华摇摇头说，我也听说这赵绍州平时爱打抱不平，倒没人说他是地下党，我看他那个舅子样儿，也不像是个地下党。

何朗清说，据我了解，这赵绍州平时在街上邻里关系不错，看不出加入地下党迹象。这次打二领班虽然也看不出是他在领头，但他参与进去了，这就有点儿不好说了，但是我又想，如果他是地下党，他恐怕不会这么明目张胆领头打二领班，你说他不是地下党，看他所作所为又有那么一点儿像地下党。

赵模也跟着说，像。

苏志说，老何，你绕来绕去，想说点儿什么？如果仅仅怀疑，那么你们就要去摸摸这赵绍州的底儿，看他到底是什么货色，是什么牙口。如果排除不是，那你们也得给我拿出证据来，不能轻易放过一丝丝的怀疑，但也不能把小怀疑当成真事件。还有那个在七宝寺高小读书的赵全英，有人说她那天也去了评议所，说她后头还跟了一大群妇女儿童，那些妇女儿童也参与了打二领班的事件。从现场看，赵全英不是领头的，但是我们要注意她，这个女娃子，她是去县城参加过抗日游行的，有地下党的嫌疑。几位，你们要给我记住，做了无用功无所谓，重要的是不能放过一点儿有怀疑的地方。

众人参差不齐地点了头。

苏志扫了一眼众人，最后目光落到赵模身上，说，赵模，你下来把各位反映的一些现象作一个综合梳理，不管有用没用，都搜拢来，你弄个材料，重点反映何富章的死，其次是打二领班，然后是贴标语等，分好主次，弄好后，我们找机会向易县长汇报西路情况。

赵模说，要得。

以前的材料都是由杨白华动手写的，现在改由赵模来写了，杨白华不知怎么回事，他的脸上掠过一丝不易察觉的阴影。

召见吴兴谱

杨森军部。

杨森挺直腰身,端坐在木圈椅上,一直在翻看一大沓资料。

吴兴谱规规矩矩地站在杨森办公桌偏左的地方,一动不动。

按说,杨森是不会召见一个小小的县教育局长的,但他还是召见了。

起因在于易维进那天给杨森说了一句话,吴兴谱这小子有一个治理全县老师的法子,易维进觉得还行,就将方案报与杨森了。易维进对杨森说,军座,如果治理全县老师方案实施成功,基本上能把老师队伍中地下党或者有亲共倾向的老师都清理出去。

有这么好的方案,我倒要看看到底好在哪儿?

于是,杨森决定召见吴兴谱。

怎么样?杨森冷不丁抬起头,问了吴兴谱这么一句无头无脑的话。

吴兴谱一时没反应过来,愣在那儿,张了张嘴,没说出一个字,头上汗一下子冒了出来,一颗一颗往脸上淌。因为吴兴谱理解不到杨森到底要问什么。

杨森说,光谱呀,我是问你这个教育局长当得感觉怎么样?

吴兴谱马上反应过来,说,感谢军座栽培,上任一段时间了,感觉还行,进入角色了。

杨森眉头皱成了一个问号,还行?

吴兴谱又不知该怎么回答了,那刚收回去的汗不觉又冒出来。他不敢擦,就任由汗水直往下流。他能感觉到那汗从头发根下冒出,顺着头发掉到额上,从额上流到脸上,再从脸上往下滴,有一颗钻脖子里了,又钻进了胸口处了,一路下来，痒痒的，怪难受，若一只只蚂蚁在他身上乱爬。

上街游行，标语满天飞，学生打局长，这些都还行？杨森声音不大，却有威力。

吴兴谱便又觉得身上那一只只蚂蚁又在他身上狠狠叮咬了，他觉得浑身都是蚂蚁。

军座，对不起，我没当好这个教育局长，给您惹麻烦了。吴兴谱找对了方向，认起错来，嘴巴还是蛮麻溜。

哼，岂止是给我惹麻烦？杨森说了这么一句，又不开腔了。他端起桌上茶碗，吹开碗里漂浮的茉莉花，喝了一口。

南充教育乱不得呀。杨森又不说了。

杨森不说话，吴兴谱就虚得很，他不知杨森要表达什么，他也猜不透杨森要表达什么，本来吴兴谱揣摩人的心思还是有一套的，但是无奈他从来没在杨森身边工作过，他因此也就一时无法去揣摩杨森的心思，加上他与军界的强势人物接触本来就很少，这更加让他内心空虚得能够塞进一头牛，抓不住缰，吴兴谱就如骑上一匹受惊的野马，他只得闭上眼睛，听天由命了。

顿了一顿，杨森才说，南充教育一乱，整个四川教育就不是一盘棋了，我需要的是一个稳定的大后方呀。现在看来，南充已经不是我的后方了，倒成了我的前方了，我又要派兵去扑通南巴的火，还得回过头来把着点儿我这个后院，你说我这军长当得累不累呀？

对不起，军座，是卑职失职，我没把教育工作做好。不过您放心，经了这些事，我会更加努力的，一定不负军座厚望，全力以赴，不让您再为南充教育操心了。吴兴谱忙快嘴表忠心。

这点我相信，不然我也不会把你来当这个教育局长。杨森此时脸上有了一点儿变化，好像缓和了些。吴兴谱准确地把握了这个微妙变化，他那颗高悬着的心终于落下。

是我把你硬抬上教育局长这个位置的，我能抬你上去，也能拉你下来。我抬你上去，就是希望通过你，好好给我管好南充教育。教育是个大口子，教育不仅仅是教育，教育关乎着思想。一个地方，只要教育稳定了，人们的思想就稳定了，思想稳定了，那我还忧什么忧？现在地下党闹得挺厉害，几乎无孔不入，我一直就怕地下党把我的南充搞乱，结果还是搞乱了。南充教育是我的薄弱点，我怕地下党钻空子。这是我之所以要下决心撤掉任梓勋，让你来当这个教育局长的重要原因。都知道任梓勋是张澜推荐的，我也不好硬撤了他，但我用我的方式让任梓勋下台，让你来当这个教育局长，你懂我的深意吗？杨森这时才抬起头来望了吴兴谱一眼。

吴兴谱感激涕零，忙说，我懂军座的良苦用心，我一定好好工作，努力工作。

好好工作是必须的。不过，你这一上任，就给我惹下不少麻烦，还让几个毛头学生给打了，你说你这个局长窝囊不？西路地下党闹腾得是有些过了，这都是教育不严惹的祸。我看西路的督学也没督到点子上，反倒给我惹事。现在你是局长了，你得好好给我加强一下教育的管控，必要时，可以把督学都给我撤换下来，找能够胜任的人去当嘛，如果人员不够，至少要把各区的督学都给我轮换一圈。还有各场镇的共产党标语到处贴，这也与学校有关，一般人怎么写得来字？标语多半出自学校老师之手，你得给我好好查一下，务必挖出学校里的地下党，不能让他们再搞地下活动。这些地下党总在地下搞事，很讨厌的。另外还有就是舆论的管控也不力，死一个何富章，说什么的都有，倒把地下党说得神乎其神的，这影响多不好嘛，倒像是在给地下党做宣传了。这教育宣传你也要主动参与进去，把老百姓也给我顺便教育教育。

吴兴谱暗想，这教育老百姓的事，恐怕是心有余而力不足吧。管他的，杨森怎么说，他就怎么应，他嘴里是不敢犟的，只见他唯唯诺诺，说，好的，好的。下一步，我把此事作为重点工作开展。

吴局长，这任梓勋在南充当了几年教育局长，他对南充教育没一点儿贡献，相反，他把南充老百姓的思想搞乱了，现在到了不好收拾的地步了。老百姓的闹腾与他的教育观点有关，这也是我不得不撤换他的原因。让你出来任教育局长我是顶了压力的，有很多人骂我让一个不懂教育的人来当教育局长，但我不怕，我认定的事，谁也无法更改。外行凭什么就不能领导内行？我就是要打破这个认识，外行干内行的事也是可以干好的，你给我好好干。杨森对吴兴谱说。

吴兴谱答道，卑职明白，卑职明白。

你抓工作要抓重点，目前的重点是抓紧时间把检定教师的方案弄出来。我要的是一个稳定的后方，稳定后方的第一要务就是稳定教育，你在县党部干了这么多年，政治还是靠得住的。我让你来当这个教育局长，不是让你把南充教育的成绩抓得如何好，而是让你来稳定南充的教育。稳，你知道吗？稳就是不出事，特别是不能出共产党方面的事。这是大原则，这是大底线，我对你没其他要求，就这一点，稳字当头。只要稳了，你这个局长就当好了，当稳了。杨森说得很直白，不要吴兴谱抓学业成绩，只要稳就行了。

是的，正处于焦头烂额的杨森，他只需一个稳定后方就行了，他能安心围剿通南巴的红军，后方不添乱就行。至于其他，休论。吴兴谱对这一点是知道的，也是明确的，他使劲地点头，说，卑职明白，卑职明白。

南充教育是一枚棋子，是我大四川棋盘上一枚重要棋子，我要你把这颗棋子给我下好，下成一颗听话的棋子，下成一盘活棋，不能成为我前进路上的绊脚石。杨森说。

吴兴谱恭恭敬敬地说，军座，我明白您的良苦用心，您尽管放心，您把南充教育交给我，我一定按您的思路，管好您的教育，管好您的后花园。

杨森很有深意地看了吴兴谱一眼，说，听说你的小弟在法国留过学？

吴兴谱刚刚干爽了一点儿的身体，马上又汗黏黏的了。

这一句话，杨森仿佛是不经意说的，他并没继续说下去，而是转到另一个话题。他说，易县长说，你有一个检定教师的方案，现在方案怎么样了？

吴兴谱见杨森问起这事，马上汗又收回去了，他说，军座，管好教育，得先管好人，这管人嘛，当然就是管好老师了。方案已基本成熟，我再细化一下，到时呈您审核。

我审核啥子哟，你弄好后，直接报易维进，他批准了你就可直接实施了。

那好，我马上下去就着手抓这件事，把这事当成目前重点工作中的头等大事来抓。吴兴谱站直身子说。

我要看效果，不是听表态。如果教育再出事，我看你也就不用干这个教育局长了。杨森说。

军座放心，保证不会再出事了。吴兴谱说。

吴兴谱此话一出口，连他自己都不相信，南充教育真的会从此太平吗？

杨森对吴兴谱挥挥手，说，你出去吧！

吴兴谱如获大赦，一出杨森办公室，他就将衣服扣子解开，长长地出了一口大气。

古汉墓

处决何富章的行动，罗天照原本是不想让赵全英参加的。

罗天照主要是考虑到赵全英是一个女孩子，见枪见血的事暂时不让她去最好，但是赵全英却非常想参加，她反复缠着罗天照，非要参加不可。罗天照最后想，让赵全英参加一次也不是坏事，她总要经历的，这次就权作让她来长点儿见识吧。杨得园也原则上同意赵全英参加，加上武工队队长何先昭因有事来不了，赵全英参加行动也就顺理成章了。

赵全英为能参加处决何富章的行动兴奋了好几天。

罗天照对赵全英的参加也提了要求，就是只参与，只看，不在行动中担任任何工作和扮演任何角色。

赵全英应了。

然而，在第一晚行动中，就出了岔子，没能等到何富章，行动失败。

第二天晚上，武工队原本商议是让赵全英去赌场把何富章叫出来的，后来又考虑到这么重大的一次行动，万一赵全英缺乏临场经验，出点岔子，她又不能把话圆回来，那何富章不是傻子，让他瞧出端倪就不好办了，为了确保行动成功，最后还是没让她去。当时赵全英还闹情绪，认为组织不信任她，这么好的机会都不给她。罗天照还专门找她谈话，说这次行动是关系到西区武工队第一次武装行动成败的关键，让她能够理解。赵全英此时已经逐渐成熟起来，没以前那么任性了，她懂得顾全大局，但是赵全英口是服了，心里还是有点别扭，不是很服气，好在她全程参与了这次行动，虽然留有一点儿小遗憾，但是过去了也就过去了，她也没特别将此事放在心上。

武工队在猪市坡处决何富章一事在金宝场引起强烈反响，人们议论纷纷，特别是在看到何富章身上那张纸后，所有人都猜到这是地下党武工队干的，尽管没人知道何富章为何要被地下党武工队枪毙,但是都猜到何富章肯定与地下党存有过节,所以才被处死了。

不过有一点是可以肯定的,金宝场有地下党了,有武工队了,没人把这事拿到明面上大张旗鼓地说,但人们在私底下还是悄悄传开了。

处决何富章行动的成功,让杨得园高兴,他这一枪算是成功地拉开了武工队斗争的序幕,打响了向反动派进攻的第一枪。说实话,杨得园是充满着无比的信心来到西路的,但他来西路后,看到西路具体情况,他才体会到要在西路开展轰轰烈烈的武装斗争有多么艰难。他来西路这么久了,只有这一件事才算是他真正的成功而又让他兴奋的一件大事,特别是当他听到人们开始纷纷议论说西路地下党武工队好厉害时,他心里更是高兴,他想尽快组建一支武工队的心情就更加迫切了。

可是罗天照对于此事却有不同看法,他隐隐觉得在武工队成立时机还不太成熟的现在,把金宝场地下党武工队处决何富章一事弄得沸沸扬扬,到处皆知,有些不妥。西区地下党力量还很薄弱,武工队更是还停留在筹备阶段,一切都像一棵刚刚冒出一点鹅黄叶片的幼苗一样,需要的是和煦的阳光,而不是去猛施肥,那样,只能促使幼苗过早枯萎。县府怎么能任由你一个小小的金宝场闹腾呢?杨森怎么能放任他的后方有乱呢?西区毕竟比不得通南巴等根据地,可进可退,可攻可守。以西区的这点儿刚刚燃烧起来的革命火种,真的是无法与强大的反动集团抗衡的,他认为现在西区的地下党武工队还只宜于在地下开展活动,等待条件成熟了才可拉起革命的大旗,由地下转到地上。如果在敌人高度紧张时候就公开与敌人对着干,很显然是属于蛮干与鲁莽的冒进和冲动了,西区刚刚燃起来的革命火种很可能马上就会被反动力量所扑灭,这不是危言耸听,而是百分百的可能。罗天照在这一点上,与上级要求他在西路尽快成立武工队开展游击战的指示精神有些抵触。但是作为七宝寺支部的负责人,罗天照得顾全大局,不能因为个人的想法而阻碍成立武工队开展游击战,他也理解上级的决定和出发点绝对是正确的,是为支援通南巴苏维埃根据地的革命活动,减轻敌人对通南巴苏维埃根据地的疯狂"围剿",但是上级没有考虑到西路的具体情况。所以罗天照对成立武工队开展游击战是持保留态度的。正是由于这些因素的存在,从而导致了西路迟迟没有成立起武工队开展游击战。杨得园的到来,从客观上对西区武工队的成立提供了可行条件,杨得园一到西区,也是全力开展这方面工作。一方面,罗天照全力支持杨得园工作,另一方面,罗天照还得综合考虑,兼顾到武工队与地下党活动的关系。罗天照对于武工队活动的开展也是小心得很，他的指导思想是有限地开展一些武工队行动，不能太张扬，但又得给敌人以打击，这是原则。重要的是必须用武工队的力量来牵制杨森的部队，要使杨森在南充与通南巴问题上两头都顾不上，两头顾上了也必焦头烂额。为达此目的，罗天照也是殚精竭虑，操碎了心。

当然，杨得园就没考虑那么多，他来西区唯一目的是指导武工队的游击战。杨得园开始对自己来西区一直没能很好开展游击战很有意见，他多次找到罗天照，交流自己想法，罗天照当然也是满口答应，但是在具体的事项上却常常顾左右而言他，两人常常扯不到一块儿。

这何先昭的武工队队长虽然是西区上报后，上级任命的，但是何先昭也没经验，不知从何做起，杨得园虽为军事指导，但是无人无枪，他怎么指导？何先昭一直在筹备武工队，队伍的组织是没有任何问题，因为跟着何先昭练武的青年就有十来个，但是缺乏武装斗争经验的何先昭对于如何筹备武工队，如何开展游击战也是一头雾水，不得要领，他也时常与杨得园交流，但杨得园的部队经验在地方上根本用不上，拿不出具体措施。

何先昭在喻家沟小学自己成立了一个武术班，教学生练武术，学生都是些小孩子，强身健体还可以，这与武工队搭不上边儿。学校周围的青年也时常来看何先昭教学生武术，有的也想跟着学，何先昭不答应，但也没赶那些旁听生走，让他们在一旁跟着看，跟着学。说起这何先昭练武，有故事的，何先昭小时候身体差，瘦得像一根藤，风都吹得倒，还经常生病。有人建议说，看何先昭的身手像棵练武的苗子，把他送去练武吧。何先昭的父亲便真的把他送到大兴场蒲家干柏树学武术。何先昭与赵绍州居然就这样成了前后脚的师兄弟，赵绍州出师后，何先昭正式成为蒲家干柏树的武术学员。考虑到何先昭会武术，罗天照在筹备武工队时，建议上级任命何先昭为武工队队长。武工队成立后，何先昭兴奋了好一段时间，但是如何组建一支武工队，他心里没底。

与罗天照和何先昭等本地人相比，杨得园应该算是最郁闷的，他一个外乡人，来到西区，一心想做事，可是到了地方才知道，要在一个地方开展武装斗争，真的很难。他空有一身军事才能，到了偏僻西路却无法施展出来，他住在赵全英家，早晨不敢如部队一样太早起来锻炼，所以他只有努力承担赵全英一家家务活，帮着担水、劈柴，在白天里，又使劲干活。所以在赵家沟乡亲们看来，杨得园俨然是赵全英家里雇的一个好长工。

杨得园几乎是天天都在盼着成立武工队，但一天一天过去，武工队成立一事连影都没有，他急得像热锅上的蚂蚁，但又无法催谁，催谁呢？哪里有那么随便就能拉一支队伍的呢？他觉得窝在赵全英家很憋屈，但又别无他法。杨得园算是真正体会到了在一个偏僻农村开展革命的艰辛，群众发动、解决枪支，这两难就让他茶饭不思，也想不出一个解决的办法来。七宝寺党支部在蛮子洞商量过几次都未能定下方案来。

杨得园想，还是得开一个会，专门解决成立武工队的问题。

罗天照也正有此想法。

再次讨论研究成立武工队的会议就选择在七宝寺高小西南面的古汉墓中举行。

这个会议室在一座汉代墓葬里，是罗天照无意之中发现的。

去年夏天一个下午，一场大雨如瓢泼一般往藏珠山上灌，豆点般的雨珠纷纷砸向藏珠山，时间大概持续了三个小时左右，藏珠山上几股山洪把藏珠山像梳辫子一样，梳成无数条沟壑。傍晚时分，雨停了，山洪水还在横流，四处冲决泛滥。

不知学校设施受没受损？罗天照边围着学校转，边想。

太大了，这雨！

当罗天照转到学校西南面时，他看见一个斜坡垮塌得有些异常，混浊的山洪水从一蓬竹林边绕过，直冲进一丛低矮的黄荆子树丛中，那丛黄荆子树丛下面是一个斜坡坡，斜坡坡上平时覆盖满了杂草，看不出什么，不过经过今天的山洪水一冲刷，这斜坡坡就向下有了一个不小的移位，泥土的断裂处，露出了红褐色的砂石岩层来。

此时，罗天照就看见那座古墓葬了，古墓葬是从砂石岩石壁上凿出来的，洪水把斜坡坡冲移位了，那墓就露出来了，门也冲开了，棺椁隐约可见。

罗天照吓了一大跳。这不是心理作用，不是说罗天照胆子小，这应该是每个人见到墓葬的第一反应吧。人为阳间物，墓葬为阴间物，一阳一阴，突然相遇，自然是会让人一愣一愣的。

罗天照眨眨眼，定定神，再看，哈，这墓还不小。

此时已薄暮冥冥，因为下雨，天空倒还明亮着，不见一丝云彩，若是往日这个时间，天应该早黑了。

一个墓葬有啥好吓人的，进去看看。罗天照给自己壮了胆，钻进墓去。

好大一座古墓，里面比自己寝室还宽敞。

罗天照划燃随身携带的火柴，他看见墓壁上还有简单的铁錾凿出的线条壁画，这些壁画抽象，由一些粗细线条组成，形成一幅幅极简的图或文字，但大多斑驳了。

墓壁上的字和画，罗天照基本上看不太懂。但他从一些线条脱落的字迹上分辨出了几个"漢"字，从而推断出这十有八九为一座汉代墓葬。

罗天照把古墓观察了个遍。很显然，这座古墓让盗墓者光顾过。棺椁已被撬开，死者骨头、破碎陶瓷片散落在地上。

罗天照怀疑，这伙盗墓者应该是一直想在藏珠山上寻宝的那一伙人。

山洪水顺着黄荆子树根部胀裂的缝隙灌进墓来，墓底已淤积了一层薄薄的黄色泥浆，一些陪葬品也散乱地陷在淤泥中，只露出一小部分。

罗天照直起腰来，发现墓室挺高，他估摸了一下，墓室高应有一米八左右。

太好了，这地儿太好了。罗天照一直在苦苦寻找的一处地下党开会的秘密场所，这不正好吗？太好了。罗天照前前后后左左右右把墓室看了又看，棺椁移走也可，不移走还可当桌子用。不动它，把随葬品都移放到角落，腾出空地儿摆上石凳子，不就可以围坐多人嘛。太好了。真是梦里寻她千百度，蓦然回首，会议室居然就在这一座汉代墓葬。

罗天照钻出墓来，他将山洪水冲下来的杂草丛移回到墓前，把这座裂开的古汉墓轻轻遮掩住。由于刚刚暴发过山洪，到处都是洪水冲刷过的痕迹，罗天照这一小小的搬动没有给这斜坡坡造成任何异样。

罗天照又退到那条蜿蜒小路上，站在各个角度反复查看。不错，古汉墓隐蔽得相当不错。多亏了这次洪水，让他发现这么好一个地方。也亏了这次洪水，他把这个古汉墓稍加整理，隐藏好，就改造成一间秘密会议室，多出的泥土随山洪水一冲，啥痕迹都不存在。

这条小路属于学校背静处，平时很少有人来往。罗天照自从弄好这个简陋会议室后，还多次去墓外的上下左右各个方向查看，都没有遗留下可疑之处，他很是满意，他想到时给支部其他同志一个惊喜。

一般性会议，罗天照决不启用这间会议室。

入夜，特派员杨得园率先来了，陆续地何朴树、罗天照、何先昭、赵全英也到了。

几位都是第一次夜里来古墓，看见古墓黑洞洞的，都有些发怵。

何朴树说，老罗，会议怎么安排在这里？

这地方怎么了？我们都是无神论者，别人也绝想不到我们这里别有洞天吧？罗天照笑了笑，说。

也是。杨得园说，这里我也是第一次来，我不怕。我在部队当过兵，死人堆里爬出来的，一座古墓算个啥？他说着还把那口棺椁往墓壁推了推，以使空间更宽敞一些。

何先昭是练家子，经常走夜路，他说，我才不怕鬼呢，只有鬼怕我。大家就都笑了。现场气氛立马轻松起来。

我也不怕。赵全英说出这句话后，大家都看向她。

赵全英也是第一次到古墓来。是的，在这几个人心中，他们认为赵全英是胆子最大的一个人，大家都觉得她不会害怕。但大家从她这一句话中还是听出来一点儿内容，这赵全英嘴硬，口说不怕，其实她内心还是有点儿虚，你看她说话的声音都有些发抖。

大家见赵全英直往罗天照背后钻，因为罗天照背后墓壁上有一条小缝隙，从那条缝隙中钻进来一缕皎洁月光，月光先是落在罗天照背上，再落到石墓地面上，地面上看起来就不那么黑了。只要有光，赵全英心里就会感到亮堂一点儿。说不怕，那是唬人的，一个十七岁的女孩子，如果叫她一个人来，她肯定不敢来。不过，今晚有这么多人在，赵全英心里自然也就没那么害怕了。

罗天照正色道，我们地下党都是彻底的唯物主义者，没啥可怕的。这世上哪有什么鬼神哟，只有心虚的人才觉得这世上有鬼，只有坏人才会害怕鬼。这样的地方是最适合我们用来开秘密会议的了。

罗天照接着说，人员全部到齐，下面我们正式开会。今天的议题还是关于武工队的问题。关于成立武工队，我们已经议过多次，在先成立队伍还是先拥有枪的问题上，我们在座几位都有不同意见。武工队成立后开展过一次行动。今天，我再次表明态度，成立武工队是省委和县委的指示，我们得坚决贯彻执行。反正我的意见很明确，先成立队伍，再想办法搞到枪支弹药，然后训练队伍，需要时就可以拉出去打游击了。

杨得园说，我的意见一直也很明确，没有枪这支队伍就不像一支队伍，我们武工队不能把自己混同于普通老百姓。现在我们西路人有的连枪是什么样子都没见过，更别说使用了。所以，我觉得，我们应该先拥有枪再搞武装斗争。

我是上级特派到西路来做武工队军事技术指导的,我当然希望不折不扣地落实省委和县委的指示,能够先拥有枪支,训练队伍,打几场漂亮仗,牵制住杨森的部队,以此策应通南巴红色苏维埃的革命行动。

罗天照与杨得园在关于武工队的一些问题上意见一直没达成统一,罗天照看了看杨得园说,得园同志,单纯的军事思想也不太对,我们红军的早期革命武器不也是大刀长矛红缨枪嘛,不是也闹起了革命吗?不是照样也可以去革地主老财的命吗?不是照样建立起了红色政权吗?我们西路的武工队在没有枪的情况下也是可以仿效的。

杨得园说,罗书记,我也不是反对先有队伍后有枪的观点,我是说,我们要不折不扣地落实上级给我们的指示,我们要领会上级的指示精神,上级的指示是基于策应通南巴的问题才提出成立西区武工队开展游击战的。所以,我认为,我们就得开展点儿实质性的行动,才能有效地牵制敌人的力量,才能缓解敌人围剿通南巴的压力。我来西路已经有好长一段时间了,我很急,我对自己的工作状态很不满意,我认为我没有发挥出我应有的作用。

何朴树说,老杨,你的工作我们是有目共睹的,也是卓有成效的。特别是处决何富章这一行动,已经打响了武工队成立后的第一枪,其影响不可估量,怎么能说没有发挥你的作用呢?

杨得园说,我也没否定我的工作,我是说我很急,我比大家都急,我明白我是来做什么的,所以我真急。武工队第一次行动虽然最终成功了,但是过程我不满意。这么小一件事,差点儿失败,我是要作深刻检讨的。而且,何富章死后,舆论对我们并不是特别看好,说啥的都有,说明我们的工作还有欠缺,武工队的影响还不是很大。

罗天照说,我认为处决何富章一事是成功的,武工队的影响也是有的。我已经明确说过,我们武工队还不能与敌人太明着来,我认为有各种说法也正常,给敌人以错觉,弄得他们也云里雾里的,有何不好?我认为就很好嘛。所以,得园同志的担心是多余的。

罗天照说完这句话,停了一下,他看了看杨得园,见他没反应,就又继续说下去。上次我们在蛮子洞说是成立了武工队,也开展过一次行动,但是平心而论,我们西区的武工队还不算真正成立起来,这一点我们必须承认。这与我的保守思想有关,我也得作检讨。我一直都在先有枪还是先有队伍问题上犹豫,导致武工队工作进展特慢。省委已经批评我们了,我们得接受。现在我们研究的主要问题是怎样把队伍拉起来,拉起来后,重点要放在如何训练队伍的问题上来。

　　这个意见好。大家都举起手表示同意。

　　杨得园也举了手。

　　罗天照说，拉队伍的事，队长何先昭下来要紧锣密鼓地干起来，上次处决何富章时你因事未能参加，在座几位都参加了，此事虽有波折，但是最后还是成功了。所以，拉一支队伍很重要，你先以你的武术队为基础，吸收进步青年，成熟一个发展一个。队伍拉起来了，就可以先模拟着训练，等有枪了，我们再进行枪支方面的特殊训练，这项工作就交给杨得园同志了。

　　何先昭和杨得园都点了头。说，行。

　　罗天照说，武工队工作是目前我们的重点工作，要真正开展好，我觉得比我们做地下党工作更难，所以大家要群策群力，有好的建议和意见都反馈到我这儿来，我会吸收好的建议并加以实施。同时我也深深地体会到，武工队要开展革命行动，离了枪还真的是个问题。所以，解决枪支的问题，更是当前的头等大事，我希望大家集思广益，就如何解决枪支展开充分讨论。

　　一说到枪支大家又沉默了。

　　是的，这的确是个大问题，大家一时都没想出什么好办法。

　　顺庆起义已经过去多年，其影响是不可估量的，西区人只要一说到顺庆起义都津津乐道。是的，要想最终战胜反动阶级，就必须要有一支属于自己的军队，要有军队，就必须得有人有枪。人好组织，枪就难弄了。从上次处决何富章来看，没有枪就没有震慑力，没有震慑力就没有影响力。这也是处决何富章后社会上出现那么多流言的原因。但是只要一提到枪，大家都沉默了，要搞到枪支的确很难。

　　洞外月光明亮，不时有几声夜鸟的叫声传进洞来。

　　见大家都沉默，杨得园清了一下喉咙，说，枪支问题容后再议，我们还是先具体研究一下怎么组建武工队队伍的问题吧。

　　好的。罗天照看了杨得园一眼，说，我们先分个工，何先昭具体负责组招队员，建议先拟个名单，我们审核后才能逐步发动。队员的首要条件是年轻、思想积极进步，其次是家庭贫困长期受压迫者优先，最后是身体条件要好。队伍组建起来后，一般性训练交由何先昭以练武的名义进行，军事训练就由杨特派员具体负责。一般性训练，地点可以以喻家小学为据点，因为那里一直都有人练武，不会引起敌人注意。具体的军事训练，地点待定，选好地点后，临时通知。武工队成立后，一般情况下，白天分散在家务农，需要执行任务时，等通知再集中。训练时间一般选在农闲或者晚上。何先昭负责通知。具体的训练项目由杨特派员定夺。

　　好。我已经初步拟定一些训练科目，可以夹杂在武术训练中进行。先训练一些简单的放步哨，做侦察，夜行军等。何队长教他们武术时，可以配合使用大刀、长矛等。强身健体没人怀疑。等搞到枪支后，再由我来教他们使用。杨得园说。

　　何先昭见今天把武工队的好多具体问题都敲定了，显得很高兴。

检定教师

吴兴谱一走出杨森办公室,迎面吹来一股强劲的嘉陵江风。

吴兴谱觉得身体一下子轻了,是无比畅快的轻。是的,在杨森办公室,吴兴谱有一种窒息的感觉。一出来,吴兴谱就感觉到身子飞起来,整个人都一下子轻了,轻得无边,是全身黏汗干了的那种轻,是羽毛飘浮在空中一样的轻。

这感觉真好,吴兴谱觉得与一个小时前进杨森办公室去的沉重相比,真是一个天上,一个地下,真的太爽了。吴兴谱站在台阶上,长长地出了一口气,再长长地吸了一口气。

吴兴谱呀,吴兴谱,今天你算是度过一个大劫了,迈过一道大坎了。吴兴谱在心里祈祷着。他知道自己上任没几天,就出了一大堆麻烦事,真背。当然,这也怪不了他,毕竟他才当上局长,有些事情,不是以他的意志为转移的,谁当都要发生,只是他运气不好,刚当上,事情就发生了。这吴兴谱是有点迷信的,他想早不出事,晚不出事,自己一上任就出事,他都有些怀疑自己的八字压不压得住南充教育,自己的八字是不是不硬,以至于他都开始怀疑自己到底坐得稳这个南充教育的江山不?不过,现在他释然了,只要度过这一劫,或许以后的一切就柳暗花明了。吴兴谱想,自己与任梓勋还是有很大区别的。任梓勋明显是糯米坨坨软软的一个,但是怪了,任梓勋在任上就不出事,而自己才坐上局长宝座几天,居然接二连三出事,这他妈太邪了点儿。老子不信邪,老子就不信当不好这个教育局长。

吴兴谱去杨森军部之前,内心是忐忑的,他已经作好被杨森撵下局座的准备,他已经打定了主意随杨森怎么骂,怎么训,他都不开腔,他得独自承受这一系列事件所带来的压力。

然而事情的发展并没如他所料，杨森没大声骂他，也没摔杯子、拍桌子。相反，杨森轻言絮语地与他进行了交流。但是恰恰这温和的谈话，让他如坐针毡，汗出如浆。幸好吴兴谱还有后手，那就是他有一套成熟的检定教师方案。他原本想新官上任三把火，到时悄悄把检定教师这第一把火点燃，燃给易维进看，燃给杨森看。哪知道，第一把火还没烧，就差点儿让水给浇灭了。也正好，他将就把这个还未实施的想法，全盘端给了易维进，这易县长在焦头烂额之际，仿佛抓住了一股风，看到了一缕光，易维进思前想后，认为可行，这也同时让吴兴谱在易维进心中悄然增添了一个小砝码。

这应该是易维进的意外收获，他正愁自己怎么在杨森面前交代，这吴兴谱就及时端上来一盘好菜，这怎能不让易维进高兴？易维进心想，检定教师一石双鸟，不失为一个好办法。于是，易维进就顺手将这方案全盘过继给杨森，那杨森是何等人物，听了之后，心里顿时一喜，这吴兴谱还有点儿头脑，有点儿办法嘛，自己也可以借此下台，这局长还就让他当得了。

几个人的心里来来去去，千回百转，但彼此都不清楚对方的心思。

吴兴谱内心明白，关键时刻端出的这道大菜，已经让易维进和杨森都闻到了味儿，他也就从开始的困厄之中解脱出来，心里无比畅快。是的，如果他手里没这一张王牌，就是连他自己也无法想象将要承担多大的后果和责任。这南充教育出了这一档子事，不是小事，虽然全都与他吴兴谱没直接关系，但是这锅还得由他来背。这下好了，自己这手好牌一丢出，整个局势就发生了变化，县长和军座都认可了这局棋，那就好好地实施之，争取挽回所有影响。从易县长和杨军座的反应来看，他们还没放弃自己，他在任一天，就得做好任上之事，这是必须的，也是挽救和证明自己的最好办法。

吴兴谱一想到这儿，感觉到身体真的轻巧很多。接下来，他得仔细思考一下检定教师的方案细节，他已经想好，也下定了决心，这次行动一定不能有任何闪失，不然就纯粹是搬起石头砸自己的脚。

到这个时候，吴兴谱也认识到，这南充教育摊子太大了，不好弄，难怪那么多人都盯着局长这个位置，又怯于这个位置。南充尽管还很落后，但作为教育局一局之长，手里握着人财物的大权。尽管在行使人财物的权力时还面临各方面掣肘，但是这个饼子实在太大了，谁又完全掣肘得过来呢？归根结底，最后还不是要他这个局长来定夺？所以那么多人对此宝座垂涎欲滴就无可厚非了。中国人真聪明，有很多俗话说得很实在，豆腐掉地上都得沾上点儿灰，这话太他妈形象了，太他妈实在了。吴兴谱想。

以前看到别人坐在教育局长这个位置,感觉特精神,特神气,还不时想,要是自己能坐上去,肯定一样地爽。嘿嘿,现在真坐上这个位置了,吴兴谱只新鲜了几天,就被残酷的现实打趴下了。现在一想起都有点心惊肉跳。摊子大是好事,也是坏事。摊子大,自然风风光光;摊子大,也容易出事。现在就真出事了,吴兴谱就感觉到棘手了,好在他以局外人的身份冷眼旁观教育,提前思考了如何来整顿教育。这不,一出事,还真的派上用场了,他都为自己的睿智而洋洋得意了。可有一个问题,吴兴谱还是一筹莫展,就是南充教育出了这么多事,以他的分析,这里面隐隐看得见有地下党的影子,然而他却对此一无所知。教育的水很深,知识分子成堆,太复杂了,他真的看不透。这地下党真够滑的,就在地下煽风点火,从来不上明面。说不存在吧,事情又出得多,说有吧,又抓不住任何把柄。唉,一团乱麻,斩不断,理还乱。管他妈的,老子这个检定教师方案就专门针对这部分教师,凡是不听话的,有共产党倾向的,或者是嫌疑的,都统统给老子检定出教师队伍,一个也不留,坚决不留,老子要保持教育的纯洁性,教育不能乱,教育乱了,人心就乱了,人心乱了,他这个局长就当不稳了。

吴兴谱下到最后一级台阶,抬头往天空望了一望,见嘉陵江上的风把一朵乌云从上中坝方向上空吹了过来,天空顿时一暗。眼看要下暴雨,吴兴谱招手叫了一辆人力三轮,急忙赶往县教育局。

吴兴谱一回到办公室,就把门关起来。

刚刚坐在三轮车上时,吴兴谱又想起杨森说的那句话,你弟弟在法国留学呀?轻轻一句问话,在吴兴谱心中却投下了一块巨石,激起了一圈圈的浪花,那句话一直在吴兴谱脑子里反复回响。开初,吴兴谱也没特别在意那句话。现在坐在办公室,吴兴谱又想起了这句话。一想起这句话,吴兴谱就有些心虚,他好像让杨森看透了心思一样,总觉得不自在。不管杨森的那句问话是有意还是无意,反正已经涉及敏感话题了,总是有缘故的吧。说有心,杨森说得轻描淡写,又没往深里说,似乎也不像知道点儿什么,说无意,也说得通,吴家三兄弟在南充还是有名的,这也是吴老爷子引以为傲的资本呀,不消别人到处宣扬,吴老爷子经常就忍不住在人前夸耀。吴兴谱的心总是不落地,他反复揣摩杨森那句话,还是没理出个名堂来。是的,吴季蟠的事情尽管没有让人坐实,但是社会上的风言风语一直都在传,杨幸夫也在到处无中生有,煽风点火,逢人便说吴季蟠是共产党,这一点吴兴谱是知道的,他也无可奈何。这些自然都在社会上造成不好的影响。

唉，人死求朝天，不死又过年。管他妈的，不想那么多了，想也想不出所以然来。只是小心为妙。其实说不想是不可能的，吴兴谱刚想把注意力转向其他地方，但脑子却不容他转，他浮躁地想了一会儿其他事，杨森那句话又给转了回来。他使劲地拍打了一下脑袋，还是不清醒，浑浊浊的。这杨森是不是想用这句话来暗示或者要挟自己好好为其效劳呢？有可能，这些军阀狠毒，手段很多，有些手段甚至还是卑劣的，自己本来也是发誓要效忠党国的，用不着用什么东西来暗示或者要挟。吴兴谱又想回来，唉，这也不怪别人，自己家的情况就这样，自己的忠心并不代表整个家族都对党国忠心的，吴季蟠这个小弟，他就与两个哥哥不一条心，居然跑到共产党那边去了，这不是存心与老爷子和我们一家人为敌吗？这是我们吴家的软肋呀，这是我们吴家心头一根刺呀，拔也拔不得，养也养不得，真他妈闹心。

这吴兴谱是最会揣摩人心思的，特别是上级领导的心思，他揣摩得很透，所以他年纪轻轻就让易维进看上了，这不是偶然的。但这一次，他有点儿看不懂杨森了，这杨森太高深莫测了，看似一句随意的话，就让他揣摩了半天也不得要领。主要这事还是自己沾了软，不然他吴兴谱也不用那么花心思去揣摩了。他仿佛就坐在火山口上，吴季蟠的事，摸不得，碰不得，自己鞭长莫及，他知道他这个弟弟，倔强，一条道走到黑，信仰问题肯定是不容商量的，这一点他可以肯定。所以，他想把这事挽回来，是绝对没有可能的，这也是他坐卧不安的原因了。唉，本来自己为党国尽忠是顺理成章的事，现在倒好，好像自己是被杨森要挟着为党国做事一样，他一想起这事，就觉得非常别扭。

最让吴兴谱不舒心的，还是他与这个小弟弟分处于两大阵营之中，说不定到了某一天还会与自己干戈相向的，他不知道到了那时，他们该如何是好呢？手足相残，你死我活？唉，吴兴谱一想到这些，就头大。当初，小弟去法国留学时，自己是投了赞成票的，他还为此骄傲过，兴奋过，吴季蟠几乎就是他们吴家在蒙通场在南充的骄傲了。不过话说回来，他们三兄弟也确实给吴家长了脸，把与吴家世代相争的杨家彻底地比了下去，吴老爷子多高兴呀，这事给吴老爷子在蒙通场是挣足了面子的。吴老爷子最喜欢这个小儿子了，他一说起他的这个小儿子，眼睛就放光，脸庞就发红，他是三个儿子中最有出息的，就是在南充发展，也肯定要超过他的两个哥哥的，如果去四川发展，说不定也不错，现在出了国，留了洋，镀了一身的金，这件大事是写入了吴家家谱的，可以说，吴季蟠的出国留学是吴家历史上浓墨重彩的大手笔。现在好了，大手笔出大问题了，家里出了个共产党。他估计要是那些羡慕嫉妒恨他家的人知道了，一定都在等着看笑话呢，等着要落井下石呢，他们或者都还在盼望他们吴家几兄弟自相残杀吧。吴兴谱一想到此，就好比心掉进了冰窟窿，浑身都凉了。唉，是他们一家太溺爱这个小弟弟了，这个小弟弟呀，也是生活得太安逸了，一安逸就忘本了，以为自己喝了点洋墨水就不得了，就想造家里的反了。吴季蟠不知道，他如果不是有背后这个家来支持他，他出得了国吗？这个小弟弟太自不量力了，加入共产党有什么出息？一个小得不能再小的党，一个一群泥脚杆子的党，这样的党有什么前途呢？说得好听，均贫富，共产主义，扯淡，那些都是理想主义，幻想，实现得了吗？中国封建社会几千年历史，有那么好改变的吗？笑话，一个小小的共产党，翻得了大浪吗？显然不可能嘛，加入共产党看得到前途吗？唉，这个弟弟呀。吴兴谱真的想不通，这个自己最疼的弟弟居然跑到共产党阵营里去了，与自己成了对立面。唉，这一切，都应该归咎于教育出了问题，是教育真的出了问题。这教育，就是一把双刃剑，用好了，剑花飞舞，一派光明；用岔了、用错了，一步错步步错，一错就成祸呀。这个弟弟，他只图个人安逸，而不管家庭兴衰，他这是要害整个吴家呀，好好一个吴家，一个兴旺的吴家，怎么到了他这一辈就出了一个共产党呢？这不是要把吴家推进死胡同吗？一个家难道就这样给弄散了吗？唉。这个吴季蟠，这个败家的。眼看着自己也当上了教育局长，前途一片光明，现在好了，家里出了一个共产党，自己这个局长也当得不安逸了，说不定就是真正地坐在火山口上了，什么时候栽下来都说不定。易县长多信任我呀，杨军座多信任我呀，把南充教育这么大一个摊子交给我，就是相信我能搞好南充教育，相信我能把南充教育的门给他们看好。现在看什么看，随便做什么事都得试着来，蹚着来，不能任性了，这个弟弟呀，他说不定哪天就真成了我南充教育的一块绊脚石了，他真正成了我的一个软肋，任谁抓住都可以捏的。

天阴沉沉的，云层低到窗外了，压得人出不得气来。

吴兴谱从椅子上站起身，伸了一下懒腰，去到窗边推开窗户。他觉得太憋闷，太压抑了。肯定要下雨了。他看见墙角有飞蚂蚁在扑，这种飞蚂蚁翅膀长，但看起来却很脆弱的样子，每到要下暴雨，天气闷热，阴暗潮湿的地方就有这种蚂蚁飞出。

吴兴谱刚才研究了学校教师的配备情况。

据各校报上来的情况看，教师缺额不小，这些都是因为以前财政困难，没有及时将老师的缺额补上。这里有几个原因，一方面是因为易县长对任梓励不满意，故意克扣财政拨款，另一方面是任梓勋想争硬气，不低三下四去求财政拨款，导致教师缺额。

现在要检定教师，还要剔除部分不合格或者有共产倾向的教师，是不是还会加大教师缺额？这与我以前所想的情况完全相反了，我原以为教师多了，可以裁掉一部分，现在看来，教师还远远不够。现在要裁掉部分教师，这缺额部分怎么来补充？一时又哪里去找合格的教师呢？吴兴谱先前在易维进和杨森面前夸下海口，现在明确了全县教师现状，情况并不是他以前的那种乐观状态，吴兴谱仔细地翻看了需要清理的教师人数，不免在心里吃了一惊，如果真的按以前想法检定教师，南充教育还不垮架？这南充教育还搞不搞？唉。

这几天，吴兴谱一直在关门思考这个问题，他迟迟没将检定教师方案呈给易维进，就是基于这个原因。他知道这个方案一出台，势必在全县教育界引起不小骚动，不满的肯定居多，如何来应对处理这些问题，他得先想好，但是缺教师是硬伤，任他怎么想都解决不了，这叫他如何是好呢？

易县长那头每天都在催着要方案，吴兴谱一急，更想不出好办法来。解决办法没想出来，看来只有强推了，管他现实不现实，强推了再说，有事解决事，无事就阿弥陀佛了。真的能够无事吗？

吴兴谱快速走到门口，叫干事青春化过来。

青春化推开门，见吴局长脸有些灰，轻声问，局长，什么事？

吴兴谱指了指门，说，把门关上。

青春化关上门，吴兴谱让青春化在对面椅子上坐下。说，小青，你用笔记一下，回头整理一个方案，我们将在全县开展一次教师整顿活动，将不合理的教师清理出教师队伍，让南充教育纯粹起来，为党国服好务。

青春化端端正正地坐着记笔记。

吴兴谱说，弄这个初步方案有几个原则，你要把握好，这几个原则就是这次教师整顿的核心，你首先得领会好我的意图，记好这几条核心内容。

青春化说，好的，吴局长。

吴兴谱说，一、凡是在简易师范科修业两年以上者免于检定，继续留任。这部分教师都是我们党国重点培养的，都是我们信得过的教师。二、凡是没在简易师范科修业两年以上者全部都要参加检定。包括与简易师范科修业两年以上具有同等学力的其他教师都必须参与检定。听着，重点是这一部分教师，他们成分复杂，关系混乱，必须给我厘清，才能继续留任。注意，下面这一个要点不能记在纸上，也不能出现在方案里，但是在方案的实施中又必须清除这一部分教师。就是，凡是地下党员，或者是有共产党倾向的，或者是思想有些偏激和进步的，或者是有可能倒向共产党那边的，都要纳入检定之列，给我彻底清理。三、检定教师后，学校的教师缺额均由学校自行想办法解决，县财政不予考虑。四、也是重点，凡是继任教师，每人的经历和从教经历均须逐一登记清楚，不得有丝毫隐瞒。五、检定教师后节余的经费由县府统一支配。这几条是重点中的重点，核心中的核心，必须在方案之中很好地体现，至于其他附加条件，你根据情况和规定自行拟定。今晚上你加一下班，弄出一个草稿来，交我最终审定上报县府批准，然后下发到各片区严格执行。

青春化是一个年轻小伙子，刚参加工作不久，又在热恋期间，见晚上又要加班，内心便有点抵触，但他却不敢表现在脸上，反而连连点头装出很高兴的样子，说，好的，局长，我马上去弄，争取明天早上交给你。

青春化转身要走，吴兴谱又叫住他，说，小青，如果你一个人忙不过来，我叫一个人来帮助你。

青春化说，吴局，用不着，我一个人可以。

吴兴谱知道这小子年轻，能力不错，这只不过是他作为关心下属的一句顺口话而已。

而这青春化又想的不同，他觉得一个方案用不着那么多人来弄，人多了，反而不好定稿，他想一个人弄，清静，而且，还能体现个人的能力和水平。

告密

一大早,苏志、何朗清、杨白华和赵模四人就来到金马巷子一个茶铺前。

也许是时间太早的缘故,茶楼上还没其他客人。

茶铺老板刚把铺面打开,这四人就进来了。

茶铺老板见来了喝早茶的人,打了一个哈欠。说,几位早。老板大概还没接待过这么早就来喝茶的人。几位稍等,炉子刚上水,还要等一会儿水才开。

苏志说,好的,老板。他回头又对何朗清他们说,你们几个先坐着等一会儿。

杨白华说,老板,你先拿一盘瓜子来,我们几个剥起耍嘛。

好嘞。老板马上放下门板,先去里屋端了一盘瓜子出来。

苏志边剥瓜子边瞄这个茶铺,这是两间门店打通了的临街铺面,共摆有六张小方桌,每张小方桌共围有八个小竹凳,小竹凳是有靠背的那种,坐在上面可以稍微仰躺,但又不能仰得太后,因为坐在竹凳上,仰躺的靠背只比腰高一点,要特舒适地仰躺,头就没有放的地方。用小竹凳,主要是这凳子不占地方,每间屋子可以多摆桌子。小方桌的桌面黑黢黢的,是油渍和茶水的混合物,长年浸染,已经看不出这桌子用了多少年头了。小竹凳也由当初青色变成了干黄色,一些弯角的地方也已经磨破了,露出了篾丝的尖利,同样也看不出竹凳坐了多少年了。偌大的两间茶铺就只坐了苏志他们四个人。

街沿上,那个烧水的煤炉灶上放有一只带嘴的大锡壶,壶嘴已经在往外冒蒸气了,看样子烧不了好久,水就要开了。

老板在把门板完全取下归整地放于街沿上后,双手在围腰上拍了拍,看了一眼烧水壶,进屋去取了四套带盖的青花茶碗,给苏志四个人每人面前摆上一套。茶碗摆好后,他给每只碗中抓上一小撮大叶子茶,这茶俗称老茶,经得起泡的，泡出来的茶颜色浓浓的，看起来就有味，有劲，坐茶铺的人都喝这茶，泡一上午茶色都还是浓。有的老板还会在这种茶中加上几朵茉莉花，花在茶水里飘呀飘，看起来很优雅的样子。正是由于这茶味大，味浓，如果茶水泡久了不喝，那茶渍就会在茶碗边留下一圈印迹，一圈一圈的，洗都洗不掉。

几位喝点小酒不？茶老板放下茶碗时顺便问了一句。

赵模想喝点儿，他刚想开口要，苏志却向老板摆摆手说，谢谢老板，今天我们还有事，酒就不喝了，等我们下次来喝。

赵模讪讪地笑了，暗想，亏得还没说出来，要自己先说出来，而苏志又坚持不喝，那自己岂不尴尬。

苏志今天的大背头梳得很光滑，衣服也穿得很伸展，他坐在那儿，一低头，双下巴就更加明显，老板见他一张圆脸油乎乎的，就知道他是这一伙人的头儿。老板说，好的，我这儿喝茶吃饭一条龙服务，价格不贵，下次你们来，我负责让你们吃好喝好。

苏志说，好的，好的。老板，水要开了，快给我们倒点水，我们喝不了好久就有事要走。

茶老板望了一眼那壶水，见水气已经很大了，似乎要将水壶盖冲翻似的，他说，好嘞，水开了，茶来了。

茶老板提了一壶水过来，给他们的茶碗都冲上水。那水在茶碗里漾了一圈，静了下来。

苏志习惯性地把茶碗盖在碗边转了转，又用嘴吹了吹浮在水面上的茶叶，见水太烫，又放下茶碗盖。

茶老板说，几位慢慢喝着，我还要去准备点儿中午的食材，一会儿人就多了，中午在我这儿吃饭的人也多，我店人手少，我就无法特别地照顾到你们了，如果有所怠慢，敬请谅解。

好的。杨白华说，老板你是好人，你先去忙你的吧。

苏志见老板走开了，就说，这次我们给易县长报告西路的情况，就由我做主报告，你们几位如果见我有说得不全面的就进行补充，怎么样？

苏志虽是在征询大家意见，实际上这事他已经定了，所以大家都无法发表相左的意见。当然，苏志作为西路的青年党头目，由他来汇报自然无可厚非。赵模当然是不可能去汇报的，他结巴。杨白华、何朗清肯定想去汇报，但是这事轮不上他们。这报告是由赵模写出来的，赵模虽然说不出来，但写还算可以。杨白华有意见，没安排他写报告，就干脆甩手不管，他也懒得去理，他一天就净去想女人那点事儿。何朗清想，苏志虽然是头儿，但是在汇报的这件事情上也办得不是很伸展，既然他想去汇报，就让他汇报吧。其实何朗清是想去汇报的，但苏志那一关通不过，所以何朗清来做补充是最合适的。

苏志见大家都没意见，就说，此事就这样定了。

四人见时间差不多了，就起身离开茶楼去吴兴谱办公室。

要见局长也不是那么容易，他们得先去办公室外面候着，不然，找局长的人多了，要排轮子的，得依着顺序来。教育局摊子大，事情多，涉及方方面面，局长办外面随时都是找他的人，有的人一在局长办坐下来，就要说上很长时间，后面的人就只得候着，等前面的人说完事走了，才能进去。有时一上午是见不了几个人的。还有就是见局长得预约，不然他出去巡查或者开会，有时一天都见不着人的。

苏志四人到来时，吴兴谱已经坐在办公室了，他正在翻看青春化送给他的检定教师方案。

青春化眼睛有些红，大概昨晚熬得有点儿久，他一早就来了，吴兴谱一到办公室，他就将稿子递了上去，然后他就在吴兴谱办公桌前站着。

吴兴谱光顾了看稿子，他把青春化站在桌边的事搞忘了。是的，这是他上任后的第一个即将实施的行动方案，他能不重视吗？他一拿起稿子看就忘掉了所有的事。

吴兴谱仔细地把稿子从头到尾看了一遍又一遍，他对稿子很满意，青春化写的这个方案非常不错，把他的主要精神全面贯穿了进去，把他没有想到的一些细节也弄了进去，条分缕析，写得很好。他再次快速地看完一遍稿子，手掌一拍桌子，说了声，好。

吴兴谱抬头见青春化还站在办公桌前，就说，坐吧，辛苦你了。

青春化说，局座，不辛苦，不知局长对方案还满意否？

吴兴谱说，不错，不错，满意，满意。把我想说的想要的都表现了出来。

青春化说，那就照此执行了？

吴兴谱说，行，就照此执行！

此时，苏志等几个人要求晋见局长。

吴兴谱看了看墙上的钟，心想，这几个人来得还早嘛。吴兴谱想了一下，对青春化说，小青，你先去休息一下，这个稿子我再看一遍，再斟酌一下，你等我通知。去把外面几个人给我叫进来。

青春化说，好的。我就在办公室里候着，局长您有事随时叫我。

吴兴谱对这四个人还不是特别了解，以为是有乡下老师来他办公室反映问题，他对要见他的老师也比较敏感，毕竟他上次上过当，让几个学生娃儿羞辱了，丢大了人，臊大了脸。自己检定教师的方案还没人知道，应该也没泄露出去，这几个应该不是来找他闹事的。所以他才叫青春化让他们进来。

曾干事领着苏志、赵模、杨白华和何朗清四人一起走进吴兴谱办公室。

自从出了那次让学生弄上街的事件后，吴兴谱在自己办公室外加了一个人，专门用来引领要见他的人，如果没得到允许，任何人都进不了吴兴谱办公室。

吴兴谱说，几位坐吧。曾干事也坐。一般情况下，吴兴谱不留曾干事在场。如果吴兴谱觉得来访之人不怎么放心，就会把曾干事留下。他要提防与来访之人一旦说不拢，甚至双方发生抓扯，这旁边安排个人当然也放心些。

苏志在吴兴谱正对面一把有靠背的木椅子上坐下来，其他三位就选择在旁边一张长条木椅上坐下。

吴兴谱说，几位这么早到办公室找我何事？

苏志说，吴局长，我允介绍一下，我们几位都是易县长派到七宝寺高小的老师，都是青年党，西路党务由我具体负责，今天我们一行四人来您办公室，主要是想向您汇报一下西路的情况。

坐在长条木椅上的赵模、何朗清和杨白华都欠了一下身，点了一下头。

吴兴谱望着几位，哦了一声，说，那请讲吧。

吴兴谱在下属面前，话很少，他只听，他已经从苏志的介绍之中了解到了一些信息，青年党，西路，介绍西路情况。吴兴谱最会揣摩上级领导的意图，但他对下属的察言观色也是挺厉害的，这是他能够这么快提升职位的重要原因，他往往于不动声色之中把情况在脑子里过几遍，你却并不能感知。

吴兴谱想，易县长的人，不跑去易县长那儿汇报反而来向他汇报，而这几位又是易县长专门安插在西路的，这有点儿不太正常。他又想，他们可能是想来巴结他这个教育新贵吧？吴兴谱一想到这，心里就难免有些得意，受人重视，受人尊重的感觉不错，说明这个位置到底还是不错，自己的努力没白费。吴兴谱向木背椅靠背上仰了仰，想使身舒适一些。他虽然对青年党了解不是特多，但他也听闻了一些青年党的事，他对青年党也不是特别喜欢，今天见了这几位，他视人视貌，一下子就瞧出几个人的性格特征，他已经从他们的言行之中猜度出了几位到底是什么样的货色。他想，就凭这几个人，根本不可能在西路取得易县长所能想得到的效果。吴兴谱在心里暗想，虽然几个是下属，但他对这几个人不舒服的心思不能表露出来，毕竟他们是易县长的人。难怪人们对青年党的印象不好，由此可见一斑。就拿这四个人来说，苏志胖胖的，头脑反应不是很快，何朗清瘦瘦的，脸阴心硬状，不是善茬，杨白华一副目空一切的样子，其实空有一副皮囊，只有赵模表面看起来迟钝一点，但憨厚，没心机，应该也是最容易糊弄的人。

苏志头上有些冒热汗，他端端正正地坐在吴兴谱面前，双手放在大腿上，有些拘谨。

苏志说，吴局长，最近我们西路有些不太平。

嗯。吴兴谱嗯了一声，没有接口，他想听苏志下面怎么说。西路不太平，这谁不知道？在整个南充，西路已经出大名了，不是出在教育质量有多好上，而是出在地下党闹腾得很凶上，这个出名是很丢人的。吴兴谱再向后仰了仰，腰杆挺了挺，有骨节被拉伸的嘎巴一声脆响。

苏志见吴兴谱有些心不在焉，头上又冒汗了。

吴兴谱见苏志说了半截话，又不说了，便问，不太平？怎么个不太平了？

苏志显得有些紧张，他没有拿出赵模给写的稿子，他实际上已经提前熟悉了稿子，他已经能够把稿子背下来了，但是一遇到吴兴谱的心不在焉，马上就把所背的内容都忘完了，他急得汗直下，努力地想组织一下想说的话，但越想脑袋越糊涂，他张了张嘴，却说出了这样的话，吴局长，西路我们工作没做好，请你多批评。

吴兴谱说，你们不是来给我汇报的吗？怎么还没汇报，就自我批评起来了？

苏志说，我们几个还是努了力的，已经搜集到了一些西路地下党活动的情报。比如说乱党的标语到处贴，何富章被枪毙了等。苏志好歹想起了两件事来。

标语到处贴、何富章被枪毙这两件事找到是谁干的没？吴兴谱问。

苏志的汗流得满脸都是，衣服贴在前胸后背皮肤上，紧绷绷的极不舒服，苏志抬手想习惯性地抹头发，见吴兴谱目光直盯着自己，又放下了手。声音小得像墨蚊子，说，没有。

何朗清见苏志尴尬的样子，脸上阴笑了一下，不紧不慢地说，吴局长，我来补充几点。

吴兴谱看了一眼何朗清说，好，你说。

何朗清用眼睛瞟了一眼苏志，见苏志没有怪罪，反而有一种如释重负的样子，说，吴局长，贴标语的人我们虽然没有抓住，但我们分析多半是学校老师所为，因为一般人是写不了字的，目前我们正在几个学校之中全力查访老师的动向，争取有所突破。枪毙何富章的传说在金宝镇很多，但我们归纳总结了一下，这一定是武工队干的，因为从何富章身上的标语可以确定是武工队干的，我们分析是这何富章掌握了地下党一些秘密，被锄了奸。

吴兴谱听到锄奸两字，咳了一声，何朗清明白了，忙收回话题不说。

何朗清看了一眼吴兴谱，见吴兴谱没有其他动作了，就又说，金宝场不清净，打二领班，现在都没有人敢来当这个二领班了，周忘瓜那天被打时，老百姓太多了，以至于我们至今没有搞清楚是谁牵的头，当时我们怀疑赵绍州，但过后分析，这赵绍州五大三粗的一个杀猪匠，左看右看都不像地下党，就否定了。

吴兴谱说，你们看不像就不像了？地下党在眉头上写了地下党几个字？

何朗清见吴兴谱又在质问自己，就不敢再开腔了。

杨白华见该自己汇报一点儿了，就说，吴局，七宝寺高小内有几名学生曾经参加过抗日游行，还被抓捕过，我怀疑他们里面有地下党。

吴兴谱说，嗯，这个问题，我也思考过，那次大游行的背后不简单，虽然没有定性为地下党组织的，但我私下里也认为肯定有地下党在组织，不然不可能闹那么大，只是苦于没有证据，也就拿他们没办法，因为参加游行的大多是学生。这个事情，你们不能忽略，一定要加大秘密排查力度，如果发现有地下党参加的嫌疑，一定及时汇报。

赵模也想说点儿啥的，但他哪里有机会，别人都说得差不多了，他也就没有说的了。

吴兴谱见几位都没有话说了，就端起茶碗喝了一口，说，你们几位把西路的情况汇报得差不多了，也比较全面。我还给你们补充一条，就是我还被学生弄上街去游了街，这里面有没有你们西路的学生呢？你们去查了没有呢？

苏志本不敢说这件事的，其他几位也不敢说，都想把这事略过去，不料吴兴谱自揭其短，把这件糗事也说了出来，他们几位也的确没有去想这个问题，更没有想到西路有没有人参加的问题。一见吴兴谱说起，就都把头低到自己的胸口上去了。

吴兴谱见几位都不开腔，知道他们都不敢涉及此话题。于是也就没有再把此话题延伸下去。而是说，你们几个在西路，事实上你们自己最清楚西路的情况，这些情况综合起来看，都与地下党武工队有关，这是非常大的事情，易县长是很重视西路的，派你们去镇守，而你们到现在都没有理出一点儿头绪来，这让易县长很失望。地下党闹这么凶，你们居然没有获得一点儿关于地下党的线索，你们这不是失职吗？

吴兴谱扫了一眼四位，见四人又低了头。

吴兴谱说，现在是非常时期，通南巴共产党闹得凶，杨军座抽调了大部分兵力去剿匪，没有精力来管你们西路，西路就交给你们了，这些事情你们应该管，必须管，还要管好。可现在出了这些事，你说你们都干啥去了？

苏志说，我们也想管，我们也想抓人，但是我们没有证据呀。

吴兴谱说，非常时期，有些事情不一定非要证据嘛，你们有怀疑，就要及时汇报，及时地寻找证据，该抓抓嘛。

苏志想，找证据？有那么好找吗？自己是已经撒了大网的，但是就没找出一点儿地下党的证据来。他对西路的几个青年党是很不满的，他恨自己手下没有一个得力助手。现在出了这么大的事，这么多的事，抓人找不着对象，要证据找不到影子，这个责他也担不起呀。

杨白华把身子向前倾了倾，对吴兴谱说，吴局长，我们几个人也努了力的，几乎把西路都翻了个底朝天，就是没找到一点儿证据，这西路地下党太狡猾了，他们善于夜间活动，有时一夜之间大街小巷都贴满标语。那何富章就是深夜被地下党枪毙的。所以要抓他们的证据嘛，很困难的。

吴兴谱说，你们知道他们是晚上干的？那你们晚上都干啥去了？

杨白华被噎住了，脸惨白，缩回头，不敢再说话。

吴兴谱说，你们明明知道地下党都是在晚上活动，而你们却在晚上睡大觉，这正常吗？你们怎么就不组织人员在晚上去捉这些活动的地下党呢？如果你们捉不了，你们不能暗中掌握他们的行动，认认他们都是谁吗？

是的，几个贪生怕死之辈，就是安排他们晚上出去活动，他们都不敢。苏志在想，他的几个手下太他妈滑头和弱智了。

何朗清见几个都说不出子丑寅卯来，他觉得他必须要说说了，只听他咳了一声，说，吴局长，刚才所说之事大都是听说的，没有真凭实据，但这儿有件事，我们还是做了大量工作，应该算是理出了点眉目来了。金宝场打二领班的，我认为这是赵绍州挑的头，他虽然看起来不像一个地下党，但他的做派像。参与的学生里面又有学校的赵全英等，我认为不是偶然现象，上次去县城搞游行的里面也有赵全英，她还被抓了，后来放了回来，我们虽然没有发现她的行为有什么可疑，但是我觉得她与几个老师像罗天照和何朴树等过往甚密，不是什么好现象，我觉得这里面应该有文章，我们下来还将进一步观察，把事情坐实。

吴兴谱笑了笑，说，对嘛，这就对嘛，怀疑一切就对嘛。这个赵绍州你们要注意，地下党是善于伪装的，这赵绍州就说不定是地下党。你们下来好好查一下他，查一查他的背景。再就是这个赵全英也要查，也要好好查，秘密查，学生这一块也不能忽略，只要证据确凿，我们就抓人。只要有嫌疑，我们也可以抓人。抓人，知道吧！

几位都点了点头，脸上露出兴奋的神情，像是领了尚方宝剑一般。

吴兴谱再次扫视了一眼几位，说，西路的情况我大致了解了。今天的汇报就到此结束吧。结束之前，我再给你们几位讲几句。一是目前我们四川的局势并没有各位想象得那么好，通南巴共产党活动异常猖獗，攻城掠地，剿而不绝，杨森军座的主要兵力几乎都被牵制在通南巴，动弹不得，南充作为他的大后方，一定要给我稳住，稳住，知道吧！首先教育不得乱，不能乱，只要我们把教育稳住了，其他的也就稳住了，南充稳住了，四川才能稳得住。知道吧！你们西路在南充的教育中还是占有一定地位的，所以你们几位的责任重大呀。目前你们西路，我一想起就头疼，地下党活动频繁，而且搞出了声势，严重影响到了南充的大局。所以你们要密刃注意，一有情况马上向我和县府汇报。西路离南充较远，往来不很方便，遇有重大情况一定要第一时间向我和县府汇报，不必次次四位都一起来，来一位就行了。你们回去后的主要工作是给我广泛地搜集地下党活动的证据，把他们的情况和规律摸清，摸熟，摸透，好为我们下一步行动提供依据。当然你们也不要全拘泥于实证，对于一些值得怀疑的疑点也要注意收集好，一起向我和县府汇报，你们拿不准的，就汇报给我们来分析，任何疑点都不能放过。另外，我再重申一点，你们四位一定要精诚团结，忠于党国，把清除西路地下党的工作做好。

一九三二年十二月，炮火震天，红四方面军的红旗从陕南经天池寺、核桃树，翻越大巴山，插上了川北地区。

一九三三年二月中旬，通江、南江、巴中三座县城先后被红军攻占，全国第二大苏区——川陕苏维埃建立起来了。

蒋介石在得知红军建立了通南巴苏维埃根据地，极为震惊，在南京的办公室里大骂娘希匹。

通南巴苏维埃根据地的建立，无异于在蒋介石的心上插了一把长长的尖刀。

蒋介石马上电令田颂尧，委任他为"川陕剿匪督办"，并拨子弹一百万发，飞机四架，经费二十万元，要他集中部队向苏区红军发动全面的进攻。并承诺前线要啥给啥，务必坚决彻底全部地将红军消灭。

然而此时，田颂尧正和其他四川军阀一样，在忙于各自间的混战，都在为扩大地盘而纠缠不休，他根本不理会蒋介石的命令，我行我素，硬是扛着不出兵去"围剿"红军。田颂尧把电令压在桌子上的文件下面，他拍了拍，笑了笑，鬼才信你的那一套口头承诺，老子要见实在的东西，没有硬通货，老子坚决不出兵。田颂尧想再观望观望，他想对付蒋介石必须要像挤牙膏一样，不然，所有的承诺都等于零。另外他还必须要寻找到有利战机才出兵，他才不想当一个冤大头。

罗天照端了一根木凳，站在窗前翻看一张旧报纸。

旧报纸都有些脏了，残缺了，但罗天照看得津津有味，因为他从报纸上了解到蒋介石正下令"围剿"通南巴的消息，心中不禁暗自高兴。是呀，能不高兴吗？蒋介石下令"围剿"通南巴，说明通南巴已经成了蒋介石的心腹之患了。罗天照还知道，这国民党的报纸呀，经常刊载国军在某地又把红军消灭了多少等虚假消息，所以罗天照一看到那些消息就觉得好笑。这不，罗天照又从报纸上了解到了通南巴苏维埃搞得轰轰烈烈，红红火火。不然，这蒋介石呀，是不会轻易决定调兵扑火的。

罗天照最喜欢读到这些消息。他很兴奋地把报纸一把拍在桌子上，心里说了一声，好！通南巴革命搞得好！这下有你蒋光头忙的了，有你杨森忙的了。

罗天照有个习惯，就是把知道的革命消息，每一条编成一句话，然后将这些话通过各种途径在西路传播，很快地，这些简明扼要的消息便像一阵风一样吹遍了西区，大家得知这些消息都很兴奋。

当然，这股味儿也让苏志他们青年党闻到了。

然而，他们只闻到了那股味儿，但他们就是不知道那股味儿是从何方传过来的。

入夜，罗天照通知何朴树、赵全英几个人到他寝室开会。

罗天照说,今天简单句大家通报几个事,通南巴红色根据地已经产生极大影响,连蒋介石都开始关注了,这是好事,也是大事,所以我们也得用实际行动支持通南巴的革命。

赵全英说,罗老师,你的口头简报我们都极速传达了,西区的人听后都很兴奋。你说,有什么安排,我们马上执行。

嗯,今天就是安排此事。南充中心县委指示我们,为了鼓舞士气,支持通南巴根据地,目前我们地下党主要工作就是加大宣传力度,让通南巴红色苏维埃建立政权的事家喻户晓。

何朴树说,我与罗天照书记已经研究过了,现在我们要做的,一是刷标语,二是印发传单。刷标语就由赵全英组织学生去附近的龙泉、晏家、金宝等乡镇街道上刷,印发传单就由我负责,印好后,由学生党员带领进步学生去乡村场镇广为散发。另外大家要注意安全,西路地下党活动已经引起敌人极大关注,我猜测他们一定会暗中派人来搜集情报,大家一定不要有任何把柄落入敌人手中。

罢课

何仲阶正戴着眼镜坐在椅子上看检定教师方案。

何仲阶在认真阅读和研究了全县检定教师方案后，啪的一声拍在桌子上。

何仲阶觉得这个方案缺乏可行性，绝对不宜马上执行。如果真的照此方案执行，那西路学校的教师缺额将更大。本来西路各校老师已经是非常打紧在安排了，就这都还不够。如果如此检定后，西路有的学校真的会面临无教师执教的地步，而有的学校虽然能够留下来一些教师，但也极可能无法凑齐各班所需要教师的人数。方案上还特别说明：检定教师后，不再补充教师，所缺教师由各校自行补充，补充教师的经费由学校自行解决。那这样一来，这个西路教育还真的无法搞了，个别学校绝对要停课。

真莫法搞了，谁要搞就来搞，反正我是搞不下来的。何仲阶把方案放进办公桌抽屉，他要先压一压，暂时不执行此方案，他还要先看看其他地区的风向再作定夺。

何仲阶这几天都在思考这个方案，他觉得如果软拖硬扛也不是办法，他得向上级反映、说明情况，他觉得他应该去见一见吴兴谱，详细说明检定教师方案的不可行性，方案有极大的漏洞，很难执行的。

不过，吴兴谱在听了何仲阶的汇报后，态度很坚决，说必须执行，不理解也要执行。

何仲阶说，吴局长，我不是不认可这个方案，而是觉得这个方案漏洞太大，执行起来太困难。

吴兴谱说，何督学，现在不是讨论方案有无漏洞的问题，而是如何执行的问题。我不管学校有何困难，这个方案必须先执行再说，没有讨价还价的余地，你还是先回去执行吧。

何仲阶见吴兴谱态度如此坚决，也没有再做更多的解释，他知道解释也无用，所以叹了一口气，起身告辞出来。

对学校老师进行检定的消息在社会上不胫而走，虽然何仲阶决定先不要把方案拿出来，但是很多人还是知道了。

苏志听到消息后，内心很高兴。但他见学校一直没有任何动静，便跑去问训育主任何朴树这到底是怎么回事。何朴树称自己不知道此事，苏志于是又跑去问罗天照，罗天照也表示没接到通知。

见学校问不出个所以然来，苏志于是叫上赵模，他俩一同去督学何仲阶办公室问。

何仲阶一看这两人，就知道他们的来意。说，你们来了正好，我这儿有一个文件，是县里要求对所有教师进行检定的，你们要不要读读？

苏志说，何督学，我们就是来问问，这文件嘛，我们就不读了，我们就是想知道怎么来检定教师？

何仲阶说，既然你们不读这文件，那就算了。至于怎么检定教师，很快你们就知道了。

苏志和赵模见有检定教师这么回事，也就心满意足地离开了。

何仲阶最终没有能够顶住压力，只得要求西路各校执行检定教师方案。

苏志抱着一摞布告，大声喊正坐在学校石梯上的赵模，说，赵模，快来，我这儿有一摞布告纸，我们一起去贴。

赵模懒洋洋地站起身来，他的目光极不情愿地从几个正在跳格子的女生身上收回来，说，什，什么？

苏志说，快点啰，就是检定教师的布告。

赵模说，好，好，嘛。

苏志把布告递给赵模，赵模抱着来到学校门口。

苏志见校门左边墙壁上有块空地方可以张贴，就对赵模说，贴那儿。

赵模说，好。赵模端了一根木凳子，他站在凳子上往墙壁上刷糨糊，刷好后，苏志把布告展开，递给他，赵模便张贴了上去。

不一会儿，就有教师围拢来看。

布告是用毛笔写的，毛笔字写得不错：南充县检定教师方案。

何朴树也挤进人群来看。

罗天照也挤进人群来看。

这不是存心挤对人吗？简易师范科修业的老师不接受检定与我们无关，但是我们中学修业的老师凭什么比他们低一等，就要接受检定呢？我们的文凭不是一样的吗？这不是纯粹地看人下菜碟么？

有简易师范科修业的老师看了就不开腔，见此事与他们无关，忙躲到一边瞧热闹。

学校里中学修业的老师占有多数，他们当初被聘为老师时，曾经明确过与简易师范科修业的老师同等对待，现在怎么又要接受检定才能正式受聘呢？他们一时想不通。

简易师范科修业的是长子，中学修业的是幺儿吗？

不行！我们要去县教育局反映情况，不能这样区别对待我们！这不公平！

我们教了这么多年书了，怎么还成了不合格的老师了？

这是什么方案哟，简直好笑，我们凭什么还要重新检定呢？重新检定，那可不是要重新考一次吗？我们为了教书，都丢了多年的书了，要重新考？这不是存心要撵我们离开老师岗位吗？

这也太不靠谱了，我们又要面临失业了。

简易师范科修业的老师有的也有疑问，他们相互在询问，这老师检定后，是不是老师就少了？又不增加老师，那我们的课不是又要增加了？

肯定教学任务要加重嘛，这有啥子可怀疑的。

那薪水加不加呢？

哈哈哈，你还想得安逸，增加？你没看布告吗？明确不增加嘛。

加课不加薪，谁爱干谁来干！

哼，你不来，有人来。

哼，你又不懂了，你看那布告，想来都来不成！

这简直就是他妈的流氓操作！有人气愤地骂起粗话来了。

算球了，不教了，谁爱干谁干，老子回家种地去了。

莫说气话了，书还是要教的，这些娃儿莫错。好不容易劝他们回来上个学，读到半腰路中又莫得老师教了，那这些娃儿是不是太可怜了嘛。

我们去找县教育局嘛，这么大一个县，这么多老师，未必就只有我们不满嘛，全县都是这个样子，我们可以组织起来，我们自己给自己撑腰嘛。

要得，要得。

要得，我们去找教育局！

找教育局有球用，这布告不就是教育局出的吗？我认为就是找到县府也莫球用，县府还不护着教育局？

那你这么说就莫法子了？嗯？

莫法了，唉。

好多老师都垂头丧气了。包括那些不需接受检定的从简易师范专科修业的老师，因为他们将要加量不加薪了。

怕球！那我们干脆罢课。有人在人群中喊。

对，罢课！我们都不教了，看他县教育局咋个办。

又有人说，罢课？你就不怕被镇压？那军警可不是吃素的。

开始说罢课的老师又都不开腔了。

那怎么办？检定像一片乌云一样罩在所有老师的头上。

是的，他们迷惘了，都不知道该怎么办了。

老师们大多关心的是自己的饭碗，自己的薪水。

学校的领导忧虑的却是学校今后怎么办？老师少了，经费少了，而学生又不减少，那这个学怎么办哟？

一个布告，引起了各个方面不满。

是呀，怎么办呢？

罗天照在操场边来回踱着步，他在紧急思考，照这样检定教师，学校无法正常开展工作是肯定的，但更致命的是，如果照此执行检定教师方案，老师中的很多地下党员可能都要遭到无情的清洗，这样，西路的地下党就会遭到极大的破坏。

县府的这一招真阴险。

绝不能让易维进和吴兴谱的阴谋得逞。罗天照缓缓地向寝室走去。他一路走，一路思考如何来解决这个问题。罗天照已经得到南充中心县委通知，要他暗地里发动组织教师起来反对检定教师方案。

怎么反对？罗天照一时还没想出好的办法来。

事关重大，事关紧急，罗天照决定马上召开支部会议，商讨应对此事的办法。

赵全英，来一下。罗天照见赵全英正背靠着洋槐树看书，忙叫她过来。

罗老师，什么事？赵全英见罗天照叫自己，合上书蹦蹦跳跳地跑过来。

罗天照见左右无人，就说，快去通知何朴树主任等今天晚上过来开会，你也要参加，地点在古汉墓。

又选择在古汉墓，看来此事有些严重。赵全英心想。她先回教室，放好书，然后才装出一副漫不经心的样子通知相关人员。

第三天，不约而同全县各校全部罢课。

各校几乎无一例外地都提出了三条同样的要求：一是要求检定教师时，同等对待所有老师，不分简易师范专科修业和中学修业老师。二是检定教师后，县府要及时补齐缺额老师。三是暂时无法补齐缺额老师的学校，老师增加课时就要增加相应的薪水。

全县集体罢课，是吴兴谱事先没有想到的。

全县学校几乎都提出同样的要求，这仍然是吴兴谱事先没有想到的。

看来这事儿不简单，背后一定有人在组织，这组织说不定就是地下党。吴兴谱一想到地下党组织就直冒冷汗。

吴兴谱不敢隐瞒老师集体罢课的情况，他马上将情况报告给了易维进。

易维进一听老师全体罢课，吃了一惊，说，这还了得。他急得大叫，说，吴兴谱，检定教师之事是你率先提出来的，方案也是由你拟定的，现在还未到真正实施阶段，老师们就闹起来了，你得给我马上想出办法来，一定得把事情给我解决好，不能再引起全县的动荡了，不然我拿你是问。

吴兴谱知道再也不能出事了，否则他这个局长宝座肯定坐不稳了，于是他急忙说，好的，县长。我马上想办法解决。

吴兴谱第一步是马上向各学校加派督学督察，这些督学由教育局的干部组成，他们一下到学校就马上施压各校校长，强令各校必须及时复课，只有在复课的基础上才能协商解决检定教师问题。第二步是召开教师大会，给教师施压，说谁闹事就率先解聘谁。

校长一被施压，马上就软下来，校长召集学校领导层开会，分工，一个人包一个小组，包干负责，下到老师中去，一个一个分别做工作，要他们先恢复上课，其他事情是可以谈的。老师们最关心的是自己不被清理，一旦知道当老师稳当，其他事情还可以谈，也就不再那么强烈地要求罢课了，经过一番分化瓦解，有的学校已经恢复上课了。

中共南充中心县委审时度势，不提倡一味地硬碰，见罢课已经引起县教育局重视，而且县教育局的态度强硬，检定教师方案看来是非执行不可的了，但是取得了一些事情可以谈的成果也算胜了第一步，如果一味地硬来，说不定事情会向相反方向发展，那样或许得不偿失。于是决定号召大家先恢复上课，再采取有理有利有节的方式，向县教育局向县府反映相关诉求，或许效果会更好一些。

吴兴谱献计

老师罢课的消息传到省上，省教育厅很重视，马上特派督学曾功甫来南充坐镇解决。

曾功甫一到南充，就找来吴兴谱了解情况。

吴兴谱把检定教师的方案向曾功甫做了说明之后，曾功甫又连夜请示了省教育厅，省教育厅答复支持县教育局检定教师方案，但要求吴兴谱在检定教师工作的同时，一定要做好检定教师的善后工作。

吴兴谱见得到省教育厅支持，心里似乎好过一些。但他又想，这省教育厅也是滑头，检定教师既可清洗地下党，又可减轻财政负担，这一举两得的事省教育厅当然不会反对，但是这善后工作也不是那么好做的，自己当初想出这个主意就是以清洗教师中的地下党为目的，但没想到方案一发布居然在教师中引起如此大的震动，把动静弄得这么大，连省上都知道了，弄得自己现在也下不得台。都说要善好后，这善后是那么好善的吗？

吴兴谱向各学校派出督学后，关起办公室来思考问题。突然吴兴谱脑中亮光一闪，对了，这事还得这样，才能把事情解决好。

吴兴谱马上往易维进办公室跑。

易维进正在生吴兴谱的气，这个吴兴谱，太不让人省心，才上任几天，硬是没让人清静过。他见吴兴谱推门进来，头只抬了一下，又埋头翻资料，他不想理吴兴谱。

吴兴谱却不管这些，他站在易维进办公桌前，说，易县长，我是来向您汇报工作的。

易维进看了看吴兴谱，端起茶碗，喝了一口，然后才慢条斯理地说，吴局长，事情处理好了？吴兴谱说，我正准备为此事向易县长您汇报呢。

好，那你说。易维进看吴兴谱成竹在胸的样子，他猜到吴兴谱心里或许已经有主意了。

吴兴谱说，省上曾督学看了我们的方案，他也是赞成我们方案的。所以这个方案没有任何问题，从目前情况看还必须执行，尽管各校反响强烈，但我们不妨双方都妥协一点，顾及一下彼此的面子，先把场面应付了，坐下来慢慢商量着解决，一个字，就是先拖着，然后，我们再搞一次另外的大行动，以转移其视线，之后再回过头来实施这个方案，或许就能很好地解决问题了。

易维进说，妥协？怎么妥协？转移视线？怎么转移视线？

吴兴谱说，这样子，我们先向后拖一拖教师检定方案，西路不是一直在闹地下党吗？我们是不是先去处理一下西区地下党，打压一下他们的气焰。

易维进脑袋豁然开朗，他看了吴兴谱一眼，心想，这小子脑壳还空阔嘛，还不能太小瞧了他。易维进再看了一眼吴兴谱，说，嗯，这个可以考虑。这样，我把你上次给我反映的西路闹地下党的情况向杨森军座汇报，争取他抽点兵出来，去西路清一次乡，务必掐掉西路地下党刚萌出的芽。

易维进觉得必须马上当面向杨森汇报西路地下党的事。

易维进来到杨森办公室，在外面站了好一会儿都不敢进去，他听到杨森正在里面骂人。

其实易维进哪敢乱听，事实上他又想听到点儿什么，但他又怕杨森误以为他在外面偷听，所以易维进在外面徘徊着，走也不是，不走也不是。

门内传来杨森隐隐约约的声音，易维进听到一些断断续续的信息，电话那头要求杨森增援通南巴前线。杨森很生气，大骂对方，说一群饭桶，他派了那么多兵力去通南巴，结果却连几个泥脚杆子都搞不定，真无用。没等对方说完，杨森啪一下挂断电话。

此时，卫兵进去向杨森通报易县长求见。

杨森说，叫他进来。

易维进进得屋来。

杨森说，县长光临，有何公干？

易维进说，军座，有重要事情向您汇报。

杨森说，什么重要事情，还劳县长亲自跑一趟？

易维进说，近来西路地下党活动频繁，我意是军座能不能派兵去镇压一下。

杨森说，派兵？镇压？犯得着派兵？有那么厉害的地下党？

易维进说，军座，不是我危言耸听，西路不太平，地下党大有冒出地面的趋势，我认为该出手治理一下了。

杨森说，怎么个不太平？怎么个冒法？

易维进就把苏志几个青年党向他汇报的西路地下党活动情况向杨森做了汇报。

杨森不动声色地听着，他的脸色越来越阴，终于，他一拳捶在桌上，说，易维进，易县长，在你地盘上出现共产党，而且还闹得如此之凶，你怎么就从来没向我汇报过？南充是我认为最为稳妥的大后方呀，你现在也居然给我说在闹共产党了，那你是怎么给我守的这个后方呢？

易维进脚杆一软，差一点儿站不住，背上汗一下子冒出来。易维进其实是有意把西路闹地下党的事夸大了点儿，他本意是想让杨森出兵，现在哪知道杨森的两手腾不了空，他这一夸大，不仅没有让杨森爽快出兵，反而让杨森觉得他的管理无力了。易维进没有想到会出现这个结果，弄巧成拙了。不过现在后悔也来不及了。

而杨森呢，刚才前线还在向他求援兵增援，他正发愁呢，现在易维进又来出馊主意，向他要兵去西路清剿共产党，你说杨森怎么会心情好呢？怎么会不发火呢？杨森虽然是个火炮性格，但他还是一个较为理智的人，心里一股气向上涌，他却会调整，长吸一口，把涌上来的气强行给压了下去，他把易维进的一些话在脑中再过一遍，一下子就触到痛点，西路是南充最穷的地方，这些地方都闹地下党了，那他的南充就不稳了，南充不稳，那这四川怎么会稳？他在椅子上坐下来，狠狠地盯着易维进，仿佛要把他生吃了似的。

杨森盯了易维进一会儿，说，易县长，西路的事看起来挺严重，这是你管理无方。

易维进说，是的，军座，我没管好，请军座发落。

杨森说，现在不是论谁有错无错的时候，据你刚才所报，这西路真到了要剿匪的地步？

易维进看了杨森一眼，见杨森脸上平静许多，说，军座，这西路最近真的闹得特凶，这帮泥脚杆子胚子也太肥了点，不惩治不足以显军威。

杨森说，刚才你在门外不是听到了嘛，通南巴前线也在大叫增兵支援，现在你治下又要兵力去下乡清剿，我哪有这么多的兵嘛。

易维进见杨森的意思里不排除派兵"剿匪"的想法，看来他是在思考派谁去的问题了。于是易维进小心翼翼地说，军座，这西路就像是柴火刚刚冒了点儿烟，如果不及时扑灭，可能是要烧大的哈，切不可掉以轻心。

杨森闭了眼，在椅子上仰起头，两根手指在办公桌上交替着敲。尔后，他身体回归正位，说，我想了一下，我直系部队无法派人手去。这样，我先看第三混成旅杨汉城那儿能否调出兵来。

杨森马上要通杨汉城电话，杨汉城一听说要调兵去西路清乡，马上为难地说，军座，你知道的，我部队大部分都被抽调到通南巴剿匪去了，余下部队就只够维持南充治安了，西路那些泥脚杆子我怕是顾不上了。

妈的，老滑头。杨森挂了杨汉城电话，在心里狠狠骂了杨汉城一句。

杨森又想了想，他要通了第六混成旅旅长刘治国电话，刘治国倒是爽快，大声爽气地说，军座，莫问题，我马上抽调张易飞营去西路帮助清剿地下党。

问题解决了，杨森显得轻松了一些，笑着对易维进说，现在清乡的部队找到了，你就协助好好地给我把西路地下党全部干净地剿灭。

易维进说，军座放心，定不负众望。

一只白鹭呱地叫了一声，敛翅于西溪河的岸边。

白鹭在河边踱了一会儿步，突然展翅起飞，绕着七宝寺高小上空盘旋一圈，便栖息在校门右侧边的那蓬竹林上。那蓬竹林下，有一丛低矮的黄荆子林和茂盛的杂草，杂草繁芜，高高低低地错落着，铺满了那面斜坡。齐人深的杂草，一年一年地荣荣枯枯，一岁一岁地繁茂疏落，枯草伏下去了，新草又长了起来，以新覆盖着旧。

每天从这条土路上进出校园的人不少，然而谁也没有去注意到黄荆子树下的秘密。

罢课只进行了一天就结束了，全县所有学校都恢复上课了。

罗天照与何朴树在这条土路上经过，沿着校园散步。

罗天照见前后都没人，就说，南充中心县委指示我们，恢复上课不代表我们就不开展斗争了，也并不代表我们屈服于各片区督学施压了，而是南充中心县委审时度势，决定采取迂回战术，做好与政府进行更进一步的斗争准备。先是有条件地接受检定，但我们得提出我们老师的合理诉求，把我们的要求响亮地提出来，为大多数老师争取利益。特别是增加老师薪金这一条，是原则，决不让步。

何朴树说，老罗，我们是不是开会研究一下下一步的斗争策略。

罗天照说，这个很有必要，这次反对检定教师是一个很好的机会，我们要借此进一步增强老师维护自身权益的自觉性，要让他们觉得只有起来与腐败的政府做斗争，才能争取到合法权益。由于这次检定教师涉及的人比较多，涉及的学校也多，很多人情绪很激动，容易引起敌人注意，我怕他们到时要吃亏。所以，我们还得统一思想，团结奋战，拧成一股绳，不能让敌人各个击破。老何，我总有一个不祥的预感，这次敌人或许会采取行动，强行检定教师。

何朴树说，我也觉得有这种可能。敌人是不会甘心他们失败的。

罗天照说，这次南充中心县委指挥的这次罢课与复课的决策是明智的。老师毕竟是弱势群体，不能与敌人硬抗，采取迂回战术或许更能达到预期目的。哦，对了，我们开这个会要把金宝小学的何海同同志通知到，让他来我们学校具体传达南充中心县委关于反对检定教师的最新指示。

何朴树说，好的，我马上派人带信给他，就说让他来我这儿拿一本书。

月亮如一只上了瓷的盘子，斜挂在藏珠山上，淡淡地发出灰蒙蒙的光。

从七宝寺高小校门口进去，可以看见几段石阶梯，缓缓地向上延伸。

石阶梯是沿七宝寺高小原南池书院的南北中轴线修建的，石阶梯共分三段，第一段是一个扇形，有十多级石阶。向上，有四五十级石梯直通到第二层面，第二层面上有一座牌楼，上书"七宝主严"四个字。再往上走，是一个小平台。从小平台往上，就进入原南池书院的后讲堂了。后讲堂是一个长方形的四合院，这院子以前曾经是和尚们住的禅房，和尚被撵走后，就成为师生们的寝室。

石阶梯两旁密植着柏树。柏树在川北是常见树，常绿，叶似针，密密的，有若裂开了的染上灰绿色的冰渣子一样，手摸，要蜇手。

月光从那些"冰碴子"的缝隙里穿过来，有些冷，有些散，有些乱，薄薄的，灰灰的，铺在石级上，碎在树丛中，碎在杂草的阴影里。

何朴树坐在那些薄薄的、灰灰的、碎碎的月影中。此处离校门口有一段距离，人一进校门就能看见。

在何朴树右手边，就是那丛竹林下的黄荆子树丛了，古汉墓就在那里。从石阶梯旁有一条隐秘的小碎石路通向古墓，平常很少有人走，杂草封了路，看不出路的样子来，只是封路的杂草稍低矮一点儿而已。

何朴树没有看见何海同进校来，但他听到几声鹁鸪叫，三长两短，这声音是暗号，何朴树知道何海同来了。

何海同接到带信人叫他去何朴树那儿拿书的口信后，就知道有事找他。

何海同进校门前，先是观察了周围，他见到何朴树一个人坐在石阶梯上，但他没有上前联系，他怕其他人看见，所以先行隐藏起来，悄悄向何朴树发出接头信号，何朴树听见后，似乎不经意地朝四周瞧瞧，确定没人，才起身钻进路旁的杂草丛中，往古汉墓钻去。

何海同瞧得仔细，顺了势跟进去了。

罗天照、赵全英、陈素清已经等在墓里了。

月光从岩缝里挤进古汉墓，落在地上，亮亮的，有如打碎了的瓷器片。

古墓里没点灯。

何海同眼睛稍微适应了一下，一眼就看见罗天照，他上前与罗天照紧紧地握了手，罗天照让他坐在身边的石块上。

罗天照向何海同介绍了赵全英和陈素清。其他人何海同都比较熟悉了，凭着墓外漏进来的月光，何海同同每一位都点了一下头。

罗天照轻声向同志们介绍何海同，他说，这位叫何海同，他的公开身份是金宝小学的老师，也是我们西区的地下党员。这次南充中心县委指名他为西路反对检定教师活动的负责人，何海同同志还兼任刚刚由南充中心县委成立的"小学教育研究会"的负责人。下面请何海同同志给我们传达南充中心县委对这次反对检定教师活动的最新指示。

大家这时也基本能看清楚何海同的相貌了，何海同三十来岁，脸皮白净，理着一短平头，身材大约在一米七左右，偏瘦，显得较为干练。

何海同说，南充中心县委对本次反对检定教师的最新指示就几个字：联合教师，维护权益，反对检定，增加工薪。我相信大家都明白这个意思，也就是要利用这次反对检定教师的契机，把全县进步教师都联合起来，共同与敌人做斗争，维护教师权益，增加教师待遇。

何海同顿了一下，又接着说，目前全县学校罢课目的已达到，促使县府重视教师权益，这为我们今后开展工作是有作用的。南充中心县委审时度势，综合多方信息，得知敌人将对继续罢课采取强硬措施，并有可能动用军警，所以决定中止罢课，再通过其他方式有理有利有节地开展反对检定教师工作，避其锋芒。

何朴树望了望罗天照，见罗天照脸上并没有表情，他知道罗天照肯定已经知晓了关于中止罢课的一些情况了。

何海同接着说，目前，我们小学教育研究会已经以民间团体的性质正式成立了，并已经卓有成效地开展工作了。根据中心县委指示，我们小学教育研究会已经向省教育厅的特派督学曾功甫递交了书面的完善检定教师的意见书。意见书中，我们首先明确对检定教师方案的欢迎，但指出方案中存在的不公平之处，比如同等的学历，不同的对待等，不顾学校实情，不补充因检定教师而造成的缺额，同时，教师加课不加薪等。

好，提得好，点到要害处了。何朴树轻声说。

何海同说，南充中心县委的指示我就传达到这儿了。

罗天照说，我完全赞同县委指示。

罗天照又问何海同，老何，书面意见书送达曾功甫后，曾功甫有何回复？

何海同说，这曾功甫很滑头的，他目前没有反馈任何意见，他一定还在观望之中，他多半要先看县府县教育局的意见吧。

罗天照说，老何，县委有没有指示后面怎样开展工作？

何海同说，为了争取这次反对检定教师工作的全面胜利，县委指示我们各片也要成立相应的教育研究会，因此，我们西路十六个乡也要成立西区小学教育研究会。

罗天照说，好，西区小学教育研究会我们也要马上成立起来。那这样，我建议西区小学教育研究会由何朴树主任来组织和负责。

何海同马上打断罗天照的建议，说，不行。老罗，县委意思是本着不暴露组织的原则，这次的小学教育研究会负责人就不由我们地下党同志来担任了，你们要从学校普通老师中选一位来担任。

罗天照说，那好，我懂了，人选我们几个下来再研究定夺。还有我建议，虽然我们的人不在研究会中任主要职务，但是工作还是要分担一些的。我建议赵全英和陈素清协助研究会主任的工作。学生参与是不会引起敌人的注意。

何海同说，这个完全可以。

罗天照接着说，赵全英和陈素清，你们两位的主要任务是把老师的诉求全部收集起来，形成文字材料汇总给研究会。

赵全英和陈素清都说，好的，没问题。

何海同说，还有一个好消息，这次检定教师涉及的范围不仅仅是我们的地下党同志，西路的青年党们也反对检定教师，他们也害怕因此受到清洗而愿意加入向县府请愿的行列。

罗天照说，对，这个情况我也发觉了。先前赵模几个在学校为检定教师的事而上蹿下跳，现在全都萎了，蔫了，不再闹腾了。

风云突变

吴兴谱郁闷极了,他大致回想了一下自己自从上任教育局长以来,几乎就没碰到过一件好事,一件称心事,同样也没有做成一件自己想做的事,自己几乎疲于应付,到处扑火,火也没扑灭,好些火还烧着了自己。

吴兴谱使劲地用手拍了拍额头,苦笑。是的,一贯自负的他,现在居然都有些怀疑自己了。他原以为当上教育局长是走了红运,现在看来,得到的未必是福。得到了自己想要的位置,但是自己并没有舒心。他想自己真够倒霉的,怎么什么事都一股脑儿地涌起来了呢?前几任局长在任怎么就不发生什么事呢?

吴兴谱努力从纠缠自己的不愉快之事中拔出来,他要扳回一局,他要展现一下自己的能力,打铁还得墩墩硬,他要把自己的腰杆硬起来,那样他才能在易县长面前取得一点儿话语权,不然,他这个局长就当得没意思了。

事实上,吴兴谱早已经算计好了,要想真正扳回一局,还得靠着检定教师这一招。而现在从刚实施的情况看,要赢下这一招棋还有很大难度,西路的氛围太不好,闹腾得太凶,这闹腾多半有地下党在参与,老师罢课事前一点儿征兆都没有,而复课也是整齐划一,说恢复就恢复了,这些进与退都充分说明了有组织在暗中操作,这组织不是别人,应该是地下党了。这地下党太可恶了,我上任第一把火就居然差点儿让他们搅得连火星都看不到。不行,要真正把检定教师方案实施下去,还得先杀杀西路地下党的气焰,把西路给我彻底理顺,而要理顺也不是说的那么简单,不过依靠张易飞的清乡,军队出动,还有什么解决不了的呢?吴兴谱一想到这,又暗自笑了。

这几天吴兴谱度日如年。吴兴谱那天去给易维进献计时,他就知道易维进必定采纳，而且还会马上去向杨森汇报，结果所有的事情都朝着吴兴谱所想的方向发展，杨森也已传令张易飞马上立即去金宝场清乡。可命令下了好几天，张易飞那边的清乡行动却没有一点儿动静，吴兴谱又有些担心了，万一这张易飞不去呢？自己苦心抛出的计谋不是又泡汤了吗？不行，自己还得想办法让易县长去催催。

此时，一下属在门外敲了几声门，吴兴谱心烦，就没有叫进来。

下属在外面进也不是，退也不是。

吴兴谱抓起桌上电话，他要给易维进打电话，他等不及了，这清乡活动不搞，他的检定教师方案就无法正常进行。电话通了，他对着电话说，易县长呀，我是吴兴谱，现在全县所有学校都已经复课了，我想把检定教师的方案先冷放几天，等张易飞营长去清乡之后再继续进行，特向您请示。

易维进心想，你吴兴谱心里那点儿小九九我还不知道，你是想让张易飞先去给你打头阵，然后你才好实施你的检定教师方案，你以为我不知道。于是说，光谱呀，我同意你的想法，检定教师就迟几天也无妨。听说张易飞这几天正在准备，马上就要去清乡了。

吴兴谱说，县长大人，这张营长什么时候开拔呢？只要张营长行动快，我检定教师的事情也就能尽快结束。

易维进心里清楚明白得很，这是吴兴谱变相要他去催催张易飞。易维进何尝不想让张易飞早点儿快点儿去清乡呢？就是吴兴谱不说，他也要催的。

易维进说，放心，我已经让杨军座再次督促张易飞营了，要求张易飞务必于近两天内出发行动，这确实无误。

吴兴谱心里的石头落了地，心情愉快了些，他放下电话，对着门口叫了一声：进来。

田颂尧的部队加紧了对通南巴红色苏维埃根据地的围剿。

杨森亲自去前线督战，红军面临着前所未有的压力。

中共四川省委给南充中心县委写了一封关于开展游击战的信。

信上说：……南充的工作在目前是一个向上的形势，尤其是九一八后……省委认为南部游击战是暂时的失败，这一原因是同志不了解正确游击战运用而代以立三路线的失败……我们认为目前南充的发动游击战，绝不是一个等待……但是绝不是一个无准备的发动。动员各支部……宣传各地农民青年反对田颂尧进攻红军，断绝军阀的一切接济，不给以前的捐税，不帮他运输，不卖粮食给军队及进行破坏他交通等工作，经常扰乱他后方。

南充中心县委书记罗汉文接到省委的手写信函后，亲自来到西区，他要求罗天照严格按照省委的指示，开展游击战，造出点声势，吸引敌人注意力，让杨森和田颂尧部两头都要顾，两头都还顾不上，要坚决彻底粉碎敌人对通南巴的"围剿"。

罗天照向罗汉文汇报了西区武工队的情况，说，罗书记，目前西区武工队的问题和困难主要体现在战术不成熟，人员素质不整齐，缺乏必要的武器装备等。

罗汉文说，我们不是派了杨得园特派员来指导吗？

罗天照说，是的，杨特派员也很尽心尽力工作，但是西区形势就那样，人员、武器、训练是目前困扰武工队的最大因素。你放心，西区武工队接下来会努力开展工作，给敌人以打击，努力牵制住敌人。

罗汉文说，我相信你们，西区其他工作做得如此出色，武工队也会让敌人胆寒的。你要督促杨得园同志，加紧武工队训练，想办法搞到枪支。另外，在训练武工队员时，杨得园不仅要把要领训练好，队长何先昭也要把武术基本动作和套路加入训练中，这样训练出来的武工队才具有战斗力。

罗天照说，请罗书记放心，这些我们也想到了，也正在实施着，武工队的雏形就是以何先昭的武术班为基础。罗书记，这里，我要向党组织做出检讨，因为在西区武工队建立的问题上，是我个人认识没到位，导致西区武工队发展缓慢，甚至停滞不前。说实话，我原先对西区成立武工队是有意见的，我认为条件不很成熟，加上武器一直没落实，我也就没特别上心，加上西区信息比较闭塞，我对通南巴情况也不是特别了解，只知道一点儿情况，没有从大局出发，广泛发动西区老百姓加入敌后武工队中来。下来，我们一定根据省委和县委指示，克服困难，加快武工队的建设。

罗汉文说，好的。我认为呀，西区总体工作是出色的，希望你们继续发扬，在建设西区武工队问题上还要加快步伐，着眼长远，形成全县一盘棋，全省一盘棋，全国一盘棋，把革命的烽火燃得更旺。

罗天照点点头，说，好的，请县委放心。

在龙泉场竞选团总的大会上，何乾生意外当选，他几乎以压倒性优势取得团总职务。

大家都知道，何乾生是何仲阶大儿子。这何仲阶堂堂一西路督学，让儿子在西路随便选择一个学校当老师肯定没问题吧，但何仲阶没有这样做，何乾生也不屑于利用自己父亲是督学而去勉强当一名老师，他选择在家务农，娶妻生子。

何乾生人长得精精瘦瘦，脸色黝黑，纯粹一地道农民，他继承了父亲某些基因，热心乡邻事务，哪个乡邻有个红白喜事，何乾生跑得最快，帮这帮那的，脸上的微笑从没消失过。这样的人，谁不喜欢？加上他是本乡本土人，老百姓知根知底的，自然，他一参加竞选，一下子就当选上了。

何乾生还有另一个身份，几乎没几个人知道，他是受南充中心县委指派来参加龙泉场团总竞选的，他父亲何仲阶不是地下党员，而他却是一名真正的地下党员，他的竞选成功是西区地下党第一次在乡镇地方政权中掌权，自然对西区地下党又是一个极大鼓舞。

何乾生团总上任后，第一件事就是着手清理青年党党徒。龙泉小学的张恒久等几个青年党教师，就被何乾生以教学业绩差、家长意见大、学生不喜欢的理由清理出了学校。

蟠龙乡甘草岭。

地下党员蒲向阳家，南充中心县委召开了一次特别会议，选举罗天照同志为南充中心县委书记，闵一涵任组织委员，闵能厚任宣传委员，县委机关仍然设立在县城，领导中心县委工作，赵启民任军委书记，负责南充兵运工作和建立红军之友组织。南充中心县委原书记罗汉文同志因工作需要，调往外地工作。

杨得园也应邀参加了此次会议。

会后，赵启民对杨得园说，西区兵运工作要尽快抓起来，配合开展好西区武工队的游击战。

杨得园向赵启民汇报说，西区武工队在罗天照亲自部署和领导下，已经有了起色，开展过几次行动，都非常成功。现在我们西区武工队的问题主要还是集中在没有武器装备上，希望赵书记能够给西区解决一些武器装备。

赵启民说，我知道西区武工队一些情况，但还不是特别了解，你们反映的武器装备问题不是小问题，也不是一朝一夕就可以解决的问题，我建议这个问题不要有等靠要的思想，你们如果能够自己解决那是最好的事情。

杨得园说，我们也考虑过自己解决，我们几位都想了很多办法，结果没有一个可以付诸实施。我与罗天照书记多次商量，仍然没有找到最好的解决办法。我们西区武工队队长何先昭很不错，他有武术功底，也有教师身份作掩护，他利用招收武术队的名义组建了武工队，平时以练武代军训，效果不错。我们西区有个组建大游击队想法，就是从金宝石马垭、龙泉安乐院、中和石海院三个支部抽调精干人员组成，我们再从这些人员中精选确定一批骨干成员，由这些骨干成员组成西区武工队，武工队就是西区游击队的精英，队伍保持十人左右，军事化管理，保证做到随时组队，随叫随到。由我专门负责武工队军事训练，因为武工队人数不是很多，好组织，好训练，集中也快。当然整个游击队的军事训练也由我负责，何先昭负责武工队武术训练。

赵启民听了杨得园的汇报，很高兴，连说了几个好。

罗天照在七宝寺高小利用检定教师方案把苏志、何朗清、赵模也清理出学校。

张恒久一听见苏志、何朗清和赵模也被清理出七宝寺高小了，心里才稍微平衡了些。

赵模一回到金宝石马垭家，就向父亲赵杰安哭述，爸，学校，欺，欺，欺侮，人。赵杰安骂道，没出息，哭什么哭，一个大男人，还哭。你在家待着，老子去学校问问罗天照，凭啥子不要我儿子。

赵杰安怒气冲冲地找到罗天照，说，罗老师，我儿子又没犯什么事，你凭什么把他打发回家呢？

罗天照说，赵团总，赵模是没犯什么事，我们是根据教育局检定教师方案实施的，赵模就在清理之列。

赵杰安说，我看其他学校都还没有进行检定教师，怎么你们学校特殊一些，率先搞起啥子检定教师来了？

罗天照说，我们也不是自出心裁要检定教师，这是县府和教育局要求我们搞的，你有什么疑问就请去县府县教育局问吧。

赵杰安说，你把苏志和何朗清他们清理出去，我没意见，你清理我们家赵模就没有道理了，他又不是学校老师，他是搞后勤的，怎么也要清理呢？

罗天照说，团总大人，这你就不懂了，现在学校经费紧张，县财政不给学校多拨一分钱，我们也无能为力了，现在学校经费紧张得连教师薪水都发不出，所以没办法，只有压缩后勤人员了。

赵杰安还是有些不服气，但语气明显软下来，他说，罗老师，我们家赵模工作还是尽心的，你还是考虑恢复赵模的工作吧。

罗天照一副爱莫能助的样子，对赵杰安摊摊手，说，对不起，赵团总，我也没有办法。

赵杰安见无法说通罗天照，只好作罢，气哼哼地走了。

金宝逢场。

苏志、何朗清、赵模和张恒久聚在王氏茶楼上，他们坐在以前周志瓜坐的那个位置，苏志坐在周志瓜曾经坐过的那一方，张恒久坐苏志对面，上首是何朗清，何朗清对面是赵模。

苏志说，他妈的，没想到检定教师居然检定到老子们头上来了，这还没真正开始，就把老子们的饭碗给搞丢了，这吴局长演的是哪一出呢？

何朗清猛吸一口烟，喷了一口，再深吸一口，说，吴局长的本意不在此，这都是他妈的地下党给闹的，那伙人不闹，老子们怎么会被清理嘛。老子想好了，老子要好好搜一搜他几爷子的证据，上县政府告他些狗日的。

张恒久说，何朗清，你娃说得轻巧，你一口一个地下党，你说说看，哪个是地下党？哪个有把柄在你手里？就凭你生造一些情报就能把县府糊弄了？

何朗清不开腔了，又坐在那儿抽烟，烟雾一股股往楼顶飘。

赵模说，现在，现在，团，团总，也，也不吃，香了。我，我，我老爷子，罗天照，也不，买账了。任，任力阶，也被人，打，打，打伤了。

张恒久说，活该，那任力阶活该，他有枪有人还让人打，你说是不是活该？他任力阶就纯软蛋一个，软蛋在金宝场就该遭打。你们想，现在有人有枪还怕谁呀，他任力阶纯粹就是坐在团总的位置不拉屎，任由地下党在金宝场闹，别人不打他才怪了。

苏志说，你他妈一个二个都在那儿长地下党志气，灭自家人威风，一个二个口口声声在那儿说这个是地下党干的那个是地上党干的，你们给老子说两个具体的人看看，都他妈的在那儿瞎说，有证据摆出来嘛，有本事抓几个嘛，还告？告谁？都他妈睁起眼睛说瞎话。都来点实在的，现在我们都这个卵样子了，接下来到底该怎么办？

一说到怎么办，大家都哑火了，谁也没有办法。

何朗清一把把一截抽剩下的烟屁股往楼板上一摔，用鞋子踩熄后说，一天都在给老子在说找证据，找证据，你们以为地下党都是些傻子，会给你留下证据？老子觉得不用去找啥舅子证据，老子把看不惯的都说成是地下党他们就都是地下党，让县政府直接将他们抓起来不就得了。

苏志把手捏成一个拳头，锤在桌子上，说，好，我看也只有这么办了。管他妈是不是地下党干的，既然这些人这么干，一定与地下党差不离。马上走，去县府。

四人说走就走。当晚他们就赶到了县府，把西路地下党夜晚贴标语、撒传单、打二领班、击毙何富章、打伤乡团总任力阶等事情一股脑儿地弄到一堆，向易维进汇报说都是地下党干的，还说他们四人都是被地下党煽动才让学校给辞退的。

易维进见自己的手下居然被学校给撵了出来，这还了得，这不是在太岁爷头上动土吗？易维进马上就向杨森汇报了西路地下党的一应事物，催促杨森马上命令张易飞营立即下乡清乡。

杨森也是气得鼻子歪，他抓起电话打给张易飞，问，张营长呀，怎么还不下乡呀？

张易飞说，报告军座，我已经集合好队伍了，马上就向西路开拔了。

杨森说，得快，这西路太他妈不安宁了，地下党活动太频繁了，你一定要派出精兵强将，对西路进行全面的清乡，绝不能放过任何一个可疑的人犯，好好地给我震慑一下西路的地下党。

张易飞说，军座放心，我一定按你的指示办！

小学教研会

南城小学内，全县小学教育研究会成立大会正在召开。

全县共有八百多名老师参加。

罗天照指派李茂林代表七宝寺高小老师带队参加。李茂林是学校一名非常普通的老师，他于七宝寺高小开班之日就在学校任教，虽说李茂林教书不是学校最突出的，但也中规中矩，他作为学校元老之一，自然还是有些威望的，他既是班主任，还承担了三个班的算术课，是学校中坚力量。李茂林知识水平还是有的，可惜就是没文凭，属于检定方案中被清洗人员。他在看了检定教师的布告之后，反映强烈，意见特大。他自认为自己年龄大了，参加考试肯定考不过关，说自己教了多年的书，身体差了，种庄稼也不行了，怎能养活一家人呢？所以李茂林对检定教师特别反感。罗天照在与李茂林交流过后，李茂林愿意担任七宝寺高小小学教研会负责人，牵头带领全校老师共同反对检定教师方案。

何朴树也作为教师代表参加了成立会。

全县每个乡都成立了小学教育研究会，每个学校都派了至少三人参加此次会议。

一时间，南城小学热闹非凡。

何朴树不是教研会负责人，他只负责与各校之间的联络。

之前南充中心县委已经明确不让地下党员担任小学教育研究会的主要领导，所以，这个民间组织成立的研究会在领导成员人选问题上经过了几轮的磋商，最终才于开会前得以确定。

接着就是举行选举。

大会以不记名方式推选出了小学教研会的主席任逐非，任逐非非党非派，思想中立。为了有效地领导和推动小学教研会工作，虽然名义上教研会负责人不由地下党员担任，但是其他成员特别是重要岗位的成员还是由地下党担任。张四俊被选为副主席兼研究部主任，张默生、王燕荪、陈益乾、何朴树、何海同等共产党员为小学教育研究会委员。

领导班子选出来后，马上在南城小学一间教室里召开第一次会议。

会议主题非常明确，那就是就检定教师提出自己的主张。经过综合考虑和紧急磋商，会议一是同意县教育局通过考试检定教师的方案，但同时要求县府对检定通过的教师给予地位保障，不能随便解聘。二是检定后的教师，要提高相应待遇，增加相应薪资。

意见形成后，小学教研会就马上把情况反馈给省督学曾功甫，曾功甫见小学教研会效率高，很满意，立即签署意见，同意并确定考试时间为七月十六日。

小学教研会还在广泛征求各校意见的基础上，拟定并形成了《南充小学教育研究会宣言》，内容如下：

全县小学教师们：

省督学曾心翼（曾功甫）已到县中了。他此次来县的唯一任务，是奉教育厅的使命检定小学教师。是的，训政初期，自当选择真才，改进教育，尤应检定教师，题目何等正大，理由何等充足——谁也不能反对呀！

不过，现在我们却不能俯首帖耳去受检定，而且有几点令人怀疑，要去质问他。

一、我县小学教师，素为社会所轻视，大家朝秦暮楚，春北秋西，在教育界上早已失去保障了，试问此次检定后，教育厅能否给我们以相当的保障，而使我们安心教书，并以为终身职业。

二、我县小学教师薪资微薄已极，每年所得，不但不足以仰事俯畜，即个人生活亦难维持，试问此项检定之后，教育厅能否出力设法增加薪资，使我们得以维持生活。

这便是我们怀疑检定的意见，也是我们反对的理由，倘曾督学不给我们圆满的答复，我们是决不受检定的，至于考试的"科目的深浅、资格的严刻、用费的多寡……"尚属细事。

虽然小学教育是我们应该研究的，我们相信对于小学有研究的人不受检定，也是个良好教师，否则虽受检定而合格的，也未必不是饭桶。结果，恐怕是教育厅绷了门面，儿童遭受了实殃哩。所以我们一面反对检定，一面应当研究教育，于是"南充小学教育研究会"便于今日应运而生了。

同仁们，你们赞同我们的意见吗？来！来！来！我们一同携手，反对检定，研究教育！

此《宣言》印发后，立即得到南充各方人士的支持和同情。

易维进看到这则宣言，大发雷霆。他对吴兴谱说，这宣言哪里是在反对检定教师，纯粹是在与县府过不去嘛。不行，你马上通知各校，不准张贴这个《宣言》，所有张贴了的，全部给我撕下来。另外，你去给我调查一下任逐非，看看他有没有地下党的背景。妈的，反了天了。如果这个任逐非有问题，立马给我抓起来。

吴兴谱还真派人去了解调查任逐非了，但是没有查到任何问题，此事不了了之。

后来，这任逐非知道县府在调查他，就有些害怕，想撂挑子不干了，他私自通知各校的小学教育研究会负责人召开会议，透露自己想辞去小学教研会主席一职。

会上，张四俊劝说道，任主席，你的担心是多余的。你放心，易维进是不敢把你怎么样的。他们不是去查你了吗？结果不是什么都没查到吗？不要怕，有全县的老师支持你，你还怕啥？没人敢把你怎么样的。

众人都劝说任逐非，说，你这个时候不该撂挑子，我们全县教师都看着你呢，法不责众的，反对检定教师是全县教师的意见，他们能把所有教师都解聘吗？很显然，没有谁有这么大的胆子。现在我们小学教育研究会的工作取得了很大成绩，不能放弃，放心大胆地开展工作吧，不能让全县教师失望，不能把我们所做工作前功尽弃了。

任逐非见这么多人都支持他，也就没有再坚持辞职。

何朴树说，现在我们提出的意见县府也采纳了，只要一视同仁，检定就检定，我们怕什么？以前县府在检定教师上态度是很强硬的，现在明显做出了让步，我觉得我们的目的达到了。现在我们要做的，就是通知各校老师都做好考试的准备，按时接受考试。

张四俊说，好，关于考试的事就这样定了。当然可以料想老师们在检定的过程中，肯定有被解聘的，这也是没有办法的事，本来我们的老师素质就参差不齐，也有滥竽充数的，他们通不过考试，被解聘也正常。另外就是关于增加老师薪资的要求本也不是太过分的要求，且省上曾功甫督学也是同意的，我们可以为老师争取提高薪资，这应该不是大问题。如果这样，那我们的目的真的就达到了。这次检定教师我们应该是完胜了。

会议本来是任逐非私自召开的辞职会，结果任逐非不但没有辞职，反而大家达成了一致意见，会议取得了很好的效果，大家都很高兴。最后大家商量由七宝寺高小的陈益乾老师以研究会的名义拟写一封以增加薪资为前提，全体教师参加检定考试的信函给县府，由另一名非党员老师把信函递交到县府易维进案头上。

易维进在匆匆看了信函之后，笑骂着，狗日的一伙教老壳（教师），干什么都要讲条件。他想只要老师们答应参加检定，增薪资这事就不难，因为教师总数减少了，教师个人增加点薪资也不会增加财政负担，易维进摇了摇头，拿起笔在信函上批了两个字：同意。

第一次『清乡』

苏志伙同张恒久向易维进报告西路地下党活动情况。

张恒久为了报复何乾生，检举何乾生是地下党，不承想被他歪打正着。

易维进一听说龙泉乡团总都是地下党，便拍了桌子，说，这他妈的还了得，居然让地下党掌握了政权，这绝对不行。

易维进马上向杨森作了一个密报。

杨森想也不想，说，抓，有怀疑就给我抓。既然他清洗青年党，那至少说明他也不是什么好鸟。抓，抓，先给我抓回来再说。

为此，张易飞清乡第一个抓捕对象就此定下来，尽管现在还不确定何乾生到底是不是地下党。不过，这张易飞既然有了抓捕对象，那他这次清乡也就有了一定目的性、目标性。他想，抓一个小小的地下党，这有何难？张易飞根本就不把一个小小的乡团总放在心上。

出发，张易飞出发了。

暮春，天气还不太热，但连续几个大太阳，这气温陡地上升了。

从张易飞出发开始，那枚太阳就好像跟着他似的，他走到哪儿，那太阳就一直悬到哪儿，天空无一丝云彩，人一多，踩得地面上的尘土腾起老高。

张易飞乘坐一架竹滑竿，但凡有点身份的人都喜欢坐竹滑竿。竹滑竿是一把竹篾躺椅两边绑上两根竹竿而形成的简易交通工具，由前后两个人抬着。这种交通工具在川东北一带很是流行，滑竿也不是很重，虽不像清朝官员的八抬大轿那么威风，但是坐滑竿之人躺在上面由两个人抬着，晃晃悠悠的，的确很是受用。

张易飞坐着滑竿行进在队伍中间，一路大军浩浩荡荡地向金宝场方向开拔。

张易飞知道这次清乡没危险，也就亲自带队，当然张易飞聪明，他这也是为了显示非常重视这次清乡，他是做给杨森看的。

这条大道是一条通往金宝场的官道。

平时道上人来人往的，今天也不例外，有赶场的，有做生意的，有串门的。这些人一见有军队开过，全都站在路边避让，更多的是看稀奇，他们在山沟里生活了一辈子，还从来没看见过军队开到这些地方来。

张易飞信心满满，莫看他的部队战斗力不强，但是他认为清个乡，还不相当于高射炮打蚊子——小题大做、大材小用嘛。

张易飞的队伍走走停停，张易飞不时看一眼路边的百姓，这些百姓呆头呆脑的样子，看起来傻傻的，又穿得破破烂烂，心想，穷乡僻壤，一群泥脚杆子，还想起来闹事，这不是成心在找死吗？我看杨军座夸大其词了，说得严重，我看这些地下党要是见了我，还不给吓死？还不乖乖投降？

看到屋，走得哭。这条大道弯弯曲曲地在大山之间绕盘。张易飞躺得高，往前边看，路像一条肠子似的蜿蜒着，望不到头。路两边也少有树木遮阴，光秃秃的，太阳如火球一样一直悬在头顶，张易飞身上有微汗冒出来，他的滑竿上还绑有一把大伞，除了阳光有些晃眼外，他躺在滑竿上也不太热。

走路士兵就不同了，他们一个个东倒西歪，头冒汗，脸发烫，脚发臭，呼吸急促，他们还从来没有走过这么远的路，还从来没有吃过这么多的苦，这条路太难走了。有的兵已经解开风纪扣，有的把枪倒背着，还有的将枪当拐棍挂。

老百姓很少看到部队，开初一见部队，还有些害怕，不过看久了，也就那样，他们看这一群散兵，就有些好笑，有的还在心里暗自想，这哪像个部队嘛。

队伍行进得很慢。加上道路崎岖，拐弯又多，前头队伍转过弯去了，后面队伍还拖在山这边，前头看不到后面，后面也见不到前面，稀稀拉拉的，仿佛打败仗下来的残兵游勇一样，一个个蔫头耷脑。

赵全英今天左眼皮跳得厉害，她妈从一张红纸上撕下一小角贴在她眼角上，眼睛才稍好了一些，但没过多久，又开始跳。

左跳岩，右跳财。晏桂花对赵全英说，左眼跳岩，要注意安全，碰到头，闪了腰，踢到脚，总之是你要当心。如果是右眼跳，也要注意，右眼跳要破财的。

赵全英想，我是左眼跳嘛，是不是要出什么事呢？如果是右眼跳还好，自己没钱没财的，损失不到哪儿去。可是今天是左眼跳，但愿莫出什么事。

赵全英不管这些，她对妈妈说，你这是迷信，不可信的。

晏桂花说，信不信由你，反正村里人都这么说。

尽管赵全英不信，但她今天还是留了一点儿心眼，她很注意地做好每一件事，不让事情出差错。比如刚才她与王大鼠等去坡上刷岩标时，就反复查看那岩是不是危岩，有没有可能滑坡等，但凡发现有一点危险，她都叫王大鼠离远一点刷，或者直接跳过不刷，到其他地方去刷。就连她走路也是很小心的，她怕脚踢到路上石头，绊一下，摔一跤，都有可能受伤。

一上午下来，赵全英觉得没有问题，什么事都没有发生，不仅没事发生，她还觉得今天运气不错，很顺利地刷了不少标语。

赵全英望了一眼头顶上的太阳，见时间还早，就对王大鼠说，我们再刷几个地方。

王大鼠说，行。于是赵全英与王大鼠带领几个学生跑到中和场大路上去刷。

今天金宝逢场，而中和场不逢场，所以路上行人不多。

赵全英和王大鼠一路观察，选择没有行人的地方，停下来刷上几条标语。

刷到石匠岩附近时，带出来的标语就刷完了。

王老师，我和几个同学回去再拿点标语出来。今天不逢场，路上人少，我们争取再多刷一点儿，行吗？赵全英对王大鼠说。

好吧，你们几个快去快回，我在这里等你们。王大鼠说。

王大鼠是西区区委秘书，在七宝寺高小读书期间经杜培心和王俊超两位老师介绍加入中国共产党。

赵全英与几个同学离开后，王大鼠觉得无聊，就在路边一个草坪地上躺下来。此时太阳正高高挂在天空，阳光懒洋洋地洒在地上。

王大鼠很舒心地享受着春日阳光，天空上白云朵朵，一只鹰有如一支利箭，斜射向天空。王大鼠睁大眼睛，隐约看见那只鹰爪下抓有一只小鸡。这地儿很少见到鹰，王大鼠知道这鹰应该是岩鹰，平时栖在悬崖峭壁上，以捕食野物为生。岩鹰除非饿慌了，才敢飞到农户中来叼鸡吃的。王大鼠心想，今天运气真好，这难得的情景让我给看见了。那只鹰飞得愈来愈高，远得只能看见一个小黑点了。王大鼠眯了眼睛,闻着青草的味道,躺在软软的草坪上。

太阳真舒服,王大鼠一闭上眼就不想睁开。不一会儿,王大鼠睡着了。他头上是一幅刚用木炭写得歪歪扭扭的标语:打倒地方资本家,欢迎红军来南充!

张易飞躺在滑竿上哼着川剧高腔《五福堂》,该剧讲述的是梁灏八十二岁中状元一事。张易飞摇头晃脑,很是投入,他把帽子扣在前胸,眼睛似闭非闭,虽然有伞遮着,但他光滑的脑门上还是有了一层薄薄的汗珠子。

张易飞不急,他谅一个小小何乾生也跑不到哪儿去,他想,只要他大部队一到,一个小小的团总还不乖乖的手到擒来。

两个抬滑竿的士兵早已汗流浃背,他们抬着滑竿,两肩换来换去。这抬滑竿有技巧的,要抬平稳,换肩时还不得晃动,还得让坐滑竿人感觉不到在换肩。须知滑竿前后横档是一根圆木,圆木重重地压在肩上,深入肉里,天长日久的,肩自然会磨出一层厚厚的茧子,只有肩生了茧子,抬着滑竿才不感觉到疼和重。瞧那横档,着肩的地方是一个椭圆,椭圆周围是一个由浅入深的黑圈,那是让汗浸润的,椭圆中心部位光滑滑的。

一换过肩,两个士兵就将帽子摘下来扇风。

张易飞的川剧哼得时断时续,不过唱腔还有点味儿,显然是听得多了,张易飞顺口就能哼几句。

前面是一上坡段。张易飞睁开眼,看前面路面有些陡,他又朝后望了一眼队伍,队伍拉得老长,落在最后面的掉到山脚下了。张易飞看见自己身后跟着这么长一溜队伍就笑了,他似乎觉得自己就是一将军了,他得停下来好好欣赏一番。

张易飞叫抬滑竿的两个士兵靠着大树停下来,说先歇歇,这个垭口有点风,等歇凉快了再爬那陡坡。

队伍听说要歇脚,执行力比什么都快。一人歇下来,众多人便歇下来,蹲着的,靠着的,坐着的,还有在草坪上躺着的,整支队伍说停就停了下来。

两个抬滑竿的士兵轻轻将滑竿放下地,张易飞从滑竿上站起来,走到路边,站在树荫下。这儿有风,还不小,凉快。

张易飞蹬上一块石头,看了一眼深沟,想,天天催老子抓共产党,我看这么个鬼地方穷地方哪有什么共产党?西路那群驴日的青年党,一天就喜欢无事找事,一群穷得衣服都穿不起的泥脚杆子能是地下党?他们那个样儿也可以当地下党？他们就知道闹，一天都在闹，妈的，一个个饿着肚皮闹，闹得出个啥子事来嘛。哼，叫我来抓，哪用得着我来抓嘛，随便派几个军警来抓不就行了吗？还用我来。哼，老子就是要慢慢去，老子想啥时候到，就啥时候到。这么个鬼地方，走也走不快，累得老子够呛。管他妈的，啥时走拢，就啥时候行动。

这伙士兵也走累了，他们平时从来没走过这么远的山路，这路虽然看起来宽，但是一路走下来，弯弯拐拐的，上坡下坎的，走几十里山路，不累才怪。

这伙士兵一歇下来，有的敞了衣服，凉风吹来，舒服极了，一个二个全都哈欠连天，好像犯了鸦片瘾一般。

歇凉快了。张易飞一挥手，说，出发。

队伍继续往坡上行进，这坡挺长的，队伍慢慢地向上爬。

走在最前面的几个士兵一爬上坡道，转过一个小山包，就见前面开始平坦起来。

几个士兵爬上坡来，就张开口长长地吐吸了一口气。前面有一个山崖，阳光在崖下折了折，空出一大片阴影来。几个士兵的眼睛适应了一下明晃晃的阳光，见崖下有一片阴凉处，便又想前去躲一下荫，等一等后面的队伍。

刚从明亮处看阴影，看不真切，一进入阴影里，几个士兵眼睛马上就亮了，他们看见崖壁下还睡有一个人，那人用草帽盖了脸。几个士兵刚想呵斥那人，却抬头看见那汉子头顶的岩石上有一幅用黑炭写的标语，那几个士兵马上意识到什么，都闭了口，仔细瞧那汉子，见他手指上还有黑炭灰染过的印迹。

一个士兵做了一个合围的手势。另外几个士兵于是呈半圆状向那汉子包抄过去。

几支枪抵住了那汉子，那汉子兀自未醒。

举起手来！举起手来！

几声大喝，那汉子从梦中被惊醒，他一手抓掉脸上草帽，睁眼一看，几支枪已经抵住自己胸口，便不再挣扎，乖乖地举起手。

站起身来，不准乱动，跟我们走。一个士兵喊道。

王大鼠全醒了，他已完全明白，自己遇上麻烦了，他知道争辩没用，他就在脑海中飞快地想怎么脱身，事实上，他已经无法脱身，他不知道这几个士兵身后还有一支队伍呢。

几个士兵现场抓住一个写标语的人，异常兴奋。

一个士兵见汉子老实地举起了手，便调转枪头，用枪托狠狠地砸向王大鼠的胸口，骂道，你个狗日的，太大胆了，青天白日居然敢在大路边上写标语。

另一个士兵说，走，见我们营长去。

几个士兵押着王大鼠往后走，王大鼠一见后面还有那么多士兵，心想，今日我命休也，不觉一下子面如土色。

张易飞听见前面依稀传来闹闹嚷嚷的声音，他叫抬滑竿的士兵停下，他走下滑竿往前走了两步，想要看个究竟。

这时，四个士兵已经押着一个黑脸汉子走过来。

张易飞忙问，怎么回事？

报告营座，我们抓到一个写标语的地下党。

张易飞哈哈大笑，说，好好，好好好，还没到金宝场就抓住一个地下党，好！妈的，太大胆了，给老子押到金宝场去关起。

张易飞兴奋得一脸绯红，他没想到在半路上就有意外收获。

张易飞对抬滑竿的两个士兵说，你们歇会儿，我走会儿路。

两个士兵也高兴，像放风的犯人一样，这山路也真他妈不好走，长官叫歇就歇，他们轻巧地扛着空滑竿，乐颠颠地跟着队伍走。

一有收获，队伍走得似乎比先前还快了些。

王大鼠五花大绑着，被士兵们押着往金宝场去了。

赵全英带着几个同学返回石匠岩。

回去时还很安静的大路上，此时多了一大队人，赵全英见是一支敌军部队，很是惊异，她再仔细一瞧，王大鼠被押在队伍最前面，绑得结结实实的。

究竟发生了什么事？赵全英飞快地在脑中转了几下，意识到出大问题了，这大股的敌人来西路不是好事，这王秘书怎么这么不小心，居然给抓住了呢？不行，不能再往前面走了，她得马上回去向罗书记报告。想到这，赵全英给几个同学说，我们抄小路，走近道，马上回学校，向罗老师报告情况。

很快，王大鼠被抓的消息传遍西区。

罗天照冷静地综合分析了情况，他猜到敌人不是路过，而是听到什么风声，来西路清乡的。很快，南充中心县委的情报也传递到了西区，证实了清乡的事实。

罗天照通知西区地下党停止一切活动，静观事态变化。

罗天照又派人通知龙泉团总何乾生，叫他赶快离开，据可靠情报称这次清乡就是由他上任团总后所做几件事引起的，敌人的目标就是他。

何乾生正在坡上挖地，得到罗天照的撤退通知后，马上丢了锄头，换上一件破衣衫，戴了顶烂草帽，悄然从小路神不知鬼不觉地奔戍都而去了。

罗天照又让赵全英通知支部委员在古墓开会。

遇到这么大的事，说实话，赵全英的心里还是有些打鼓，心脏跳得咚咚响。

赵全英故作轻松地沿着西溪河边走，她边走边观察，学校里的一切都与往常一样，一点瞧不出异样来，这异样其实来自于她内心，只不过她不自知罢了。她摸了摸眼皮，眼皮早不跳了，但她的心却跳得比早晨的眼皮跳得还快。

赵全英努力地平复了内心的害怕，确认周围没人，才拐进竹林，钻入古墓中。

古墓里，罗天照早来了，何朴树、何先昭也在。他们正研究分析王大鼠被捕后可能出现的情况。

罗天照说，王大鼠被捕，让我们处于一个非常被动的境地，这也是我们始料未及的。当然这次敌人来清乡，主要目的还不是抓王大鼠，他们要抓何乾生，结果阴差阳错，把王大鼠给抓住了。这王大鼠也是警惕性不高，麻痹大意，让我们西区陷入前所未有的危机。现在我们要做好最坏的准备，万一，我是说万一王大鼠经受不住敌人的严刑拷打，真的叛变了，我们应该如何应对？

赵全英紧抿着嘴，望着罗天照不说话，看得出她多少有些紧张。

我相信王大鼠能经得住拷打。何朴树说。

我们都相信这一点，但是我们还得做好充分准备，万一，我是说万一王大鼠叛变了呢？我们得有应对之策。罗天照说，我们得有这个准备，这是西区地下党目前面临的最大危局，我们不能掉以轻心，更不能存侥幸心理。

古墓里的气氛有些凝重，外面却月光如洗，平静得象没发生任何事情一样。

何朴树说，我们西区地下党基本上都是单线联系，比如赵全英在王大鼠的眼中充其量也就是一个进步学生而已，这一点不用担心。我最担心的是王大鼠作为秘书，他知道我们西区地下党的部分领导干部，万一他叛变了，供出西区地下党的上层组织机构，那对西区地下党可是一个非常危险的大事情，若如此，西区地下党势必招致最大的破坏。

赵全英早晨还同王大鼠一起刷标语，见王大鼠一被捕，便有些心慌意乱，尽管赵全英知道王大鼠还不十分了解赵全英的真实身份，但是赵全英一直在为西区地下党做事，从这一点上，王大鼠应该隐约知道赵全英可能是地下党，或者是有向共产党靠拢的倾向。所以赵全英一想到王大鼠被捕，就有些后怕，如果王大鼠真的变节，不仅她的处境危险，整个西区都有可能遭受重大损失。

现在讨论王大鼠是否变节还为时过早，做一个预防还是有必要的。据我分析和研判，王大鼠的入党介绍人是杜培心和王俊超。现如今，杜培心已调到自贡去了，敌人暂时还鞭长莫及。王俊超我们不用担心，因为他早已病故，官府是无法去追究一个死去的人的。现在我最担心的是如果王大鼠变节把介绍人杜培心咬出来，那也是有麻烦的，虽然杜培心远在自贡，但如果敌人将情报共享至自贡，那杜培心有可能直接被捕，至少他在自贡无法继续待下去了，又得隐名埋姓到其他地方为党工作了，南充他更是回不来的。何朴树继续分析道。

何先昭说，现在最危险的还要数赵全英同志，她与王大鼠一起刷标语，万一敌人严刑拷打，这王大鼠还不直接把赵全英作为同伙给供出来？所以现在我们要有预案，如果事情真如我们所想，那赵全英同志的事情我们就要想细一点儿，不能让赵全英也被抓进去。

何朴树说，对，这种情况是最有可能发生的，大家想一想，如果赵全英身份暴露，我们到底怎么办？

罗天照说，这一层我也想过，赵全英同志如果真的暴露，那我们就直接把她送到外地去继续读书。

罗天照说完，看了一眼赵全英，赵全英也望着他。

罗天照又说，不过，赵全英的身份王大鼠是不清楚的，今天赵全英与他一起去刷标语，也是以进步学生的身份让我给派去的，王大鼠也知道赵全英只是一个进步学生，仅此而已。不过，你们刚才所虑也不无道理，我们要相信同志，但也不能放松警惕，我们要充分相信王大鼠同志，希望他能够坚持到我们去营救他。当然，话又说回来，如果他真的意志不坚定，经不住考验，变了节，或者是充当了敌人的走狗，那我们就只有想出应对之法，转移有可能暴露的同志，保护组织，避免西区地下党再遭损失。如果王大鼠真的叛变，武工队要做好锄奸准备。

赵全英此时已不再那么慌乱，她咬着嘴唇，脸色仍然有些凝重，但是可以看出，她比刚才显得更加坚定了。的确，赵全英自从加入共产党后，还没有遇到过如此严峻的时刻。

罗天照说，同志们，西区最严峻的时刻到来了，敌人派了张易飞的部队到西区来清乡，从我们了解到的情况来看，敌人清乡有一定目标，但是好像目标又不是特别明确，因为敌人还没抓到西区地下党活动的明确证据，他们大概也是盲人摸象，瞎撞。就像今天王大鼠的被捕，我判断完全是一个意外，所以大家不用过于担心，也不要过于慌乱。现在何乾生已经顺利撤退到安全地方了。尽管何乾生当团总不久，但他作为一个地下党员，第一次掌握了西区地方政权，他所做之事在西路还是造成了很大影响。他不得已的撤退，是我们西区的一个损失。不过，留得青山在，不怕没柴烧。何乾生同志好歹在我们的掩护下顺利撤退，从某种意义上看，这也是一件好事情。对于敌人的这次清乡，我的看法是，俗话说得好，兵来将挡，水来土掩。我们自己要稳住阵脚，静观其变。关于王大鼠被捕的问题，我们要做出相应的预判，做出应对的措施。考验我们西区地下党的时刻到了，我相信没有过不去的坎，没有翻不过的山。所以大家仍然从容生活，像往常一样，一有情况，我会及时通知大家的。

王大鼠变节

王大鼠纯粹是张易飞在半路上捡的一个大漏,张易飞一抓住王大鼠,就如打了鸡血一样,把他的兴奋点给提了起来。

张易飞春风得意,满面红光,大声地叫来副官任炳东,吩咐道,任炳东,你先派几个精干的人悄悄摸进龙泉去,把团总何乾生给我抓住。注意,何乾生手下有几支破枪,不过,据我猜测,这几支破枪大概已无法使用了,都是平时用来吓唬老百姓的,不管如何,你们也还得注意点儿,莫给我丢脸。

任炳东立正,答道,是。转身领了几个兵,随他先行去龙泉场。

一到龙泉场,团总办公室空空如也,团总何乾生不见踪影,几支破枪丢在地上,团丁们也作鸟兽散了。

任炳东叫来场上一人问,那人说,今天没看见何乾生来。

任炳东又拦住一人问,何乾生在哪儿?

那人不知在哪儿听来了一点儿消息,对任炳东说,我听说何团总早已走人了。

走人了?往哪儿跑了?任炳东问。

那人摇了摇头说,我也是听说的,真不知道。

任炳东带着队伍在场上转了几圈,没有看见何乾生影子,问了无数人,得到的答复要么是不知道,要么就是说何乾生跑路了。

任炳东猜测这何乾生一定听到消息,早跑了,于是决定往回转,他要回金宝场,向张易飞报告抓捕何乾生失败。

报告营座,何乾生慑于您的威力,跑路了。任炳东说。

刚才还在兴头上的张易飞一听说何乾生跑路了，气不打一处来，对着任炳生吼道，跑了？跑哪儿了？你怎么不追？跑回来干什么？

任炳东说，营座，我们到了龙泉场，连何乾生的影子都不见，听老百姓说，何乾生早已闻风而逃，我们不知道往哪儿去追。

张易飞说，饭桶。老子专门来抓何乾生的，居然让他跑了。那老子清什么乡？嗯？

任炳东不敢说话，就在那儿站着，看着张易飞。

张易飞在原地转了几转，心中暗骂，这狗日的何乾生，这狗日的何乾生，他怎么知道我要来呢？他怎么知道我要抓他呢？

抬头见任炳东还站在原地，又问，那几个团丁呢？

任炳东说，也跑得不见人影了。

张易飞说，人跑了，枪械收缴上来没有？

任炳东说，收上来了。

张易飞说，这何乾生难道晓得老子要来，事先跑了？

任炳东说，营座，这何乾生可能一是慑于您的威力，二是他明白他所做之事不是一个团总应该做的事，所以怕您来追究，干脆跑路了。

张易飞摇了摇头，说，没有那么简单。

张易飞想了想，马上换了一副脸孔，说，这狗日的何乾生倒是识相，居然晓得老子要来，招呼都不打就跑路了。哈哈哈，跑了就跑了，反正老子也抓到了一个地下党，有收获的。

此时，金宝民团团总何坤玉带了几个团丁快步跑来见张易飞，他奔到张易飞面前，说，营座大驾光临，有失远迎，有失远迎。

张易飞说，何团总怎么现在才来，我都在场头上让风给吹凉了。

何坤玉马上赔着笑脸道，是卑职失职，有点儿小事牵扯，来迟了，请营座责罚。

张易飞说，前边带路。

何坤玉把张易飞引到三氏茶铺，对张易飞说，营座，金宝场就这个样子，只有请您屈就在这里住下了。

张易飞知道这个乡场，只有这家王氏茶铺客房还稍微好一点，也就没说什么，同意了。

何坤玉就将所有客房全部包下来。

何坤玉说，营座，先到茶楼上喝点茶，等老板将房间清理清理，再住进去。

张易飞说，好。在何坤玉引领下来到楼上，坐在原来周志瓜坐的那张茶桌上。

伙计早将泡好的茉莉花茶端上来，恭恭敬敬地轻放在张易飞面前。

王大鼠被绑了双手，吊在大厅二梁上，像鸭儿凫水。

一个用皮带狠劲抽打王大鼠的士兵，显然有些累了，坐在地上歇着，不一会儿又站起身，一把抓落头上有些歪斜的帽子，狠狠地丢在茶桌上，端起茶缸，猛灌一气，又在皮带上喷了一口水，再把皮带往王大鼠身上使劲抽打。

此时，张易飞喝完了茶，已经住进客房，他舒适地躺进一把已经有些年深的圈椅中，把两只脚放在前面一根短木凳子上。

啪啪声和惨叫声从楼下传来，张易飞听着很享受，很安逸。

王大鼠将嘴里的血吐在地上，他瞧了一眼皮开肉绽的身体，说，有种就给爷们来痛快点。

那个士兵见王大鼠还嘴硬，又甩了他几皮带。

王大鼠便闭了眼，任由敌人拷打。

楼下的皮带声一声接着一声，掩盖了越来越弱的惨叫声。

张易飞问通信兵，怎么还没审讯结果？

通信兵说，我去问问。

张易飞站起身来，说，不用你去，我自己去。

张易飞下楼来到审讯室，他见王大鼠昂着个头对拷打的士兵不屑一顾的样子就生气，说，给我狠狠地打，往死里打，直打到他开口为止。

张易飞说完，转身上楼去了。

自然，王大鼠又必须昏死过去一次。

审讯士兵将一盆水泼向王大鼠，王大鼠再次醒来，还是咬着牙不开腔。

时间已经过去一天了，审讯还是没有一点儿进展。

张易飞吩咐通信兵传令审讯室，说，让审讯的分组轮着来，审讯的可以睡，王大鼠不能睡，我看他能熬多久。

几个士兵抽打累了，早想轮着来，但因为之前一点儿也没审出口供来，他们不敢睡，不敢轮。

到了晚上，几个士兵轮流着睡，审讯的只要见着王大鼠一有睡的意思，马上又是一顿皮带招呼。皮带抽打在身上只是皮肉之苦，可是不让人睡觉却是致命的，这种精神折磨没有多少人能够承受。王大鼠没能眨上一下眼，没能睡上一小会儿，只要他眨下眼皮，那几个士兵就轮流拷打，这种折磨，几乎让他崩溃。

公鸡打鸣了，一夜过去，天蒙蒙亮，太阳从东边升起，一抹朝霞钻进了审讯室。

迷迷糊糊中，王大鼠感觉又是新的一天了。王大鼠身上的血迹已经结成硬壳，皮肤紧绷绷的。昨晚，这伙士兵对他轮番拷打，根本没给自己留一点睡的时间，天刚亮，连这伙士兵都疲了，他也刚想睡一会儿，一眨眼，又给一个士兵弄醒。

一个士兵打着哈欠，将自己的脸埋在洗脸盆里洗了洗，然后回屋去抓了一把盐撒在洗脸盆里，端起来就向三大鼠身上泼去。

瘢裂盐浸。

啊！王大鼠发出一声惨叫。

这个士兵又从桌上拿起一根筷子，走上前去捅王大鼠身上流血不止的伤疤，王大鼠又是一阵惨叫，那嘶哑的叫声在早晨的金宝场上传得很远很远，叫声凄惨，瘆人，个别刚打开的店铺，又悄悄地关上了。

那个歪戴着帽子的士兵小声嘀咕，都说地下党骨头硬，没想到如此硬。妈的，今天继续来，我倒要看看这共产党的骨头能硬到何时。

王大鼠累了，真累了，他干脆闭了眼，任由你拷打。

那个士兵想把帽子正正，结果更歪了，他见王大鼠轻蔑似的闭了眼，气不打一处来，跑过来又是一顿皮带抽打，边打边说，我叫你闭，我叫你闭。

王大鼠觉得好笑，我闭眼也惹了你？于是他张开眼，瞪了一眼那士兵。

那个士兵见王大鼠瞪自己，又是一顿抽打，说，你还敢瞪我？！我叫你瞪！

王大鼠又昏死过去。

一盆含盐冷水又泼过来，王大鼠醒了，他吐掉嘴角的血，再次瞪着那士兵。

这时，一个士兵押了一个人从木格窗前走过，王大鼠恰巧看见了。

是王大州，是王大州！他怎么被抓来了？

王大州是王大鼠曾经在七宝寺高小读书时同寝的同学。

隔壁传来一阵一阵惨叫。

王大鼠听得出，那是王大州的声音。

说实话，这王大鼠还算坚强，他熬过了敌人一天一夜的高强度拷打，也是不简单。此时，他不担心自己，反倒担心起隔壁受审的王大州来，他担心这王大州经不起拷打，因为王大鼠知道这王大州不是共产党。

果然，不一会儿，就有一个士兵来到王大鼠受审的屋内，对歪戴帽子的那个士兵耳语了一阵，又出去了。

歪帽子士兵提了皮带，在手里掂了掂，走近王大鼠身边，冷不丁猛一皮带抽到王大鼠已经结痂的伤口上，说，你嘴硬，我叫你嘴硬。

王大鼠猝不及防，事实上他已感觉不到痛了，他已麻木了，他似乎感觉到身上的皮肤在一层一层地脱落，就像窗外干枯了的树叶一样，在纷纷脱落。

隔壁王大州都指认你是共产党了，你还拒不承认，死扛个啥子？那歪帽子士兵对着王大鼠边打边说。

王大鼠实在没有力气说话了，他翻了翻眼睛，不想说话。此时窗外的太阳已经升得有些高了，阳光从窗格中射进来，有些刺眼，王大鼠又把眼睛闭上。

王大鼠内心明白，王大州绝对不是共产党员，也不是共青团员。王大州被抓，多半是受了他的连累，敌人把他同过寝室的人抓来，就是想坐实他是地下党。王大鼠隐隐有些不安，自己连累了一个好朋友，内心极为过意不去。同时他能确认，这王大州对自己的地下党身份也不确定，最多王大州觉得自己像一个地下党而已。记得王大州曾经问过自己是不是共产党，自己当场否定，王大州也没继续追问下去。从目前情况来看，这王大州能受住拷打的可能性太小，自己得做好打算，来应付这个即将到来的糟糕局面。

那个士兵哪里知道王大鼠心里的千回百转，他见王大鼠闭了眼，以为又昏过去了，端起一盆水又向王大鼠泼去。

王大鼠对敌人的抽打灌水等习惯性动作都麻木了，任你打就是，任你灌就是，他想他的，王大鼠想，看来不承认自己地下党身份不行了，敌人似乎已经知道他一些情况了，如果他不主动承认一些东西，敌人是不会善罢甘休的，如此审下去，说不定还会连累人，他打定主意，就只承认自己是地下党，至于其他人他决不供出，一口咬定地下党是单线联系，上线只交代一个人，杜培心是自己老师，绝不能供出，另一个入党介绍人已死了，说出去无妨，至于下线，打死都只说自己没发展下线。

主意打定，王大鼠惨笑一下，有气无力地对那个歪戴帽子的士兵说，不用再拷打了，我就是你们所说的共产党。

那个歪帽子士兵大喜过望，高兴得丢了皮带，一张脸红得像鸡冠，说，王大鼠，你这就对了嘛，识时务者为俊杰，良禽择木而栖。你只要把你知道的全说了，少受罪不说，张营座还会厚待你的，还少不了你的奖金，以后好好跟着党国干，有你吃香的喝辣的。边说边给王大鼠松了绑。

士兵让王大鼠在自己桌子对面的板凳上坐下来，准备拿纸笔记录。

名字。

王大鼠。

你是共产党？

嗯。

上线是谁？死了。

死了？

嗯。

谁？

王俊超。

怎么死的？

生病死的。

下线呢？

没有。

没有？

真没有。

那个歪帽子士兵原以为挖到一个金娃娃，想先审出来再交到上级去邀功，现在见问出的都是一些没有价值的东西，气就不打一处来，他摔了纸笔，说，打，给我继续打。

王大鼠闭了眼，心想，打吧，随你们怎么打，反正我拼了这条命得了。

张易飞在得知王大鼠招认自己是共产党员之后，也很高兴，从椅子上跳起来，当他听说王大鼠提供的口供没有任何价值时，又气得跌坐在椅子上，拍桌大骂，狗日的地下党都他妈的耍滑头，给我继续打，打到他再开口为止，我就不信了，他王大鼠硬是铁板一块。就算他是铁板一块，我也要用炉火把他熔化，用铁锤把他锤平。打，给我狠狠地打。

王大鼠又被吊起来拷打。

其实王大鼠还真的不晓得哪些人是地下党，被打得糊涂了，就胡乱地说了几个认识的人的名字，任清溪、何子树、贾照宇和赵模。哈哈哈，这也巧了，这几个人恰恰都是青年党党徒，但是张易飞不知道，张易飞见王大鼠又供出几个人来，马上叫人去把这几个人抓来。

可何坤玉知道呀，他凑近张易飞耳边说，你莫信王大鼠的话，他是给打糊涂了，乱指认的，这几个人不是地下党，是青年党呀。营座，这样子拷打不是办法，我建议把王大鼠押到七宝寺高小去，让他当场指认地下党。

张易飞说，乱指认，不可能吧。管他王大鼠说的是不是真的，先给我把王大鼠供出来的那几个人抓起来再说，我要拷问拷问。至于你说的把王大鼠押到七宝寺高小去指认地下党，我觉得行，就这么办。

一个连的兵押着王大鼠快速进入七宝寺高小内。

所有学生和老师都被集中在学校礼堂。

王大鼠被吊在礼堂二梁上。

张易飞叉了腰，站在台上，憋着一张红脸说，老师们，同学们，吊在台上的这个人认识吧，他叫王大鼠，是共产党，是地下党员，专门给政府搞破坏。大家看准了，王大鼠的下场，就是当地下党的下场，就是与政府作对的下场。他已经交代了，说七宝寺高小内有地下党。我就先不点名了，我希望这些地下党能够自行弃暗投明，站出来主动承认，只要主动承认了，就算有自首情节，自首是会从轻发落的，如果拒不承认，那就罪加一等。

张易飞说完，严厉地扫了一眼礼堂里的全体师生，又接着说，大家可想好了，是地下党的，都自觉站出来，我说话算数，一定从轻发落，若有重大立功表现的，我还会给予重奖。

礼堂里雀静无声。

张易飞见没有人在他的威逼利诱之下站出来，就示意士兵拷打王大鼠，王大鼠咬紧了牙关，硬扛着不吭声。

啪啪啪的声音在礼堂里响着。

罗天照站在老师队伍中，他身材高大，脸色冷峻，他已经做好牺牲的准备，他冷静地看着台上敌人的表演，不动声色。

罗天照内心在冷笑，他知道敌人已经黔驴技穷了，如果没有人站出来，敌人肯定就要采用现场指认的方式来威逼了，罗天照相信学校几个地下党，他们是不会屈服于敌人淫威的，不管敌人采取什么办法，都无法压垮这些共产党员的意志。

想用这种低劣的方法来抓地下党，做梦吧。罗天照在内心冷哼一声。

由于南充中心县委的情报来得很及时，罗天照在预判到敌人将来学校采取措施时，他就事先让赵全英和陈素清发动一些进步学生悄悄把学校里的所有进步标语全部铲掉，把一些进步书籍也全部藏匿起来。做好这一切后，罗天照又反复地想了几遍，发现没任何漏洞了，他才放心了。

昨天还有些慌乱的赵全英，现在也已镇定了，从容了，她真的还没见过如此多的敌人，要说她一个小姑娘，不害怕那绝对是哄人的。不过，当赵全英看到罗天照的镇定自若时，也不慌了。赵全英站在同学们中间，秀丽的脸庞上已经看不到一丝丝波澜。赵全英看了一眼人群中的罗天照老师，恰巧罗天照此时也向她看过来，罗天照对赵全英微笑了一下，赵全英抿了抿嘴，也给罗天照老师投去坚毅的目光，他们心有灵犀。

赵全英把身旁陈素清的手拉过来，紧紧地捏了捏，陈素清也回应了赵全英一捏，两姐妹手拉手肩并肩地靠在一起。

清乡前两天，何朴树已调岳池县任县委书记了。

吊在二梁上的王大鼠，脸色惨白，体无完肤，血顺着头发流了满脸，满身。

张易飞叫士兵暂停拷打，他转过身，面对全校师生，又大声训斥道，都给我听好了，我再说一遍，凡是共青团员和共产党员的，自己主动出来承认，如果拒不承认的，一旦被我们查出或者让王大鼠给指认出来，将罪加一等，严惩不贷。

张易飞站在礼堂台子上，俯视着操场上的全体师生，那双眼睛有若岩鹰在盯着村里的小鸡一般，露出了凶残的光，张易飞按着腰间盒子手枪，环绕着礼堂扫视了一圈。台下依然一片安静，没人站出来。

站在赵全英旁边的一个女学生被吓哭了，抽抽搭搭的，脚杆直打战，赵全英忙把女学生拉到自己身边，用手轻轻地拍着，小声安慰道，别怕，我们是学生，又没犯法，敌人是不会把我们怎么样的。

站在赵全英旁边的一个士兵拉响了枪栓，对赵全英大声喝道，不准说话，也不准哭。

等了半天，仍然没有一个人站出来。

张易飞不由火冒三丈，高声叫道，把王大鼠给我带下去。

此时，王大鼠已经无法走路了，他被两个士兵拖着，从师生前排走过。

王大鼠充血的眼睛怕触碰到师生们的眼睛，王大鼠的眼睛都有些灰了，就如瓦屋里漏出的昏黄灯光一样，灰蒙蒙的。

王大鼠看完第一排，又转到第二排。

张易飞一直在观察着王大鼠，他已经做好了准备，只要王大鼠目光有一点点变化，他就要吩咐士兵抓人。

王大鼠看到赵全英了，一扫而过。

王大鼠看到罗天照了，一扫而过。

王大鼠也看见何泽惠了，王大鼠也看见陈素清了，王大鼠也看见谢田文了，王大鼠也看见贾玉成了，王大鼠一一从师生们面前走过，目光呆滞，毫无表情，没有在任何人面前停留，也没有指认任何一个人。

王大鼠仿佛已经死了一样，他让士兵架着，像条木牛一样机械地在全校师生面前走过。

张易飞见王大鼠转了这么大一圈，还没有指认出一个人来，他马上叫士兵不要再往前走了，他几步上前，从一个士兵手中抢过枪，抡起枪托向王大鼠砸去。

妈的，滑头。我就不相信这里面一个地下党都没有。

王大鼠哼都没来得及哼一声，就倒在地上昏死过去了。

是的，王大鼠觉得好累好累，他好想睡一觉，他闭着眼睛一下子就昏睡过去了。

张易飞对士兵说，水，拿水来，给我用水淋醒。

一个士兵用水向王大鼠脸上泼去，王大鼠慢慢醒了，他实在不想醒过来，他就想这样死了算了。

张易飞见王大鼠动了动眼睛，又闭上了，便走上前去，用脚踢了一脚王大鼠，说，王大鼠，少给我装，我知道你是醒着的。

王大鼠缓缓睁开眼睛，睁开了那双满是血丝的眼睛，他看见了一个红魔张易飞，他看见了一个张牙舞爪的张易飞，他看见了一个气急败坏的张易飞，王大鼠的眼皮太重了，慢慢地又合上了，他太不想睁开了。

张易飞见在王大鼠这儿实在榨不出东西，就对士兵说，押回去。

指认地下党的闹剧草草收场。

王大鼠被押回金宝场后又被拷打了无数次，敌人还是没有从他嘴里再敲出任何有价值的情报。

张易飞已经对王大鼠失去了耐心，但他又不甘心就这样便宜了王大鼠，总得从王大鼠身上做点文章。想来想去，张易飞想到一招，如果让王大鼠公开悔过，宣布脱离共产党。这应该也算是一步狠棋，如果真成功了，我看对地下党也能造成不小的影响。

一想到这，张易飞对自己的聪明又有些得意。

张易飞给王大鼠摆了一桌酒席。王大鼠受了几天刑，身体虚弱得很，见了酒菜，也不客气，大嚼特嚼起来。

张易飞见有戏，就说，王大鼠，你现在是不是后悔当地下党了？

王大鼠只顾了吃，不点头，也没摇头。

张易飞又说，王大鼠，如果你后悔当地下党了，只要你诚心悔过，当着全金宝人面前忏悔，宣布脱离地下党，从此不与地下党产生任何瓜葛，我们就可以不追究你的刑事责任，可以放你回家，给你自由。

给你自由这一句话管用。王大鼠是听清楚了的，王大鼠点了点头，他不想再受刑了，他想只要不让他连累同志，又可以获得自由，自己悔一个过又算得了什么呢？

张易飞见王大鼠点头了，大喜过望，就叫人拿来纸笔。

王大鼠在纸上写下了悔过书，并声明脱离共产党，盖上了自己的手印。

这天，金宝场逢场。

王大鼠被押到了王氏茶楼上。

王大鼠站在二楼上，勾着头对街上赶场的人说，乡亲们，我后悔参加共产党，我宣布脱离共产党。

张易飞对王大鼠说，说得太简单了，不行，重来。

王大鼠说，说什么呢？

张易飞说，说深刻点，你当老师的，难道还不知道怎么说？

王大鼠这才又说，乡亲们，我后悔参加共产党，我宣布脱离共产党。请你们不要去听信共产党的花言巧语，加入地下党是误入歧途。我就是在听到人家把共产党说得天花乱坠，说共产党打土豪，分田地，要实现共产主义才上了圈套的，才走上迷途的，走上黑暗的道路的。我现在觉悟了，回头是岸，我一定改过自新，坚决脱离共产党。

软骨头，呸！

呸，呸，呸，还是老师呢，这点儿刑就受不了，就向敌人投降了。

街上的人听了，都摇着头，纷纷离开，各自赶场去了。

悔过完后，张易飞吩咐士兵把王大鼠押下去，王大鼠大喊，不是说放我自由吗？

放你？哪有那么便当，先押回南充再说吧。张易飞嘿嘿奸笑着。

王大鼠大骂，张易飞，你个大骗子，张易飞，你个大骗子。

放你？老子还没交差呢，等老子在报上登了你脱离共产党的启事后再放你，老子看你还敢不敢回到金宝场来。哈哈哈。张易飞大笑着说。

王大鼠变节的消息在西路传开了，王大鼠的变节影响极坏。

苏志、张恒久等青年党像过节一样兴奋。

没过多久，王大鼠的悔过书还真的在报上公开了。

罗天照在古墓召开会议，商议铲锄王大鼠的事情。在会上，大家对铲锄王大鼠的争议极大，有说王大鼠的公开悔过给地下党造成极坏影响，非锄奸不可，也有的说王大鼠虽然变了节，但是他的悔过情节区别于叛变，他没出卖同志，也没给西区地下党组织造成大破坏，更没有加入敌人组织，也没站在敌人一边与人民为敌，建议放他一马。

经过集体讨论，最后由罗天照拍板，对王大鼠的变节行为不以叛徒论，不作锄奸处理。

攻打民团

赵杰安一听说赵模被抓，马上跑去找张易飞，说，营座，抓错了，抓错了，赵模是我儿子，他绝对不是地下党呀。

张易飞坐在太师椅上，两手捧着一碗热气腾腾的茶，定定地看着赵杰安。几个团丁站在赵杰安身后，大气都不敢出。

张易飞说，你说抓错了就抓错了？嗯？

赵杰安说，营座，真的抓错了，那狗日的王大鼠就是一条疯狗，乱咬人。我们家赵模怎么可能是地下党嘛。

张易飞说，是不是还不能由你说了算，我要审一审才知道到底是不是。

赵杰安慌了，说，审不得呀，审不得呀，营座，我们家赵模可从没受过苦呀。

张易飞瞪了一眼赵杰安，你说不审就不审？这是地下党供出的同伙，不审行吗？现在哪个地下党脑壳上刻有字呢？嗯？

赵杰安大张了嘴，愣在那儿久久地说不出话来。俄尔，赵杰安才大哭道，营座呀，说谁是共党都行，我儿子怎么可能是共党呢？我儿赵模可是易县长的人呀，是青年党呀，他怎么可能是地下党呢？他怎么可能是地下党呢？您老就高抬贵手，放他一马吧。

张易飞想，易维进算个鸟，一个傀儡县长，要钱莫钱，要权莫权，想拿易县长来压我，没门，老子不吃这一套，老子有枪有炮的，他一个县长算什么？于是不再理赵杰安，放下茶碗，闭了眼睛，躺在圈椅上装睡。

看来，求张易飞放人是不可能的了。赵杰安想明白了，这张易飞明明知道赵模他们不是地下党，还坚持要审他们，明明就是想借此事来讹他们每家一些银子嘛。

赵杰安把任清溪、何子树和贾照宇的父母都找来，一起商量怎么办。

赵杰安说，这张易飞明明知道他们不是地下党，却不放人，摆明了是要讹我们一把，你们说怎么办吧。

几家人没有一个人有主意，全不知怎么办。

赵杰安见状，就说，现目前只有拿钱来消灾了。你们每家准备一笔款子，我去金宝场和龙泉场找青年党头目出具一张担保书，再去求求张易飞。

大家见只有如此了，于是各回各家准备款子去了。

赵杰安也去把担保书准备好。

四家人把款子汇于赵杰安一处，赵杰安提了款立即去找张易飞。

张易飞瞟了一眼桌上包袱，然后拿起担保书看。

良久，张易飞才说，赵团总，你怎么不先说清楚嘛，他们还真是青年党，冤枉他们了。副官，进来，把那几个人放了。

赵杰安暗骂道，妈的，先不说清楚，老子先已经说得够清楚了，没有见到钱，你的眼睛就睁不开，一见到钱了，什么事都解决了。

赵杰安领了赵模，对张易飞说，谢谢营座，谢谢营座。

夜深了，一条黑影窜入何德义家中。

屋外无月，但有天光，天光从篾笆墙透进来，勉强能够辨人。

黑影在何德义家中翻箱倒柜。

那条黑影没有蒙面。咦，这不是龙泉场李店山村的老师任庭江吗？

这就奇了怪了，任庭江怎么了？他可是老师呀，深更半夜往人家何德义屋里钻，还翻箱倒柜的，他要偷什么呢？

其实只要了解任庭江的人都知道，这任庭江虽然是老师，但知道他是青年党党徒的人也不少。他深更半夜往何德义家里钻，这何德义家又没美色，那自然就是其他方面的事了。

何德义又是何许人呢？何德义就是龙泉场上一农民，一个青年党党徒半夜往一个农民家钻，那这农民或许就不是简单一农民了。

是的，这里有故事。

原来，任庭江无意之中打听到何德义是地下党，而且还是龙泉支部的负责人。我的个乖乖，这可是条大鱼呀。这一情报让任庭江欣喜无比。

任庭江压抑住内心的欣喜，但他还是很稳重，捉贼拿赃，捉奸拿双。还是要等我拿到证据才能去告发何德义。正愁没证据的任庭江又打听到一条重要线索，说是何德义家中藏有一份重要文件，这重要文件是关于这个村的任秀全的入党材料，入党介绍人是任光大、任树清。哇，这才是一条真大鱼。嘿嘿，踏破铁鞋无觅处，得来全不费工夫。而且任庭江还打听清楚了，那份文件就藏在何德义家中装谷子的木柜里。

于是才有了任庭江乘着月黑风高夜潜入何德义家中翻箱倒柜的戏份。

原以为何德义家中就一个木柜，任庭江一翻进何德义家中就傻眼了，木柜有两个，到底是哪个呢？没办法，任庭江只得一个一个翻。打开第一个，没有。打开第二个，哈哈，找着了，那份文件正躺在谷堆上。任庭江把文件夹在腋下，悄悄从何德义家中退了出来。

第二天，何德义见家中米吃完了，就准备将柜中谷子撮出来挑到街上打成米。当他打开柜子时，发现柜中文件不翼而飞。文件到哪儿去了？何德义把柜子中谷子翻了几遍，都没找到那份文件。遭了，文件被偷。天，这文件可丢不得呀。丢了文件相当于丢了人头呀。这一吓，把何德义的魂都吓丢了。

何德义很快冷静下来。他知道问题严重性，这不仅是牵涉他个人的脑袋问题，还牵涉四个人的安危问题。

何德义马上通知任光大、任树清出外躲躲风头，看看情况再说。何德义怕刚入党的任秀全受不得惊下，就让她暂时先回婆家中和场住几天，观察事情的发展，再做定夺。

同时，何德义又把情况向中和场支部书记张四俊做了汇报。

张四俊冷静思考了一下，说，此事不小，一定是有人偷了你的文件，偷文件的目的很明显是要举报你，举报牵涉的几个人。如此看来，你们四个人已经暴露，所以现在必须马上转移，任秀全也不能在她婆家待了，也必须转移到安全地方。我看你们几个男人还好办，比较利落，任秀全是个女人，做事有些拖拖拉拉，加上她是新党员，警惕性不高，还有侥幸心理，这不行，必须先把她转移出去，而且必须快，赶在敌人来抓捕之前转移走。

话说这任庭江偷到文件，连夜就进了城。

一大早，那份文件就放在易维进桌上。

易维进拿起文件，翻了翻，不禁大喜过望，啪的一声摔在桌子上，连说，好，好，好，摸到几条大鱼。任庭江，你立了大功，我要好好奖赏你。

任庭江说，谢谢易县长。

易维进说，证据确凿，事不宜迟，马上抓人。

任庭江说，是的，县长，如果动作迟了，我怕那何德义一发现文件丢了，就要跑路的。

易维进说，嗯，马上抓人，一刻也不停，我马上派法警抓人。

易维进再次翻看了文件，不禁暗道，张易飞大部队出动，也没见搞出大名堂，这任庭江算是给我立了一个大功，这么容易就抓到四个人。好。来人。易维进朝门外大喊一声。

秘书推门进来，问，县长，什么事？

易维进说，马上传令四名法警跟随任庭江下乡捉人。

清澈的西溪河从中和场旁边蜿蜒流过，像一根玉带，紧紧地缠在中和场腰上，河水时急时缓，时深时浅。

宁可食无肉，不可居无竹。在中和场，无论单家，还是大院子，几乎家家屋前房后都种有竹。散落在一蓬蓬翠竹中的房舍，隐隐地从绿荫里露出角来，或者是冒出瓦顶来，显得幽深而又寂静，美，仿佛都是从画中长出来一般。

溪清，竹翠，虾肥，寂静。这是白鹭最喜欢的环境。白鹭是啥时候开始在中和场聚集的，没人说得清，人们只记得从记事时起，那些竹林里便早晚就有白鹭在栖息，而且越来越多。

四名法警赶到中和场，已时近上午十点了，中和场这天正逢场。

每天上午这个时候，正是白鹭归林的时候，白鹭一只只飞回来，落到竹尖上，越集越多，像雪，像冬天堆起的薄雪。绿叶与白鸟，对比异常强烈，仿佛那竹林会发光，发出耀眼的光。

张四俊正与几个农协会员在茶楼上喝茶。

上街赶场，有事便做事，无事便坐下来喝茶。坐在茶座上，不用担心没人来陪你喝茶，一个小小的中和场，你熟我熟的，逢场就打堆，一打堆就摆龙门阵，村言俚语的，有摆不完的龙门阵。只要没事，就坐茶楼喝茶。一坐下来，茶铺老板就给你泡一壶茶上来，大叶老茶，经得泡，有时泡一上午茶色都是浓的。茶一泡上，就掏出钱来，给了老板，找补的零钱一般不揣兜里，就压在茶碗下，下一个人来了，老板又给泡上一壶茶来，后来人便要掏荷包，前来人往往就高声说道，这不是零钱吗？莫掏了，下场你请我。后来人便不掏了，任由别人付账。是的，今天你请客，下一场别人又请你，你来我往的，大家也就不多推辞，谁买都一样。

每歇脚一只白鹭，竹林里便会躁动一番，白鹭们要么振个翅，要么呱呱呱地叫上几声，很是热闹，就如茶座上来了一位熟人，大家都忙着招呼快来喝茶快来喝茶一样。

蹬，蹬，蹬。吴荣哥急急忙忙地爬上茶楼来，他径直奔到张四俊面前，伸出一只手掌，盖在张四俊的耳朵上，对张四俊悄声说，老张，借一步说话。

吴荣哥虽是中和场的团总，他与张四俊却是亲戚，所以两人走得很近，只要民团一有事，他就要最先来与张四俊通个气。这吴荣哥虽然不是地下党，但他思想不封建，不保守，他对张四俊在农协搞事情，也睁只眼闭只眼。

两人迅速往场口上走，走到场口黄葛树下，吴荣哥见四周无人了，就对张四俊说，出事了，出事了。

张四俊说，出什么事了？

吴荣哥说，知道任秀全吧。

张四俊说，知道呀，认识呀，她不就是宝玉沟吴家的媳妇吗？怎么了？其实张四俊已经知道任秀全出事了，他已经提前做好了相应安排，这时只是明知故问。

吴荣哥说，老张，这事可是秘密呀，我来找你说这个事，也是冒了风险的，你听着就是了，莫外传，听过就了。

张四俊说，好呀，你说嘛。

吴荣哥说，我已得到消息，任秀全出案子了！县上已经派法警来街上捉人了。

呀，张四俊装出很吃惊的样子说，任秀全犯什么事了？居然惊动了县上的法警。你怎么知道的？

吴荣哥说，那四个法警已经在我办公室了嘛。所以我是先把他们稳着，让他们先抽上两口等等，我说白天捉人也许会惊动四周，你们只有四个人，万一老百姓来打帮锤怎么办？出了问题就不好向上面交代了。所以我建议他们躲在我办公室等天黑了才去捉人，保证一捉一个准儿。

张四俊知道抽两口就是抽鸦片的意思，他拍了拍吴荣哥的肩，说，你行呀，居然敢糊弄法警了。

吴荣哥嘿嘿笑道，你莫笑话我，我说的是实在话，万一白天捉人，真让人给围住了，那还就真不好办了，他们四个人哪里有法把人带得走嘛，带不走，我这团总还不负责？

张四俊说，嗯，理由很充分。张四俊明白吴荣哥的意思，吴荣哥也是怕在他的管辖范围内出地下党，他也怕担责，所以他事先向张四俊通风报信，如果能够把任秀全弄走了就好了，法警抓不到人，他也就没有责任了。

张四俊说，就是，这任秀全一个婆娘家家的，老老实实的，抓她搞啥子嘛。

吴荣哥摊了摊手，说，我也不知道。说完，转身就走了。

张四俊故意绕街上兜了一小圈，就往冯家祠奔，他要先确认一下给任秀全的撤退通知送到没有，这任秀全究竟撤退没有。他又一方面通知罗天照，通报了中和场的情况，要罗天照也来帮个忙，如果遇到意外，任秀全没有走脱，或者不幸被捕了，那就要组织武工队营救。

罗天照听说只来了四个法警，就说，四个人，好办。当即就答应了张四俊，并通知武工队队长何先昭作好救人准备。

且说张易飞这次清乡本来是要抓何乾生的，但是何乾生却提前跑路了，让他扑了一个空，在西路"扫荡"了几圈，连地下党影子都没搜到，不免有些气馁。

当然张易飞也不是没有收获，他还抓住了一个王大鼠。手里有了王大鼠，张易飞心稍安了些，他也可以回去交差了，不然空手而回，他的面子可没了。

张易飞命令士兵押着王大鼠准备回城，不继续清乡了。

部队刚一走出金宝场场口，张易飞突然想到一个问题，叫部队停下来。

众人不知其意，皆诧异，不知张营座葫芦里到底卖的是什么药，难道还要去捉谁？大家都疑惑地望着他。

张易飞翻身落下滑竿，他站在地上看了一下周围，吩咐身边一士兵说，部队往回转，通信兵，马上给我叫上金宝、中和的团总过来，龙泉的团总跑了，就把石马垭的团总赵杰安给我一起叫来。

通信兵答了一个是，转身跑开了。

眼看都要回城了，张易飞又叫回转去，士兵们都有些怨言，但只敢怒不敢言，大家都拖着软塌塌的步子往回走。

何坤玉、吴荣哥和赵杰安都先后赶到了王氏茶铺。

三人以为西路又出了什么事，都呆呆地望着张易飞不敢开腔。

张易飞见三位都到齐了，就说，我本来已经准备回城了，走到半路，突然想到一个事，所以又转回来，给大家布置一下。

众人都不知是啥事，还是直直地望着张易飞。

只听张易飞说，这几天我在西路转了个遍，我发现西路有个特点，就是岔路多，有时从一个垭口出发，可以通到几个场镇，现在不是有几个场镇的共产党活动非常猖獗吗，我突然想到一个办法，或许可以制住这些共产党。

搞了半天，原来回转来是为这事！

有什么法子？三人一起问。

张易飞有些得意，他看着三位团总，说，你们几个白长着个脑袋不想事，我只转一圈就想到了一法子，这法子，即可联保，也可联防。

那敢情好，那敢情好，三位团总附和着说。

张易飞说，不知你们听说过古战场上的烽火台没有？

何坤玉、吴荣哥和赵杰安不匀其葫芦里到底是上的什么眼药水，还是不敢答，只望着张易飞傻笑。

张易飞见大家不说话，更是得意，他说，你们就不知道了吧。告诉你们吧，烽火台就是古战场上，每隔不远要建一个哨台，敌军来了，就逐个点燃烽火台，前一个烽火台上的狼烟冒出来后，后一个烽火台就看见了，知道有敌军来了，也燃起烽火，这样一个一个地传下去，就像现在的电话一样，知道吧，是传递消息的。

三人使劲地点点头，说，知道了，明白了。

张易飞说，知道就好。我的意思是在西路建哨棚。

三人又疑问，啥子叫哨棚？

张易飞说，就是在每个山垭口或者是大路边的交叉处搭建一个哨棚，其作用与我刚才说的烽火台差不多。这个哨棚就是一个观察哨，每个观察哨中可以派三到七个人来看守，看守的职责就是，全天候盘问过往行人，凡发现可疑的，一律拘押。这哨棚是我自个儿的发明，我觉得哨棚建在高处，站得高，看得远，对各条大路上的张贴标语者，散发传单者都可监视到位。守哨棚的人一旦发现情况，就可下去抓人，拘到人就立即押往各乡公所。这个哨棚还可以防止那些泥脚杆子打堆堆碰头搞事情，如果一经发现打堆堆的现象，也要立即制止，报告并驱散。

吴荣哥暗想，张易飞这招真还有点毒，不过，他脸上未露任何声色。

何坤玉说，营座高明，我们马上去安排，争取短时间内在几个重要路口或垭口都搭建一个哨棚。

其他两位也连赞营座高明。

何坤玉和赵杰安也在心中暗自高兴，建哨棚，好呀，搭几个茅草棚子，花不了几个钱的,我们还可以借建哨棚向老百姓名正言顺地搞点摊派嘛,好,何乐而不为呢。因此他们几个都答应得异常爽快。

果然神速,没几天,西路几个大路口和山垭口上都搭起刺眼的哨棚。

几个法警好不容易才挨到天麻麻黑,天一黑,就让吴荣哥带领他们出发,前往任秀全婆家捉拿任秀全。

张四俊在场上转了一圈后,准确地得知任秀全并没从她婆家转移走,张四俊急得不行,看来只得见机行事了,他马上找到罗天照,请求让何先昭带领武工队同志支援,以备不测,他们先去吴家院子接任秀全转移,如果任秀全不走,那就只有强行带她离开了。

这任秀全也真是的,她说自己一个女人家,能转移到哪儿去呢?她还存有侥幸心理,说万一敌人没发现她呢?她说她躲在婆家,那伙人或许找不到她。她坚决不走,组织派去的人给她做了很多工作她才勉强答应,但她说即使要走也得准备准备,过了今夜才走。把几个急得。唉。

真没有料到敌人会来得如此之快,如果不是吴荣哥机智,稳住四个法警,任秀全早已给抓了起来。

入夜,何先昭带领十多个武工队员埋伏在任秀全婆家院子外,以应对意外发生。由于院子太大,武工队目标也大,所以武工队不敢进到院子去,他们就按约定向任秀全婆家打暗号,一次,二次,三次,暗号打过,仍不见任秀全出来。

吴天军,你进去看一下,问任秀全为何还不出来。何先昭叫来儿童团员吴天军,让他摸进院子。

吴天军人小,进进出出没人注意,他三转两转,很快就跑进任秀全婆家。

外面武工队在静静地等待任秀全出来。

没过多久,吴天军气呼呼地跑出来,跑到何先昭身边,说,队长,我本来是带着任秀全出来了的,但是任秀全走到半路,突然记起还有个包袱忘了拿,便不顾我的阻拦又跑回去拿包袱,结果让她老公发现,她老公死死拖住她,生死不让她走,我就只有自己跑出来了。你说咋办?

何先昭一拳捶在地上,叹息一声,说,罢了,来不及了,再等要出问题的,眼看几个法警马上就要进村了。

何先昭向后招一下手,他身后马上跟上来两个武工队员,何先昭说,你们两个,去把任秀全给我强行带出来。话音未落,却见院子里来了几个打着灯笼火把的人。不好，何先昭说，法警已经到了，来不及了。何先昭示意武工队员们先行凭借树影埋伏下，看情况再说。

那四个法警直奔任秀全婆家而去。

不一会儿，院子里传出男人、女人、老太婆的哭声，任秀全被几个法警押着出来了，后面跟着她老公，婆婆大概是给吓瘫了，没有跟出来。

何先昭轻声对身边武工队员说，看样子他们是往中和民团去的，我们在后面悄悄跟着，注意保持点距离。

不能与几个法警硬碰硬的。何先昭给武工队员发出命令。

近几天西区事情不断，地下党活动几乎销声匿迹。出了任秀全的事后，由于时间紧急，罗天照只叫人通知何先昭去解救任秀全，连去石马垭通知杨得园都没来得及，因此这支武工队的手里连一支枪都没有，全西区武工队就只杨得园有一支短枪。这支武工队全都手持大刀和长矛。为了减少牺牲，确保解救顺利成功，何先昭只得命令队伍不与法警硬碰，只能智取。

何先昭看法警押着任秀全往民团方向而去，心里就有了文章，只要他们去民团，那就有机会解救任秀全，如果他们直接将任秀全押回县城，那就有些麻烦了，就不好解救了。

何先昭叫来几个武工队员，和他们耳语一阵，大家分头行动，消失在茫茫夜色之中。

几条黑影迅速围住中和场民团。

不一会儿，一声呼哨尖啸地划破薄薄的夜色。

紧接着，无数条手电筒光上下左右乱舞，把民团照耀得如同白昼，瞧这气势，仿佛有无数人把民团围了个水泄不通。

四个法警押解着任秀全刚到民团坐下想喝口水，茶碗刚端到嘴边，猛然就看见屋外光电乱闪，呐喊声四起。

外面怎么了？是些什么人？他们要搞啥子？吴团总，吴团总。一个法警大声喊吴荣哥，没得到回应，他们才知道吴荣哥不知躲到什么地方去了。

几个法警见吴荣哥不在，更加慌神，在屋里不知所措。

手电筒光线还在屋外交叉乱舞。

院外，又传来一阵阵踢踢踏踏的跑步声，听得出，人不少，似乎把民团围了起来。

到底来了多少人？天，到底来了多少人哟？一个胆子稍大的法警隔着窗户往外望。

妈呀,只见院外人影幢幢,晃来晃去的。好多人哟!这些人是从哪儿钻出来的呢?怎么办呢?外面人太多了,而屋里只有我们四个人,硬搞肯定是搞不赢的,唉,跑吧。可四面都围起来了,又往哪儿跑呢?那个法警颓丧地坐在椅子上。

啪——啪啪啪,啪——啪啪啪。

民团外面传来震耳欲聋的一阵紧似一阵的枪声。

天,我们被武工队包围了,我们被武工队包围了。一个法警尖叫着,吓得钻到桌子底下,另一个法警躲在屋角蹲着,还有一个惊得在椅子上不知所措,剩下一个站在屋子中间发抖,那样子肯定是尿了裤子。

枪声在东边响了一阵,西边又响了起来,东西一停,南北两边又同时响起。

肯定是武工队!肯定是武工队!肯定是!一个法警醒悟了,对另一个说,肯定是武工队,遭了,我们今夜交代在这里了。

跑吧,跑吧,那女共产党我们管不了了,我们还是跑吧。

跑?往哪里跑?你没看见民团都被包围了吗?

那怎么办?

怎么办?等死呗!

天啦,我还不想死呀。

四个法警在屋里闹成一团。

一个法警想看看外面的情景,刚把前门打开一条缝,屋外火光冲天,他赶紧关上门,说,走不了啦,外面全是人。

我去看看有没有后门。一个法警边说,边向屋后跑去。

另外三个法警见前门无法出去,也都跟了那个法警往屋后跑,一跑到屋后,见有一后门,便都钻了出去,嘿嘿,后门没人守。跑吧,四个法警在夜色的掩护下,消失在暗夜里,逃之夭夭。

四个法警刚从后门溜出,就听到院外一声喊,冲啊!冲啊!

紧接着又是一阵喊,冲啊!冲啊!

武工队冲进民团,只见屋内静悄悄的,后门敞开着,那四个法警早已不见踪影。

何先昭见屋内没人,便有点焦急,对身边武工队员说,搜,看看任秀全被抓走没有?

我在这儿。任秀全听到一个声音在问自己,知道是来救自己的,便大声叫喊起来。

何先昭借了手电光,在屋角里找到了任秀全,只见任秀全双手被反绑着,蹲在屋角。何先昭一看到任秀全就完全放心了,只要任秀全在,他的任务就基本完成了。何先昭蹲下来把捆绑任秀全的绳子解开,拉起任秀全,交给另一个武工队员,说,好好保护,我去看看那几个法警跑哪儿了。

何先昭看了一眼屋后黑洞洞的后门,唉,让几个跑了,这黑天,恐怕是追不上了,于是又转回屋来。刚一回到屋内,何先昭就看到桌子上有一张纸,他拿起来一瞧,居然是罗列任秀全罪状的,他唰唰两下就撕掉了。

何先昭拿起笔,也在墙上写下:我们是红军,专杀贪官污吏、土豪劣绅!共产党万岁!苏维埃万岁!

何先昭环视了一下整个屋子,这几个大字特显眼,他满意极了。

何先昭又挥起大刀,一刀劈熄桌上马灯,对武工队员们说,撤!

火烧哨棚

天刚蒙蒙亮,赵全英打开房门,站在院坝头看天气。

一抹朝霞挂在东边,天空薄云丝丝,看样子是个大晴天,太阳应该很大。

那就早点儿出门去割牛草,不然迟了,太阳一钻出来,就会很热。赵全英想。

晏桂花起得比赵全英还早,她坐在灶前开始煮早饭了,晏桂花添了一把柴火,灶火便燃得更旺了,火光在她皱折很深的脸上明明暗暗的。

赵全英背了背篼,对着灶屋里喊,妈,我上坡割点牛草去了哈。

晏桂花打了一个哈欠,含混不清地应道,去——吧,割满一背就回,等会儿太阳大得很,割的草还没背回来就蔫了。

赵全英说,嗯。

赵全英悄悄从书包里取了标语,藏在背篼底,再在标语上面洒了几根草,勉强盖住。然后顺手取下篱笆墙上挂着的茅草刀,上坡去了。

昨天放学,赵全英就约好陈素清,今天一起去石马垭坡上割草贴标语。

赵全英从门前那条田埂经过,露水不时被碰落,或掉地上,裹上灰尘,瞬时不见了,有落到裤脚上的,一滴一滴地洇湿了她的裤脚边。

有薄薄的雾在漾,有炊烟在升,薄雾与炊烟不时缠结在一起,搭起一座雾桥。

时间尚早,这条弯弯曲曲的山路上还没有一个行人。

田埂边光秃秃的,草长出来一点儿就被割掉,草生长的速度赶不上割草的速度,草根在田埂上枯黄着,稀稀拉拉的。要想割到嫩草,得走远一些,到那些没有多少人去的大湾大沟里才有。

第二章　西路烽火

赵全英怕背篼里的标语露出来，边走边顺便割了一些草，丢进背篼中，总算把标语遮严实了。

转过一个小山梁，就见陈素清王坐在石马垭口一块石头上打着哈欠。

看见赵全英来了，陈素清伸了个懒腰说，你来迟了，我都割了一小背篼了。你先去割点，我休息一会儿，起得早了点儿，好困哟。

赵全英说，快点割哟，等会儿太阳大了，晒人得很。说着，就蹲下去割草了。

好吧，陈素清懒洋洋地站起来，在离赵全英不远的地方也蹲下来割草。

嘿，全英，看到没有？前面有一个草棚。陈素清边割草边说。

赵全英看了看远处的那座草棚一眼，见里面有人影在晃动，悄声说，那伙人起来得才早呢。素清，告诉你，那不是草棚，那是敌人刚刚建立起来的哨棚，用来监视地下党活动的。

陈素清说，我看不是他们起来得早，看他们的样子应该是睡都没睡，可能是轮流守着的。

赵全英前几天就瞧好了，要在这附近贴些标语，现在看来，贴不了了。

陈素清也看了看哨棚，说，贴不了了，怎么办？他们站得高，看得远，只要我们一贴，他们什么都看见了。

正当赵全英与陈素清在那儿嘀唎咕咕时，哨棚里的人就在哨棚里喊，嘿，嘿，嘿，你们两个在那儿搞啥子？过来，过来。

赵全英和陈素清站起来，没动，赵全英不慌不忙地说，我们没做啥，看到这儿草嫩，就想割点草回去喂牛，怎么了？

哨棚里又有几只黑脑袋伸出来，其中一个对着赵全英和陈素清喝道，没见这儿是禁区么？两个女娃子，赶快走，不准在这儿耍，更不能在这儿打堆。快走，快走，不然，我们就要把你们抓起来，以地下党论处。

赵全英与陈素清背起背篼又往草深的地方钻。

哨棚里的人又喊，不准在这儿割草，听不到还是怎么的？

赵全英和陈素清见在这儿割草都不行，只得离开。

赵全英和陈素清走了几个垭口，都见建有哨棚，她们只要一走近，里面的人就吆喝她们离开，不准逗留。

赵全英见标语无法贴了，对陈素清说，这哨棚的危害太大了，走，我们今天不能有任何行动了。

回去后，赵全英把见到的情况向罗天照说了，罗书记，这哨棚太可恶了，我们只要在哨棚的可视范围内，都不能有任何的行动，只要有一点小动作，他们都一览无余，马上出来制止。罗天照升任南充中心县委书记之后，赵全英在党内正式场合就不再称罗天照为老师，而是称罗书记了。

罗天照说，我已经得知西路各处山头、大路口都建有哨棚的事，白天夜晚全天候有人守卫，夜晚还点上大灯，灯火通明的，老远就看得见，一有人来往或是打堆，就有守卫前来盘问。这哨棚就相当于碉堡的性质，敌人这招太损了点，对地下党的活动造成了极大威胁，得想法搞掉这些哨棚。

那怎么搞掉呢？赵全英望着罗天照。

罗天照说，这事我们得研究一下。这样，全英，你马上去通知何先昭杨得园他们，仍然在古墓开会，商量搞掉敌人哨棚的事儿。

赵全英起身准备去通知何先昭和杨得园，又突然停了下来，她对罗天照说，罗书记，这搞掉哨棚的事，可不能少了我们妇女同志哟。

罗天照没有想到赵全英说出这样的话，他的确还真没有考虑到让赵全英也来参与搞掉哨棚的事，一时不知怎么回答她。

赵全英满怀期望地望着罗天照，说，罗书记，我们也可以承担一些任务的，到时你分派任务时考虑一下哈。

罗天照看赵全英跃跃欲试的样子，知道赵全英已经在革命活动的锻炼中逐渐成熟起来，他没表态，而是逗趣她说，你们小女生能干点啥呢？

赵全英说，罗书记，你不能说我是小女生，我马上十八岁了，我是成人了。你不能对我们妇女同志有偏见，不要小瞧我们，不少地方，我们并不会输给男同志。

罗天照说，开玩笑的，我从来没有小瞧过你们妇女同志。好吧，全英同志，如果有活动，我会尽量考虑让你们妇女同志参加。

赵全英说，罗书记，说话要算数，我等着你的安排。

罗天照说，记着的，去吧。

罗天照望着转身离开的赵全英，想，这个不满十八岁的女孩子已经成熟起来了，不仅在生理上成熟，思想和工作上也成熟了。是一棵好苗子。

罗天照望着赵全英越来越远的背影，呆呆地出了会儿神。自己当初的眼光还是准的，这女孩子不仅胆大心细，革命热情高，有着一股子的执着劲，更为难得的是她身上那一股蓬勃向上的有如澎湃的西溪河一样的青春活力，深深地吸引了罗天照。罗天照想，等革命胜利后，一定要把赵全英送到更高的学府去深造，这是一个可塑之才呀。

敌人强大，地下党弱小。这几天罗天照一直在思考着这个问题，武工队建立起来了，也开展过几次成功行动，但是建立武工队的初衷没能体现出来，特别是在面对敌人强大的武装时，武工队根本无法与之抗衡。省委对南充的游击战一直存有看法，说未能有效牵制住敌人，减轻敌人对通南巴的压力。这一点罗天照是承认的。罗天照也通过多种方式检讨过。罗天照想，看来建立一支强大的游击队组织开展游击战是必需的了。一想到这事，罗天照就头有些痛，到哪儿去弄枪支弹药呢？没有枪炮武工队不像武工队，斗争不像斗争，也产生不了多大的影响，更不要说牵制敌人了。罗天照一直纠结于有枪无枪的问题，没能从这个问题中走出来。唉，看来这次搞掉哨棚的事，也只有在无枪状态下进行了。

赵杰安就赵模一个儿子，赵杰安对儿子的婚事很头疼，都二十大几了，还没娶上媳妇儿。

你莫看这赵模结巴，他却一天尽盯着漂亮女生看，他先是看上了七宝寺高小女子班的易仙云，磨着父亲找人去提亲，易仙云的父母告诉他，对不起，小女易仙云已经被副县长收为二房了，吓得赵模不敢再去打易仙云主意。

其实易仙云哪里看得上赵模呢，说自己已许配给副县长只是一个托词而已。只此一说，就吓退赵模了。易仙云在七宝寺高小是校花级人物，她最先在端明女中读书时，就有不少的名贵来求亲，易仙云均以自己还小加以拒绝。何光烈也曾垂涎于易仙云美色，想要强行娶易仙云为妾，易仙云仍然不从，在南充中学学生会副干事任白戈的推荐下，易仙云转到七宝寺高小来读书，哪知又遇上赵模来纠缠。当后来赵模得知易仙云并没许配给副县长做妾时，又想再去纠缠，并抬出团总父亲赵杰安来压易仙云。易仙云只叹自己命苦，打算再次转学到成都去读书，可红颜薄命，还未成行，就因病而逝。

赵模在学校只是一个搞后勤的临时工，他却时常对外宣称自己是学校老师。赵模人长得丑，德行还臭，七宝寺高小的老师都知道，他不仅时常调戏女老师，还喜欢去女学生寝室外偷看女生换衣服。这样的人谁还敢嫁给他。

赵杰安是石马垭团总，想嫁给他儿子的女孩子自是不少，但赵模眼眶高，看不上人家，自己看上的，别人又不嫁给他。一来二去，赵模的婚事就耽搁下来。赵杰安也暗地里找金宝场上媒婆给赵模介绍过好几个对象，都因赵模牙齿地包天的长相而告吹。

赵模看上了美丽的赵全英，他回家硬缠着父亲去赵全英家说亲。

赵杰安把赵模大骂一顿，说，一笔写不出两个赵字，你好意思叫我去说这个亲？哪有同姓结婚的道理？你这是癞蛤蟆想吃天鹅肉，想婆娘想疯了。

可赵模不依，生死要娶赵全英，他才不管赵全英姓不姓赵。他对父亲说，他就是喜欢赵全英，别的人他还就不要。

赵杰安气得直顿脚，心想我怎么养了这么一个儿子，简直把我赵家的脸皮都臊完了。

不过，赵杰安气归气，他还是硬着头皮去赵全英家提亲。

在金宝场，赵属大姓，虽说是一条沟的人，但赵全英家与赵杰安家就不是一支人，没有血缘关系。在西路乃至在整个南充，同姓之间是忌讳通婚的。有不少人认为同姓就同宗，同宗就同一脉，一脉不能通婚。同姓通婚是要受人骂的，也是宗亲不会同意的。这种封建意识在西路根深蒂固。但是赵模不管这些，他不怕骂，他看上了赵全英，他真想娶赵全英回家当媳妇。

赵模先是找媒婆去说亲，媒婆一听说是同姓，马上就打退堂鼓，说给再多礼都不去，说那是犯浑的，招骂的，以后没有人会再找她当媒人了。

赵模见媒婆不顶事，还得找他父亲出马。

赵杰安为此气晕过几次，他哭骂自己上辈子造了孽。可一想到赵模是他独子，他又心软了，不能让赵家断后呀。擦干眼泪硬着头皮，赵杰安又去找媒婆，媒婆还是不去，媒婆说她提了一辈子亲，就没提过同姓人的亲，不去。

赵杰安只得厚了老脸，去赵全英家提亲。

赵志本那么本分老实的人在听了赵杰安话后，马上跳起来，说，赵杰安，你给我滚回去，这么丢人的事亏你想得出来，滚回去，我们赵家没有你这样的人。

赵杰安只得提了礼品狼狈地从赵全英家跑出来。他没想到，平时看起来老实巴交的赵志本居然那么犟，反应这么强烈，直接把他给撵了出来，一点面子都不给。赵杰安边走边恨恨地想，好你个赵志本，但愿你不要落到我手里，落在我手里，有你好看的，不信走着瞧。

赵全英放学回家，听说了此事，又气又急，说这赵模太过分了，我必须要去告诉罗天照老师。

赵全英跑回学校，把事情原委说与了罗天照。

罗天照深思了一会儿，说，我知道了，这事不能就此不了了之，不然这赵模不会善罢甘休的，我得敲敲赵模。

赵全英望着罗天照，说，罗老师，你一定要出面阻止赵模，让他死了这个心，我是永远不会嫁给赵模的，哪有赵姓人嫁给赵姓人的。

罗天照心想，此事不那么简单，这赵模是青年党党徒，他无缘无故喜欢赵全英，且两人都姓赵，这不是明摆着行不通吗？但是他还是要来纠缠，这里面是不是有名堂，是不是赵模已经对赵全英地下党身份有所怀疑呢？这不得不考虑，如果真这样，让这小子盯上了，就麻烦。不能让赵模再来纠缠赵全英了，这不仅仅是有关赵全英的幸福问题，而且还有关西区地下党的大事。罗天照想，找赵模谈话还得讲究点艺术，不然，引起赵模的反感。他再添油加醋地乱向县上反映西路的一些事情，就更麻烦了。

赵全英没想到罗天照会想得那么多，那么远，她涨着一张通红的脸望着罗天照，罗天照见赵全英急的，忙疼惜地说，全英，你放心，我不会不管的，赵模与我们不是同路人，赵模的心思是不可能得逞的。

赵全英见罗天照如此说，破涕笑了。她知道，以她一个小女子的力量，甚或是一个小家的力量是无法阻止赵模的痴心妄想的。她对罗天照是仰慕加爱慕的，在她心里一直有一个小小的愿望，今后一定要找一位像罗老师这样的男人去相伴终身。只是，在赵全英的心里，她不敢去奢求，罗天照在她心里是神圣的，她想只有等到她毕业后，等到革命胜利那一天，她才敢大胆去向她心爱的人表白，她要与她心爱的人一起去浪迹天涯，永远地相亲相爱。

夜，静谧，唯余虫鸣狗叫，令夜色显得空旷而又深远。

由于每个大路口和山垭口都建有哨棚，路上很难见到一个夜行人。

哨棚里灯火通明，若点上的鬼火一般。

一些家里有急事的，得去村保那儿开个路条才能上路，否则，没有路条，经过每一处哨棚都会被盘问一次。

赵全英很兴奋，罗天照终于同意姊妹会参加今晚行动了。

姊妹会是赵全英加入地下党之后在西区倡导成立的，她把几个村子的妇女联合起来，口号是反压迫，反男权主义，上一次痛打二领班时姊妹会的姐妹们都立了功，她们混在人群里，很隐秘地引导着群众有步骤地痛打了二领班周志瓜，自从那次行动之后，姊妹们都很兴奋，一直缠着赵全英要她带领她们参加活动。但是赵全英明白，哪些活动姊妹们是可以参加的，有些活动是不可能参加的。

罗天照考虑到今夜行动涉及面宽，正缺人手，所以赵全英一主动请缨，他就同意了。自从那天赵全英给罗天照汇报了哨棚之事后，罗天照就一直在思考搞掉哨棚之事，他召集何先昭、杨得园、赵全英在古墓研究分析了哨棚的情况，制订了详尽的实施方案。当然，这次行动最大的问题还是人手问题，罗天照在安排时有些捉襟见肘了，赵全英的提议正合他意，于是爽快答应了，所以他推翻了以前的行动方案，把姊妹会也纳入重要力量来考虑。

天还没黑，姊妹会的姐妹们就跑到赵全英家集中。

等天一黑，赵全英就带领姊妹会十六名妇女，拿了绳索和竹竿，悄悄地融入茫茫夜色之中，这些路，她们都是踩熟了的，眯着眼睛也不会迷路。平时赵全英带领她们贴标语、割猪草，跑遍了每一个山头，走过了每一条山路，连每一个蛮子洞她们都钻过。所以姊妹会的姐妹们东绕西绕，往指定地点中和场与金宝场交界处跑去。

赵全英掏出一袋锅烟墨，这锅烟墨是从煮饭的铁锅底下铲下来的，黏性强，黢黑。赵全英抓了一把先往自己脸上抹，然后再传给身后其他姐妹。

赵全英轻声说，每个人都要抹。

身后的陈素清有些迟疑，迟迟不下手，说，全英，可不可以不抹嘛，我怕锅烟墨太黑，洗不干净。

赵全英抢过口袋，说，不行。她抓了一把，就往陈素清脸上抹，陈素清想躲，没躲过，一张脸一下子就抹花了，陈素清露出一副哭相。

赵全英说，没出息，洗得掉的。

陈素清咬了咬牙，说，赵全英，你好狠。边说边抖抖索索地抓了一把锅烟墨往脸上抹，边抹边说，赵全英，你好狠。

这群姐妹中结了婚的居多，她们才不在乎，抓起锅烟墨就往脸上抹，几个没结婚的姊妹见陈素清都抹了，也就跟着抹了。

几个姊妹相互看，都笑，她们每个人都露着一张包公脸，笑声虽然压抑，但都笑了。

赵全英喊，陈素清，把衣服拿出来，一人一件。

陈素清掏出衣服，抖开一件，大家一看，见又是黑的，都不高兴，有人嘟哝着说，好难看，就像死人穿的寿衣一样，大家都畏缩着不肯接手。

赵全英说，怕个啥子哟，穿上，都穿上，又不是要你们出去比漂亮，怕啥子嘛。这夜里到处都是黑漆麻乌的，穿件黑衣正合适。

到底还是有大胆的，一个女人拿起衣服就穿，边穿边还大声打趣，老娘就要穿，老娘就要上山打虎。还做了个打虎的姿势。赵全英忙将手指放在嘴唇边，嘘了一声，说，大家轻声些，小心外面过兵。

一个女人听说外面过兵，吓了一跳，说，哪里？哪里？

赵全英笑笑说，开玩笑的，小声些，莫叫人听了去。

很快，十几个人把黑衣服换好，大家彼此一看，见所有人的脸都黑得认不出谁是谁来，身上又穿着黑衣服，黑不溜秋的，远远看去，还真像还魂鬼一样。

可以出发了吧？有人问。

别慌，还有道具。赵全英边说边拿出白纸和白布，分发给这些姐妹，她们看到这些白纸白布，免不了又是一阵小声议论。天，这不成了黑白双煞？

赵全英说，我的姑奶奶，叫你们小声些。都过来，把这些白纸和白布都给我绑在拿来的竹竿上。

绑在竹竿上做什么？有人问。

莫问那么多要得不？等会儿你就知道了。赵全英说。你们都把绑好的竹竿拿起我看看。

一群黑人，举着吊有白纸和白布的竿子，赵全英一看，不错，效果不错，她望了一眼队伍，轻声说，听好了，现在大家把头发都给我披散下来。

还要披头散发？有人发出疑问，但在疑问的同时，已经猜到了，她们今晚要扮鬼。

少问，跟我来，出发。赵全英说。

赵全英带着队伍埋伏在夏家垭口的哨棚外，她们能够清楚地听到哨棚里守卫喝酒猜拳的声音。

夜深了，夜露结成了珠子不时从树上掉下来。

赵全英小声对陈素清说，素清，让姐妹们再坚持一会儿，我们一定要按照罗书记的布置，等夜深人静了才动手，那时，哨棚里的守卫都疲劳了。

陈素清说，好，我马上一个一个向下传。全英，你看哨棚里那一伙人，不知他们还要喝多久？

赵全英说，管他们喝多久，喝得越久，他们就醉得越狠，那时，他们的警惕性就更加低些，不怕，我们等得走。

草丛中的蚊虫挺大个儿，嗡嗡地围着赵全英她们飞，叫，不时偷袭一嘴，这些山蚊子毒性大，一叮一个包。赵全英她们伏在地上，不敢用手拍，怕拍出声音来，实在忍不住了，就悄悄地用手抹，吸饱了血的山蚊子飞不动，一抹就肚破，血腥味特浓地飘出来。附近山蚊子闻了，又集中了飞来。

夜空中有一朵云飘过，赵全英感到天光一下子暗了，她见时机成熟，挥了

257

一下手，十多个姊妹一下站起来，捂了嘴，使劲发出惨叫声，怪叫声，大哭声，大笑声，呼哨声。

这些声音在寂静的夜晚传得很远很远。

哨棚里已经喝得醉醺醺的几个守卫一听到外面声音大作，便从竹篾门边伸出麻乎乎的脑袋来瞧，只见在若明若暗的惨淡天光下，哨棚周围晃动着无数的鬼影，清一色的黑衣打扮，有举着白色招魂幡的，有舞着白长袖的，有披头散发的，有拿着吊颈绳的，有大叫着要索守卫的命的。

天啦，鬼来了，天啦，鬼来了。

哨棚里的守卫哪里见过如此阵仗，全都惊叫着，哭爹叫娘着，跑的跑，爬的爬，没多久就消失得不见踪影。

一群软蛋。赵全英大笑。

陈素清看了看哨棚里狼藉的样子，说，真没想到这群软蛋跑得比兔子还快。

打扫战场，把刀片、梭镖、弹弓打成捆，一一扛走。赵全英吩咐大家道。

所有东西都从哨棚里扛出来了，赵全英便把手中火把丢向哨棚的顶棚，呼啦一下，火借风势，茅草哨棚马上就燃得噼里啪啦的，一股股熊熊烈火映红了半边天，很快哨棚便化为灰烬，除了一股股热浪外，天空也逐渐暗淡下来。

走。赵全英回头望了一眼烧成光架架的哨棚，转身与妇女们向龙泉场的另一所哨棚奔去。

从地理位置看，龙泉场、中和场、金宝场是呈三角形状分布的。

按罗天照的安排，赵全英带领的妇女小分队不能去烧石马垭口的那座哨棚，尽管赵全英她们非常熟悉那座哨棚，正是由于太熟，所以罗天照就特意安排她们去相对远一点的夏家垭口哨棚，这座哨棚的规模相对小一点，加上这座哨棚里的人对赵全英她们不熟悉，即使出现一点问题，也不容易被人认出来。

就在赵全英她们火烧夏家垭口哨棚的同时，在龙泉与金宝的另一条路上，也同时出现了一队人马。

领头的空着双手，背一把大刀，一看就是练家子。在他身后是一个腰挂盒子枪，也同样背负一把大刀的人。在他们俩身后，跟着一队青年人，每人身上也是大刀一把，大刀在黑夜里泛着幽光，这队人猫着腰急行，走小路，翻山岭，过山梁，潜伏到文官沟的哨棚外。

这领头的自然是武工队队长何先昭，挂盒子枪的不用说就是杨得园了。

第二章　西路烽火

文官沟哨棚是西路最大的一座，有九个守卫，实行三班倒，轮流看守。

何先昭与杨得园从侧面悄悄接近哨棚，哨棚里传来了划拳声，何先昭与杨得园从哨棚的草壁缝里望进去，九个守卫正围着桌子喝酒，满哨棚飘散着叶子烟味道。

何先昭见几个守卫已醉醺醺了，就准备招手让武工队跟上来。恰在这时，一个守卫大概是让尿憋急了，掀开草门帘就往哨棚下尿尿。守卫边尿尿，边睁开眼睛往哨棚下边看了一下。

妈呀。这守卫朦胧间看见哨棚下站着两个高大黑影，以为见着鬼了，便大叫一声，想提起裤子往回跑。

何先昭和杨得园见状，相互递了一个眼色，决定马上采取行动。

只见何先昭大手一伸，就把那个守卫拉下哨棚，交给跟上来的武工队员。

何先昭接着一个鹞子翻身，直接翻进了哨棚。

守卫的那声喊，惊动了哨棚里的人，马上有人就近想去抄墙角的马刀。

此时，那守卫只见眼前一闪，一个硕大的黑影呼地一下子就飞到他的跟前，他以为是天神下凡，一下子就瘫倒在地上了。

何先昭踢了一脚那个守卫，又用手指着哨棚里的每个人，大喊一声，全都给我不准动，原地不动，谁动就打死谁。

杨得园也是一个跳跃，跳上了哨棚，他环视了一下哨棚，也大喊一声，全都给我乖乖地听着，我们是西区武工队，武工队只惩治罪大恶极的反动派，对于被胁从的，我们放你们回家。杨得园的意思很明显，哨棚里这么多人，他要先稳住他们，防止狗急跳墙，一哄而上。

其实那些守卫哪里敢动，因为哨棚里每一个出口都站着年轻的武工队员，一个个手持大刀，口里都不停地大声呵斥，全都给我蹲着，抱着头，不准动。

原来是武工队。几个守卫总算清醒过来。

报告武工队爷爷，我们都是被团总给逼来的，如果不来，我们就要交钱，我们哪里有钱交嘛，只有来当这个守卫了。

只要不是存心与人民为敌，我们原谅你们，会放你们回家的。何先昭说。

一个守卫都尿裤子了，尿水从裤管顺着脚杆滴在哨棚木板上，再从木板缝里往地上滴。那守卫两脚一软，咚地跪了下来，连声道，爷爷饶命！爷爷饶命！

另几个守卫也跟着磕头如捣蒜。

都给我起来，以后不准再为虎作伥了，各人收拾东西回家。何先昭知道几个守卫都是庄稼汉，也是被逼无奈，所以他们一来，这几个守卫就立马缴械了。没有他们事先预想的那么激烈，他们以为这几个守卫还要反抗，结果他们都是屁蛋。

那几个守卫绝对是吓呆了，还在那儿哆哆嗦嗦地跪着不敢起来。

何先昭说，你们都给我听好了，我们今天只端哨棚，对于守卫，我们是会区别对待的，凡是负隅顽抗，不思悔改，死心塌地地跟着反动派走的，我们将对他们进行严惩。凡是愿意改过自新的，从此不与人民为敌的，武工队放其回家。

杨得园说，你们哪些愿意回家的，都站到一边去。

几个守卫见真的要放他们走了，就都站起来，立到一边，纷纷表示一定改过自新，坚决不与人民为敌了，不给敌人当守卫了。

何先昭说，你们先站着，等我们打扫完后，你们就各自回家吧。

何先昭对身边一名武工队员说，去打扫一下，把刀枪剑等收拾起走。

何先昭对几个守卫说，这下子你们可以走了。几个守卫呼地一下全消失在夜幕之中。

何先昭说，点哨棚。

此时，哨棚外面突然发出一声喊，武工队端哨棚了。

何先昭想，他妈的，我放他回家，他却死不改悔，何先昭对杨得园说，去，把那个叫嚷的家伙枪毙了。

杨得园朝发出声音的地方奔过去，随之就听到一声清脆的枪响。

何先昭把手中的火把扔向哨棚，武工队员也都把手中的火把扔向哨棚，大火顿时映红了夜空。

火光中，武工队员们抱在一块，欢快地跳着，笑着。

杨得园回来了，何先昭说，我们再刷点标语吧。

好的。武工队员们又忙上了。

在岩石上，大道旁，全都刷上标语：谁再守哨棚，谁就是敌人，我们坚决镇压！与人民作对，没有好下场！支援通南巴！

何先昭看了一眼标语，说了声，撤！

第二次「清乡」

仪陇传来好消息，红四方面军经过激战，取得胜利并建立了政权。

红军只用一个连的兵力从仪陇县城外的大小东山昼夜对县城进行袭扰，仪陇县城敌驻军摸不清情况，以为来了主力红军，惊恐万分，丢下县城仓皇地渡江西逃，红军轻松地占领了仪陇，红军总指挥部就设在仪陇老街上。

消息翻山越岭，很快就传到七宝寺高小内。

赵全英像一只蝴蝶，蹦蹦跳跳地飞跑来告诉罗天照。

罗天照也很高兴，他笑着说，嗯，我已经知道了。

罗天照还微笑着告诉赵全英，说，红军不仅在仪陇取得了胜利，建立了政权，红九军最近还在营山县城附近活动，也准备择时攻打营山县城，营山也将建立起一个红色苏维埃政权，南部升钟也正在筹划起义，这样，南充就形成了多足鼎立的革命大好形势。这对通南巴是一个很好的策应啦。全英，四川的革命形势一片大好哇。

赵全英听了自是兴奋极了，不自觉地拉起了罗天照的手，说，罗书记，我们眼看就要胜利了。

罗天照见周围有不少同学，便轻轻地挣脱了赵全英紧紧抓着的手，说，全英，不要盲目乐观，现在革命形势虽然很好，但是离中国劳苦大众的解放事业完全胜利还有着一段距离呢，现在还没有到庆祝的时候哇。特别是我们西区的形势现在不容乐观，敌人到处都布有眼线，反动部队还会来清乡，我们的地下党和武工队都还不很成熟。极个别地下党没能经受起革命的严峻考验，叛变了革命，我们还要做好长期斗争的准备呀！

赵全英见罗天照紧皱了眉头，目光深邃，便懂事地点点头。

红军在仪陇营山的胜利消息很快传遍校园，而且在整个西路都迅速传开了。

罗天照对此却有些忧心起来，他想这种兴奋情绪在校园和西路如此漫延，兴许会坏事的。西区的青年党众多，这些人成天就想无事找事，他们哪里能够见得你们如此亢奋呢？不行，得合理有序地引导这种情绪，现在还没有到高兴的时候，敌人随时都有可能要反扑的，青年党党徒们正愁摸不到西路地下党的踪迹呢。你这一亢奋，不是正好将自己暴露于敌人的眼皮之下吗？近来西路事多，已经引起县长易维进的极度恐慌，特别是火烧哨棚一事，易维进简直可以用暴跳如雷来形容，那张易飞听说哨棚被火烧后，更是火冒三丈，扬言马上要带部队清剿，他绝想不到由他亲自布置的哨棚在一夜之间就被烧了精光，这是他曾经引以为傲的独创发明啦，这是他布置在西路的防守土碉堡哇。张易飞在办公室里摔了茶碗，拍了桌子，他赌咒发誓要亲自抓获地下党。

杨森这几天心里也烦躁透顶。

红四方面军剑走偏锋，斜插一杠子，迂回跑到仪陇去打下县城，建立红色政权。本来通南巴就够他喝一壶的了，他的大部队全陷在那儿，反复进攻都攻不下来，到现在，通南巴的共产党是越剿越多。

现在仪陇这块看来顾不上了，因为杨森已经无兵可派。

易维进敲门进来，向杨森报告了西路火烧哨棚、攻打民团等一摊子烂事。

杨森没等易维进说完，就把易维进骂了一个狗血喷头，说，听着，你易维进，你给我管你妈几个烂泥脚杆子都管不住，我养你这一个县长有啥子用？

易维进愣愣地杵在那儿不敢再说话，等杨森骂够了，才敢灰溜溜地退出来。

易维进前脚离开，杨森就马上抓起电话要通了张易飞，说，张营长，你上次不是去西路清了一次乡吗？这个西路怎么越清越不安宁呢？

张易飞已经知道杨森所指何事，忙说，报告军座，我上次是去清了一次乡，也抓了一个地下党回来，可是这个地下党就像茅厕边的石头，又臭又硬的，除了供出个死人来，其他就没有供出一丁点儿有价值的东西了。我们也调查过，他上线真的死了，他又没发展下线，线索就此断了。

杨森说，这么一个废物，留着还有什么用？干脆枪毙得了。

张易飞说，好，军座，我马上执行你的决定，枪毙这个王大鼠。

可张易飞哪里知道，那王大鼠因为写过悔过书，在报上公开发布脱离共产党的信，他们已经把他给放了。这王大鼠也聪明，他知道敌人会醒悟过来的，如果等敌人一回过神来，一定会找他麻烦的，所以王大鼠一放出来，就马上跑路了，跑得不见踪影。后来，张易飞找不到王大鼠，就随便找了一个死刑犯枪毙了事。

杨森说，张营长，现在西路闹得太不像话了，我命令你，马上派人再去西路清乡。

张易飞啪地来了一个立正，答道，好。

陆续有一些情报反馈到张易飞案头上，张易飞的清乡终于有了一些眉目。

然而，形势并不容许张易飞慢条斯理地进行。

杨森的通南巴行动一再受挫，后院南充又不时起火，杨森见张易飞久不行动，便再次命令张易飞尽快行动，他不能让西路地下党有喘息之机，他不能让西路成为第二个通南巴，他要张易飞把西路的地下党彻底消灭在萌芽状态。

张易飞吸取了上次教训，不再盲目下去清乡了。

张易飞先是命令龙泉场团总任锡玉、金宝场团总何坤玉、中和场团总吴荣哥彻底清查火烧哨棚都是哪些人干的，攻打中和场民团又是哪些人干的，还要彻底清查弄死何富章的人，西路的标语都是由哪些人去贴的，另外，给我彻查西路督学何仲阶到底是不是共产党。

易维进也没有闲着，他给西路青年党布置任务，让他们马上协助几位团总行动，把西路的地下党武工队情况摸清、摸熟、摸透，不漏过任何的蛛丝马迹，不放过任何一点可疑的东西。

苏志得到易维进指示，马上乐颠颠地把赵模、何朗清、杨白华等青年党组织起来，给他们一一布置任务。

何乾生远走成都后，任锡玉终于逮着机会出任龙泉场团总了。

当初任锡玉在竞选团总时，曾信心满满，以为这个团总是手到擒来的事，以为稳操胜券了。不料，半路却杀出一个何乾生也来参加竞选，而且一举击败了他。何乾生当上了团总，这让任锡玉在龙泉场上很丢面子。因此任锡玉一直对何乾生耿耿于怀，怀恨在心。

任锡玉把这一切都归咎于西区督学何仲阶，认为是何乾生的父亲何仲阶在背后搞鬼，暗中支持何乾生，串通村民投何乾生的票，导致自己最终竞选失败。

何乾生当上了团总后，由于操之过急，做出了一些与一个乡团总职责不符的事，导致了敌人对他的怀疑。何乾生的共产党员身份暴露后，受到敌人追捕，这也因此让敌人对何仲阶产生怀疑，虽然何仲阶真心不是地下党，但是他客观上帮了地下党儿子的忙，而让儿子何乾生当上团总，掌握了乡镇政权，因此被怀疑为地下党也就不觉为怪了。

　　任锡玉正是抓住了这点，充分发挥了他的想象力，他认为何仲阶一方面掌握了西路的教育大权，还把地下党儿子推到团总位置，他这是要把西路变成共产党的天下呀。这任锡玉马上联合被何乾生从学校清退的张恒久向易维进告发，他们为了增加分量，还特地加了一条，说何仲阶还导演了游击队火烧哨棚一事。

　　乖乖的个娘，这事可就大了，了不得了。这场阴火扇成阳火了。易维进哪里听得这些，他是一县之长呀，又是川北青年党头目，他怎么能任由西路如此胡闹？易维进想，目前西路教育没有很好地得到控制，这绝对是何仲阶在从中作祟。易维进一直对何仲阶心存芥蒂，早想把何仲阶赶下台，让青年党党徒取而代之。搞掉何仲阶，这是一个绝好的机会。

　　阵仗真够大的，张易飞带领一营人浩浩荡荡地开往西路。
　　吸取前次教训，张易飞这次的目标很明确，先抓捕何仲阶，再理其他事儿。
　　何仲阶老家在龙泉的安乐院。
　　到安乐院，天刚拂晓。
　　张易飞先派一个先遣连长叫来安乐院的地保何步清。
　　这何步清也才刚刚睡醒，见是张易飞部队又到了，忙跟了连长来见张易飞。张易飞上次来西路，何步清只远远地看过，现在张易飞就在他眼面前了，心里有些发慌，又见张易飞带了大部队来，便更有些害怕。说，不知张营座大驾光临，有失远迎，有失远迎。
　　张易飞看着何步清，说，何保长，我们是来抓何仲阶的，你给我们带路。
　　何步清马上反应过来，连说，好好好，何仲阶家我知道，我在前边带路。
　　何步清在前，张易飞带领连长孙仲民在后，部队包围了何仲阶的家。
　　连长孙仲民前去敲门。
　　嘎吱一声，何仲阶一打开门，马上就被两个士兵按在地上。
　　为何抓我？何仲阶不认识张易飞，他朝那个军官模样的人问。
　　张易飞不回答，挥了一下手，叫士兵押走。
　　张易飞知道西路武工队有些厉害，攻打民团，救走地下党，没有他们不敢干的事。为防止有人来抢何仲阶，他命令部队押着何仲阶开拔到三会场，他要在三会场审问何仲阶。

张易飞见何仲阶温文尔雅的样子，有点怀疑这何仲阶怎么看都不像是策划火烧哨棚的人。

张易飞问何仲阶，何督学，你堂堂一党国任命的西路督学，怎么会加入地下党呢？

何仲阶说，哈哈，张营长，你太高看我了，我还没有资格加入地下党。

张易飞说，你说你不是地下党就不是地下党了？

何仲阶说，我当然不是地下党了，这一点可以肯定，不信你们去调查取证吧。

张易飞说，你就不要再狡辩了，有人举报你帮助武工队策划火烧哨棚。

何仲阶装着没听明白，他睁眼盯着张易飞，说，再说一遍，你说我策划火烧哨棚？

不是我说你策划火烧哨棚，而是有人举报你。

谁？谁说是我，叫他与我当面对质。

当面对质？我们要保护当事人。

何仲阶又是一阵阵哈哈大笑。他说，张营长，你说我像一个共产党吗？你看我像策划火烧哨棚的人吗？

张易飞看何仲阶的神情，他便真的有些怀疑那些情报的真实性了。一个半大老头子，看上去白白净净，年纪应该有五十多岁了吧？他左看右看，都觉得这何仲阶不像是地下党员。他高度怀疑这多半是易维进提供了假情报。但他还是不敢轻易放过何仲阶，他还要诈一诈何仲阶。说，不要心存侥幸，有人举报就是你干的。

何仲阶轻蔑地说，举报？是谁举报我？我还是那句话，让他来与我对质好了。我不想多作解释，因为解释都是无用的。

张易飞见何仲阶闭了眼，不再说话，一幅桀骜不驯的样子，就有些生气，心想，妈的，以为我没有证据我就不能抓人了？哼，老子今天就抓了，抓了老子还就不放了。就算你不是火烧哨棚的策划者，不是地下党，老子今天也抓了，抓了就抓了，只要抓在我手里了，就没有那么容易脱身的，你这督学又怎么了？我今天就要抓你这督学，反正杨森也知道这老头子是张澜推荐的，任梓勋都下台了，老子今天也把你弄下台。这易维进也是人精，他想让他的青年党在西路出头，想出这一挫来除掉何仲阶，老子今天就一并满足了他。张易飞已经猜到诬告何仲阶一定是易维进或青年党精心编织的谎言。

张易飞不想就这么算了，他还想在何仲阶的口里套点什么，他说，何督学，你这西路教育近段时间闹得有点凶，据反映，全都是地下党领着干的，你说说你这西路都有哪些是地下党，只要你说出一个两个的，我立马放了你。

何仲阶说，放不放我是你的事，张营长，你所说的，我都不知道。现在被你们抓了，你想怎么样，你就怎么样吧。

张易飞见何仲阶还在嘴硬，就说，何督学，你儿子是地下党，你肯定也是共产党了。

何仲阶见说到何乾生，便自知软了一脚，但他的确不是地下党，所以他也同样是嘴不饶人的了，说，张营长，我再次告诉你，我儿子是我儿子，他是不是共产党我不知道，但我知道我绝不是地下党，我就是一个督学，我只管教学，其他事情我真的不知道。说完，猛地咳嗽起来，咳得一张脸通红，咳得背都弓起来了。

何仲阶望着张易飞有气无力地说，营长，我有哮喘。

张易飞见何仲阶咳得脸上那痛苦的情形，知道这何仲阶真的身体有病，就停止了审问，让士兵看守起来，这何仲阶不能死，他是要抓回去交差。

张易飞再次找来三位团总，他要清乡，还得依靠团总。

张易飞说，三位团总，根据杨森军座的命令，我又来西路清乡，我希望你们给我提供一些有用的情报。

三位团总哪里有什么情报，他们面面相觑，不敢说话。

张易飞说，你们天天在西路，都给老子啥情报没有？老子老远从南充来，你们不提供情报，我找谁去？好好修建的哨棚一夜之间给烧了个精光，你们一个共产党都找不到，武工队明目张胆攻打民团，你们搞啥子去了？何富章一个好好的人就让武工队枪毙了，你们几个缩到哪个乌龟壳壳里去了？嗯？满坡遍街都是共党标语，你们也找不出人，我一来西路清乡，你们就给整出何仲阶这么一个半死不活的糟老头子，又有何用？我看老子这次清乡怕是又乱弹琴了，说不定连草都捞不到一根。

三个团总实在提供不了情报，就那么站在张易飞面前，不敢多言。

罗天照这几天一直在思考一个问题，敌人第二次来清乡了，看情形一次比一次厉害，说明敌人已经开始狗急跳墙了，他觉得必须将地下党的活动暂时由地上转入地下，等敌人一离开，立刻从地下转入地上进行，这样也能同时向群众表明地下党仍然在，并没有被敌人的淫威所吓倒。

罗天照叫来赵全英，让她通知何先昭、杨得园来古墓开会。

敌人又要来清乡了，所以现在西区地下党活动必须全部转入地下，这是我们西区地下党保存有生力量的一种需要，我们要让敌人的武装清乡一无所获，但是当敌人离开西区时，我们要抓住机会，将地下党的地下活动转入地上进行，我们要让敌人一点都不清净安宁，只要我们地下党一开展活动，老百姓就有了主心骨，他们也就不害怕了，同时我们又能牵住敌人的鼻子，配合策应通南巴的革命行动。罗天照说。

杨得园说，好，敌人来了，我们就转入地下，敌人一走，我们又出来活动，就是要搞得敌人不安宁。这次张易飞的清乡同样是仓促的，他没有什么情报，我预计张易飞这次同样弄不到任何的东西，不过，我们也不能太马虎，他们有枪，一定会像绿头苍蝇一样在各个村子乱转，搅得鸡飞狗跳的。张易飞第一次清乡只押回一个废人王大鼠，没有搞到一点儿线索，在西路是丢了大面子的，这一次，我们仍然要让他瞎子摸象，搞不到一点收获，灰溜溜地回南充。唉，苦于我们武工队手里没武器，收拾不了这伙狗日的。唉，要是有枪就好办了。

杨得园的两个唉字弄得大家一时都沉默了。

嗯，我们是该有枪了。武工队虽然搞了攻打民团和火烧哨棚两次大行动，而且还成功了，但我觉得我们赢的比较侥幸，原因当然是没枪，如果真有枪了，这些行动我想会更漂亮。我担心，如此一久，敌人就会摸透我们的招数，只要严加防范，我们要再搞一次漂亮的大行动可就有些难了。我最近一直在琢磨弄枪的事，其实我们可以把眼光放开一点，不要局限于我们附近。我仔细考察和分析了一下，觉得西路与西充交界处的大悲寺也许可以成为我们下一个目标，寺里新驻进来了一支保安部队，这支部队战斗力不强，只要我们策划好，可以智取的。如果成功，我们武工队就能增加三十多支枪。何先昭说。

罗天照说，何队长，咱俩想到一块儿了。我这几天也在注意大悲寺，这大悲寺的枪有三十多支，而守卫相对薄弱些，大悲寺还离我们不远，地界处于南充与西充交界，我们行动后便可迅速撤退回来，等敌人从西充县城闻讯赶来时，我们早就结束行动了。这是一个重大的军事行动，具体细节，我们再敲定。

何先昭对罗天照说，好，我先与杨得园同志研究一个具体方案，再交与你最后拍板。

赵全英对于自己上次带领姊妹会妇女成功火烧哨棚一事，到现在都有些兴奋，她见又有行动，便主动请缨，说，罗书记，今后不管有什么活动，一定不要忘记给我们姊妹会的姐妹们分派任务。你放心，我们一定会出色完成的。

罗天照看着赵全英说，全英同志，你知道这是一次什么行动吗？深入敌人巢穴夺枪，夺真的枪！是必然要有伤亡的，你们妇女参加，我不放心，不行，这次活动你们不能参加。

赵全英说，罗书记，革命有牺牲是正常的，我们姊妹会的姐妹们不怕的。夺枪又怎么了？请相信我们妇女一样能行的。

罗天照不是看不起妇女们，他是不想让妇女们参与这次有可能会造成流血的大事件。其实，罗天照还真的忽略已经逐渐成熟起来的赵全英了，他一直还在把赵全英当学生看，现在，罗天照瞧着赵全英，看她那自信满满的样子，罗天照说，我知道你们妇女同志能行，我也不是瞧不上你们妇女，你们在前几次行动中也表现得很好。罗天照略微思考一下，说，好，我们在制订行动计划时会考虑给你们安排一些任务的。

赵全英见罗天照同意她们参加行动了，高兴得差点儿跳起来。

罗天照说，今天组织大家开这个会议，原来主题是研究怎么样应对敌人清乡，结果大家却议出了一个以主动应对被动的行动方案，很好。有效地打击敌人就是应对敌人清乡的最有效手段。大悲寺夺枪是我们武工队下一步的重要的军事行动，既要震慑敌人，又能牵制敌人，还能应对清乡，一石多鸟。

杨得园说，行动方案我们马上制订。

不久，几个人影悄悄从古墓退出来，消失在夜幕之中。

大地一片皎洁。

张易飞又派人去何仲阶办公室和家里搜过几次，仍然没有搜到任何与地下党有关的东西。张易飞在心里骂着，妈的，这何仲阶看来还真不是地下党了。唉，这伙青年党都提供的是些啥子情报哟。何仲阶还准确地提供了自己未参与火烧哨棚的证据。看来，所有的情报都是西路几个青年党胡乱弄来糊弄易维进的，属于乱点鸳鸯谱。不审了，还审个啥子名堂哟？但是这何仲阶不能放，放了老子就说不清了，而且连一点清乡成果都没有了，不能放，坚决不能放。老子还得好好把这病秧子伺候好，死了都不行。

张易飞又分派部队到各乡毫无目的地去搜查了好几天，结果可想而知，什么都没有查到，也没有摸到一点儿有用的线索。

算了，他妈的，回去了。张易飞没办法，押着何仲阶回城了。

第二次清乡就这样草草结束。

张易飞想，幸好还拔掉了何仲阶，这也应算是功劳一件吧。杨森和易维进不是一直都想搞掉张澜推荐的何仲阶吗？我总算帮他们搞定了。哈哈。

何仲阶被张易飞关进了果山公园后面杨汉城旅部的监狱里。

大悲寺夺枪

当——当——当——

晚钟敲响，大悲寺悠远的钟声在山谷间回荡。

大悲寺坐落在西充县西碾乡境内长干山上，长干山大，绵延几十里，南充县与西充县各占了长干山的一部分。大悲寺香火旺，两县老百姓均喜欢在此礼佛，善男信女哪管这地域的概念，寺庙在长干山中，属于公共地带，礼佛进香不分彼此。

这大悲寺说来历史悠久。据记载，该寺始建于唐昭宗天复年间，寺内供奉有一尊高大的大慈大悲救苦救难观世音菩萨，故称大悲寺。寺庙有兴衰，屡建屡毁，屡毁屡建。该寺在明末曾被张献忠烧毁。清康熙十一年，重建大雄宝殿、观音殿、地藏殿、药师殿、天王殿及钟鼓二楼，客寮饭堂及碾磨房等殿堂。那时大悲寺规模庞大，气势恢宏，有庙田八十余亩，僧侣十余人。嘉庆年间因白莲教之乱，大悲寺再度惨遭火焚。光绪年间重建大悲寺，规模已大不如前。大悲寺因此逐渐沦为一座乡间普通寺庙。

一条大道直通往长干山顶之上的大悲寺，大道一头连着南充，一头通向西充，这条大道以前是官道，石板铺面，比较宽阔，大悲寺就如这一条大道上挽成的一个结，或者说是大悲寺向山下抛出了两条丝巾带，在山间飘逸。

石马垭口上那一条大道也连在这一条大道上。

安乐院就在大悲寺下面的南充县境内。

地下党安乐院支部设在安乐院，这里靠近西充县，属于几不管地带，安乐院党支部的活动在此非常活跃，影响也较大，标语时常贴到西充县境内去了。

西充县政府非常恐慌，深怕地下党往西充县境内渗透，因此年初西充县就调派了西充莲池乡的保安分队来大悲寺驻守，严防南充西路的地下党去西充县境内活动。

大悲寺一驻军，立刻就打破了寺庙的清修和秩序，所有和尚都被限制在有限范围内活动。

武工队最终选择在大悲寺夺枪，主要是考虑夺枪行动实施后，即使西充县政府得知大悲寺被袭而派队伍增援也需要一定时间，等增援部队到达后，武工队早已撤退了。

正午。大悲寺外。

何德明用袖子揩了揩额上汗水，觑了眼睛，望了望天空的烈日，将背上一捆柴火放在地上，坐在寺门口台阶上休息。

大悲寺没有了往日的香火，信众很少，显得有些冷清。

开觉和尚懒洋洋地在寺门前用大扫把扫地。

师父，讨口水喝。何德明对开觉和尚说。

何德明认识开觉和尚，他以前偶尔来寺里上香，但是开觉和尚不认识他。

开觉和尚已经有好几天没见过香客了，今天见一打柴人来讨水喝，也很开心，他丢下扫把，马上进庙里端了一碗温开水出来，递给何德明。

开觉和尚乘何德明喝水时，仔细看了他一眼，不认识这个人嘛，但他还是觉得何德明有些眼熟。他想，来寺里烧香的人多了去了，觉得面熟很正常，也就没有太在意。

谢谢开觉师父。何德明喝完，把碗递给开觉师父。

开觉师父问，你认识老衲？

何德明说，我当然认识大师了，我就住在寺下面的安乐院，时常来进香呢。

哦，我说怎么觉得你有点儿面熟呢。开觉师父对何德明说。

开觉大师，近来香火似乎不是很旺了哦。何德明说。

可不是嘛。开觉师父望了一眼寺内，说，看嘛，寺里来了军人，哪里还有人敢来烧香。

哦，真是的，这些人来干什么？何德明装着什么都不懂地问。

开觉和尚又回头望了一眼寺内，寺内传来阵阵赌钱的吆喝声。他摇摇头说，你看嘛，这一伙人一来庙里，什么都不干，一天就是赌钱，把一个清静的寺庙搞得乌烟瘴气。阿弥陀佛！唉，玷污了神灵，神灵会惩罚他们的。

对，这些人一定要遭报应的。清修之地，哪容亵渎。这些人一天无所事事，还赌钱，我不知道他们是怎么想的，难道县上派他们来赌钱的？他们就真的一天啥事没有？何德明也往寺里瞧了一眼，顺着开觉师父骂那伙赌钱的军人。

事？他们能有什么事？我听当官的说他们是来防地下党的，说不能让地下党去西充那边闹事，他们要把地下党堵在南充地界内。哼，我看他们哪里是来防地下党的，他们大概是怕地下党吧，一天躲在寺里，从不出去，我从来没看见他们出去过，除了外出采买伙食。

全都是饭桶，一天就知道吃饭，吃了饭又不干正事。哦，对了，他们每天几个人出去采买？何德明似乎随意地与开觉师父攀谈着。

开觉师父说，大概就五六个人出去买东西吧，我看他们每次都大袋小袋地搬回来不少东西哟。

大袋小袋的？那这个中队人不少吧？何德明擦了一下脸上汗水，不经意地往寺里望了一眼，说，他们一天就赌钱？啥事不干？

开觉师父说，可不是。开始还有人在寺外警戒，后来，见平安无事，索性连警戒都免了。

何德明说，也是，警戒个啥嘛，这地儿多平安，哪用得着警戒嘛。

他们在寺外聊着，寺内传来很大声的赌钱争吵声，整个寺庙显得闹哄哄的，一点儿也没有了往日那种庄严神圣了。

这伙人一天就是吃了赌，赌了吃，不做正事。听那当官的人说，每天开饭要坐四桌，要吃不少的菜呢。这开觉师父可能因近来不能清净地念经礼佛，牢骚特多，逮着个人就使劲地说。

何德明在心里快速地估算了一下，四桌饭，一张桌子一般坐八个人，那这个小分队人数应该在三十二人左右。何德明说，唉，你们这么小一座寺庙，一下子住进三十多人，好挤哟。

开觉大师说，可不是，简直挤得不得了。长官还规定我们不能在寺内寺外乱走动，不得随意出寺，还规定我们每天要给寺庙打扫卫生。

那这当官的太不守规矩了，他们住进那么多人，卫生还要你们来打扫，太过分了。何德明也有些愤愤不平。说，这当官的是哪个？

开觉师父左右看看，轻声说，队长姓廖，叫廖应奎，是小毛沟的人，他嫌寺庙住起不安逸，从来不在寺里住，每晚回小毛沟。

何德明知道小毛沟，离大悲寺不远，在山沟脚。何德明说，嘿嘿，这廖队长真会享受哟，他知道寺里寂寞，就想每晚回家与老婆子睡一起舒服些。

开觉师父是出家人，他不想听也不想说这有关男女方面的事，于是岔开话题，说，住久了，这些当兵的还生事，赌赢了高兴，赌输了就打架，搞得一寺乌烟瘴气的，不得安生。唉，造孽呀。

何德明说，佛门清修之地，哪容这些俗人来糟蹋，你们就该团结起来把他们撵走嘛。

开觉师父说，阿弥陀佛，出家人以慈悲为怀，是最讲究容忍的。况且，谁又有那么大的胆子，去与这些当兵油子计较，他们手中有枪哟。

何德明说，也是，出家人慈悲为怀。你们将他们那枪当成烧火棍就是。

开觉师父说，这伙士兵就是仗着手中有枪，不可一世。那可是货真价实的家伙呀，不是烧火棍的，子弹压得满满的，他们人手一支，那姓廖的队长和副队长杨中士腰里还插着手枪哟，洋得很。我那天打扫卫生，见他们屋里码了老高的子弹箱，都不知道有多少。

何德明吐了吐舌头，说，天，这么多枪。

开觉师父说，嗯，廖队长屋里还安了电话机，我长这么大，还从来没有见过电话机，你不知道，细细一根线居然可以把远方声音传过来，就像面对面说话一样，你说神奇不？

何德明呀了一声，说，真神奇。我也从来没见过那玩意儿。

开觉师父说，好玩，我有时就悄悄跑到廖队长屋外头听，只见他拿起电话机，对着话筒喂喂喂地与人讲话，瞧着很好玩的。

寺门口的台阶下，有一棵三个人都合抱不过来的大柏树，树枝伸到了寺庙顶，投下了一大片浓荫。大柏树上一只斑鸠在咕咕地叫着。何德明抬头一看，只见柏树尖尖上有一只鸟窝，鸟窝里说不定还有小斑鸠哩。

大师，我儿子病了，我想为儿子抽一签。这时，寺外走来一位提着香蜡纸钱的妇女，她一见开觉师父，就说。

开觉师父放下扫帚，对那位妇女说，施主，请吧。

何德明也乘机跟着开觉和尚和那位妇女进了寺。

左厢房是公安分队副队长杨中士的住房，挨着是猪圈、天王殿。右前面是厨房，接着是开觉师父的禅房，保安分队的营房，厨房和保安分队的住房各有一道门通外面，最后是大佛殿。何德明边走边默默记住了这些位置。

何德明在心里默念了一遍，记得差不多了，他不敢久留，就告别开觉师父往寺门口走，刚要出寺门，外面又来了两个熟人，何德明与这两个女人都比较熟，她们也是安乐院的人，何德明招呼她们说，赵二嫂任二嫂，你们也来烧香哈。

那个叫赵二嫂的叹了一口气，说，我是来给孩子求签问病的，我孩子都病几天了。

那个叫任二嫂的也幽幽地说，我也是来给孩子求签问病的，在半路上遇到了赵二嫂，就一同来了。

何德明说，那你们快去，我在外面等你们一起回。

那赵二嫂说，外面那么热，你也进来吧，等会儿我们问完了，一起回。

何德明说，那好，我与你们一起进去，有个啥子也好有个照应。于是便又随着两位妇女进了寺。

何德明一路走，一路观察，他再次确认并牢记了各个房间的布置和兵力部署。

在开觉师父的斋房前，何德明的后背让人猛拍了一下，只听那人说，何德明，你娃儿在这儿搞啥子？

何德明一时没听出是谁的声音，吓得不轻，以为自己暴露了，脸青面黑的，正寻思怎么应对。

你娃不认得我了？背后那人说着，又拍了何德明一下。

何德明转过身来，一下子认出了那人，哈哈，张召安，你在这儿当兵？

张召安拍了拍身上的军装，说，嘿嘿，你看像不像？

这张召安是何德明小时候的伙伴。

何德明说，像，像，太像了，没想到你娃儿一穿上这身皮，真还有点神气哒。

张召安又拍了拍自己胸口上的口袋说，神气吧。

何德明再次恭维说，神气！

张召安说，没想到在这儿遇到你，你来这儿搞啥？

不搞啥，我在寺外遇到村子里的两位妇女来寺里求签问病，她们叫我等她们一起回村，她们说外面热，叫我进来凉快些，所以我就进来了，没想到碰上了你。何德明说。

张召安开玩笑说，你带两个妇女来？

何德明说，你莫乱说，我是真碰见，同村子的。你娃一天净想些什么哟。

张召安也跟着打哈哈，说，你娃给我装假正经，我看那两个妇女不错，你娃艳福不浅嘛。

何德明说，我看你娃是当兵当久了，见了母猪都想牵回到你家床上去哦。

张召安说，不开玩笑了，好久不见面了，你现在还好吧？

何德明说，好不好都那样，你娃呢？怎么在这儿当起兵来了？何德明还真不知道张召安在这儿当兵。

张召安说，在哪儿当兵都是当兵，都是混口饭吃，再说在这儿当兵安逸嘛，没有仗打，天天吃了饭还可赌钱，安逸，真安逸。

何德明说，张召安，你娃今天手气如何嘛，你赌钱，怎么跑到外头来了？

张召安说，妈的，手气好，运气霉，老子前几天手气背，不叫我外出办事，老子今天手气正好时，杨中士那龟儿子却叫我去西充莲花池办个事，你说这是啥运气？硬是断了老子的财路。

何德明说，我看不见得吧，也许杨队长是保护你，叫你赢了钱就走，莫要紧留在桌子上赌。说不定再赌一会儿，你那点老本又要输出去了哟。

何德明说，算了，想开点，赢了就对了，今天你反正是已经赢定了嘛，钱钱揣在包包里头稳当些。哦，啥子事嘛这么重要？硬要你这个时候去办？

张召安说，还不是那几爷子觉得在寺里待久了，晚上寂寞不好耍，一听说莲花池今天晚上有一场观音戏，就硬逼着我去给他们几爷子买票。

何德明一听说是看戏，就装出很羡慕的神情对张召安说，有戏看多安逸哟，能不能给我搞一张票？明知是不可能的，何德明也要装得像一点。

张召安说，不得行，票是有数的，我们一共三十二个人，只能买二十张票，多一张都莫得，还得留十来个人守寺。

何德明说，张召安，你娃就不够朋友了，亏得我们还是儿时伙伴，一张票都舍不得。

张召安说，何德明，不是我舍不得，是我真没办法，这里不是我说了算。

何德明郁郁地说，那算了，我知道你也当不了家。好，我也不耽搁你了，你去买票吧，我等她们两位求完签问好病后就回村了。

好的，再见。张召安拍了拍何德明的肩，吹着口哨走了。

放学回家，赵全英就一直在心里思考着如何组织姊妹会参加今晚的夺枪行动。

吃过晚饭，赵全英悄悄将姊妹会集中在她家院坝里。

赵全英说，姐妹们，今晚我们有一个行动，配合武工队去大悲寺夺枪。

啊？夺枪？队伍里有人发出惊讶的声音。

赵全英说,对,就是夺枪!但是我们不是直接参与夺枪,而是配合武工队夺枪。

这一批姐妹中有胆大的,一听说不直接参与就有些气馁,说凭啥瞧不起我们妇女,男人敢干的事,我们怕个啥,我们也可以参加夺枪的。队伍一阵哄笑。

也有一些胆子小的,听说不直接参与,并不觉得遗憾,她们说,天,要真正让我们去夺枪,我还真不敢。

一时间,姐妹们闹嚷嚷的。

赵全英见吵嚷得有些过分,说,姐妹们,小声些。听好了,今晚行动有分工,不是谁想干啥就干啥,今晚我们只是配合,配合懂吗?武工队的夺枪行动需要我们站岗放哨。

有一个姐妹接嘴道,哦,原来如此,那我们不怕了。

另有一个姐妹说,武工队就是瞧不起我们妇女,是怕我们拖后腿吗?我们不怕的,我们也想去夺枪!

另一个姐妹笑着说,莫喊哟,小声点。枪枪枪,你想要枪吗?这个姐妹言语之中的枪与真枪的意思或许有区别,个别姐妹或许听出来了,队伍里又发出一阵嬉笑。

赵全英马上做出噤声的手势,说,不要吵了,我们按布置的分工做事,只要能确保夺枪成功,我们做什么并不重要。请记住,为了夺枪成功,无论要我们做什么,我们都必须认真执行,只要做好了,我们照样立功。

姐妹们听说不直接参与夺枪都可以立功,脸上笑开了花,说,要得,要得。

接着赵全英给每位姐妹分派工作,姐妹们都点点头,然后各自为自己的工作准备去了。

夜幕缓缓降临,赵全英带领姐妹们消失在茫茫夜色之中。

长干山的夜有些冷。

俄而,有一两声轻微的虫鸣打破夜的寂静。

赵紫群跟着赵全英一前一后往大悲寺的路口赶,她们寻找到一处隐蔽之所,埋伏了下来。这个位置离大悲寺最近。

陈素清带领另一位姐妹在离赵全英她们稍远一点的另一个路口埋伏下来。

其他五组姐妹也以两两为单位,在其他几条通往大悲寺的路口分别埋伏下来。

每组保持有一定距离，但能相互呼应。

真凉，夜气早早降下来，凝成一滴一滴细小露珠，落到草丛里，落到人身上。

赵全英为了行动方便，只穿了一件衣服，一滴露珠滴到她脖子上，她不禁打了一个寒战，她有些担心姐妹们是否吃得消，她回望了一下赵紫群，薄薄夜色之中，赵紫群也在抹头发，她知道肯定是露珠掉她头上了，或者是被蚊虫叮咬了。

赵全英能够想象到其他路口的姐妹们肯定也跟她们这儿情况差不多，有好几个姐妹是第一次参加如此大的行动，内心难免有些害怕，但她相信她们能够出色地完成任务。

时间在缓慢消失，大悲寺方向还没有传来任何消息和响动。

赵全英静静地伏着，她们除了等，还是等，守和等，是她们的任务，她眼睛死死地盯着路上动静，不敢有丝毫放松。

通往大悲寺的大道在夜色中呈灰白色，夜路上没人来往。

夜静得有些可怕，赵全英趴在草丛中，兴奋劲儿一过，她就觉得有些疲倦，眼皮直打架。赵全英努力地睁了眼，用手掐眼，提醒自己不能睡。

踏，踏，踏，突然，前面大道上传来人的脚步声。

赵全英定睛一看，是两个担着挑子走夜路的人，扁担在两人肩上节奏一致地悠悠颤动。赵全英马上恢复精神，她对不远处的赵紫群发了一个不管的手势，赵紫群也回了一个手势。那两人挑着担子从她们面前走过，直到远了，路上又恢复寂静。

草丛中虫子的叫声是催眠曲，瞌睡又要来了。赵全英觉得这样不行。她悄悄从草丛中站起来，靠近赵紫群轻声说，紫群，为了防止大家睡着，我们实行传哨。

赵紫群说，怎么个传哨法？

赵全英说，就像现在，我来给你说一声平安，你再悄悄地去下一个路口，给她们传递这个平安信息，下一个路口又派一个人向再下一个路口传递平安信息，依此类推，然后再按此办法回传回来，这样就不容易睡觉了。

赵紫群说，好，这个办法好。

何德明那天从大悲寺回来就详细将寺内情况向武工队队长何先昭进行了汇报，何先昭又向罗天照进行了汇报。然后，罗天照又与何先昭、杨得园仔细地拟定一个大悲寺夺枪方案，行动定于今天晚上。

行动由何先昭指挥。

赵全英她们姊妹会负责具体的放哨任务。

大悲寺里的敌人较多，光凭武工队一支手枪，力量显然不够，胜算不大，为确保成功，何先昭经请求罗天照，争取去请外援来支持这次行动。

请谁呢？罗天照认为西路离蓬溪最近，他觉得请中共蓬溪县委来支持比较现实。于是罗天照亲自去蓬溪争取，中共蓬溪县委在听了罗天照想法后，非常支持此事。

当时中共蓬溪县委地下党活动也非常活跃。早在一九二九年，邝继勋就在蓬溪建立了四川第一个县级红色苏维埃政府，影响非常大。

蓬溪县委派了一支十二人的队伍来参加此次活动，由队长蒋述法带队，副队长叫屈双泉，这支队任有八支手枪，其余的全是大刀与长矛。对于这次夺枪行动，这些武器已经足够了。

天一黑下来，武工队就在长干山下的拱桥边与蓬溪派来的游击队会合。蓬溪游击队员们不熟悉路线，蒋述法提出将两支队伍合并在一起，由西区武工队统一指挥和行动，何先昭认为可行，两支队伍合起来的人数，居然与大悲寺里的公安小分队的人数一模一样，共三十二人。队伍分成两组，一组由何先昭带领蒋述法、何德明等十四人从前门进庙夺取枪支弹药，另一组由杨得园、何正昭、何德义、屈双泉等十八人将寺院包围，分兵守住保安分队住房和厨房的两个门，并约定今晚行动口号是：前进。

两支队伍分别选择小路从拱桥后面的西南山脚下绕道西充境内，再去大悲寺后的土地庙内集中后再分散行动。

何先昭手持一支手枪，带领一小分队从土地庙左侧山腰坟地爬到大悲寺前那棵大柏树下。

大悲寺里灯火通明，人声嘈杂。

何先昭问何德明，你不是说有二十人去看戏了吗。怎么寺里还有这么多人？

何德明说，我也不知道呀，张召安明明说有二十人要去看戏的。不忙，我们先听先看一下再说。

拿饭来。这是副队长杨中士的声音。这小子没去看戏，他大概在叫厨房送饭了。

何先昭悄声问何德明，他们去看戏的消息准确不？

何德明说，张召安亲口对我说要去看戏，这没问题。不过为了稳妥起见，我先去寺里打探一下，寺里我有熟人，我又多次去过寺里，遇到情况我能应付。

何先昭说，那行，小心为妙。

何德明从树荫里走出，大摇大摆地从寺门正门进去。

大悲寺晚上还是放了哨兵的。

哨兵见有人大晚上还进寺，便拉了枪栓，大声质问，干什么的？

寺内灯火照到那个哨兵脸上，何德明认识那个哨兵，他大声说，文锡和，连我你都不认识了？这文锡和是本地人，何德明认识他，他也认识何德明。

是你哟，何德明，大半夜的，你来寺里干啥子？文锡和在明处，他使劲地挤了挤眼睛，才看清是何德明，便放下枪。

哈哈，文锡和，你这大悲寺不准人晚上进来？何德明边说边往寺里走。

何德明，你有事莫事不要进来，现在大悲寺是军事重地，你半夜跑进来干啥子嘛，不要进来，队长走时已经交代了，任何闲杂人等都不能靠近寺庙。我们是熟人，我不为难你，你走吧，不要进来。文锡和虽然把枪放下了，但他还是警惕地阻止何德明。

何德明见文锡和一本正经的样子，心想，看来靠熟人关系是进不了寺的，只有扯谎了，他说，文锡和，你也知道，我半夜三更来寺里肯定有事，不然我来做啥子？

文锡和说，那你来做啥子？真的，不开玩笑，没事就不要进来了。

何德明说，有事，有事，我来送公文。何德明居然灵机一动说。

文锡和瞧了瞧何德明，哪有什么公文？他不是两手空空么，送什么公文呢？便问道，公文呢？公文呢？

何德明见圆不过这个谎了，便想硬闯。

文锡和说，何德明，给我站住，不准再往里走了。

且说副队长杨中士正在屋里吃厨子单独为他端来的小炒，听到外面说有送公文的，心想，撞到鬼了，这大半夜的送什么公文哟，莫不是有人来摸我这小分队？杨中士心里这样想着，对，肯定是了，这人的声音还陌生着呢。对了，万一是武工队来，我还真他妈无法应付，本来寺里有三十多个人三十多条枪的，一般情况是可以应付的，但今晚情况不同了，有二十人去看戏了，寺里就剩下十多人，加上杨中士知道西路武工队的厉害，武工队居然敢在无枪无炮的情况下攻打中和场民团，敢烧哨棚，如果今晚他们摸准了，来端他小分队，那他就只有缴枪投降了。杨中士一想到这里，魂都吓跑了，他马上吹灭马灯，准备开溜。

何先昭正静观着何德明的情况，而旁边蒋述法有些沉不住气了，他见何德明马上就要暴露，立即冲了上去，随手给了文锡和两枪。另一哨兵见文锡和挨枪了，吓得丢了枪抱了头转身就往寺里跑。何先昭见事已至此，马上飞身上步，夺下文锡和的枪，拉起何德明直奔寺内保安分队的住房。

前门枪声一响，就是进攻信号，这是两支武工队约定好的信号。

杨得园带领的队伍早已经按时到达预定位置，包围了大悲寺，蒋述法的枪声一响，杨得园就以为前一支队伍已经进寺，也朝天打了一枪，他在告诉前一支队伍他已完成对大悲寺的包围。

何先昭冲进士兵住房，见有几个留守士兵已经上床脱衣准备睡觉了。

士兵见有人撞进来，知道大悲寺肯定遇袭了，就吓得趴在床上不敢动弹。

何先昭用枪指着屋角那个士兵，说，不准动，把手举过头顶。

其他武工队员也都举起枪，对准床上士兵。

那些士兵弄不清外面到底来了多少武工队，都乖乖地低下头，他们万万没有想到这几个武工队员里，有的手持大刀，有的手持假木枪。由于枪支不够，何先昭想出了用假枪来吓唬敌人的办法。

这些士兵从来没有见过如此大的阵仗，一听说举起手来，就都把手举了起来。

饶命，大爷饶命！我上有八十岁老母，下有嗷嗷待哺的孩子。大爷饶命！一个光溜着脊背的士兵在床上点头如捣蒜。

敌人如此熊软是何先昭没有料到的，他原以为这些士兵还会抵抗，现在看来是他多虑了。何先昭当初还在想一定要稳一稳的，他要把寺内情况摸清楚再向寺内冲，但当时蒋述法忍不住率先向士兵开了枪，他知道箭在弦上，不得不发了，于是就带着队伍冲进来了。从现在的情况看，情报是准确的，留在寺里的敌人也就十来个人，没费多大劲儿这些士兵就缴械了。

何先昭大声说，我们是西区武工队，今天是来大悲寺解救你们的，念在你们也是贫苦出身，也没有欠下人民多大血债，姑且就饶你们一命，只要你们今后不再为国民党卖命了，我们就放你们回家。

几个士兵见武工队不但不打死他们，还要放他们回家，马上松了一口气，跪在床头的那个士兵说，长官，我今后坚决不给国民党卖命了。枪，所有的枪都在墙壁上挂着，子弹在背篓里，你们尽管拿去就是。

武工队将十多个被俘士兵控制在一个角落里，便开始清理枪支，发现枪弹全都在，自然欢喜得不得了。不过，在清理俘虏时，却发现少了副队长杨中士。

何先昭说，搜，给我搜，一定要找到杨中士。

武工队将寺里寺外都找遍了，还是没有发现杨中士的影子。

且说那杨中士在吹熄灯后，就从后门挤开一条缝，准备开溜。这杨中士出门前留了个心眼，他想如果外面武工队有接应，那他这样岂不是自投罗网么，所以他先轻轻将后门挤开一条缝，从门缝里往外面左右一瞧，就瞧见不远处每一棵大树下都有一个黑影。天哪，果然有埋伏。他又退回来，把手枪插进腰间，躲到大佛殿神像头顶的天花板上，直到武工队全部撤走后，才悄悄地溜下地来，再从后门逃出，消失在夜幕之中。

战斗进行得异乎寻常的顺利。

何先昭叫杨得园清理一下枪支弹药。

杨得园数了数，说，少了两支短枪，其余长枪弹药全部都在。

何先昭说，两支短枪定是让杨中士带走了。撤。

正当武工队准备撤走时，电话铃响了。

何先昭回过头对何德明说，我不是叫你把电话线扯了吗？

何德明说，我扯了呀，那龟儿线硬，扯不断，我就去后边抓了一把稀泥巴糊上，我以为一糊上泥巴，这电话就打不通了。

何先昭大笑，说，你以为那个东西是个黄鳝洞，用泥巴堵起就不通了？

何德明见电话还在响，就用手摸着脑袋不好意思地笑了。

何先昭跑进屋，从背上抽下大刀，唰地一下，砍断了电话线，那部摇把子电话啪的一声掉落在地上。

赵全英轻轻地把脸拍打了一下，一股浓浓的血腥味直冲鼻子。赵全英知道，这只蚊子小不了。

轮番放哨已经轮流七轮了，还不见武工队胜利归来，赵全英不免有些急，她们在外围，不知道武工队在寺里夺枪的战斗是否顺利。

突然，两声枪响划破夜空，传到赵全英她们耳中，赵全英的心一下子提到了嗓子眼，可她又无法前去帮忙，只有在原地干着急。

时间过得异常的慢，赵全英她们边轮番放哨，边焦急地向大悲寺方向看。

来了，来了。

赵紫群指了指大道上，赵全英也同时看到了，武工队从大道上撤了回来。

能从大道上撤回来，这就说明夺枪行动取得了成功，这是胜利者的凯旋。

赵全英她们看到武工队回来，高兴地从草丛和树荫下钻出来迎接武工队。

赵全英早已忘记了腿脚的麻木，边跳边高兴地对大步走在队伍最前面的何先昭说，报告何队长，姊妹们圆满完成放哨任务。

何先昭说，好，谢谢你们。

见武工队员们都背着枪，赵全英上前去摸了又摸，她对何先昭说，队长，接下来由我们妇女同志们帮着背枪吧。

你们要来抢我们的胜利果实呀。何先昭幽默地哈哈大笑。

赵全英说，何队长，你不要我们去参加夺枪的战斗，难道让我们背枪回家都不行吗？

谁说不行了？兄弟们，让姊妹们背一背试试。何先昭回过头对背枪的武工队员说。

挺沉的。赵全英试着背了一支枪说。

何先昭说，还是算了，你们女同志体力弱，又守了大半夜，也辛苦了，背枪的重活还是由我们男同志来完成吧。你看，我们的武工队员对这些枪也爱不释手，抱着硬没看够，一直不松手呢。

赵全英说，好吧，我们摸一摸也就满足了，还是让武工队员们扛，等他们扛回了家，我们再慢慢看也可以。

何先昭说，好，马上撤离，此地不宜久逗留。大概去莲花池看戏的那些士兵也要回来了。

瞬时，大悲寺下的大道重归寂静，一点儿声息都没有。

大悲寺丢枪的消息第二天就震惊整个南充，震惊了四川。

易维进按着太阳穴，颓然地窝在圈椅中。

电话铃响了，杨森叫易维进和杨汉城马上到他办公室。

易维进和杨汉城两人一进屋，杨森的骂声就没停过。

临了，杨森指着杨汉城，说，杨汉城，你的那个张易飞纯粹就是一个饭桶，我不知道他给老子清的什么乡，地下党武工队越清越多，越清越厉害，他清了两次乡，他就是这么给我清的？嗯？回去把这个张易飞的营长免了，直接降为副职，以观后效。

杨森顿了顿，又说，另外，你立即给我出发，再次去西路清乡，听好了，如果这次再一无所获，那你也回来等着撤职查办吧。

何先昭回来后，把大悲寺夺枪的经过详细地向罗天照做了汇报。

何先昭对罗天照说，我建议武工队就暂时不要分散了，现在武工队有枪了，可以加紧训练了，白天可以藏在赵全英家的柴屋里训练，她家单家独院，不易引起别人注意，也方便杨得园进行军事器械的训练，如果遇到有紧急任务，也就不用忙来忙去集中了。

罗天照权衡了当前形势，觉得何先昭的建议有一定道理，加上敌人极有可能进行第三次清乡，这武工队的训练得加紧了，不解散也好。

何仲阶自从关进监狱后，身体就一直病着。

张易飞被降为副职后，有些颓废，也再没对何仲阶进行审问，他明白何仲阶不是地下党，但他就是不放何仲阶，这是他清乡的成果，他得留着。

张澜先生在得知何仲阶被抓后，他打点疏通了各种关系，进行全力营救。

在大北街，张澜先生找到裁缝何云香，请她出面将何仲阶保释出来。

何仲阶保释后，随何云香远走云南，但是由于何仲阶的病在狱中没有得到及时治疗，身体越来越差，后来只得回到西充，躲在金华山庙上养伤，再后来又通过熟人在成都找到何乾生，何乾生帮助找医生医治，也不见好，何仲阶自知时日不多，就坦然地回到安乐院，地保见何仲阶那死蔫蔫的样子，也没报官，没过多久，何仲阶就病逝于安乐院家中。

何云香将何仲阶送至云南后，自己也不敢再回南充，后来何仲阶因病回了西充，至于何云香又到了哪里，没有人知道。

活捉何坤举

赵全英一直觉得有一双眼睛在盯着她,但她又说不出是谁,她心里隐隐感觉到不安。

陈素清几乎与赵全英形影不离,她对赵全英的疑问很是不解,你莫那么神经质好不好?我就没有觉得有谁在盯着咱们。

赵全英知道陈素清平时就大大咧咧的,她能感觉出什么呢?

赵全英一直相信自己的直觉,她提醒陈素清一定要注意些。

何坤举找到罗天照,对罗天照说,学校的油印损耗是不是大了点?

何坤举虽然也是学校老师,但罗天照对这个何坤举不是很感冒,平时与他交往也不多,罗天照考虑到这何坤举是青年党,只得与他虚与委蛇。

这何坤举出生在西路的富豪之家,很早就加入易维进的青年党,成为西路的一个小头目。罗天照猜测这何坤举来学校谋职,肯定也是易维进特别授意的。大家都知道,这何坤举自小不爱读书,自然来学校是教不了书的,因此安排他当了学校庶务。庶务虽然权力不大,但是很多事情他是可以过问的,比如小小的财务,都不能迈过他。据罗天照观察,这何坤举与苏志他们那一伙搞不到一块儿,他特立独行,与苏志他们几乎没有多少交集,各行其是。罗天照猜想,这也可能是易维进的小把戏,为了制衡苏志几个,他又专门悄悄加派了何坤举来西路。

这何坤举平时不显山露水的,但他把学校的后勤却盯得特紧,他发现近段时间学校油印耗损有一些大,就来找罗天照反映。罗天照自然是明白的,近段时间印了不少传单，损耗大多正常呀。

这何坤举已经向罗天照反映不是一次两次了，罗天照就有些不耐烦，他对何坤举说，学校的油印损耗大了些，这很正常嘛。

何坤举说，怕不是那么正常哟，他们印什么嘛，损耗那么大？

罗天照说，何坤举，你这就不懂了，油印损耗大，说明我们的老师勤奋嘛，他们印的资料越多，说明他们的练习就多，练习多了，学生的成绩就提升得快了，我们七宝寺高小之所以在西路在南充都非常有名气，这与老师们的努力分不开的。这是传统呀。何必吝惜那么一点油墨呢？

何坤举说，我哪里是吝惜油墨嘛，我是说这段时间损耗太大，超过了以往。

罗天照说，你还不知道，我们学校上次在全县的统考中又名列前茅，名列前茅是啥意思，我们学校搞得好呀，搞得好当然就是与学校老师们的努力分不开的，他们多用点油墨我不心疼。

何坤举是聪明人，他知道这损耗不正常，但又说不出来为什么，现在见罗天照给他这样一解释，他又不好再说此事了。他确实是有点儿怀疑学校的油墨损耗是地下党印传单用了的，但他苦于没有证据，也就不敢在罗天照面前多说，他只得婉转地对罗天照说，罗老师，我也是为学校考虑嘛，现在学校经费这么紧张，我还是希望老师们能节约一点儿好。

罗天照说，你这个提议很好，节约是应该的。但是话又说回来，节约也要看地方呀，比如说为了提高学习成绩，多印点儿资料，多用点儿油墨没什么不可以。

何坤举见罗天照说得滴水不漏，还有一定道理，就讪讪地走开了。

等何坤举走开，罗天照才感觉自己出了一身冷汗，他真的没有想到何坤举居然在学校油印的问题上找到了漏洞，这还真的是个漏洞，如果不是他边说边想一些理由搪塞过去，这个问题还真不好解释。

罗天照知道，学校有一台油印机在任逐非手里，西区的所有传单均从任逐非这一个口子出，其他任何地下党员都不知情，现在敌人开始注意油印了，说明这一块出现漏洞了，得提醒一下任逐非了，减少油印，减少活动，保持一段时间静默。

检定教师后，任逐非也入了党。

何坤举喜欢独来独往，这是众所周知的事情，但他有个习惯，又让人不可理解，你说他喜欢独处吧，他却在课间休息时出来溜达，须知课间休息那是校园里最热闹的时候，按说他就不该来凑热闹的。

何坤举这天刚一出寝室门，便看见赵全英像一只蝴蝶一样又往罗天照寝室飞去了。

何坤举想，这女子是不是喜欢上罗天照了？按理说不可能呀，罗天照虽然大不了赵全英多少岁，但是学校规定不准师生谈恋爱的呀。何坤举已经不止一次看见赵全英往罗天照寝室跑了。

何坤举决定暗中观察赵全英，他有些怀疑这师生俩有问题，如果不是谈恋爱，那就有地下党嫌疑。

那天，赵全英从罗天照寝室出来，抱了一摞作业本，何坤举没有发现问题。

放学了，何坤举又见赵全英去了罗天照寝室。

何坤举就感觉有些奇怪了，明明看见赵全英是背着一只书包进去的，那书包瘪瘪的，书包还在赵全英腰上一搭一搭的，可是赵全英出来时，那书包却鼓鼓囊囊的了。

何坤举不动声色，他远远地跟了赵全英。

走到静僻处，赵全英掏出书包里的东西来看。

天啊，那不是地下党宣传的传单吗？何坤举兴奋得快要窒息了。

这下全部都可解释通了，学校油印为何损耗增多，印传单嘛，赵全英在罗天照这儿领传单出来，他们两人都是地下党无疑了，油印传单的是任逐非，那这任逐非也定是地下党了。何坤举为自己的发现惊呆了，他没有想到得来全不费工夫，他像发现新大陆一样，眼睛放光，满脸通红，他的手脚都颤抖起来。

何坤举决定不再跟踪下去了，他怕再跟踪就被发现了。何坤举是知道西路地下党武工队厉害的，他把胸口抹了抹，平复了一下心情，他决定先隐藏这个天大的秘密，更不会去告诉苏志他们，此事他得找机会单独向易维进汇报。

其实苏志和赵模他们也没闲着。他们早已怀疑罗天照和赵全英了，只是一直苦于没有证据，一时奈何不了。

特别是赵模，他对赵全英的拒婚耿耿于怀，他一天就盯着赵全英，他先是想盯着赵全英看，看不够，夜里还想，假想赵全英是自己的未婚妻，一想就睡不着，睡不着就更想，更想就更恨赵全英，他想如果他得不到赵全英，别人也莫想得到。

赵模对赵全英接触的每一个男人都敏感，所以，他早已观察到赵全英喜欢往罗天照寝室跑，但又看不出来他们在谈恋爱，那他们在干什么呢？赵模先前是把他们往谈恋爱上想，但左看右看都不像，后来，他脑子开了窍，不谈恋爱，那在搞啥子呢？哦，对了，是不是在搞地下活动呢？哼，搞地下活动是要杀头的，他就想把两人送上断头台。

毕竟赵模还嫩了点，他紧盯女生的行为大众皆知，所以他盯赵全英的事，赵全英和罗天照早已窥见，只是没有点破，怎么会有把柄落入他的手里呢。

赵模没有盯出任何名堂。

其实何坤举还是无意间从赵模那儿得知赵全英爱往罗天照那儿跑的信息的。

何坤举也是先将赵模爱盯女生的习惯当笑话看，他有时也随着赵模的眼光去看女生，一看二看，他就看出名堂来了。这赵全英怎么总爱往罗天照那儿跑呢？跑一次，跑二次，跑三次，绝没有问题，学生去老师那儿没有问题，但是何坤举看赵全英总爱往罗天照那儿跑就不正常了，又不谈恋爱，跑那么勤是怎么回事呢？疑点越堆越多，何坤举就瞧出问题来了，这赵全英有问题，赵全英有问题，罗天照就有问题。果然，他跟踪赵全英，看见赵全英居然从罗天照那儿拿传单了，这就坐实赵全英是地下党了，这一牵，也把任逐非弄出来了。好呀，钓到好大一条鱼哟。何坤举高兴坏了。

当初何坤举向罗天照反映学校油印一事引起了罗天照的警惕。

对于何坤举，罗天照以前忽略了他，直到现在才开始注意上何坤举。

果然，那天赵全英在罗天照寝室将油印传单领走后，罗天照就发现了何坤举在跟踪赵全英，罗天照也采取了反跟踪。

赵全英暴露了，自然我罗天照也让发现了，顺藤摸瓜，任逐非也肯定被牵扯出来了。

对于何坤举，罗天照那天没有采取进一步行动，因为罗天照吃准了何坤举不会轻易将情报送给苏志他们，他一定是想找个机会亲自进城给易维进汇报，他想独吞这份功劳。

但罗天照却不能等，他知道这何坤举就是自己身边的一颗定时炸弹，随时有可能引爆，他必须要在何坤举向易维进汇报之前解决此事。自从武工队顺利拿下大悲寺保安小分队后，罗天照就有底气了，何先昭那天建议不解散武工队，罗天照也采纳了，现在武工队有枪了，也开始训练了，杨得园真正派上用场了。

当然罗天照还出于另一个深层次考虑,这何坤举家中有不少不义之财,罗天照想一石三鸟,既解决心腹之患,还可将何坤举财富分给老百姓,地下党也可留一点作为活动经费。

罗天照马上叫来赵全英,让她通知何先昭到七宝寺高小来拿教科书。

何先昭一接到通知,就知道罗书记又有事情要布置了。

何先昭推开罗天照寝室门,罗天照对何先昭说,把门带上。

周末,何坤举都要回老家住。

一吃过晚饭,何坤举就急急忙忙上床与老婆亲热起来,一番云雨之后,何坤举躺在床上对老婆说,我明天想去一趟县城。

你去县城干啥子?何坤举老婆问。

何坤举故作神秘地说,不告诉你,反正是好事。

好呀,有好事都不告诉我。何坤举老婆嘟起嘴,侧过身子就想睡了。

何坤举想扳过老婆身子,想了想,又算了,笑着也想躺下休息。

此时,一支手枪抵住被窝里的何坤举,何坤举看着黑洞洞的枪口,一下子就吓清醒了,吓尿了。

何坤举老婆听见有响动,刚侧过身子,就看见那支黑洞洞的枪口。

把衣服穿上。何先昭低声命令道。

何坤举老婆哆哆嗦嗦穿上衣服,缩进被窝里去了。

好汉饶命,好汉饶命。何坤举不敢抬头看是谁,就在床上低着头告饶。

何先昭怕何坤举听出自己声音,就捏着嗓子说,何坤举,把你家地契和债约都拿出来。

何坤举听见来人只说拿出地契和债约,猜想他们只谋财不害命,就放心了些,说,在床头的木柜子里。

何先昭朝何德明努努嘴,何德明走近床头木柜,打开,从中翻出两匣子地契和债约。

何先昭又捏了嗓子说,给我全部烧了。

何德明于是就将煤油灯的油倒在地契与债约上,点燃。

现金呢?藏哪儿了?何先昭问。

何坤举为保命,他低着头指指枕头。

何德明走过去,翻出何坤举身后的枕头,一刀割开,枕头里钻出了少许现金,他包了起来,递给身边一个武工队员。

一点都不老实，何坤举，你家中怎么才这么一点现金呢？何先昭厉声问。

好汉，没有了，真的没有了，现金就只有这点儿。何坤举想抬起头，何先昭用手枪托敲了一下何坤举脑袋，何坤举又老实低下头去。

何先昭说，给我把何坤举绑了，眼睛蒙上，弄走。

何德明拉下床单，撕下一块来，叫何坤举背过身去，用布条把何坤举眼睛蒙了，押下地来。

何先昭见屋里有一把凉椅，就说，去屋外砍两根竹子，做成滑竿。

武工队员便拿了弯刀去屋外砍了两根竹子，几下就做成一架滑竿，把何坤举架上滑竿，再绑在滑竿上。

何先昭对缩在床角的何坤举老婆说，听着，你一个女人家我就不为难你了，也不绑你了。现在我告诉你，要想你老公何坤举活着回来，就各人去找钱来赎。

何坤举老婆唯唯诺诺，说，好，我这就去筹钱去。

蒙了眼睛的何坤举由两个武工队员抬着，向石马垭跑去。

何坤举被抬到赵全英家苕窖里藏起来，武工队才给他解开眼睛上的布条，并在窖门口安排了两名队员防守。

由于此事事涉机密，赵全英没告诉家人。

第二天早晨，赵志本挑了一担粪与晏桂花一起去到山后的菜地里浇菜。

赵志本和晏桂花经过苕窖前时，两个武工队员见来了两人，忙闪身躲进草丛中。

赵志本挑了粪桶往前走，晏桂花也没有注意看路两边。

赵志本与晏桂花走到菜地里，两人边浇菜边摆龙门阵，何坤举在苕窖里听到是赵志本和晏桂花的声音，像见了救星似的，大声呼叫，救命呀，救命呀。

赵志本和晏桂花猛然听到苕窖里有叫声，吓了一大跳，以为大清早遇见了鬼，待他们平静下来仔细一听，才发现苕窖里是真有人。赵志本胆大一些，他要进到苕窖里去看。两名躲在草丛中的武工队员见了，马上现身，吓了赵志本一跳，赵志本说，怪事多，大清早的，你们在这儿干啥？两个武工队员见瞒不住了，就给两位老人解释了事情的来龙去脉。

赵志本这才知道苕窖里关着何坤举。

罗天照仔细权衡了这件事，何坤举既然已知道了他关在赵全英家苕窖里，所以必须马上转移，不然容易出事。

何先昭想了想说，这附近是肯定关不得了，那要关到什么地方去呢？

罗天照说，这样，把何坤举关到蓬溪去如何？

何先昭说，好，大悲寺夺枪后，武工队还没有分散，都集中在赵全英家，现在看来，在赵全英家不是很方便，也不很安全。另外蓬溪县游击队的蒋述法他们也还没有离开，我去和蒋述法联系一下，看他们同不同意武工队到蓬溪去集结并将何坤举转移到蓬溪去关押。

好的，你马上去。罗天照对何先昭说。

何先昭与蒋述法谈了此事，蒋述法表示同意。

蒋述法还说，你们马上派人去何坤举家，通知他老婆把交赎金的地点改在蓬溪，要赎人，必须到蓬溪来，不然就将何坤举直接处死。

罗天照觉得这个办法行，点头同意了。

但是，有的武工队员却不愿意离开西区去蓬溪，说自己走了，家里无人照顾。

罗天照说，目前西区革命形势还不稳定，你们去蓬溪也是暂时避一下，随时都是要回来的。我知道你们有顾虑，有担心，这我理解。我想好了，你们走后，我们就说你们走亲戚去了，这个理由可以搪塞过去的。

罗天照反复做工作，还是有八名武工队员不愿去。

罗天照想，留下一些也行，枪支也留一些下来，保证一人一枪。

于是西区武工队便向蓬溪转移。

蓬南场土匪头子何致远得知有一支武工队开赴蓬溪的消息，而且还带有几十条枪，这让他垂涎欲滴，何致远带着土匪埋伏在武工队必经之路上，打了没有任何经验的武工队一个措手不及。

武工队被打散，武器也全部丢失。

何坤举趁乱逃脱。

杨森这几天正焦头烂额，他咬牙切齿地反复说着三个字，通南巴，通南巴。说完猛地将铅笔扔向墙上的军事地图，只见那铅笔在地图上钉出一个小洞，然后当的一声，滚地上了。

杨森的右太阳穴仍然疼痛不止。西路，西路，已经被搅成一盆糨糊了，杨森一想起西路就头痛，就要骂人。

杨森在办公室内徘徊，他踱到桌边，再踱回来，又踱过去，站在电话机边，想了一会儿，便顺手抓起电话，大声说，张易飞，我命令你马上集合部队，开往通南巴前线。

张易飞在电话那头像呆了一样，好久不接口，因为他一听到前线两字，双脚就直打战，但他又不敢表露出来，更不敢出大声，最后似乎反应过来，硬着头皮应了一声，是，军座。

杨森想，你张易飞清乡是饭桶，就是拉到前线也是混账一个，反正都是无用的东西，那就直接给我上前线去填炮弹坑吧。

杨森放下电话，想了想，又拿起电话，他对着话筒说，文计策，文营长，立即将部队开拔西路，再次清剿西路共产党。

文计策不敢怠慢，答道，是，军座，我马上集合队伍出发。

第三次"清乡"

赵志本一回家就责怪赵全英,你个死女子,苕窖里关了个大活人都不告诉我。

赵全英说,爸,我这还不是担心你们嘛,主要是怕你们害怕。哪晓得你们那么早就去浇菜嘛。你把地点一暴露,我们也就只能将何坤举转移走了,不然的话,我们大家就要惹大麻烦了。

几天后,赵全英在得知武工队遭遇土匪的埋伏后,心痛如刀绞,她一回家就狠狠地责怪父亲,赵志本也为比懊悔不已,说是自己毁了武工队。

现在武工队就只剩下八条枪了,士气相当低落。

何先昭为了鼓舞士气,把几名武工队员集中起来,安置在安乐院训练。

尽管武工队在蓬溪遭遇了严重挫折,但是武工队在西区的影响还是很大,只要一听说武工队,没有人不竖大拇指的。

没有想到,武工队刚经历一场大胜,紧接着又遭遇一次"滑铁卢",西区武工队可以说是在短短的时间内经历了冰火两重天,队员们的心里很难接受这个现实。

罗天照在痛心之余,也为自己的失策而悔恨不已,他没有想到武工队在路上会遭受到如此的惨败。不过,他也暗自有些庆幸,幸好有几个武工队员留了下来,不然西区武工队就全军覆没了。只要有火种,就不怕不燎原。这几枪几人终究还能继续支撑起西区武工队的骨架。

罗天照想,经历了这次惨败,同时也暴露了武工队的建设还不成熟,成功了就欣喜,失败了就懊恼。这不行,只有能够经历辉煌,同时也能够经受挫折的队伍才是成熟的队伍。现在想来，匆忙成立的武工队还是失败在没有规范队伍建设的原因上。武工队要打硬仗，看来还得重新思考武工队的长远建设，提高战斗素养是重点，不能靠血气和意气来打仗，更不能凭一时的冲动或者不成熟的想法而贸然采取行动。从这次失败教训来看，武工队里的小农思想异常严重，不顾集体，只顾个人。有些武工队员甚至还说这次行动如果不是他们执意要留下来，就全军覆没了。罗天照认为这种观点是错误的，能够留下几位来，不是因为几位思想行为正确，而是纯粹的巧合。罗天照还想，如果都去了蓬溪也许敌我双方力量发生反转，事情也许还不会惨到这种程度。这次失败其中也有地下党武工队缺少经费的原因，总想着如何将何坤举的财富均贫富，而没有考虑到速战速决，给武工队带来意想不到的隐患，同时由于武工队没有根据地，站不住脚，东躲西藏的，加上后勤补给也跟不上，所以武工队的失败就成了必然，而这些情况恰恰自己没有看到，认识到，而一味地沉浸在几次行动的胜利和喜悦之中，让胜利冲昏了头脑，所以罗天照对这次失败是很内疚和自责的。

杨得园对罗天照说，罗书记，经历过这次失败，我也有很多想法，我建议，我们抽派一些武工队员去敌人部队当兵，学习系统的战略战术，并乘机打入敌人内部，相机获取情报，等时机成熟，让他们回来再次组织武工队，我们也要思考在地方建立稳固的根据地，这样我们西区游击队才能更具战斗力。

罗天照同意了杨得园的建议，他经过反复权衡，决定派出地下党员何荣桐、李继兵去西充当兵，又派出地下党员何国君、何维芳到蓬溪第二十九军去当兵。

安乐院有地下党在活动，武工队也转移去了安乐院。

文计策在清乡之前就得到了苏志和赵模的情报。

这一次文计策比张易飞来得秘密和迅速得多，他带着部队夜袭安乐院。

鸡不鸣，狗不叫。天刚拂晓，文计策的部队就将安乐院黄葛树下一座大院子团团包围。

文计策看了一眼还在睡梦中的大院子，手一挥，下令，给我挨家挨户地搜，仔细搜。

黄葛树下有一个土台子，文计策站上去，他居高临下地看着部队进入院子。

太安静了，这么大一个院子怎么没有一点生气呢？文计策站在土台子上，心里不免有些打鼓。

果然，没过多久，一个士兵便跑来报告说，报告营长，全大院子都搜查完了，不见一个人。

文计策脸一下子就青了，黑了，他将白手套摘下来，丢在了地上。

文计策想，是谁走漏了消息呢？我这次清乡进行得如此秘密，怎么会一个大院子的人都凭空消失了呢？要说武工队跑了还可理解，这么多老百姓要转移也不容易呀。真他妈见鬼了。一定有人通风报信。

真的，还真的有人通风报信。文计策一出发，西区地下党就得到可靠消息，连夜将老百姓都转移了。等文计策大部队赶到安乐院，安乐院就只剩下一座座空院子了。

南充中心县委从前两次清乡口总结了经验教训，重视情报来源和传送，所以文计策一有行动，西区地下党就马上知道了。

地下党、武工队与老百姓全都转移进长干山里。

长干山海拔四百二十米左右，在周围群山中最高，在其西南面，山高林密，层峦叠嶂，道路崎岖，人迹罕至，只要人一进入，就如一滴水注入了大海，了无踪影。

文计策找来地保何步清大声质问，人呢？我要的人到哪儿去了呢？

何步清战战兢兢地说，营座，那些人可能都跑长干山里藏起来了。

文计策说，混蛋，你是地保，这么多人连夜转移，你不知道？

何步清说，天地良心，我真不知道。说着抽了自己一耳光，自说自话，瞧你这猪脑袋，咋睡得那么死呢？

文计策无奈地望了望长干山的高山密林，气得把脚一顿，说，给我开枪。

身边士兵懵懂地对望，往哪儿开？

良久，才听到一阵稀里哗啦地拉枪栓声，士兵们朝着山上林子胡乱地放了一阵空枪，只见枪响处，枝飞叶飘，泥溅土飞，噼啪的空响声在山谷间回荡。

此时，一抹朝霞从乌云中钻出来，直射到文计策的眼。

文计策低下头，挥了挥手，命令部队撤退回金宝。

文计策是带着满满的信心而来的，哪知却碰了一个又大又软的钉子，自是气得连饭都吃不下，像霜打的茄子，蔫了。

文计策的部队又瞎子一样在龙泉、金宝、中和转了一大圈，一无收获，第一天就这样草草收兵，扎营，夜宿金宝场。

夜深了。

在文计策营房前，几个黑影一闪，绕开哨兵，然后悄悄将一张传单贴到营房显眼位置。

几个黑影又灵活地穿梭于各营房之间，把一张张传单贴在文计策营房前。

早晨，文计策一打开营房门，一眼就瞧见那张传单，文计策撕下传单，只见上面写着几个大字：文计策滚回去！

文计策刷地将传单撕了个粉碎，抛在地上，骂道，一帮泥脚杆子，一群棒老二，胆子也忒大了。

文计策叫来通信兵，吩咐道，命令部队白天在西路各个路口严加盘查所有过路人员，凡发现可疑人等，一律扣押，晚上加派巡逻岗哨，发现武工队可以直接击毙，不用报告。

何先昭坐在一块石头上，他对身边的何德明说，德明，你熟悉安乐院情况，下山去摸摸。

何德明参加过几次武工队行动，已经积累了不少经验，他拍了拍胸口对何先昭说，队长，你尽管放心，我去去就回。

何德明是大胡子，因为撤进山中时走得有些急，没有来得及刮，在山中只躲了几天，那胡子便疯长了出来，一身衣服也让山中刺藤条拉烂，看上去显得肮脏和邋遢不堪。

何先昭看了看何德明，说，直接回去，装都不用化了，只是自己要当心些。

何德明找到了一只旧笆篓，笆篓在川北很平常，很普通，几乎家家都有。笆篓是竹篾编的，沥水，漏细沙。笆篓扁形，下宽长，底微收拢，颈口回缩再张开，仅剩下拳头大小，所以最适合于装鱼和黄鳝了。当然，也可以用来装干货，比如老百姓就喜欢背在身上挖麻芋子，这麻芋子学名叫半夏，是一味中草药，卖到药店，可以换钱。地里的麦子等庄稼收割后，那些麻芋子苗就露了出来，麻芋子的苗很好认，卵形单叶，紫色花，浆果椭圆，佛焰苞状，单株，麻芋子乃指土下球状茎。顺着麻芋子苗，用小锄头一挖，再一撬，那麻芋子就破土而露出来。何德明腰挎笆篓，腰挂一小锄，他找了一块斜坡土地，不一会儿就挖了半笆篓麻芋子，他见有这么多了，就背了笆篓往山下走。

站住！

刚一接近安乐院，何德明就被一巡逻士兵拦住了。

干什么的？那个士兵端着枪，指着何德明问。

何德明装着很害怕的样子，马上停下来一动不动。

为首的士兵再问，听到没有？问你呢，大胡子！

何德明装着吓得发抖的样子说，老总，你说什么？

士兵说，我问你姓啥子？到安乐院来做什么的？家在哪里？

我姓杨，老总，我家就住在山那边，我是西充人。

你西充人跑到南充来干啥子？你晓不晓得安乐院不安宁，这里闹共产党。那个士兵说。

我就是不知道，老总，我来安乐院卖麻芋子，我刚才在坡上挖了一笆篓麻芋子，顺便就近来卖，我哪里知道安宁不安宁嘛。何德明躬着腰对那个士兵说。

那个士兵看了看何德明，说，我看你不像一个卖麻芋子的，一脸络腮胡子，我看你像一个共老二。在西路，敌人叫地下党不叫共产党，而叫"棒老二"，这个士兵又随口给"棒老二"改了个称呼为"共老二"，不管"棒老二"还是"共老二"，只要一说，大家都听得懂。

何德明说，老总，我在家中排老三，不是老二。这何德明却装不懂。

那个士兵显然怒了，扛起枪托就向何德明砸来。

何德明故意偏了一下头，枪托砸在他的腰杆上，疼得何德明一下子就蹲在地上，告饶说，长官，我家真的是兄弟三人，老二在外帮长工，没有在家。

那个士兵见何德明呆头笨脑的样子，居然就信了，觉得他不像是"共老二"，就说，起来，莫要在那儿装。

何德明按着腰，刚一站起来，又作势装着疼得弯下了腰，那个士兵见何德明不像是装的，就指着路边的一幅标语问，你说，这些标语是谁贴的？

何德明看了看标语，摇了摇头，说，不认识。

那个士兵走到何德明身边，让何德明把手举起，他看到何德明的手指甲缝里黝黑，说，你的指甲缝里这么黑，是不是写标语的黑炭染的？

何德明说，长官，你冤枉本人了，你看我这手是写字的手吗，我们农民每个人的手都是这样子，没有哪个的指甲缝不黑的。

那个士兵见盘查不出什么，又道，你给我念念这几个字。

何德明看了看那幅标语，又看了看那个士兵，苦笑着说，长官，我连名字都写不起，就是箩筐大的字我也认不下一个的。

何德明像想起什么似的说，哦，老总，我想起来了，前天我在同仁场和金山铺卖麻芋子回来，天已经黑了，在这儿碰到几个小伙子，他们有的提着桶，有的拿着刷子，有的还用黑炭在岩上写字，不过我又认不得字，不晓得写的什么。

那个士兵眼睛一下子就亮了，说，你认得这几个人不？

何德明想了想说，我认不得，我从来没在村子里见过这几个人。

那个士兵失望地摇了摇头，说，快走，不要在这些地方晃，我们在此设卡抓共老二，不要误了我们的大事。

何德明哈了腰准备穿过哨卡。

只听背后那个士兵又大声地说，嘿，站住，给我转过来。

何德明惊了一跳，以为士兵又发现了什么，他转过头，那士兵却说，嘿，听着，你以后要是再发现有贴标语的，就及时向民团报告，我们抓到了人要给你奖金的。

何德明再次弯弯腰，点头说，要得，要得。长官，多大的奖？比我卖麻芋子多吗？

那个士兵说，卖麻芋子能卖几个钱嘛，只要让我们抓到真正的共老二，比你挖一辈子的麻芋子都强多了。嘿，嘿，不要往前走了，前面封路了，回自己家去。

何德明回到长干山中，把见到的情况都和何先昭说了，最后有些遗憾地说，可惜我们西区武工队现在只有八支枪了，如果有三十支，我估计消灭这伙人不成问题。

何先昭说，不要灰心，武工队会再有枪的，我们现在有八支枪已经不错了。星星之火，是会越烧越旺的。

满以为在西路可以一次性把地下党武工队一网打尽，结果让文计策失望了，他什么都没抓到，他眼睛在西路像瞎了一样，什么都看不到。

当初文计策以为一个安乐院好攻占，凭西路那几个地下党和武工队根本用不了他那么多的部队，他甚至还笑话张易飞在西路没有抓到一个像样的地下党。现在轮到他抓瞎了，扑了空，连蚊子都没抓到一只。地下党和武工队像是钻了地缝，什么都没有，在各路口设卡，也没有挡下一个地下党和武工队来，反倒让地下党武工队在他的营房前贴上了传单，把他给气得吹胡子瞪眼的。

不能就这么回去，回去怎么向杨森交差呢？

于是，文计策装着要班师回城的样子，等部队刚走到大通境内时，文计策叫了一个连返回安乐院，他要看看有没有人回来。

果然，还真让文计策撞上狗屎运，住在安乐院的一个小学教师何淑修回家拿换洗衣服，他哪里知道文计策会去而复返，就这样被当作地下党抓了。

文计策大喜过望，自己总算没白来一趟，于是押着何淑修回城了。

第三章

西河悲歌

吴季蟠被捕

山雨欲来风满楼。

嘉陵江上吹来的风仍然有些寒，而时序已进入初夏了。

前些天，人们见气温一个劲儿地升，就脱掉一层厚衣。不料，一觉醒来，天气突变，风急雨骤的，气温又断崖式下降，脱掉的衣服只得又穿回去。

全省运动会在广安举行，开运动会那几天，天气晴好。

杨森到广安出席运动会开幕式，由于天气晴好，他的心情也好。

开完开幕式，杨森转道去南充。

在去南充途中，天气又变了。一时间，天空阴沉，乌云翻滚，黑得如锅底一般，要下暴雨了。果然，不一会真的下起了暴雨。暴雨过后，又下起绵绵小雨，这小雨一下又是十多天，下得连空气都湿漉漉的。

杨森心情也不由得有些发霉，他在南充没有得到一个好消息。

张易飞不行，文计策仍然不行。明明一群泥脚杆子，他们硬是没有任何办法对付，这简直有点臊他的脸，整整三次大规模清乡，没有一点儿收获，这让杨森很没面子。杨森已经预知张易飞到了通南巴前线的结局。一群草包，大事不会干，小事干不好。这四川还真他妈的邪门了，几个泥脚杆子随便拉个队伍就够他呛，大后方也不大后方了，越穷越闹得厉害，一个西路，穷老百姓一心跟着共产党闹革命，打土豪，分田地，破粮仓，掠钱财，夺枪支，攻民团，烧哨棚，简直越闹越凶。

杨幸夫向易维进密报，说吴家小儿子吴季蟠回了南充，而且在城内组织地下活动。

易维进一见到杨森回南充,马上向他报告这一情况。

抓!马上给我抓!杨森马上发出命令。

第三混成旅长杨汉城接到命令,马上派出部队全城戒严,守住各个路口,一张大网已经悄悄向吴季蟠撒来。

大通场杨吴两家的世仇是一个永远都无法打开的死结。自然,杨幸夫绝不会放过弄倒吴家的任何机会,他在得知吴季蟠潜回南充的消息后,立马就向杨森举报了。

吴季蟠在法国加入中共旅欧支部,一九二五年回国,他先后在上海、重庆会见过党组织的代表沈雁冰和中共重庆地委负责人杨闇公、冉钧,然后接受党组织派遣回到南充。他回南充的目的是恢复和发展遭受破坏的党组织,他先后在南充县城开了文化书店、大同电料公司等,团结了一大批青年学生、知识分子、工人和市民。吴季蟠在南充很有影响,成为南充的社会名流。

当时国共两党关系还没有破裂,何光烈是驻南充的军阀,为附庸风雅,慕名请吴季蟠为咨议。

吴季蟠爽快答应了,他利用这个咨议身份在南充广泛开展地下党工作。

一九二六年国民党南充县党部成立,吴季蟠被任命为负责人,负责全面工作。吴季蟠利用《民治报》积极宣传联俄、联共、扶助农工的三大政策,大造国共合作的舆论氛围,使南充的共产党组织得到较快发展。

接着,吴季蟠又与县工会负责人李介组织领导六合丝厂工人罢工,在东南两区和十一个乡成立农会。

吴季蟠在南充建立起中共川北支部,这是四川最早的共产党组织之一。

吴季蟠作为咨议,他可以自由出入何光烈军部。吴季蟠交际能力特强,他与何光烈部的第九和第十旅旅长秦汉军和杜北钱拜了把子,成了兄弟。

秦汉军与杜北钱这两位旅长的思想都很新潮,他们对国民党当局很失望,特别向往民主自由的生活。

吴季蟠就与他们聊自己在法国的一些事。

后来,吴季蟠介绍秦汉军秘密加入中国共产党。

吴季蟠、秦汉军和杜北钱等三人直接参与了泸顺起义,打响巴蜀反抗国民党腐朽统治的革命第一枪。

顺庆起义爆发后,起义军在果山公园召开誓师大会,正式成立国民革命军四川各路总指挥部,刘伯承任总指挥,吴季蟠任第二路军政治部主任。

起义失败后，吴季蟠随军开赴开江。

后来，吴季蟠又参与了鄂西共产党组织发动的瓦仓起义。

四一二反革命政变后，吴季蟠再次回到南充，由于当时南充地下党组织还未完全恢复，他利用国民党成立整理党务指导委员会机会，成功打进其核心组织，并以此为掩护，组织一批工人炸毁了新驻南充军阀罗泽洲的子弹厂。罗泽洲对吴季蟠发出了逮捕令，吴季蟠被迫离开南充，去了绵阳三台任教。1931年，吴季蟠在三台开展地下活动时又被二十九军田颂尧察觉，不得不再次辗转返回南充。

吴季蟠在大通老家待了几天，不料被一直暗中想找吴家麻烦的杨幸夫发现。

杨幸夫像是捡到金元宝，迫不及待地跑到南充，将吴季蟠回南充的消息密告给了易维进，易维进又告知了杨森，杨森下令逮捕吴季蟠。

吴季蟠在大通听到老百姓传说敌人三次到西路清乡都一无所获，非常高兴，他也准备好好在南充干一场。

吴季蟠是在返回南充县城时被捕的。

杨森得知吴季蟠被抓捕后，高兴得一拍桌子，连说了几个好字。他太需要这样一个消息了，通南巴局势一塌糊涂，西路三次清乡一塌糊涂。这次不经意间，居然抓住一名共产党高官，这太让他兴奋了，他决定亲自去瞧瞧这吴季蟠到底长什么样子。

杨森来到杨汉城的监狱，他隔着铁门望了一眼满身血污的吴季蟠。

杨汉城向杨森报告，吴季蟠还没招供。

杨森又向吴季蟠看了一眼，吴季蟠闭了眼，谁也不看。

杨汉城打开铁门，杨森进去坐在椅子上。

杨汉城给两个打手使了个眼色，两个打手会意，开始轮番抽打吴季蟠。

吴季蟠咬着牙，不开口，也不开眼。

杨森见此情景，知道一时无法敲开吴季蟠的嘴，便起身离开了。

杨汉城跟了出来。

杨森说，汉城，这吴季蟠是一条大鱼，你一定要想方设法敲开他的口。

杨汉城说，我懂，军座，我已经用尽了所有手段，可是这吴季蟠骨头硬得很。

再硬还能硬过你？杨森转过头来看着杨汉城。

军座，我司刀令牌都要完了，这吴季蟠软硬不吃呀。杨汉城苦着脸说。

杨森说，我不管这些，我只要他开口，无论你用什么办法。哼，如果他真的要死硬到底，那就别怪我手下无情了，你要知道，这是我抓住的南充最大的地下党官员。既然无用，嘿嘿，那我就只有杀一儆百了。

吴季蟠死活都不说一个字，闭眼任你拷打。

杨汉城实在没有办法了，请求杨森，说，杀了算了。

杨森没说话，他吩咐杨汉城，摆一桌宴席，他要设宴请吴季蟠。待吴季蟠坐定后，杨森立刻赔着笑脸，并许以高官厚禄，可吴季蟠仍然一副鄙夷的模样，让杨森气歪了嘴。

枪毙，枪毙。杨森掀了桌子，他正式决定处决吴季蟠了。

一回到办公室，杨森拍了自己的脑袋，说自己怎么糊涂了，自己怎么没有想到一个人呢？

杨森抓起电话，分别接通了吴兴谱和吴钟南，命令他们两兄弟去狱中劝降吴季蟠。

同样地，吴兴谱和吴钟南也在吴季蟠面前吃了闭门羹，没有得到一个字的答复。

杨森再次想到一个毒招，他叫嚣着要把吴老爷子带来。

结果还真把吴老爷子带来了，吴老爷子也想试着劝吴季蟠回心转意，但是没用，吴季蟠已经抱定了必死的决心，任谁来劝，他都一言不发。

不过，吴老爷子蹒跚着离开时，吴季蟠微微张开眼睛，后又很快闭上，两只眼角流下了热泪。他心中默念，父亲，请原谅儿子吧，忠孝不能两全呀。

杨森甩袖走了。

为防止武工队营救，又担心吴家两儿子暗中使绊，杨森命令易维进马上公开枪毙吴季蟠。

五月三日，杨汉城的参谋长冉维伯再次来到监狱，提审了吴季蟠，并且明确对吴季蟠说，如果再不开口，就只有执行枪决了。

吴季蟠冷笑三声，又闭嘴闭眼了。

冉维伯下令，将吴季蟠押至小西门外菜市口处决。

暴雨又下来了。这一天，天空乌云翻滚，云层低，压得人喘不过气来。

老百姓都来到西河桥下为吴季蟠送行。

西溪河的水在西河桥下打了一个漩又一个漩，久久地流不进嘉陵江。

武工队锄奸

七宝寺高小古汉墓内。

罗天照、何先昭、杨得园、赵全英正在开会。

罗天照说,先给大家通报一件事情,吴季蟠同志牺牲了,他被敌人杀害在南充小西门外,他的牺牲是我们南充地下党一个重大损失。我们没有料到敌人动手会这么快,我原计划组织西区武工队开展营救,但是杨森这次似乎料到我们会营救,所以提前下手了。

古墓里充满了悲痛的气氛。

罗天照接着说,吴季蟠的牺牲必将激发起我们更加昂扬的斗志,我们要化悲痛为力量,给敌人以还击。我决定在西区弄出一些动静来,扰乱敌人的神经,让杨森顾得了头顾不得尾,我知道他已经在通南巴问题上焦头烂额了,我们还要让他在西区同样焦头烂额。

何先昭说,行,我们武工队随时准备着。

赵全英也说,好,罗书记,我们姊妹会也准备着。

罗天照说,好。基于武工队才受了重创,我们不组织大的武装行动。姊妹会的妇女同志们也只做一些策应之事,也不要有太大动作,我们只搞乱敌人部署就行。这是原则。现在我想先听听赵全英同志的想法。

赵全英见此次罗书记首先考虑姊妹会的同志,就有些激动,她站起来汇报说,罗书记,我是这样想的,我们姊妹会的妇女做不了大事,但是做我们拿手的事没有问题的。眼看坡上麦子就要熟了,我想组织姊妹会的妇女同志们连夜去把金宝土豪何根生家的麦子全部割掉,分给附近的农民。

罗天照想了想,说,好,打土豪分田地,让农民兄弟过上好日子,是我们地下党最初的宗旨。你下来好好策划组织一下,争取一夜之间就将何根生家的麦子全割完,并连夜分派到各家各户。行动之前,你得先让农户们把自家麦子割回家,这样,何根生就无法分辨是谁割了他家麦子。

赵全英说,罗书记,你放心,这些细节问题就由我来想好了,我决定今晚就行动。

罗天照说,何队长,你们武工队有没有打算搞一些动作出来。

何先昭说,罗书记,我也想好了,我们武工队也组织一次不大的行动,把龙泉地主何靖廷和杜成家的粮仓给破了,搬出粮食全部分给穷苦农民。

赵全英听了何先昭武工队的分粮行动,觉得姊妹会也可以参加,便又主动申请,说,罗书记,我们姊妹会的姐妹也可以参加破仓分粮行动。

罗天照笑了笑说,全英呀,全英,你也太贪心了点吧,你们有割麦行动了,就不要盯着武工队的分粮行动了。

赵全英说,罗书记,我觉得两次行动不冲突。关键是我们对这两个大地主还很熟悉。

罗天照说,那行,何队长,破仓分粮行动人手少了也不行,就把赵全英她们带上吧。

何先昭说,好的。

前后相隔两天的割麦和破仓行动让易维进大为震怒,易维进连夜将情况报告给了杨森。

杨森听了易维进汇报,惊得从坐着的椅子上站起来,半天说不出话,三次清乡都没把西路地下党气焰打下去,现在反而越来越厉害了,不行,得再次清乡。但他转念一想,清乡?派谁去泥?他没人可派了呀。杨森想到这,又颓然地坐回到椅子里。

此时,杨汉城又进来报告,说,军座,西充车龙团防哗变了。

呀!杨森又从木椅上暴跳起来,给我派军队剿,剿,剿。

赵绍州听人说有一青年跑到金宝场,到处打听谁是地下党,武工队在哪儿。

赵绍州就哈哈笑了,哪有这样找武工队的。便叫老婆看着肉摊,他去找补锅匠赵富贵,让他打听一下到底是怎么回事。

赵绍州边走边想,这肯定不是敌人探子,如果是探子,肯定不敢这样明目张胆地到处打听地下党，打听武工队。那到底是怎么一回事呢？

赵绍州找到补锅匠赵富贵，说，老赵，我一个卖肉的，不好去跟踪一个年轻人，目标大。你去看看，这青年到底怎么回事。

赵富贵说，好，我现在生意正孬，我就去看看。

赵富贵远远地观察那青年，他见那青年眼睛不东瞟西看，衣衫虽然破旧但也干净，怎么看都不像敌人探子。

赵富贵不敢贸然接触，他把侦察到的情况报告给了赵绍州。

赵绍州也判断不了，就把情况报告给了罗天照。

罗天照也不敢轻易接触，他亲自上街去观察这青年，但仍然没有看出名堂来。

这青年见找不到地下党和武二队，就回西充去了。

为了弄清情况，赵富贵把补锅摊子摆到了莲池街上，因为那青年是莲池乡人，赵富贵终于在街上又看到那青年，他转弯抹角地终于打听清楚了，这青年在听到金宝地下党和武工队的事后，想去金宝参加地下党和武工队，自然他肯定找不到，这不，又蔫耷耷地跑回来了。

赵富贵回来把此事说与罗天照听，罗天照也笑了。

赵富贵还告诉罗天照一个消息，他在西充听到车龙的民团哗变了，那些团丁们拖了枪也要来找金宝武工队。

罗天照对赵富贵说，这既是好事，但也有问题。好事是我们西区地下党武工队已经产生了一定的影响，问题是目前我们西区还没有根据地，无法接纳像车龙民团哗变的地方武装，还有上次从大悲寺提枪跑来要投靠西区武工队的公安分队的队员，我们也无法接纳。

罗天照想，看来西区得考虑建立根据地，建立红色苏维埃政权了。

何仲阶被文计策当成地下党关进监狱后，西区督学位置就空缺了。

吴兴谱便把袁贵三派到西区任了督学。

这袁贵三是青年党，他一到西路，就联系上了苏志。

苏志将西路情况向袁贵三做了详细汇报。

袁贵三说，西路的情况变得越来越复杂了，地下党活动猖獗，武工队又神出鬼没，搞得南充这个大后方极不安宁，易县长很不放心西路，吴兴谱局长也是极度关注西路的情况，易县长派我来西路督学，我也深感惶恐，害怕做不好工作，今后还请你全力配合我，搞好西路的工作，让易县长放心，让吴局长放心。在此，我特地作出规定，但凡今后西路有关地下党和武工队的情报一律都要先向我汇报，再向上汇报。

苏志一听袁贵三的口气，就有一点不舒服，不过，他不敢表露出来，他还要观察观察这个袁贵三。

袁贵三刚到西路，他想表现一下，他分别找了苏志、赵模、何朗清、杨白华等谈话，但仍然没有找到一点儿有用的线索，这让他有些失望，难怪西路闹腾得这么凶，清乡都搞了三次，结果什么都没捞到。他想易县长把这样几个青年党放在西路，难怪没有收到预期效果，这几个青年党说白了都是饭桶。

西路教育管辖范围宽，袁贵三当了西路督学，自然觉得手中有了权力，内心便有些膨胀和得意，每周他都要回县城，一回到县城便呼朋引伴，花天酒地。

袁贵三最喜欢去的地方叫三阁庙茶馆。

与袁贵三交往的大都是些青年党党徒。

袁贵三爱坐在靠窗一方，这里视野开阔。

袁贵三是一个爱显摆的家伙，他一当上西区督学，就好像当上好大的官一样，他时常挂在嘴上的都是，咱易县长，咱易县长的。

几个青年党就吹捧他，说，袁督学，你到西路多抓几个地下党，今后升了官，莫要忘记我们哈。

袁贵三说，那是自然的。易县长这次安排我去西路当督学，是有目的的，因为部队三次清乡一无所获，为啥一无所获呢？这并不是军队无能，而是军队不熟悉农村情况。你想，军队一来，武工队就跑了，地下党就钻地下了。你就是来再多的人，不也是两眼一抹黑吗，你一走，武工队又回来了，地下党自然又回到地面来了，照样该干啥就干啥，你说你清乡清个啥子嘛。部队抓点现成的还行，要说搞情报，部队就不行了，就是聋子瞎子了，关键时刻还得看我们青年党的，我们青年党搞情报还是行家，你们看，我到了西路，我会很快摸清地下党和武工队的情况，一一将他们捉拿归案。

这一通吹嘘，把几个青年党笑的，但没有当真。

同样在蔑笑的，还有地下党，你一个小小的督学也想搞垮地下党武工队，也不自己量量斤两。

这袁贵三还真不是吃素的，他没来西路几天就盯上了七宝寺高小了，他从苏志等青年党提供的零星信息中嗅到了一些东西，正在搜集整理罗列材料，准备上报易维进。

罗天照决定除掉袁贵三,再次敲一敲敌人的嚣张气焰。

罗天照又通知何先昭到七宝寺来拿书,何先昭便知道又有任务来了。

何先昭在罗天照那儿领取了除掉袁贵三的任务后,把武工队召集到旋东湾村集结,告诉他们又将有一个行动。

袁贵三老家在中和乡,袁贵三一回到老家,张思明便提出宴请袁贵三,袁贵三见是校长宴请,便欣然应允。

这张思明是张四俊的哥哥,他是中和乡学校的校长。

在如家馆子,袁贵三坐在主宾位上,张思明陪坐在他右边。

这袁贵三一直改不掉爱吹嘘的毛病,一落座,他便一个人高谈阔论,张思明偶尔应和一句两句,全桌人净听袁贵三一人说了。

酒过三巡,这是南充的规矩,先是集体喝上三杯,三杯过后便自由发挥。

等袁贵三夹了一筷子菜送入嘴巴后,张思明便向袁贵三发起了进攻,说,来来来,袁督学,我敬你三杯,你是我们中和场的骄傲。

袁贵三本来能够喝几两酒的,他看桌上人不多,便端起酒杯喝了张校长的三杯。

张思明校长喝完三杯后,可还没完,他说,袁督学,我们中和场的学校还要请您多关照。

袁贵三说,那是自然,我是中和场人嘛,我不关照中和场谁关照中和场?

张思明说,那说定了,我谢谢袁督学,再喝三杯。

袁贵三一高兴,说,喝。

这几杯酒一下肚,袁贵三脸便有些红了,头有些飘了,心里也更加高兴了,话也更多了。

其他陪坐的也频频向袁贵三敬酒,滋溜滋溜,袁贵三来者不拒。

袁贵三红着脸,手指头在桌上指指点点,说,嘿嘿,我袁贵三一来西路,这地下党和武工队全都他妈的不见了。嘿嘿,都躲着老子了。喝了点酒的袁贵三就敞开了吹。

张思明说,是,督学英明,你一来,这西路就清静多了,我们都相信,西路的教育一定会更好。

袁贵三说,那当然,那肯定。我可不像先前那几个青年党那么饭桶,我要是知道了地下党和武工队的动向,我会马上向易县长汇报的,让他马上,马上就派部队来把地下党和武工队一网打尽,打尽知道吗?就是一个都不剩。

张思明说,嗯,督学只要肃清了西路的地下党和武工队,那易县长定会重奖你的。

袁贵三说,那是,那是,易,易县,易县长那是非常器重我的,他派我来西路,西路。额,额。他专门交代我,让我打探,打探地下党和武工队。我肯定,肯定要报答,报答易,易,易县长的信任。

袁贵三眯缝着眼,看了一眼张思明说,张校长,我,我,我,我知道,你们,你们学校有老师参加了地下党,地下党的,你要老实给我交代,交代,你看我把地下党抓出来,不枪毙了地下党才怪,才怪。我劝,我劝你,不要被共党赤化了,赤化了懂不懂?

张思明说,我懂,我懂,我不会被赤化的。

袁贵三说,跟着共产党是不会有好下场的。额,额。我没醉,我,没有好下场的。

张思明听着,扶着袁贵三,又想和他碰杯。

陪坐的老师见张思明也喝得有些多,便给他使眼色,张思明装着去厕所。

这些陪坐的老师便又纷纷给袁贵三敬酒,边敬边恭维。

袁贵三眼神已经朦胧了,他端起一杯酒,还未喝,就趴下了,瘫在座位上,成了一堆烂肉。

张思明从厕所转来,见袁贵三伏在桌上已经完全醉了,就吩咐老师们抬着袁贵三,送他回老家休息。

袁贵三一倒在床上,便鼾声震天响。

什么时候动手?有武工队员问何先昭。

只有等天黑了才好动手。何先昭说。我怕动手早了,村子里人多,容易被人撞见。这个时间点还真不好拿捏,袁贵三身体好,等久了吧,也许会醒来,如果醒来后袁贵三吵着要离开老家回金宝或者县城,那就不好再找机会了。何先昭还真有些左右为难。他于是安排武工队员在袁贵三老家周围蹲点守候,另外还安排一个人在袁贵三家周围不停地叫喊:卖鸡哟,卖鸡哟。以卖鸡为信号,只要武工队员还在喊卖鸡,就说明袁贵三还没醒。

且说那袁贵三半夜酒醒后,就听到屋后有人叫着卖鸡,心想,撞见鬼了,半夜三更的,是哪个舅子在屋后头叫卖鸡呢?于是高声大骂道,是哪个狗日的,这么晚了喊魂啦。

第三章 西河悲歌

这正是何先昭需要等待的声音，袁贵三已经醒了，说明袁贵三还在屋里。

见时机差不多了，何先昭给武工队员挥了一个手势，率先冲进袁贵三家。

嘭一声，门被打开了。袁贵三惊得坐了起来，睁开惺忪睡眼，问道，谁？是谁在外边？

何先昭一手提着一把大马刀，指着坐在床上不分东南西北的袁贵三说，我，何先昭，武工队队长，你想抓的人。

袁贵三彻底清醒过来，见了真正的武工队，他就怂了。

何先昭用马刀指着袁贵三说，袁贵三，你不是在找武工队和地下党吗？怎么见了真货就不说话了？

袁贵三是听说过武工队厉害的，他更知道何先昭会武功，飞檐走壁，取人头于无声，一把大马刀耍得泼水不进，十个人也近不了身。现在袁贵三见到真人了，何先昭人高马大的气势一下子就逼得袁贵三瘫在床上。

袁贵三脸青面黑，低了头，不开腔。

何先昭说，袁贵三，你可知罪？你一到西路就大言不惭要消灭地下党武工队。现在，轮到我代表西区地下党和武工队来执行对你的枪决了。

袁贵三听到何先昭要枪毙他，马上跪在床上，说，好汉饶命，好汉饶命。

饶命？你也有怕的时候了？你不是挺能吹的嘛，再吹嘛。何先昭说。

请放过我，请好汉放过我。袁贵三的酒早醒了，他想通过告饶来保命。

不要做梦了，但凡与人民为敌的，我们都不会放过的。何先昭说着从身后武工队员手中接过手枪，对着袁贵三就是一枪，袁贵三闷哼一声，栽倒在床上。

武工队员把事先准备好的标语贴在袁贵三尸体上。

那声枪响，在中和场夜空中爆响，很多百姓都听到了，他们知道，肯定又是武工队在哪儿行动了。

中和场团丁听到枪响后，以为武工队又来攻打民团，都吓得不敢出来，等过了好久，还不见武工队影子，这才敢跑出来，一打听，才知道那声枪响是从袁贵三家传出来的。心想，多半是武工队在袁贵三家行动了。团丁慢腾腾地跑到袁贵三家，看见袁贵三已经硬挺挺地死在床上了。

团丁们虚张声势地在袁贵三家周围巡视了一遍，吼了两声，才归队。

金宝场上的袁贵三妻子是第二天才知道袁贵三被武工队处决的，她赶去老家给袁贵三收尸，把尸体上的罪状撕下来，带着儿女到县府找易维进告状去了。

苏志和杨白华候在易维进办公室外。

309

继大悲寺夺枪、火烧哨棚后，这西路就闹腾开了，现在地下党又破仓又放粮，又割麦又锄奸，苏志等几个青年党已吓得魂都丢了，他们必须要来见易维进，向他反映情况。

是，必须赶紧反映，苏志几个放在西路，地下党闹得这么凶，他们几个一点儿东西都没有抓住，易维进不怪罪他们才怪呢。

易维进来了，苏志等赶紧奔过去。

易维进打开门，苏志等赶紧跟着进去了。

易维进坐下来，对苏志说，来嘛，把你们知道的情报都报给我。

苏志看了看杨白华，杨白华把脸转到了别处。

苏志又转回来，面对着易维进，说，县长，据我们的情报反映，七宝寺高小内有共产党，武工队的据点在龙泉、金宝、中和等地。

易维进冷笑两声，七宝寺高小里都有谁？

苏志的汗一下子就下来了，流得满额都是。

苏志战战兢兢地说，县长，至于有哪些人，我们正在排查。

易维进看了一眼苏志，说，排查？排查到什么程度了？有哪些线索？

苏志又开不了腔了，他的脑中一团糨糊，他呆呆地站在那儿。

易维进说，我看你们就是一群饭桶，在西路没有干出一件像样的事情。什么情报都是含糊其词，没有一个准确的。

杨白华说，易县长，这西路地下党武工队太狡猾了，我们也花了大力气侦察，他们硬是没有给我们留下一点可用的线索。

花大力气？我看你的力气花在女学生身上了。易维进看了杨白华一眼，他看杨白华那苍白的脸就知道这个东西气血亏损太大。

杨白华没有想到易维进连他这个爱好都知道，脸上便有些讪讪然。

杨白华说，易县长，我觉得七宝寺高小的罗天照有问题，他的寝室时常有女生进出，特别是那个赵全英，进出他的寝室最频繁了，我看他们就像地下党，偷偷摸摸的。

苏志说，杨老师你还看得仔细哩，我看你是瞧着赵全英长得漂亮吧。

杨白华便急了眼，说，我说的是真的。

苏志说，你杨老师仗着父亲举报吴季蟠有功，在我们面前骄傲得很。

杨白华说，不是吗，难道我父亲提供的情报不准确？

易维进有些厌恶地看着两个人争论，吼道，像你们这么开展工作，工作怕再做也做不好。你们不说吴季蟠还好，说起来我就气，我满以为抓住了一条大鱼，结果什么都不是，连小虾都不是，纯粹他妈的一个硬骨头。啃也啃不得，吐也吐不得，只有他妈的枪毙算了。

苏志和杨白华便不敢再说话了。

易维进又说，你们几个提供的东西都是模棱两可的，一点儿证据都没有，我总结了一下，前几次清乡没有收获，就是坏在你们的没有证据手里。

苏志好像突然又想起一事，说，易县长，我有一事，不知有价值没有？

易维进说，管他有没有，你先说出来我听了才可判断。

苏志说，我和舒俊是邻居，这舒俊原是七宝寺高小的教师，后来去了蓬溪教书，听那边的人说他在蓬溪那边犯了事，犯的是地下党的事，被抓进监狱了，后来不知怎么又放出来了，听人说是被地下党营救出来的。可舒俊出来后，没有继续教书。我又听人说他是因为有过被捕经历，所以地下党对他就不信任了，说他有可能在狱中叛变过，所以舒俊教不了书，只能回到金宝来当医生。不过听说他当医生也不老实，还经常帮助地下党做事。这个情报是我那天和张恒久在金宝场喝茶时听他说的。

易维进想了想，一拍桌子，把苏志和杨白华都吓了一跳，只听易维进说，妈的，好你个苏志，你他妈就是一头蠢猪，不长脑子，遇到问题也不分析分析，你提供的这个情报就靠谱嘛。你几个真他妈没长脑子，有好情报不报，尽说些废话给我听。看嘛，这就是一个最重要的情报。

苏志想，这不是还是没有证据嘛。但他哪敢表露出来，只得低头说是。

易维进说，好了，今天就说到这儿，我一会儿还有事，你们回吧。

苏志和杨白华便起身走了。

在西河桥头，吴兴普见易维进到了，便上前招呼道，易县长，你也来了。

易维进点了点头。

两人都是来接杨森的，杨森从成都开完会要返回南充。

两个人正聊着袁贵三的事儿，杨汉城也来了。

三人便站在桥头等杨森。

说什么来什么。

吴局长呀，你要给袁贵三做主呀。西河桥头突然窜出一个披头散发的妇女，带着一对儿女，一下子就跪在吴兴普的脚前。吴兴普吓了一跳，他听到这妇女说袁贵三，便猜到了几分，她可能是袁贵三的老婆。

吴兴普对那个妇女说，不要在这儿跪着，有什么事起来说。

311

那妇女只管哭,就是跪着不起来,她说,吴局长你不为袁贵三做主,我就一直在这儿跪着不起来。

吴兴谱说,你是袁贵三婆娘吧,先起来,有什么事等会儿到我办公室说。

那妇女仍然不起来,哭哭啼啼地要吴局长给她做主,那两个小孩子也一齐跪下来。

吴兴谱说,袁督学被武工队枪杀一事,我们已经知道了。你放心,我们一定要把武工队抓住的。

那妇女从怀里掏出一张纸,递给吴兴谱,说,这是从袁贵三身上取下来的,是武工队给我们家老袁罗列的罪状。说着又呜呜呜地哭了起来,两个小孩子也跟着哭起来。

吴兴谱看了,又递给易维进,易维进看了又递给杨汉城,杨汉城看了,就刷地撕了。

杨汉城对易维进说,西路武工队有些猖獗,这袁贵三刚去就给杀了,这还了得,今后谁还敢去西路?嗯?

易维进说,清了几次乡,没有一次是成功的,现在地下党武工队变本加厉,有恃无恐,老杨,看来你得亲自出场了。

杨汉城脸色铁青,说,这事儿得报告军座,一切由军座定夺。

杨汉城又看了那妇女一眼,对身边卫兵说,军座马上就要来了,你们先把袁贵三的妻儿带走。

卫兵刚把哭哭啼啼的袁贵三的妻儿弄走,杨森车队就到了。

接到杨森后,一行人径直往县府方向而去。

易维进、吴兴谱和杨汉城在杨森办公室向杨森汇报了西路情况。

杨森沉思了一会儿说,对于西路,我是忍无可忍了。前几次清剿,我有些大意,以为几个泥脚杆子不足为虑,我主要是把围剿通南巴的土匪作为重中之重的任务,就忽略了西路地下党。现在看来,我的工作重心有问题,不仅通南巴的匪没剿完,西路也给我闹得不清宁。两头都想顾,结果两头都没有顾上。我看呀,这西路地下党和武工队似乎已经有做大的势头了,我看他们已经不满足于地下活动了,他们已经在明面上向我发起挑战了。很显然,这不是小打小闹的问题,他们是有目的的,他们就是想在我的后方乱搅,影响我围剿通南巴的共产党,结果我真上当了。种种迹象表明,这西路是想成为第二个通南巴。当然这是我不允许的,也是我不能容忍的。

杨森最后说,听着,我对于西路的共产党,原则上还是一个字,剿!

山雨欲来

赵绍州扛了半边猪肉，重重地放在摊上，再操起砍刀砍下猪头、两只脚，再把骨剔了，边油撕下来，卷起，挂在摊位上方铁钩上。

做完这一切，赵绍州坐下来，卷了一袋叶子烟，划燃火柴，点上烟。

深吸一口，那烟在赵绍州的身体里游走了一圈，赵绍州觉得很快活。

现在还早，街上人不多。

每个人从赵绍州摊前经过，都要与他打一声招呼，匆忙的，就点一下头。

赵绍州能叫出街上每一个人名字。

金宝场就那么两条街，赶场的人上上下下的，从场头走到场尾，再从场尾走到场头，赶场的人总这样乐此不疲。

赵绍州肉摊比街面高一点，他有种居高临下的感觉。

赵绍州边吸烟，边和街上的行人打着招呼。

赵富贵离赵绍州的肉摊不远，赵富贵不是街民，他摊位是租用的，赵绍州见赵富贵正在把他的那些补锅行头从挑子中一一拿出来，摆在地上。

赵富贵见赵绍州在看自己，也回敬赵绍州一个微笑。

赵绍州说，富贵，来抽一口。

赵富贵说，你先抽着，我刚抽了一杆。他们称叶子烟不称支，称杆。赵富贵的烟杆就是由一节食指粗细的竹筒削成的，烟杆上挂一个烟袋，烟袋里是撕成拇指长的土烟叶子，要抽时拿出来理开，一层一层裹，裹成拇指粗的一杆烟，插进烟杆点燃了抽。

赵富贵的补锅行头还没摆齐整，就听到有人在街上吆喝补锅。

嘿嘿，金宝场何时又来一个新同行？赵富贵正疑问着，那个补锅匠已经吆喝着从他摊前经过了。

赵富贵一看,不认识嘛。

那个补锅匠转到上街与下街拐角处又往回走,边走边吆喝。

赵富贵问赵绍州,那个补锅匠你认识吗?

赵绍州说,你都不认识,我怎么可能认识?

是的,很陌生。正当赵富贵满是怀疑地问时,又一个补锅匠出现在街头,几乎与第一个补锅匠一个打扮,补锅行头很简单,一根板凳两头简单地放些物件,板凳扛在肩上,边走边吆喝,眼睛还在到处瞟,游弋不定。

怪了,今天怪了,怎么凭空多了两个补锅匠?赵富贵第一感觉就是,这两人不像是补锅匠,补锅行头简单,也不坐摊,就在街上游走,眼睛还东瞧西看的。

赵富贵对赵绍州说,我这摊只我一个人,走不脱。你叫你老婆把肉摊看一会儿,你去向何先昭报告。

赵绍州说好。

何先昭得到消息,马上吩咐两个武工队员跟着他上街去看看。

果然,那两个补锅匠还在街上东游西荡,一点儿也没停下来补锅的迹象。

何先昭悄声对另两个武工队员说,你们两个负责一个,我负责一个,弄回去审问。

两个补锅匠被带回去一审问,几下就招了,果然不是补锅匠,一个是杨汉城的排长,一个是士兵。他们都是奉杨汉城的命令来事先侦察一下金宝场情况的。

何先昭哈哈大笑,想不到这杨森也学乖了,搞起侦察来了,他想不到他的这几个兵,太无能了,哪里装得像嘛。

何先昭对两个武工队员说,先把这两个家伙毙了,让杨森的眼睛先瞎掉,耳朵先聋掉。

杨汉城得知派出去的两个侦察兵被武工队逮住毙了,暴跳如雷,骂道,这伙土包子武工队居然还有反侦察能力,老子不消灭武工队,决不罢休。

杨汉城派侦察兵去金宝侦察没有成功,他怕杨森责怪自己,就把事情瞒了下来。

侦察兵的死激怒了杨汉城,他向杨森主动请战。

杨森反而冷静下来,他不能重蹈前三次的老路,他要下狠心彻底搞掉西路地下党和武工队。

杨森叫杨汉城回去等候他的命令。

杨汉城走后，杨森立即和田颂尧、李家钰通电，说要不惜一切代价，重兵围剿西路，把地下党和武二队全部清除干净。

田颂尧和李家钰都说一切按军座的意思行事。

于是，杨森从第三混成旅杨汉城旅抽出文计策营，从第六混成旅刘治国旅抽出两个团，从第四混成旅高德周的第十二团抽出漆忠山营，加上南充保卫团副团长杨伯英的保卫团，组成了"围剿"西路的大军，从南充出发直扑西路。

田颂尧的蔡海州旅从蓬溪出发。

李家钰的陈绍棠旅、西充的保安分队也从西充同时出发，向西路合围而来。

小小的西路，哪里容得下这么多人。

大道上、小道上、坡坎边，到处都是敌人。

几路敌军耀武扬威，杀气腾腾，吆喝声、脚步声、枪械的碰撞声，在乡间响个不停，老百姓一见来了这么多部队，家家都关门闭户，人都蜷缩到床上，用被子蒙了头，不敢听，不敢动弹。

各乡场的团总也带着团丁来配合大部队行动，在前面带路到每家每户大肆搜捕，只要见有可疑人员，一律抓。

一时间，各个村子乱成一锅粥，到处鸡飞狗跳，到处传出小孩子哭声。

晏桂花得知敌人又要来"清剿"的消息，急得在屋里团团转，她担心赵全英呀，赵全英虽然从来没有给她讲过自己是地下党，但她知道女儿是，她的心里也为女儿是地下党而骄傲过。现在敌人来"清剿"了，不知赵全英现在在哪儿，知不知道消息，她担心女儿身份已暴露，那她在学校就待不下去了。

晏桂花去找何淑兰，让她去学校通知女儿回来，她想不出哪儿安全，就想让女儿回家来避一避，家里兴许比学校安全一些。

赵杰安见西路来了这么多部队，便有些兴奋，他急急忙忙跑去见张易飞，报告说，张营座，赵全英是女共产党，赵吉州是石马垭支部负责人。石马垭之所以这么乱，都是他们搞的鬼，我早已打听清楚了，绝对没错。

张易飞说，你他妈的怎么现在才来报，前几次清乡搞啥去了？害得我几次都无功而返？

赵杰安说，营座，天地良心，以前我真的不知道他们是地下党。现在知道了，我不是第一时间向你报告了吗？

张易飞说，妈的，管他男共产党，女共产党，统统抓。我给你一个排，你引着他们去抓。

敌人大规模进剿西路，形势陡然紧张起来。

在古汉墓，罗天照召集七宝寺党支部的负责人开会，安排有可能暴露的地下党员和武工队员撤退，先外出躲避一段时间，视事情发展决定返回事宜。

罗天照说，七宝寺高小内的地下党必须全部转移，从种种迹象来看，苏志他们应该已经掌握了地下党许多情况，即便没有证据，他们也怀疑的。况且这次情况有些不对，敌人来势汹汹，不管有没有证据，只要怀疑就抓人。所以，我们要做最坏打算，说走就走，不能再等了。大家会后就分散行动。

赵全英对罗天照说，罗书记，我留下来，村里姊妹会的同志还不知道具体情况，我得去告诉她们，劝她们及时撤离。另外，我也不想离开，我多半已暴露，如果我走后，我爹妈肯定要遭报复的。所以，罗书记，我请求留下来。

罗天照说，不行，你必须离开，我们学校所有地下党同志都必须离开，我们不能作无谓的牺牲。

赵全英说，罗书记，我什么都听你的，这次我可不听了，我不能光顾了自己，我还要回去通知姊妹会的人，她们有的比我还拧，不想离开家乡，我必须要去强行劝她们离开。

罗天照知道自己也犟不过赵全英，就原则上同意她先行回石马垭通知姊妹会的姐妹，然后自己想办法寻找机会撤退。

赵全英在回石马垭路上碰到何淑兰，她马上告诉何淑兰，说，何淑兰，你马上去通知姊妹会的姐妹，说敌人又来了，这次情况不对，西路危急了，让她们马上撤离，不要眷恋家庭，先撤退了再图后计。

何淑兰说，那你呢？

赵全英说，你不要管我，我自己想办法离开。

何淑兰说声好，就马上跑去通知全村的姐妹们了。

晏桂花见到赵全英回来，就焦急地说，全英，你快出去躲躲吧。我刚才还叫何淑兰去叫你回家来躲，现在我觉得家里也不安全了，你还是到外地去躲吧。

赵全英说，妈，你不要管我，我不怕。我要等到村上其他姐妹们都出去躲了，我才会出去躲的。

晏桂花说，你个傻女子，现在谁还顾得上谁呢？敌人马上就要进村子了，你不快出去躲，一定会让敌人抓住的。

赵全英说，妈，你不要再劝我了，我是不会单独一个人走的。你和爸也要外出躲一躲，敌人既然知道了我是地下党，他们肯定不会放过你们的。

晏桂花说，你不用管我们，你自己先走吧，我和你爸都是一大把年龄的人了，敌人奈何不了我们的。

正说话间，村子里闹嚷起来。

赵志本站在地坝边往下一看，见敌人已经包围了村子。

出不去了，全英，你快去我们家苕窖里躲。赵志本把赵全英往苕窖推。

嘭嘭嘭，外面响起敲门声和大声的呵斥声。开门，开门！快开门！

门一开，敌人的枪就抵住了赵志本。

这是赵全英的老汉。赵杰安对敌排长说。

敌排长说，赵全英在哪儿？

赵志本说，不知道，没有回家。

赵杰安说，还不老实，明明有人说看见赵全英回家了，怎么会不在家呢？给我搜！

一排人都拥进屋子里去搜。

报告，没有见到赵全英。一个士兵跑出来报告说。

怪了，怎么不见赵全英呢？赵杰安想。

仔细搜，屋里屋外都给我搜，我就不信她还飞上天了。敌排长叫道。

那群士兵又散开了去。

有个苕窖！这儿有个苕窖！一个士兵大声叫道。

几支枪对准苕窖，赵杰安指着苕窖说，出来吧，赵全英，我已经看见你了。

赵全英昂了头，理了理头发，坦然地出来了。

敌排长说，给我绑了！

赵模不敢来赵全英家抓人，他带着另一个排往赵吉州家跑去，结果赵吉州不在家，赵模扑了个空。

夜幕一下子罩下来，整个石马垭都黑了。

张易飞喊，点火把，务必今天夜里把所有地下党和武工队都给我捉了。

石马垭到处都是哭声、喊声、骂声、打人声，乱成了一锅粥。

赵朝生以为自己没暴露，正在家吃晚饭，突然一队敌军朝他家跑来，赵朝生想跑，没跑脱，被敌人按在地上。赵朝生是有些武功的，他稍一挣扎，那个按他的士兵就被摔了一个达扑爬，另一个士兵见了，知道赵朝生厉害，不敢再扑，于是冲上去就一刺刀，赵朝生被活活刺死。

赵全英和被抓捕的人都被押到金宝川主宫学校，不到一天时间，敌人从各处捉来的人就把整个学校关满了。

赵杰安讨好地对张易飞说，营座，石马垭是地下党巢穴，把所有从石马垭抓来的人用机关枪突突了都不会错半点儿。

张易飞说，哈哈，管他有多少，有多少抓多少。我看今后谁还敢参加共产党。

漆忠山望着黑压压的人群，心想，哪来这么多共产党哟？清乡清了三次，都没见抓到几个真正的共产党。这次怪了，一下子冒出来这么多地下党，这些人都是地下党吗？

大抓捕

白色恐怖笼罩着西路。

苏志进了一趟县城，他单独去的，任何人都没喊，他觉得手底下的人都无能，没有向他提供一点儿有用的情报。苏志这次进城的主要目的是向易维进告发舒俊的事，他说舒俊虽然不当老师了，但他在金宝场行医也不老实，就爱往老百姓家中跑，给老百姓看病也常不收钱，还在老百姓中散布一些反动言论，抨击县政府等，这舒俊定是一个顽固不化的共产分子。

易维进说，那就抓嘛，凡是亲共者都给我抓，我看西路到底有多少地下党。

漆忠山派了一个排去抓舒俊。

舒俊在金宝街上坐诊时被抓，抓舒俊时，舒俊很坦然，他从容地把药箱收拾好，背起来就跟抓他的那排士兵走。

抓舒俊时，苏志也在场，他对抓舒俊的那个排长说，七宝寺高小还有舒俊的同党。

于是，那排士兵又去了七宝寺高小，挨家挨户搜查。

本来罗天照安排所有地下党员和武工队迅速撤退的，但是任逐非觉得他应该没暴露，就留了下来。但没想到敌人会挨家挨户地搜，所以当搜到任逐非寝室时，任逐非这才慌了，一份印有地下党开会名单和一部油印机没有来得及藏，就被搜了出来。

敌排长大喜过望，居然弄到一个意外收获，立即将任逐非押去见漆忠山，漆忠山知道这是一条大鱼，不敢怠慢，马上派人将舒俊和任逐非押往县城审问。

舒俊是进过一次监狱的人，自然什么都不怕。

敌人对任逐非用尽酷刑，也没敲开他的口。

易维进见又遇到两个死硬分子，只好自认倒霉，将他们两个暂时关入大南门监狱。

苏志去县城告发舒俊的事被赵模、何朗清和杨白华知道后，何朗清也私下找到赵模和杨白华几个商量说，这苏志是想撇开我们几个独自一个人邀功，看来我们也得另起炉灶了，以后有情报我们几个人也不跟苏志通气，我们也直接上报。

赵模说好。

前几次清乡，这西路青年党没发挥多大作用，那是因为他们没有确凿的证据去告发他们怀疑的对象。这次清剿，看来是来真格的了，所以赵模、何朗清和杨白华几个就活跃了，他们把怀疑的对象都理了出来，只要发现有不对劲的地方他们都往上报。

赵模、何朗清和杨白华向文计策报告，中和场的王化民是地下党。

文计策马上派人去中和场密捕了王化民，连夜突审，王化民经不住严刑拷打，招出了吴向斋、吴泽成等地下党。

随即，文计策又在王化民的带领下去了中和场，逮捕了吴向斋和吴泽成。

吴向斋和吴泽成也没能经得住拷打，供出了中和场的石海院和金宝场的天保宫的吴文明、吴成章、吴福润、吴子惠等地下党，几个人先后被捕。

罗天照与何先昭安全撤到长干山中。

何先昭见敌人这次清剿太疯狂，就对罗天照说，罗书记，这样下去不行，敌人太疯狂了，西区地下党和武工队必会遭受到严重破坏和沉重打击的，与其如此，还不如我们也来学一学顺庆起义和升保起义？

罗天照表情很严肃，说，起义？起义得有队伍呀，我们现在无炮少枪少人，怎么起义？敌人这次出动了这么多部队，我们用什么去与之抗衡？另外我们没外援，仓促起义，必然招致敌人镇压，这样我们西区辛苦建立起来的武工队就有可能全军覆灭，我们刚刚燃起来的革命火种也要被扑灭掉。我们个人牺牲了无所谓，可老百姓伤不起呀，革命伤不起呀。

那现在我们怎么办？何先昭问罗天照。

罗天照说，这几天我一直在想，怎样才能保存我们的有生力量，以图东山再起。这样，何队长，你的身手好，你乘黑夜摸回村子，把我们西区一些没有来得及撤退的地下党员和武工队员组织起来撤退进山。

何先昭说，好，我先看一看还有哪些人没撤出来，然后再回去一一动员他们。

罗天照突然拍了一下自己的脑袋，说，看我都糊涂了，先昭，你先负责把罗汉文和张子文还有王焕然等中心县委领导送到外县去，他们留在这里不安全，然后你再回来组织其他同志疏散。另外，你去告诉杨得园，让他随你一起行动。

漆忠山把西路青年党都组织起来，要他们去各乡场去做宣传，叫老百姓与地下党和武工队划清界限，不要跟着地下党和武工队走。凡是发现地下党和武工队的，一定要先报告，但凡报告属实者，只要抓到了地下党和武工队，都有重奖。

苏志被其他几个青年党彻底孤立了，他就一个人行动，到处打探消息。

赵模、何朗清和杨白华等组织青年党徒们去街上刷反动标语，并向老百姓散发反动传单。

任锡玉带领西充马汝龙的保安分队将安乐院包围起来。

原以为可以将安乐院地下党和武工队一网打尽的，结果，任锡玉发现他怀疑的对象一个都不在。

任锡玉是很仇恨地下党的，他在上次竞选团总时，就是因为地下党员何乾生来搅局，让他蒙了羞，没有当上团总。何乾生远走成都之后，他才如愿当上团总。

这次马汝龙的保安分队一来到龙泉场，任锡玉就把龙泉的情况向马汝龙做了汇报。他得知有地下党和武工队员在向安乐院方向集结，马上把情况报告给了马汝龙，马汝龙立即派部队前去包围安乐院。

村民都集中在一处院子里，任锡玉一看，发现他们还是来迟了一步，村民中没有一个他要抓的对象。

何先昭带领武工队来安乐院不是想在安乐院驻扎，而是取道安乐院转移到长干山中，只要一进长干山，敌人就只能摸瞎了。

任锡玉站在院子里的石磨上，对站在院中的群众喊话，他说，全都给我听好了，不准任何人包庇地下党和武工队，但凡知道地下党和武工队去向的，只要向政府报告，都将受到特别优待，情报准确的，还将受到重奖。现在，你们有情报的，就可以向我们报告了。

任锡玉环视了一下黑压压的人群，说，有没有？

回答他的只有一阵可怕的沉默。

任锡玉见没有任何人站出来，他又接着说，我知道，你们中间有地下党和武工队，先自觉站出来，不然等会儿让我们揪出来，那可就不好过了。

任锡玉又对着人群环视一圈，见仍然没有人站出来。

任锡玉又接着说，好，你们都不说是吧，那好，地下党和武工队的家属都给我站出来。

人群还是一阵沉默，没有人动。

任锡玉急了，他大声叫嚣，现在不站出来的，等会儿让我揪出来就马上枪毙。

然而他的话并没吓倒任何人，院子里没一个人站出来。

任锡玉没办法，他走上前去，一个一个地看，但凡他看不惯的，他都拉出来，但凡身强力壮的，他也都拉出来，但凡与他或团丁有仇的，也都拉了出来。

一百多人被拉到一边，院子里闹成一片。

漆忠山问，任团总，这些都是地下党和武工队？

任锡玉说，这些人都有嫌疑，统统带回去。

漆忠山叫部队把这些人都带走。

任锡玉对着院子中剩下的人说，都给我站在院子里，不准任意走动。然后任锡玉又回过头对漆忠山说，老总，让你的部队进屋搜。

漆忠山说，好。他挥手让部队进屋搜。

那些士兵像得到大赦一样，一窝蜂往老百姓家里钻，只要见到值钱的东西，都往包里揣。

老百姓站在屋外看着士兵在屋里乱翻，敢怒不敢言。有些老百姓见自家东西被搜走，气得当场倒地不起。

包里揣着，手里提着、牵着，士兵把百姓家中能够拿走的值钱东西洗劫一空。

等文计策部队撤走后，老百姓才敢回到家中，把翻乱了的家重新整理一下。他们不敢继续在家住了，全都跑进长干山中。

何先昭趁着夜色想去安乐院看看，在路上，他碰到跑出来的老百姓，一打听才知道安乐院发生的事。他见老百姓都跑出来了，除了老百姓家财物受到损失外，其他没有损失。何先昭想，那些刚被抓去的普通老百姓暂时不会有问题，于是他让老百姓去山里躲躲，自己朝石海院方向赶去。

到了晚上，有些老百姓恋家，又偷偷跑了回来，结果陆续又有一些老百姓被抓。

任锡玉知道所抓老百姓中，几乎没有地下党和武工队，他对漆忠山说，长官，这些抓来的老百姓先关着，过后再慢慢甄别。我猜地下党和武工队都跑到长干山中去了，你看怎么办？

漆忠山说，既然跑到山里去了，那就搜山。

到了山脚，漆忠山望着茫茫大山，一时不知从哪儿搜起。

突然，一排枪声响起。

罗天照靠在一块山石后面，望着子弹在天空划过的痕迹，笑了。漆忠山，我看你有多少子弹，都向空中放吧。

张易飞派了一个连驻扎在中和场，他命令中和场团总吴荣哥参与搜捕地下党和武工队。

吴荣哥带着连长史光柱在中和场到处转。

一队人马转到石海院附近时，一个士兵发现一个蛮子洞。

蛮子洞也称苕窖，老百姓把蛮子洞加以开凿就可窖红苕了。

是一个叶子烟锅巴引起一个士兵注意的，那士兵用脚一踩，叶子烟锅巴里居然还有火星，这士兵对连长说，连长，这洞里有人，烟锅巴都没熄。

那连长一听说洞里有人，马上停下脚步，叫一连人悄悄围上去。

吴荣哥说，连长，这是老百姓的苕窖。

那连长白了吴荣哥一眼说，管他啥子洞，先围住看看再说。

且说何先昭来石海院接区委书记熊兴凯，刚一接到，就发现吴荣哥带一连人朝这边走来，他忙与熊兴凯和几个地下党钻进附近一个岩洞中，想等敌人走后再出来转移，哪知这熊兴凯的一个烟锅巴暴露了行踪。

包围圈越来越小。

只能与敌人正面交锋了，何先昭说，熊兴凯书记，你带领大家突围，我殿后。

熊兴凯还想留下来一起抗敌，何先昭说，听命令，我武功好，我断后。

只见何先昭抽出身上大刀，只身冲出去，接连砍翻几个敌人，冲出包围圈往岩洞左边跑，想把敌人引向左边。

敌人果然上当，在何先昭身后紧追不放，追到杜家坟，前面已经无路了，何先昭转过身来，面对追上来的敌人，大刀挥舞，又连砍几个敌人，这些敌人也玩命，把何先昭团团围住，何先昭终因寡不敌众，不幸受伤被捕。

熊兴凯见何先昭引着敌人向左边跑了，他便迅速带领大家往右边跑。哪知后面又有石海院团总吴耀如带的一队人马恰好赶到，吴耀如一见岩洞中跑出来几个人，便追了上来，一直追到何家垭口，落在后面的几个武工队员被敌人抓住了。

熊兴凯跑在最前面，突然前面出现一断崖，无路可逃，熊兴凯见敌人就要追上来了，便纵身一跃，跳下三重悬崖，大腿摔伤，他拖着伤腿爬到附近一个石洞中躲藏起来，敌人又沿着悬崖追了下来，在附近反复搜寻。

几个士兵搜到一石洞，黑黢黢的，不敢往洞里钻，就用马刀对着洞子插，几次都差点刺到熊兴凯了，熊兴凯见无法再藏了，他抓住敌人马刀，夺过来，使劲折成两段，敌人一哄而上，将熊兴凯压在身下，用绳子绑了。

吴耀如让团丁吴玉成找人将熊兴凯扭至中和场上。

烈日高高地悬在土坝子上，土坝子里就绑了熊兴凯一个人。

一个敌士兵搭了一根凳子，端着一只水杯，在熊兴凯面前晃晃说，说吧，还知道哪些地下党员和武工队员，只要说出来，马上就给你水喝。

熊兴凯懒得睁开眼睛，任你怎么拷打，熊兴凯就是不开口。

好，不说是吧。那个看守熊兴凯的士兵说，不开口就晒死你。

太阳太暴烈了，暴晒比拷打更厉害，没多久熊兴凯就被折磨得奄奄一息了。

玉成，你去找几个人把熊兴凯抬去交给文计策营长。吴耀如担心熊兴凯晒死，就吩咐团丁吴玉成道。

吴玉成说，好。马上找来吴文献、吴文学、吴文光等四人把熊兴凯抬往文计策部队去。

吴耀如跟在四个人后面，等吴玉成把熊兴凯交给文计策后，吴耀如突然对文计策说，营座，把这几个人也一起抓起来。

文计策一脸的懵懂惊愕，不知怎么回事。

吴耀如说，他们四个也是地下党。

文计策猛地反应过来，叫道，抓，把他们也抓起来。

一群士兵蜂拥而上，把吴文献、吴文学、吴文光和吴玉成抓了起来。

吴耀如说，我早就知道吴玉成是地下党，我暗中观察，他居然还有同党，我见他们力量大，一直没敢动他们，现在文营长来了，有部队给我撑腰，我不怕了，才设计抓获他们。

吴玉成本来是想救熊兴凯的，他见吴耀如吩咐自己找人来抬熊兴凯，心中暗喜，机会来了，自己正可借机侦察一下情况，以便想办法营救。哪知这吴耀如老奸巨猾，他也在利用这次机会设计把吴玉成几个地下党一并抓捕。

第二天，吴耀如又带领着文计策的部队包围了石海院及附近金宝场的天宝宫，逮捕了地下党员吴文谱、吴金山、吴福如、李三祥等。

文计策马上对他们进行了审问。

没几下，吴文谱就叛变了。他供出了地下党员吴汉章。

于是吴汉章被捕。

文计策马上提审吴汉章。

中和场没有多少刑具，文计策便想了个毒招——青火背篼。

文计策叫士兵用铁丝编一只背篼，将烧燃的炭火装进背篼里，背篼很快便让炭火烧红了，吴文谱从刑架上被解下来，士兵将烧红的铁丝背篼背在吴文谱身上，吴文谱的背上便马上发出滋滋滋的声音，是人肉被烧红的铁丝烙烤的声音，焦煳的人肉味，飘满全屋，吴文谱痛得昏死过去。

浇水。文计策吩咐士兵向吴文谱身上浇冷水。

吴文谱醒了过来。

文计策说，吴文谱，只要你说出还认识哪些地下党和武工队，我们就放了你，并给你治伤。

吴文谱说，哼，不要白费力气了，我既不是地下党，也不是武工队员，更不知地下党是谁，也不知道武工队员在哪儿。

文计策见吴文谱居然不承认自己是地下党，就对行刑的士兵说，火背篼就不背了，再给我点王指，我倒要看看他要跟我死硬到何时。然后快步走出了审讯室。

行刑士兵将吴文谱手指绑上浸了油的棉签，点燃，吴文谱五根手指顿时燃烧起来，那钻心的痛让吴文谱又昏死过去，行刑士兵再次将吴文谱用冷水浇醒，让他交代地下党和武工队的下落，吴文谱眼睛都懒得睁，嘴里还是重复着那几句话。

文计策见遇到硬茬了，没办法，只好将吴文谱押往果山街的监狱关押。

敌人在西路到处搜捕地下党和武工队。

青年党党徒张恒久、任伟向易维进告密，打入中和场民团的地下党员何正昭也遭逮捕。

随后，中和场大屋子的吴长盛、吴长发、吴长世、吴文亮也先后被捕。

金宝场的张子文想去阆中找红军的想法，不知怎么让叛徒任荫普、王清平、张联青知道了，他们向易维进告密，结果张子文一走到五里店，随即就被易维进派去的特务抓捕。

任荫普和王清平还告发了南充中心县委委员张宏道的藏身地址，随即张宏道也被捕。

张宏道的被捕，让南充中心县委负责组织工作的闵一涵很着急，他派人去与龙泉的冯学渊联系营救事宜，不料五名地下党员在开会讨论时同时被捕。

结果冯学渊也没能经得住拷打，叛变了。

一时间，西区地下党组织遭到了严重破坏，一些地下党员和武工队员在叛徒的出卖下，纷纷被逮捕。

南充中心县委几名干部陆续被捕后，中心县委就无法正常工作和运转了。

罗天照得知情况后，很是焦虑，他坚持要下山，回到南充县城主持县委的对敌工作。

众人没能劝住罗天照。罗天照是深夜进城的，他没有直接回到城里的家，而是潜伏在邻居家侧边，通过走廊观察自家情况，他见卧室那扇窗子似乎没关严，他立马知道有人已经进过他屋子了。

这里已经有危险，看来不能回家了。

很少有人知道罗天照在城里的家，家里既然被动过，那就只有一个解释，是叛徒王化民把他出卖了，因为只有王化民去过他的家。

罗天照于是压低了帽檐，退出了罗家巷子。

罗天照戴着鸭舌帽，蓄着大胡子，一身工人装束。他一退出罗家巷子，就钻进了金马巷，想通过大北街去紫竹街找唐记药店的唐老板。还没走出金马巷，罗天照碰上王化民带着五个便衣迎面而来。

罗天照很沉着地往前走，在与王化民打照面之前，马上低下头去装着系鞋带，与王化民擦身而过。

王化民叛变之后，领了不少赏钱，日子过得很滋润，屁股后头还跟着几个跟班，很神气。这王化民与罗天照擦肩而过后，总感觉哪儿不对，刚才那人的背影很像一个人。哦，对了，那不就是罗天照嘛。

王化民转过身来，对身边的人说，给我追，刚才系鞋带的那个人是罗天照，地下党的县委书记。

几个人追回来时，罗天照早没了踪影。

王化民对路遇罗天照之事自是不敢隐瞒，他把情况报告给了文计策，被文计策大骂了一通，说王化民没出息，他高度怀疑是不是王化民放跑了罗天照，于是关了王化民两天禁闭。

王化民被放出来后，又带着他的手下在县城里到处搜捕罗天照。

家肯定不能再回去了，罗天照去紫竹街唐记药店找到唐老板，要他通知南充中心县委的领导分散撤离南充。

鉴于目前形势严峻，省委要求已经暴露的罗天照必须离开南充，去外地开展工作，罗天照同意了，并定于第二天在大北街一个茶铺与下任交接工作。

第二天，罗天照化了装，赶往大北街茶铺，走到半路，他便觉得后面有人跟踪。

罗天照弯腰系鞋带时，瞧见又是王化民和王清平带着便衣在跟踪自己。坏了，如果再向前走，大北街茶铺就要暴露。罗天照见一条小巷子，马上转身往小巷子跑。

王化民见罗天照发现了自己，便鸣枪追了上来，罗天照大腿被子弹击中，他拖着受伤的腿拐入另一条巷子，没跑多远，王化民和王清平追了上来，罗天照被捕。

罗天照被捕后，在敌人的严刑拷打下，宁死不屈。几天以后，罗天照英勇就义。叛徒王化民又受到一次奖赏。

王化民从此抓捕地下党的兴趣更浓了。王化民带领便衣队在南充城里大肆搜捕。他们在抓捕顺蓬特区书记何兴恒时，意外得到一份蓬溪地下党员的名单。王化民大喜过望，将名单交给易维进，易维进又将名单交给了杨森，杨森便派第二十九军旅长陈宗进亲自去蓬溪按名单抓捕，蓬溪地下党组织也受到严重破坏。

杨森没有料到这次"清剿"工作进行得如此顺利，为了扩大战果，他又派出第四混成旅旅长高德周带领手枪队到西路督战"清共"。

英雄泣血

赵模还在打着赵全英的主意，他央求父亲赵杰安，不要太为难赵全英。

赵杰安把赵模大骂了一顿，说，赵模，莫异想天开了，你要搞清楚，赵全英是地下党。

赵模说，如果，如果，她，她，她愿意嫁，嫁给我，就，就，就，就，不要，为难，难她，啊。

赵杰安踢了赵模一脚，说，想得美，这赵全英能嫁给你吗？

赵模还在赖着他爸，说，万，万，万一呢。

赵杰安说，没有万一，这赵全英是西路地下党首犯之一，张易飞营长已经发话，这赵全英任何人不得保，任何人不得替她说情，你就不要在这儿癞蛤蟆想吃天鹅肉了。

赵模蔫蔫地走了。

赵杰安对张易飞说，张营长，这赵全英是西路共产党的重要分子，又是女的，只要她配合我们，给我们指认出学校藏着的地下党，岂不更好？

张易飞说，好，只要她配合，指认出学校里的地下党，我们就不为难她。

赵杰安很恨赵全英，他已经卖了老脸去她家提亲，赵全英居然不给面子。好呀，这下落我手里了，看我不整死你。

赵杰安还有一个想法，就是这赵全英一女流之辈，肯定是经不起拷打的，如果赵全英能反正过来，指认地下党，为党国服务，那他就立功了。

另外，在赵杰安心里，还有一想法，如果赵全英答应做他儿媳妇，他会想办法保她无虞的。

为了这一切，赵杰安提审赵全英之前，就屏退左右。

赵杰安问，赵全英，我们都是本土本乡人，我不愿对一个女流之辈动刑，我先问你一句，还愿不愿意做我儿媳？如果愿意，我就放你一马。

赵全英被五花大绑在刑架上，她看了一眼赵杰安的丑恶嘴脸，呸了一口痰，说，赵杰安，别白日做梦，谁会做你家儿媳妇？赵杰安，你不配姓赵，我看你把我们赵家屋里的皮都朦完了。是好汉就来痛快点，要杀要剐随你便。

赵杰安没有想到，到了这个份上，赵全英还如此死硬，他恼羞成怒，大叫，来人，把赵全英给我押出去！

遍体鳞伤的赵全英被吊在七宝寺高小操场一棵大洋槐树上。

学校师生全部被敌人押到操场上。

赵杰安挨近赵全英，说，赵全英，你现在反悔还来得及。

赵全英把脸扭向一边，看都不看赵杰安。

赵杰安讨了个没趣，他转过身来，对全校师生说，大家听好了，认识这个人吧，她就是你们学校女子班的学生赵全英。告诉你们，她是地下党，我希望大家认清形势，不要再跟着共产党走了，共产党是没有前途的，跟着共产党走只有死路一条。现在我给你们一点时间，是地下党的自己先站出来承认，不然，被他人供出来，那就另当别论了。

赵杰安说完，环视了一下操场上黑压压的人群，等了好一会儿，也没有一个人站出来。

赵杰安说，怎么了，没有一个人站出来？那好，我让赵全英说。

赵杰安走到赵全英面前，扯着她的头发说，赵全英，你说吧，站在操场上的哪些人是地下党，哪些人参加过姊妹会，哪些人参加过武工队？

赵全英咬着嘴唇，眼睛怒视着赵杰安。

赵杰安看着赵全英那眼睛，害了怕。

赵杰安说，赵全英，你不说是吧。那好，给我打，打到她说为止。赵杰安吩咐身边的士兵。

啪——啪——啪——

寂静的操场上只有皮鞭抽打在赵全英身上的声音。那声音有如狂风抽打在校园的洋槐花上，洋槐花簌簌下落。

赵杰安很享受这种抽打声，他背着手，眼睛左右扫射操场，然后踱到吊着的赵全英身边，说，赵全英，我劝你还是说了吧，免得受这皮肉之苦，我看你细皮嫩肉的，多可惜。

赵全英不再搭理这个恶棍，把脸扭向一边。

赵杰安见赵全英还犟着，几乎歇斯底里地叫道，给我继续打。

啪——啪——啪——皮鞭声又起。

让开，让开！赵模推着一个五花大绑的人，边走边喊，来到操场上。

赵杰安一看，大喜过望，大叫，赵模，快带过来。

赵杰安正愁奈何不了赵全英，没想到赵模把晏桂花绑来了，他当然喜不自禁。

全英，全英。晏桂花一见赵全英吊在洋槐树上，便哭着喊着踉踉跄跄地要想扑向女儿，结果被几个士兵强行拦住了。

赵全英见赵模竟然把她母亲绑来了，大叫一声，妈。

赵全英又转过头来，怒视赵模，大叫，赵模，你个杂种，你丧尽天良了啊。赵全英这一喊，已经是拼尽了全力，喊过之后，头一偏，就昏了过去。

赵杰安赶紧喊行刑的那个士兵，快快快，把赵全英给我弄醒。

一个士兵端来一盆水，从赵全英头上浇下来，赵全英醒了。

醒过来的赵全英又骂赵模，赵模，你个杂种，快放了我妈，她是无辜的。

赵杰安冷笑道，骂吧，骂吧，骂舒服了，就说吧，说了，就放了你们娘俩。

呸！休想。赵全英怒视着赵杰安，拼尽全力向赵杰安吐了一口血痰。

赵杰安没躲，他用手抹了一下脸上的血痰，冷笑一声，说，好你个赵全英，你是不见棺材不落泪。好，不说是吧，那我让你老妈瞧瞧她女儿到底受的啥罪。来，给我打，狠狠地打，一直打到她说为止。

啪——啪——啪——

皮鞭声在校园里又响开了，操场上的师生都扭开了脸，不忍再看被吊打着的赵全英。

赵全英咬着牙，仍然怒视着赵杰安。

赵模见赵全英仍然还强硬着，也想跑过去抽打赵全英，赵全英把眼睛一鼓，吓得赵模连连后退，边退边说，赵，全英，你莫，要给我，逞，强，否则，你，母亲也，要跟着你，受苦。

赵模退到晏桂花身边，说，晏，桂花，快，劝你，闺女，叫她，好好交，代学校，还有哪些，是地下，党。

赵全英看着赵模那无赖样，说，赵模，有种冲我来，不要为难我妈。

赵模嘿嘿笑，说，怎么，样？交代，吧。

赵全英不去理赵模，她对母亲说，妈，对不起了，女儿不孝，连累你了。

晏桂花见赵全英被折磨成这个样子，也哽咽着说了一句，孩子，你受苦了。

赵模上去啪啪两巴掌抽在晏桂花脸上，说，鬼鬼，鬼老，婆子，你你，你说，哪些，些，些人，是，地下，党。嗯？

晏桂花的嘴角流出了鲜血，她怒视赵模一眼，把头转向另一边。

张易飞见今天仍然审不出一个结果来，便说，把这母女收监，改天再审。

赵全英母女被押往南充，关押在大南门监狱。

易维进坐在审讯室里，定定地看着赵全英，今天提审赵全英，易维进并没捆绑她，而是吩咐士兵给赵全英放了一根凳子，让她坐在易维进对面桌子边。

赵全英，你一个女学生，跟着地下党闹什么呢？易维进问赵全英。

赵全英见今天没给她用刑，还给她凳子坐，就知道易维进在要花招了，她沉默着，想看看这易县长葫芦里到底卖的是什么药。

果然，易维进见赵全英不开口，以为赵全英关了几天，也许有些反悔了，就说，你一个女学生，这又是何必呢？只要你说出西路地下党来，我保证送你去上海读书，好不好？

赵全英说，我再次重申，学校没有地下党。

易维进说，先不要这么肯定嘛，只要你配合我们，你想去什么地方我们都让你去，就是想谋职，我政府里也一定给你一个位置，记住，良禽择木而栖才是正道啊。

哼！正道，你们还配讲正道，欺压百姓，剥削百姓，镇压抗日运动，搞得一个大中国民不聊生，生灵涂炭，受尽列强欺压，这就是正道？赵全英说，收起你这套吧，你的这些话在我面前，没用。

易维进尴尬地笑了笑，说，你一个小小的女学生，知道个什么呢？不要跟着共产党胡闹嘛，没想到，这共产党还挺厉害的，把一个好好的学生都教坏了。

赵全英说，教？我不需要谁教，我认的是事实，是真理，只要是有良心的中国人，都心知肚明的。

易维进说，我今天就不和你一个不懂事的学生计较了。这样吧。易维进拿出一张白纸，抖了抖说，你只要写一张悔过书，宣布和共产党脱离关系，我们就放过你。

赵全英说，别做梦了，也别浪费时间了，有什么招都拿出来吧。

易维进说，你一个女学生，怎么就这么固执呢？来人，拿张纸来，写吧。

一个士兵把纸递给赵全英，赵全英拿过纸，轻笑了一声，几下撕掉，抛了满屋，撒完后，赵全英微笑着自行走到刑具前，从容地说，还是用你们的方式吧。

易维进脸气得铁青，他招了招手，那个士兵马上走上前去，把赵全英又绑在刑具上。

继续。易维进站起来，转身走出审讯室。

没过一会儿，不甘心的易维进又回到审讯室，他要亲自督阵。

先前那个行刑士兵累了，另一个士兵又上。

轮番的拷打仍然没让赵全英松一点口，易维进又想到一招。他对士兵说，停！让她喝点辣子汤。

别小看这轻描淡写一句话，一般的刑讯审问根本用不到喝辣子汤这招，就有人招了。

不一会儿，一个士兵端一盆辣子水进来，另一个士兵把赵全英的头捉住，拉望起，把嘴抻开，把那盆辣子水往赵全英的嘴鼻直灌下去。火辣辣的辣子汤顺着赵全英的鼻孔，顺着她的喉咙，一路像火一样地烧进了喉，烧进了胃，烧进了肠，赵全英昏了过去。

又是冷水浇，赵全英醒了，猛地咳了起来，连肺里的血都咳出来了。

易维进走上去，提起赵全英头发，说，赵全英，现在悔过还来得及，我刚才所说的话都有效。

赵全英闭了眼，她根本没有力气说话了。

易维进以为赵全英的意志可能要垮了，他想，只要再添一把火，或许赵全英就招了。

易维进喊，把晏桂花带进来。

晏桂花一进审讯室，见到已被折磨得不成人形的赵全英，就哭着说，全英呀，你受苦了。晏桂花抚摸着赵全英的脸，眼泪簌簌地落下来。

赵全英慢慢醒过来，她见到母亲，头靠着母亲肩头也哭了。

赵全英，好好想想吧，你不为自己着想，也要为你母亲着想，只要你悔过了，我保证我先前所说的话全部有效。易维进不失时机地劝着赵全英。

赵全英没理睬易维进，她对母亲说，妈，感谢你养育了我，恕我不能在你膝前尽孝了，是共产党教育了我，让我变成了人，我这辈子跟定共产党了，我决不叛党。妈，原谅女儿不孝，我死后，就把我葬在石马垭。妈，对不起了。我来生还做你女儿。

晏桂花也泣不成声，她抱着赵全英说，妈晓得，妈晓得，只是苦了我女儿了。

易维进怒吼，给我拉开，给我拉开。

两个打手饿虎一般扑上来，把母女俩拉开了。

易维进说，好，既然女儿不孝，那就让她看看她这个不孝女是如何连累她妈的。

两个打手又轮番抽打晏桂花，晏桂花哪里经得住打，只几下就昏了过去。

赵全英无力地望着她妈，喃喃地说，妈，对不起了，妈，对不起了，也昏死过去。

拉走，拉走，把晏桂花给我拉走。易维进有气无力地对打手说。

晏桂花被架走后，易维进再次走到赵全英面前，他唰地一下撕开赵全英已被抽打得血迹斑斑的衣服，赵全英落满鞭痕的胸脯一下子露出来。

易维进狞笑着说，拿猪鬃来。

一个行刑士兵把一盘猪鬃端到易维进面前，易维进抽出一根粗猪鬃，猛然将猪鬃插进赵全英乳头里。

赵全英惨叫一声，又昏死过去。

给我弄醒，给我弄醒。易维进扭曲了脸，大声叫道。

赵全英又醒过来，她强忍着巨大的屈辱，牙齿咬破了嘴唇，鲜血顺着嘴唇流下来，她的泪已流干了，她眼睛里全是火，是燃烧的熊熊大火。

易维进害怕地后退了一步，说，他妈的，老子还没遇到过如此倔强的女娃子。

易维进走了，他奈何不了赵全英，他决定枪毙赵全英。

赵全英知道自己时日不多，就对同狱中的地下党激昂地说，姐妹们，共产党员是不怕死的，二十年后，我们同样又是革命者。

易维进要枪毙赵全英的消息传到张易飞耳里，张易飞急了，他也垂涎于赵全英的年轻美貌，他想，要是能把赵全英反正过来，自己也可将赵全英纳为小妾。

张易飞找到易维进，说，这赵全英交由我来审，我还不信审不了她。

张易飞的这点小心思，易维进懂，他想，你要充能干，那就让你试试吧。

张易飞提审赵全英，他屏退左右，说要单独审。

张易飞让赵全英坐在他对面。

张易飞两眼紧紧地盯着赵全英，他完全被赵全英的美貌吸引了，赵全英那张布满血迹的脸庞上，圆润的额头仍然难掩她的柔美，还有高挺秀气的鼻梁，以及眼睛里那汪深如碧潭的水。

张易飞真正地看呆了。

赵全英让张易飞看得很不自在，她说，你又想要什么花招，不用遮掩，不用转弯，也不用抹角，直接用上来吧。

张易飞反应过来，说，赵全英，我怎么忍心审讯你呢？我是来救你的，你要理解我的好心呀。

赵全英冷哼一声，说，不忍心？我的脸，我的身子都这样了，你们还不忍心？你救我？你一个国民党来救一个共产党？你我就是死对头，叫我怎么理解你呢？

赵全英似乎已经猜到张易飞内心的丑恶想法，她讨厌张易飞那双色眯眯的眼睛，所以她一张口就把张易飞逼到了墙上，张易飞只得尴尬地笑了笑。

赵全英说完就不再理睬张易飞了，把眼睛扭向墙上那扇高高的小窗。

张易飞见赵全英机关枪似的抢白了自己一顿，有些不悦，但他又只能忍着，还是一样的口气，说，全英，你这么漂亮一个女孩子，何苦为共产党卖命呢？

赵全英实在听不下去了，她说，请不要用全英来称呼我，我不受你的这个称呼。

张易飞脸上又是一阵尴尬，说，好好，我叫你赵全英。

赵全英又不再搭理张易飞，她把脸又扭向墙边。

张易飞接着说，赵全英，真的，我是来救你的，等我把你救出去，你想去哪儿，我都送你去，你想读书，我就送你去读书，你要出国留学，我就送你去留学，我保证。

赵全英在心里冷哼，这招也太老套了吧，本姑娘听过几回了，她懒得再开腔，闭眼养神。

张易飞以为赵全英默认了，就说，到时，我还要把你父母也接来与你一起住。

哼！赵全英终于忍不住，打断张易飞的话，说，你这招太让人恶心了，就没有一点新鲜的？

张易飞杵了一鼻子灰，讪讪地说，全英，这些都不算事，我是真喜欢你，只要你答应做我的小妾，我会一辈子对你好的。

赵全英说，我再次声明，请叫我赵全英。

张易飞说，好的，好的，赵全英，我是真心喜欢你的。

赵全英哈哈大笑，说，喜欢我？你喜欢我？哈哈，我一个要死之人，一个共产党你也敢喜欢？这事要是传到蒋介石耳朵里，恐怕有你好果子吃的。

张易飞说，赵全英，我是真的喜欢你，我告诉你，在这里，我说了算，我要放你，没人敢说不。即使易维进判你死刑，我都能救你。真的，到时我叫执行士兵朝天开枪，你一听枪响就倒下，我会派人用大红毯子将你裹走，把你救下。到时，你改名换姓，到你想生活的地方去。

赵全英冷哼一声，说，我也相信在这里没人敢对你说不。死，或许可以由你决定，但生却只能由我自己决定。所以我正告你，收起你的假慈悲，我堂堂地下党员，怎会做你一个烂军阀的小妾呢？

张易飞说，如果你答应，我也可以让你做正室的。

赵全英说，张易飞，我没想到你是如此的厚颜无耻，你看我是贪图荣华富贵的人吗？你看我像贪图享受的阔太太吗？

张易飞说，赵全英，我的好心你不懂呀，我这是为你好呀，你一个学生，年纪轻轻的，你的前途是很远大的。只有你愿意，我什么都答应你。

赵全英说，收起你的花言巧语吧，请你不要侮辱一个坚定的共产党员的信仰，你见过真正的共产党员吗？没见过是吗？那好，我今天就叫你见识见识。说完，赵全英仰起她那美丽的脸孔，对着张易飞微笑。

那笑，张易飞不敢看，那是赵全英轻蔑地笑。张易飞知道，他在这个女娃子面前，是失败者，彻彻底底的失败者。

张易飞站了起来，拂袖而去。

舒俊曾在蓬溪被捕过，在狱中舒俊始终没承认自己是地下党，敌人抓不到他从事地下党活动的任何证据，最后只好无罪释放了他。

舒俊从中总结了经验，只要决不承认是共产党员，敌人没任何证据，是定不了自己的罪的。

正因为舒俊的无罪释放，让组织一时无法确认他在狱中是否叛变，所以舒俊出狱后，接受了地下党的审查，同样也因为舒俊提供不了自己没有叛变的证据，清白结论一直下不来。舒俊由此受到了不公正的待遇，被组织开除，但他仍然信仰共产主义，坚决跟党走，时刻以一个共产党员的标准要求自己，虽然没继续教书，但是他却利用医生职业为掩护，继续为地下党服务。

这次被青年党出卖而被捕，舒俊被关在果山街监狱。

监狱里还关了很多西路地下党和武工队员。

不要承认自己地下党员身份，敌人就拿我们没办法。舒俊利用放风时间，对他认识的西区地下党员们和武工队员们悄悄传递他的经验。

行！决不承认自己是地下党员和武工队员。这消息迅速在狱中传播着，鼓舞着狱中的同志们。狱中地下党员们经受住了敌人的天天提审，敌人没从他们口中获得一点儿有用的信息。

恼羞成怒的敌人决定分批处决地下党。

第一批处决的是任逐非和舒俊。

六月十四日，任逐非、舒俊被押赴西河桥下的菜市口刑场时，天正下着大雨。

沿途站满来为他们送行的群众。

任逐非和舒俊高喊共产党万岁。

敌人用烂布堵住了他们的嘴巴。

任逐非和舒俊站在雨中，高昂着头英勇就义。

过了三天，易维进把晏桂花和赵志本放回了家，他已经决定处决赵全英了。

这天，晴转阴。

西桥河的水还在一如既往地流着。

城里老百姓老早等在西河桥头，他们从布告上知道敌人将枪毙赵全英和其他九名地下党的消息，他们要来为赵全英他们送行。

易维进为了防止武工队劫法场，让张易飞部队沿途布满岗哨，敌人如临大敌，紧张得如嘉陵江上密不透风的云层。

晏桂花和赵志本得知赵全英要被敌人杀害，也来为女儿送行。

晏桂花和赵志本拼命地挤进人群，他们想最后看看女儿。

赵全英他们被一辆军车押过来了。

晏桂花跟着军车跑，她拼命地喊着赵全英的名字，赵全英大概听到了，她微笑着向父母的方向看过来。

赵全英今天还是穿着那件带血的白褂衫，下身穿着一件蓝下装，打着赤脚，双手被反绑着，她秀美的脸庞上始终保持着不屈的微笑，那微笑就如一阵和风，从嘉陵江面上拂过，掀起一朵一朵的涟漪。

赵全英站在头排正中，她身旁是共青团中心县委宣传委员何排，地下党员任怀德、谢怀发、梁正太、张贵云、赵学周、赵恒周、赵青周、赵朝禄。

晏桂花一直跟着军车跑，但军车却把她越甩越远，她看见赵全英转过头来向她张望，只此一个张望，晏桂花的眼睛就湿润了，她不想让女儿看到她的泪眼，转过头，此时，恰巧阳光从云层中钻了半边脸出来，一缕强烈的阳光直射进晏桂花眼睛里，晏桂花什么都看不见了，她跌跌撞撞地跟着跑，终于，她跑不动了，扑倒在地上，就再也没有起来。

晏桂花耳边一直还响着赵全英的声音，那是赵全英最后的声音：中国共产党万岁！苏维埃万岁！欢迎红军来南充！

那声音先是赵全英一个人的，接着是何排的，接着是任怀德的，谢怀发的，梁正太的，紧接着，有众多的声音加入进来，那声音异常宏大，把晏桂花紧紧环绕。

晏桂花笑了，她的眼睛里满是阳光，那火红的阳光盛大地悬在嘉陵江面上，整条嘉陵江水都红了，嘉陵江水沸腾起来，那血一样的红，那漾起浩浩荡荡浪涌的红，向着远方奔流而去。

尾声

杨森在通南巴遭受了重创，心情异常郁闷。

杨森已经厌倦了提审狱中地下党员，他想统统把那些死硬的地下党全杀掉。

然而，还没有等到他实施杀人计划，红军几记重锤就让他尝到苦头。

仪南战役打响。

红九军在仪陇和南部取得一场又一场胜利，据守敌人纷纷向嘉陵江以西败退，红九军和红三十一军一部又向广元方向进击，把苏区扩大到仪陇全境及广元、昭化、苍溪、阆中、南部等嘉陵江东岸地区。

营渠战役打响。

红四方面军总指挥徐向前、政治委员陈昌浩遵照西北革命军事委员会决定，发起了营渠战役。首先消灭了盘踞于玉山场、鼎山场的国民党川军第二混成旅，尔后向南发展，相机歼灭其主力。接着攻占险要阵地龙背场，乘势占领马鞍场。与此同时，红三十军主力正面逼近玉山场，迫守军南逃，鼎山场之敌陷于孤立，迅即被红四军一部击破。

杨森急令第一混成旅主力加强佛楼寺、杨家寨一线防守，第二混成旅余部和第五混成旅一部在天池至大庙场一线占领阵地，并调第三混成旅和第五混成旅主力加强蓬安、营山地区防守。红军各部乘胜向南进攻，先后在佛楼寺、杨家寨、大庙场等地击破敌人，攻克营山城，继而占领蓬安对岸周口，追敌退守渠县、广安、岳池一线。经十余天战斗，红军共毙敌千余人，俘其团长以下两千余人，缴枪二千五百余支，苏区再向南扩展五十余千米。

宣达战役打响。

红四方面军集中兵力，实行中央突破，发起宣达战役。战役发起前，分布于嘉陵江沿岸的红军部队，实施佯动，声张西进，秘密集结主力十余个团于东线战场，并以红九军和红三十军各一部共七个团为中路，分两个梯队由刘坪同土地堡一带实施主攻；以红四军五个团另一个营为左、右两路，分别由洪口场和江口（今平昌）南进，实行两翼助攻。中路第一梯队一部通过陡峭小道，袭占土地堡西北要隘熠灯寨，打开缺口，各部随即前进，攻占土地堡、凤凰观。第二梯队接着投入战斗，相继攻占丘家堡、马渡关，突破中段防线，追敌南逃。中路各部跟踪追击，占领隘口后，红九军和红三十军即分兵向宣汉、达县进击，随即红军进占宣汉城。与此同时，右路和左路分别进击达县以西地区和攻占镇龙关、石窝场、五龙台等要地。万源守军五个团弃城南撤，红军主力跟踪追击，直至宣汉城以东地区。另一部乘胜东进，占领万源城，直抵城口近郊。此间，在当地活动的川东游击军，主动出击，围堵逃敌，有力地配合了红四方面军作战。此役，重创国民党军刘存厚部，毙俘其四千余人，缴枪八千余支、炮三门、电台两部和大批军需物资以及兵工、被服、造币等工厂的成套设备，苏区向东扩展约一百五十千米，与川东游击根据地连成一片。

2019年6月6日至2019年12月8日第一稿
2020年6月29日第二稿
2020年10月12日第三稿